W0000881

A Faint Cold Fear Thrills Through My Veins
William Shakespeare

Zu diesem Buch

Zwei knieten neben der Leiche nieder.
«Tot?» fragte der dritte.
Der vierte stolperte ins Zimmer, verlor das Gleichgewicht und hielt sich an einer Couch fest. «Paß auf!» zischte der dritte. «Fingerabdrücke. Wisch die Lehne ab.»
«Ja», flüsterte eine Frauenstimme. «Gib mir die Pistole.» Sie wartete, bis das Unwetter wieder losbrach, dann schoß sie.

Ein schweres Gewitter tobt über Amsterdam, als Bankdirektor Martin Ijsbreker erschossen wird. Die vier Gestalten, die in sein Haus eindringen, erledigen nur einen Auftrag. Den Lohn erhalten sie später. Später werden drei tote Junkies in einem Hausboot gefunden. Hoofdinspector Halba und Adjudant Guldemeester haben die Ermittlungen ebenso schnell abgeschlossen wie die zum Tod von Bankdirektor Ijsbreker. Klarer Fall: drei tote Junkies = Überdosis Heroin. Ein toter Mann mit Pistole in der Hand und Abschiedsbrief auf dem Tisch = Selbstmord.
Als der Commissaris von der Badekur zurückkehrt und sein Team ihm Bericht erstattet von den Vorgängen im Präsidium, den Ermittlungen der Kollegen Halba und Guldemeester und ihren eigenen Beobachtungen, da beschließt der Commissaris, den Fall Ijsbreker nicht auf sich beruhen zu lassen, denn der Bankdirektor stand der Bank de Finance vor, die einem gewissen Willem Fernandus gehört. Willem und er kennen sich schon seit dem Kindergarten, sie sind sogar entfernt miteinander verwandt. Aber befreundet sind sie schon lange nicht mehr.
Doch ehe de Gier und Grijpstra richtig loslegen können, sind sie in einen Unfall verwickelt und liegen im Krankenhaus, und der Commissaris wird vom Dienst suspendiert, weil die Reichskriminalpolizei aus Den Haag wg. Korruption ermittelt.
Doch das ist noch lange kein Grund für den Commissaris, tatenlos abzuwarten, bis Spuren verwischen und Mörder entwischen.

Janwillem van de Wetering, 1931 in Rotterdam geboren, reiste fünfzehn Jahre durch die Welt und verbrachte fast zwei Jahre in einem buddhistischen Kloster. Heute lebt er mit seiner Familie in den USA. – In der Reihe rororo thriller liegen vor: Outsider in Amsterdam (Nr. 2414), Eine Tote gibt Auskunft (Nr. 2442), Der Tote am Deich (Nr. 2451), Tod eines Straßenhändlers (Nr. 2464), Ticket nach Tokio (Nr. 2483), Der blonde Affe (Nr. 2495), Massaker in Maine (Nr. 2503), Ketchup, Karate und die Folgen (Nr. 2601), Der Commissaris fährt zur Kur (Nr. 2653), Der Schmetterlingsjäger (Nr. 2646), Die Katze von Brigadier de Gier (Nr. 2693) und Rattenfang (Nr. 2744).

Janwillem van de Wetering

Der Feind aus alten Tagen

Deutsch von
Hubert Deymann

Rowohlt

rororo thriller
Herausgegeben von Bernd Jost

32.–37. Tausend Februar 1988

Deutsche Erstausgabe
Veröffentlicht im Rowohlt Taschenbuch Verlag GmbH,
Reinbek bei Hamburg, Juni 1987
Die Originalausgabe erschien unter dem Titel «De zaak Ijsbreker»
bei A. W. Bruna & Zoon, Utrecht
Redaktion Jutta Schwarz
Umschlagentwurf Manfred Waller
Umschlagbild Bilderbox Hamburg, S. Reinhardt

Satz Bembo (Linotron 202)
Gesamtherstellung Clausen & Bosse, Leck
Printed in Germany
780-ISBN 3 499 42797 4

Die Hauptpersonen

Martin Ijsbreker	trickst andere aus, bis er selbst ausgetrickst wird.
Willem Fernandus	liebt nur eines: Geld und die Vergnügen, die er damit kaufen kann.
Fleur Fernandus	ist nicht so einfältig, wie ihr Exmann glaubt.
Huip Fernandus	ist einfältig.
Heul	auch.
Bart de la Faille	hat nicht nur Anteil an der Bank de Finance.
Ronnie Rijder	steht bei der Bank tief in der Kreide.
Mevrouw Jongs	findet Unterschlupf und Gerechtigkeit.
Karel	ist ein Kkkünstller.
Mevrouw Antoinette	findet endlich einen Mann.
Hoofdinspector Halba	freut sich zu früh.
Adjudant Guldemeester	freut sich zu spät.
Adjudant Grijpstra	sucht nach dem passenden Hintergrund.
Brigadier de Gier	lernt sein zweites Ich kennen.
Der Commissaris	verabschiedet sich von seinem zweiten Ich.

Dienstgrade

niederländisch	*deutsch*
Agent	Polizeiwachtmeister
Brigadier	Polizeihauptwachtmeister
Adjudant	Kriminalmeister
Inspecteur	Kriminalkommissar
Hoofdinspecteur	Kriminalhauptkommissar
Commissaris	Kriminalrat
Hoofdcommissaris	Polizeipräsident

1.

Ein Donnerschlag ging dem hart niederprasselnden Regen voraus und übertönte den Doppelknall, zwei unbedeutende Geräusche, verglichen mit der ausbrechenden göttlichen Himmelswut. Es war, als ob die draußen aufschlagenden Regentropfen Ijsbreker hier drinnen umsprühten. Der Regen fegte durch das offene Fenster ins Zimmer und spritzte von der Fensterbank auf die Gestalt und den Boden. Draußen hämmerten die Tropfen auf das Straßenpflaster, die Hausboote und die Autos, peitschten die zitternden Blätter hochaufgeschossener Ulmen, schnitten in das ruhige Wasser der Gracht, bis Sturmböen unzählige kleine Wellen aufwühlten, die von noch mehr Regen durchstochen wurden.

Die Leiche lag ruhig da, nachdem ein Krampf die langen Beine hatte erzittern und den kahl werdenden Kopf zucken lassen. Der schlaff ausgestreckte Körper wurde von Blitzen beleuchtet. Die Stadt Amsterdam, aufgeschreckt durch die plötzliche Änderung der göttlichen Laune – es war ein heller Frühlingstag gewesen, windstill unter einem schützenden hellen Himmelszelt –, wartete gelassen ab, bis alles wieder ruhig sein würde. Die Bewohner der Binnenkant, in der Bankdirektor Martin Ijsbreker ein luxuriöses, vollständig renoviertes Giebelhaus besaß, waren sicherlich zu Hause, wahrscheinlich schon im Bett, da die Schüsse abends um elf fielen. Beide Kais der Binnenkant, beleuchtet von alten Straßenlaternen, lagen verlassen da. Nur die Ulmenzweige bewegten sich, baten den Regen flehentlich um Vergebung, während sie versuchten, sich aufzurichten, aber roh wieder nach unten gedrückt wurden, als vier undeutliche Schatten die Steinstufen hinaufrannten, die zu der frisch gestrichenen grünen Tür von Ijsbrekers Haus führten. Die Tür öffnete sich, und drei Schatten huschten den Korridor entlang und die dunkle Treppe hinauf. Der vierte folgte unbeholfen, er ruderte mit beiden Armen und schleppte ein Bein nach. Draußen grollte noch der Donner und dröhnte sekundenlang ohrenbetäubend, und aufblitzendes scharfes Licht machte aus den Schatten Dämonen, ausgestoßen aus den Abwässerkanälen der Stadt, bereit, die Welt zu überwältigen und zu beherrschen. Aber Dämonen knurren und brummen einander in ihrer eigenen Höllensprache an, und diese Schattengestalten sprachen ein Gemisch aus Englisch und Niederländisch. Zwei knieten neben der Leiche nieder.

«Tot?» fragte der dritte.

Der vierte stolperte ins Zimmer, verlor das Gleichgewicht und hielt sich an einer Couch fest. «Paß auf!» zischte der dritte. «Fingerabdrücke. Wisch die Lehne ab.»

«Ja», flüsterte eine Frauenstimme. «Gib mir die Pistole.» Sie wartete, bis das Unwetter wieder losbrach, dann schoß sie. Der weibliche Schatten steckte die Waffe in Ijsbrekers schlaffe Hand und stand auf. «Trottel», zischte die dunkelste Gestalt. «Drück sie ihm noch mal in die Hand, aber wisch die Pistole vorher ab. Wir dürfen keine Spuren hinterlassen. Komm. Mach schon.»

«Nein. Tu du es.» Die Frau sprach auch englisch, aber mit niederländischem Akzent.

Aufeinander folgende Blitze hellten das Zimmer auf und ließen weitere Einzelheiten der Szene erkennen. Das Mädchen oder die junge Frau wich von der Leiche zurück. Blonde Haarsträhnen hingen unordentlich aus der Kapuze ihrer Jacke. Der junge Mann, der dem Toten die Pistole wieder in die Hand drückte, war schwarz. Sein Gefährte, ein Mann mit toupiertem Kraushaar, beugte sich über den Bankier. «Schnell jetzt. *This is bad shit.* Wir müssen hier weg, so schnell wie möglich. Packt das Zeug zusammen.» Der vierte Eindringling saß halb weggedreht auf der Couch und wischte eifrig mit dem Taschentuch die Lehne ab.

«Gut.» Der Schwarze sprach englisch mit einem rollenden R. «Wir wissen, was mitzunehmen ist, die Gemälde, nicht wahr? Die Statuetten auch? Muß der Schrank wirklich mit? Die Treppe ist so steil.»

«Der Schrank auch», sagte das Mädchen. «Echtes Rosenholz. Der Lastwagen kommt gleich. Fangen wir jetzt an?»

«Unten steht noch mehr Gerümpel», sagte der Kraushaarige. «Ich habe eine Liste. Gemälde und Zeug der Inkas. Alles gutes Geld wert.»

«Ich hoffe, daß sie uns gut bezahlen», sagte der Schwarze.

«Kein Geld. *Junk for junk.*»

«Wenn das Zeug nur gut ist.»

«Vorrat für ein Jahr vom allerbesten Zeug», sagte das Mädchen, «das haben sie versprochen.»

«Das allerbeste Zeug?» schnaubte der Schwarze. «Wo habe ich das schon mal gehört? Verschnitten mit Dreck. Wir sind bekloppt, daß wir dies tun.»

«Los», sagte der Kraushaarige aufgeregt zu dem Mädchen. «Tu was. Greif dir einen Schatz.»

«Alles in Ordnung, Karel?» fragte das Mädchen. «Du brauchst nicht mitzumachen. Du hättest nicht einmal mitzukommen brauchen.»

Der junge Mann erhob sich mit einiger Mühe von der Couch. «Jaha.» Er sah in seinem sauberen gestreiften Hemd und den tadellos gebügelten Jeans besser aus als die anderen. Sein Gesicht hatte fast klassische Gesichtszüge, wenn es sich nicht verzog von der Anstrengung, etwas sagen zu müssen. Sein kurzes Haar stand etwas hoch. Er wedelte wild mit den Armen, als er sich auf eine Wand zu bewegte. «Ich schahaffe ddas schschon.»

«Oh», stöhnte das Mädchen. «Der Brief. Er liegt noch im Boot.»

«Hol ihn.» Der Kraushaarige machte ein böses Gesicht. «Wenn wir nicht genau das tun, was sie gesagt haben, bekommen wir nichts nach all der Arbeit.»

«Mir ist kotzübel, Jimmy.»

Ihr Freund gab ihr einen Schubs. «Geh. *Geh!*»

Der Schwarze starrte auf den Regen, der durch das Fenster hereinwehte. «Bleib ruhig, Mann, das Wetter hilft uns.»

«Geh!» schrie der Kraushaarige. «Wir schleppen inzwischen alles nach unten. Der Wagen kommt gleich. Wenn wir nicht in einer Stunde fertig sind, kommt vielleicht die Polizei.»

«Ja, weißer Chef», sagte der Schwarze. «Ich bin schon bei der Arbeit.» Das Mädchen kam zurück. «Hier ist der Brief.» Der Kraushaarige legte das Papier auf einen niedrigen Tisch und stellte eine Statuette darauf. Der gutgekleidete junge Mann trug ein Gemälde zum Korridor. Das Mädchen half ihm. «Geh lieber weg, Karel, du solltest wirklich nicht hier sein.»

«Dder Mmmann hat mmich auch gegefragt.»

«Laß nur», sagte der Kraushaarige. «Geh nach unten, nach Haus. Wir werden sagen, daß du dabei gewesen bist. Du bekommst auch deinen Anteil.»

«Ddas ist nnicht nnötig, wweißt du.»

Das Mädchen küßte seine Wange.

«Ich wwarte hier, bbis es ddraußen tttrocken ist.»

«Nein, mein Lieber. Du gehörst nicht in den Knast.»

Ein Lieferwagen fuhr vor. Der Regen hörte so plötzlich auf, wie er begonnen hatte. Der Donner grollte noch immer über der Stadt. Der junge Mann schaute zu, als seine Freunde den Wagen beluden. Der Lieferwagen fuhr davon. Der Kraushaarige rieb mit dem Ärmel über den Türknopf, hob die Hand und ging mit dem Mädchen und dem Schwarzen weg. Der junge Mann ging in die andere Richtung, er wankte über den Fußweg und bemühte sich, nicht über hochstehende Pflastersteine zu stolpern.

«Pfui», sagte eine gutgekleidete Dame, die sich hinter ihrem zusammengeklappten Regenschirm sicher fühlte und mit der scharfen Spitze den Näherkommenden bedrohte. «Eine Schande.»

«Schahande, Mmevvrouw?»

«Ja, warum sind Sie so betrunken?»

«Nnur spahasmisch, Mmevvrouw.»

«Das tut mir leid», sagte die Frau. «Es tut mir leid. Wirklich.»

Der junge Mann schlurfte weiter, wobei er mit den Schultern zuckte und den Kopf verdrehte.

2.

«Keine niederländische Zeitung, hörst du», sagte die Frau des Commissaris vorwurfsvoll, als sich die Stewardess näherte. «Laß uns die wieder lesen, wenn wir zu Hause sind. Jetzt sind wir noch in Wien.»

«Nur eben die Witzseite anschauen», sagte der Commissaris. Er nahm die Zeitung.

«Seit wann schaust du dir Witze an?» fragte seine Frau. «Hatten wir nicht einen herrlichen Urlaub?» Sie seufzte froh. «Ich fühle mich so schön ausgeruht.»

Der Commissaris brummte, während er die Schlagzeilen las.

«Fühlst du dich nicht erheblich besser, Jan?»

«Ich fühle mich ausgetrocknet», sagte der Commissaris. «All der Dampf hat meine Beine ausgelaugt. Und ich bin dick geworden vom vielen Essen. Die kochen mir da zu fett.»

«Du hast zuviel getrunken», sagte seine Frau. «Dein Bruder und du, ihr seid eine schlechte Kombination. Er bringt das Schlechteste in dir zum Vorschein.»

«Und ich das Beste bei ihm», sagte der Commissaris, «aber selbst sein Bestes ist so langweilig.»

«Ich wollte, du würdest nicht trinken», sagte seine Frau. Sie schaute die Stewardess an. «Nein, danke, für uns nicht.»

«Einen Gin-Tonic, bitte», sagte der Commissaris, ohne von seiner Zeitung aufzublicken. «Martin Ijsbreker? Ist das nicht der Sohn vom alten Peter? Ja, hier steht es, ein Direktor der Bank de Finance. Mein Gott, ich kenne Martin.»

«Ich auch», sagte seine Frau. «Hat er etwas ausgefressen? Bank de Finance? Steht die nicht hinter der Stiftung, die angeblich armen Menschen im Ausland hilft?»

«Danke», sagte der Commissaris zur Stewardess. «Martin hat sich in den Kopf geschossen.»

«Ach», sagte seine Frau. «Er ist seit einigen Jahren geschieden. Es war eine nette Frau.»

«Ein Fall für Halba», sagte der Commissaris und legte die Zeitung zusammen. «Ich bin froh, daß ich nicht da war. Eine widerliche Sache. Auf dein Wohl, Katrien.»

«Von wegen Wohl. Immer das Saufen. Gin ist viel zu stark. Warum trinkst du kein Bier?»

Der Commissaris nahm einen Schluck. «In einer Flasche Bier ist ebensoviel Alkohol wie in einem Glas Schnaps, wie oft habe ich dir das schon gesagt? Nörgele doch nicht so, Liebe. Ich trinke nie zuviel. Nicht einmal mein Bruder kriegt mich betrunken.»

«Vier Schnäpse gestern abend, Jan. Zwei, als du glaubtest, ich gucke nicht.»

«Zwei», sagte der Commissaris. «Du hast wirklich nicht geguckt, und wenn du nicht guckst, hast du sie nicht gesehen.»

«Ich habe geschielt», sagte seine Frau. «Es tut mir um Martin leid, obwohl ich ihn kaum kannte. Fleur hatte neulich etwas über ihn erzählt. Ich weiß nicht mehr, was es war. Er soll zu wild gelebt haben.»

«Siehst du die Baronin gelegentlich?» Der Commissaris schaute verstimmt zur Seite.

Seine Frau nickte. «Im Supermarkt. Sie ist sehr dick geworden.»

Der Commissaris trank bedächtig.

«Sie war immer ziemlich mollig», sagte seine Frau, «aber das fandest du damals schön.»

«Das war vor hundert Jahren, Katrien.»

«Du trinkst zu schnell, Jan. Ich weiß sehr wohl, daß ihr etwas miteinander hattet, obwohl du es nicht zugibst.»

«Was soll ich jetzt zugeben?» Er schaute über seine Brille hinweg. «Du warst damals noch mit Fernandus verlobt. Ich konnte tun, was ich wollte.»

«Hätte ich nicht aufgepaßt, wärest du jetzt mit Fleur verheiratet.»

«O ja? Und wie kommt es, daß sie dann Willem Fernandus geheiratet hat?»

«Weil ich dich geschnappt habe. Sie fand dich reizender, das hat sie neulich noch gesagt.»

Der Commissaris sinnierte und ließ das Eis im Glas klingeln.

«Und Fernandus hat Fleur sehr unglücklich gemacht. Er wollte nicht zahlen, nachdem sie geschieden waren. Als Huip einundzwanzig wurde, hörte er damit auf. Ich glaube, daß sie jetzt Sozialhilfe bekommt.»

«Aber nein», sagte der Commissaris. «Von Sozialhilfe wird man nicht dick. Fleur hatte auch Anteile in der Bank. Die Bank ist steinreich, sie saugt die ganze Stiftung aus.»

Die Stewardess nahm sein Glas. «Noch einen, Mijnheer?»

«Nein, danke.» Er schaute seine Frau wieder an. «Die Bank taugt keinen Pfifferling. Sie ist in der falschen Gegend. Ich weiß beinahe sicher, daß Fernandus an allem Elend in der Innenstadt verdient.»

«Meinst du, daß Ijsbreker deswegen umgebracht worden ist?»

«Selbstmord.» Der Commissaris tippte auf seine Zeitung. «Das wird hier behauptet, und Hoofdinspecteur Halba hat den Fall bereits abgeschlossen.»

«Halba taugt auch nichts, Jan. Er hat einen so unangenehmen Blick.»

«Sein dienstliches Ansehen ist nicht schlecht, Katrien. Die Versetzung zum Morddezernat bedeutet eine Beförderung.»

«Du bist auch nicht hingerissen von Halba.»

«Nein», sagte der Commissaris, «aber ich kenne ihn noch nicht gut genug. Du hattest recht, ich hätte die Zeitung nicht lesen sollen. Es gibt noch mehr schlechte Nachrichten. Drei tote Junkies in einem Hausboot.» Er schüttelte den Kopf. «Ich weiß, daß wir uns daran so langsam gewöhnen müssen, aber mir gelingt das nicht. Halba befaßt sich aus Prinzip nicht mit toten Junkies. Er behauptet, sie seien die Mühe unserer Arbeit nicht wert. Weg damit, sei sauber. Eine üble Art von Vereinfachung. Ich bin damit nicht einverstanden.»

«Du befaßt dich mit toten Junkies?»

«Wenn es möglich ist, Katrien. Diese drei sind an einer Überdosis krepiert. Was soll man da noch machen? Sie bringen sich selbst um...»

«Fleur sagt, ihr Sohn Huip stecke auch im Dreck», sagte seine Frau. «Er ist Musiker und arbeitet für die widerwärtige Stiftung. Musiker nehmen oft Stoff.»

«Ich weiß es nicht», sagte der Commissaris. «Ich habe die Statistiken nicht gesehen. Weißt du, ich bin froh, daß Ijsbreker sich erschossen hat, als ich nicht dort war. Wenn ich mich damit befaßt hätte, wäre ich Willem Fernandus begegnet, er ist der große Chef der Bank. Halba hat das schön gedeichselt. Er selbst steht auch dick in den Nachrichten. Eine verrückte Geschichte über einen deutschen Terroristen, der in einer Telefonzelle niedergeschossen wurde. Einer von unseren Leuten wurde dabei verwundet.»

«Schlimm?»

«Er liegt im Krankenhaus», sagte der Commissaris, «es scheint wohl gut auszugehen.»

«O je», sagte seine Frau. «Wenn es nur Brigadier de Gier nicht ist, der ist immer gern besonders tapfer. Steht kein Name in dem Bericht?»

«Nein», sagte der Commissaris. «De Gier stöbert in Friesland herum, wegen der Nachwirkungen des Mordfalls vom vergangenen Jahr. Grijpstra ist mit seiner Freundin zum Camping gefahren, und Cardozo soll in Spanien sein, um im Meer zu baden. Von uns kann niemand getroffen worden sein.»

«Sag mal, Jan», sagte seine Frau, «hatte dein Vater nicht auch Anteile in der Bank de Finance? Haben wir die nicht verkauft?»

Der Commissaris schaute zum Fenster hinaus. «Schwarze Wolken über Holland. Laut Zeitung hat es wieder tüchtige Unwetter gegeben. Die haben wir auch nicht mitbekommen. Nein, Liebe, Vater hat die Anteile selbst verkauft, lange bevor er starb. Damals gab es vier Teilhaber. Das waren der alte Herr Fernandus, Willems Vater, als Generaldirektor, der alte Baron de la Faille, also Fleurs Vater, der alte Ijsbreker, Martins Vater, und mein Vater. Der alte Fernandus war immer ein übler Kerl. Vater wollte aus der Sache aussteigen, er verkaufte mit Verlust.»

«Ich dachte, dein Vater und der von Willem seien so dicke Freunde gewesen.»

«Familienbande.» Der Commissaris runzelte die Stirn. «Meine Mutter ist die Nichte von Willems Mutter.»

«Was?» Sie starrte ihn an. «Dann sind Willem und du Vettern?»

Der Commissaris wischte ihre Bemerkung mit einer Handbewegung weg. «Ganz entfernte Vettern. Kaum wert, es zu erwähnen. Willem spricht auch nie darüber. Wir mögen einander nicht.»

«Und ihr seid in dieselben Schulen gegangen?» Sie kniff ihrem Mann in den Arm. «Ihr habt sogar zusammen studiert.»

«Jura», sagte der Commissaris. «Ich studierte die Paragraphen und Willem die Lücken darin. Er war immer ein Blender. Sogar im Kindergarten spielte er schon falsch. Er war eifersüchtig, weil ich auf Juffrouw Bakkers Schoß sitzen durfte. Willem Fernandus», der Commissaris schaute seine Frau ernst an, «ist der abgefeimteste Teufel, der mir je begegnet ist.»

Seine Frau kicherte.

«Was», fragte der Commissaris, «ist so lustig an wirklicher Schlechtigkeit?»

«Und setzte Willem sich damals auf Juffrouw Bakkers Schoß?»

«Um ihr in die Brust zu kneifen», sagte der Commissaris. Er nahm die Brille ab und putzte die Gläser mit dem Zipfel seiner seidenen Krawatte. «Er tat, als rutsche er von ihrem Knie und hielt sich dann an ihrem hübschen Busen fest. Das war nicht so schlau. Er bekam sofort eine Ohrfeige.»

«Wie alt war Willem damals?»

«Vier Jahre alt. Er durfte auf den Schoß wegen der Mäuse. Wir hatten im Raum ein Terrarium mit weißen Mäusen, die Kunststücke machten. Sie liefen in einem Rad und hingen an Bindfäden, hübsch anzusehen. Wir durften die Mäuse zwei Minuten lang betrachten, brauchten aber dafür vorher die Zustimmung von Juffrouw Bakker. Über dem Terrarium hing eine Uhr, und wir mußten selbst darauf achten, wie lange die zwei Minuten dauerten.» Der Commissaris grinste. «Wenn ich jetzt eine Maus sehe, denke ich immer noch an die Uhr. Erzieherisch war das. Es wird angenommen, daß man dabei etwas lernt, und hängen bleiben nur lächerliche Assoziationen, die zu nichts gut sind.»

«Und ihr beide wart verliebt in Juffrouw Bakker?»

«Eine Göttin», sagte der Commissaris. «Wir hatten ein Schaukelpferd, und wenn ich darauf ritt, war ich der Ritter, der Juffrouw Bakker rettete. Sie wurde von Drachen und anderen Ungetümen verfolgt. Und der Leiter des Kindergartens kniff ihr gelegentlich in die Wange. Den erschlug ich dann, aber er siegte dennoch, denn später haben sie geheiratet.» Der Commissaris setzte die Brille auf. «Meine erste Erfahrung mit einem großen Verlust.»

«Du hattest Juffrouw Bakker auch schon an Willem verloren.»

«Ja», sagte der Commissaris. «Der schmutzige Lügner. Juffrouw Bakker mußte mal kurz raus, und ich wollte die Mäuse betrachten. Willem sagte, er habe sie für mich gefragt, und ich dürfe. Als sie zurückkam, verpetzte er mich. Ich durfte nicht auf den Schoß, sondern mußte in die Ecke. Zehn Minuten wegen nichts da stehen, eine Zipfelmütze auf dem Kopf.»

«Durftest du nie mehr auf Juffrouw Bakkers Schoß?»

«Nein. Und später trickste er mich wieder aus. Das war in der Grundschule, in der ein Mädchen war, auf das ich Eindruck machen wollte. Ich war damals gut im Turnen. Wir hatten Übungen am

Reck, und das Mädchen schaute zu, wie gut ich das konnte, da kniff Willem mich. Ich bin damals sehr schlimm gefallen.»

«Willem kriegte das Mädchen?»

«Ja.» Der Commissaris nickte. «Sie gingen zusammen und lachten mich aus, aber wenn wir eine Klassenarbeit schrieben, dann lieh er sich meine Diktate aus. So ging es weiter, und es wurde immer schlimmer. Als wir studierten, sind wir zusammen in Paris auf Urlaub gewesen. Willem hatte damals schon einen Wagen.»

«Wieder eine Liebesgeschichte?» fragte seine Frau. «Und die lief auch schlecht für dich aus? Du hast doch mich bekommen. Für mich war Willem ein Ekel. Es war reizend, als du mich verführt hast, an dem Tag, als wir mit dem Boot von Willems Bruder Ernst gesegelt sind.»

«Katrien», sagte der Commissaris sanft. «Gib's doch zu. Du wolltest weder mich noch Willem. Du fielst ja um, wenn Ernst dich nur anschaute. Das ist fünfunddreißig Jahre her, jetzt kannst du doch ehrlich sein. Alle sind jetzt alt, der Streit ist vorbei.»

«Ach, Ernst.» Sie zuckte die Achseln. «Ernst war nicht wirklich. Aber du. Ernst war eher jemand, von dem man hingerissen war, so hin und wieder. Ernst war sofort passé. Es war ein so schöner Tag und Willem wieder entsetzlich langweilig, und du hast mich in der Kajüte geküßt. Dann mußte ich mit in dein Zimmer unter dem Vorwand, daß dein Kaffee wunderbar sei. Und der Abend war so schwül, und du sagtest, ich hätte viel zuviel Kleidung an.»

«Ernst war wie Tarzan», sagte der Commissaris, «mit echtem Verstand in seinem Träumerkopf. Seine ersten Gedichte waren damals schon veröffentlicht worden. Und das Fischerboot, auf dem er wohnte, war ein wirklich romantisches Schiff. Bist du darauf nie ausgerutscht?»

«Nein.» Sie ergriff seine Hand. «Fleur schnappte sich Ernst in derselben Nacht. Willem mußte allein heimfahren in seinem schönen protzigen Wagen. Willem war wirklich ein bedauernswerter Mann. Und du hast mich gekriegt. Das weißt du selbst am besten. Und ich war auch noch Jungfrau damals. Wie war das nun in Paris?»

«Gut», sagte der Commissaris. «Den Kampf um dich habe ich gewonnen, das stimmt. Und in Paris hat Willem auch verloren, aber das ist eine schmutzige Geschichte und nichts für dich.»

Sie kniff ihn in die Hand. «Erzähle. Wir werden gleich landen, und davor habe ich immer Angst. Lenk mich ab.»

«Wir gingen zum Tanz in ein Lokal auf den Champs-Élysées», sagte der Commissaris, «und lernten dort Jacqueline kennen, ein sehr hübsches Mädchen. Ihr Vater war Kaufmann im vierzehnten Arrondissement. Ich schrieb mir ihre Telefonnummer auf, weil wir am nächsten Tag irgendwo hingehen wollten, in ein Museum oder so. Aber als ich aufwachte im Hotel, war Willem verschwunden samt dem Zettel mit Jacquelines Telefonnummer. Der Heuchler hatte sie angerufen und gesagt, ich sei erkrankt, und sie würden mit seinem Wagen in den Bois de Boulogne fahren. Ein Auto war zu der Zeit eine tolle Sache. Für den Rest der Woche war Willem mit dem Mädchen beschäftigt. Sie war nicht sehr entgegenkommend, und um etwas zu erreichen, besuchte er ihre Eltern und markierte den anständigen Kerl. Als sie dann immer noch nicht wollte, sagte er, daß er sie heiraten werde.»

«Landen wir schon?» fragte seine Frau.

«Noch nicht.»

«Sag mir, wann ich meine Augen wieder öffnen kann.»

«Und Willem schwängerte Jacqueline», sagte der Commissaris. «Das war ein Jahr später. Willem fuhr oft nach Paris. Gelegentlich brachte er sie mit, um mit seiner französischen Freundin zu prahlen. So etwas galt damals als erotisch. Französische Mädchen machten es zarter oder auch leidenschaftlicher, das weiß ich jetzt nicht mehr. In Wirklichkeit ging es Willem nur darum, mich zu ärgern.»

«Landen wir jetzt?»

«Ja», sagte der Commissaris. «Wir sind auf dem Boden. Ich habe dich wieder sicher nach Hause gebracht. Der Rest ist jetzt ganz leicht.»

«Ja. Willem hat also ein französisches Kind?»

«Das hat er umgebracht.»

«Abgetrieben?»

«Viel schlimmer», sagte der Commissaris. «Er versuchte, die Mutter zu ermorden. Zu der Zeit waren wir Philosophen, und Willem las Nietzsche. Ich war damals eher Anthroposoph. Nietzsche war mir zu germanisch, aber ich bewunderte dennoch einige seiner Ideen. Ich werde dich jetzt nicht mit den Lehren langweilen, aber

Willem und ich waren uns einig, daß jede Moral Unsinn sein mußte. Die Spielregeln einer jeden Gesellschaft sind bestenfalls Verabredungen, um das Zusammenleben so gedeihlich wie möglich zu gestalten, und aufgeklärte Seelen wie wir brauchten das ganze Geschwätz absolut nicht zu beachten. *Nichts* war das große Schlüsselwort. Wir konnten uns verhalten wie die Wilden. In der Theorie stimmte ich dem zu, eigentlich auch jetzt noch, aber ich blieb dabei, daß wir andere nicht belästigen durften.»

«Du fällst mir immer zur Last, Jan.»

Er streichelte ihre Schulter. «Ja, aber nicht absichtlich. Ich habe dir nie Rattengift in den Brei getan, weil du von mir schwanger warst.»

«Nein, Jan. Hat Willem das wirklich bei dem armen Mädchen getan?»

«Na und ob.» Der Commissaris blieb im Gang stehen und sprach leise in ihr Ohr. «Und nicht so sehr, weil er Jacqueline loswerden wollte, sondern eher, um ein gutes Argument in die Praxis umzusetzen. Verstehst du, was ich meine?»

«Nein, Jan, aber müssen wir nicht aussteigen? Wir stehen den Leuten im Weg.»

Sie gingen Arm in Arm durch die Ankunftshalle, ein kleiner, alter Mann, ein wenig lahm, und eine große Frau mit hochgestecktem weißem Haar. «Katrien», sagte der Commissaris, «begreifst du wirklich nicht, worauf ich hinaus will? Willem wollte beweisen, wie erbarmungslos er sein konnte. Und das sollte ich bewundern. Eines Abends spielten wir Billard in der Universitätskneipe, und er sagte mir, daß Jacqueline heute sterben werde und ich es nicht verhindern könne. Diesmal hatte Willem seine Hausarbeiten gut gemacht, ohne meine Aufzeichnungen zu gebrauchen. Ein Medizinstudent hatte ihm erklärt, wie Arsen wirkt. Jacqueline war die einzige in ihrer Familie, die morgens Brei aß. Willem mischte das Pulver mit den Haferflocken, die in der Küche in einem Glas aufbewahrt wurden. Er galt als künftiger Schwiegersohn und wohnte regelmäßig über dem Lebensmittelladen von Jacquelines Vater. Sie vertrauten ihm. Sie wußten noch nicht, daß ihre Tochter schwanger war. Dann wurde Jacqueline krank.»

«Wollte Willem damit das Baby loswerden?»

«Nein, Katrien, auch Jacqueline sollte mit draufgehen.»

«Und starben sie?»

«Nein. Am selben Abend bin ich mit dem Zug nach Paris gefahren und habe sie in einem sehr schlechten Zustand angetroffen. Sie lag eigentlich schon im Sterben. Sie wurde eiligst ins Krankenhaus gebracht, wo sie ihr den Magen auspumpten, nachdem ich dem Arzt gesagt hatte, daß sie an einer Arsenvergiftung leide. Das Embryo konnte nicht gerettet werden, aber Jacqueline erholte sich.»

«Und die Polizei?»

«Ich wurde ausgiebig vernommen», sagte der Commissaris. «Es war nicht gerade angenehm. Sie verdächtigten mich, aber schließlich glaubten sie mir. An Willem ging ein offizieller Brief mit der Aufforderung, sich umgehend bei der französischen Polizei zu melden, was er natürlich nicht tat. Es gab nicht den Hauch eines Beweises. Ein schwacher Fall für die Obrigkeiten.»

Das Gepäck kam auf dem Laufband. Der Commissaris griff nach den Koffern. Sie nahm ihm den schwersten ab. «Da hast du also gewonnen, wie, Jan?»

«Ja», sagte der Commissaris, «und von da an wollte ich Willem nicht mehr sehen. In der Universität grüßte ich ihn nicht mehr. Wir bekamen unsere Abschlußpapiere zur selben Zeit, aber er war für mich Luft.»

Der Commissaris holte einen Gepäckkarren und belud ihn mit Hilfe seiner Frau. «Hat Willem auch cum laude bestanden?»

«Nein», sagte der Commissaris, «aber er war Magister der Jurisprudenz. Er machte sein Notariat auf und war später Nachfolger seines Vaters als Präsident der Bank de Finance. Er hat auch die anrüchige Stiftung gegründet, die Spielklubs ausbeutet, und er ist an der Leitung der Jugendlokale beteiligt.»

«Sind das die Haschischhöhlen, Jan?»

Der Commissaris nickte.

«Bah», sagte sie. «Was ist das für eine Schweinerei. Ich habe vor kurzem noch darüber in einer Zeitschrift gelesen. Einer dieser Spielklubs soll ein Bordell sein. Und der ganze Gewinn bleibt hier. Die armen Schlucker in Indien und Afrika bekommen nichts, und die Stadt trägt einen Teil der Kosten. Warum macht ihr den Laden nicht zu? Daß so etwas überhaupt gestattet ist?»

Ein Taxifahrer nahm das Gepäck. «Ich kann den Laden nicht schließen», sagte der Commissaris. «Willem nutzt eine Lücke im Gesetz. Stiftungen gelten als ideelle Vereinigungen und sind viel zu sehr abgesichert, um sie in den Griff zu bekommen.» Er zuckte die Achseln. «Außerdem ist das nicht mein Gebiet, ich bin zuständig für Gewaltverbrechen. Die Bank de Finance ist, nach allem, was ich höre, auch eine Brutstätte des Bösen.»

«Sitzt Fleurs Halbbruder nicht auch in der Bank?» fragte seine Frau. «Bart de la Faille? Den haben wir mal kennengelernt auf der Geburtstagsparty deines komischen Onkels. Bart dürfte auch Anteile besitzen.»

«Ja», sagte der Commissaris. «Das ist lange her. Der war damals in der Pubertät, ein verwöhnter Rotzlümmel aus höheren Kreisen. Ein Kind der zweiten Frau des alten Barons. Der ist auch schon tot.»

«Es ist offenbar ziemlich ungesund, Anteile an der Bank de Finance zu besitzen», sagte seine Frau. «Fahrer? Würden Sie bitte durch den Amsterdamse Bos fahren? Der Wald ist immer so schön in dieser Jahreszeit.» Sie kuschelte sich in den Arm ihres Mannes. «Schulze wartet auf dich im Garten. Verrückte Schildkröte. Schau dir mal die Pappeln an, Jan, und der Ahorn steht in Blüte.» Der Commissaris antwortete nicht. «Jan? Denk nicht an den langweiligen Willem Fernandus. Das ist vorbei. Du hast es viel weiter gebracht als Willem. Spitzenbeamter, untadeliger Ruf. Alle sind stolz auf dich. Den Kindern geht es gut. Ich mag dich. Genieße jetzt den herrlichen Wald.»

«Ja», sagte der Commissaris. «Hübsch.»

«Du hast Willem besiegt.»

«Ja.» Seine Hand knetete ihre Schulter.

«Dann sei jetzt froh.»

Ein Reiher segelte majestätisch über die Straße hinweg.

«Ja», sagte der Commissaris, «ich bin wirklich froh.» Er drückte ihr einen Kuß auf das Haar.

3.

«Guten Morgen», sagte Brigadier de Gier, ein großer, schlanker Mann mit breiten Schultern, hingefläzt auf seinem Drehstuhl und über einem verbeulten Metallschreibtisch in der hintersten Ecke des grauen Zimmers. «Hat dir der Urlaub gefallen?» Der schwergebaute Adjudant, dessen Körpermassen durch den dreiteiligen dunkelblauen Nadelstreifenanzug auch nicht attraktiver wurden, ging schweigend weiter. «Hallo?» fragte de Gier. «Weißt du noch? Ich bin der Assistent, der sich in den vergangenen zehn Jahren zusammen mit dir abgerackert hat.»

«Bah», sagte Adjudant Grijpstra. Er drehte sich um, ging zurück zur Tür und verschloß sie. Er ging wieder zu de Giers Schreibtisch und drehte sich auf den Fersen um.

«Tu's nicht!» sagte de Gier. «Bitte. Beim letztenmal, als du die Tür kaputtgemacht hast, habe ich die Hälfte der Kosten bezahlt. Tu's nicht, Adjudant.»

«Ha», rief Adjudant Grijpstra. Seine Hand glitt unter die Jacke und kam blitzschnell wieder hervor. Eine silberne Linie schien seine Hand mit der Tür zu verbinden. Ein Stilett zitterte im dünnen Holz.

«Eines schönen Tages wirst du das noch bedauern», sagte de Gier. «Die Spitze der Klinge ragt zehn Zentimeter aus der Tür. Jemand kann sich ekelhaft daran verletzen.»

Jemand ratterte am Türgriff.

«Moment», rief Grijpstra. Er ging zur Tür und schloß auf.

Ein junger Mann in einem völlig verschlissenen Anzug aus Kordsamt mit kleinem Gesicht, über dem zuviel ungekämmtes Haar wuchs, wankte ins Zimmer, beide Hände an die Brust gedrückt. Er stöhnte und beugte sich hustend vor.

«Siehst du?» sagte de Gier. «Auf Cardozo können wir verzichten, aber du könntest Sjaan treffen, unsere schönste Kollegin, oder Juffrouw Antoinette, die Sekretärin des Commissaris. Es ist mir noch nicht gelungen, sie zu überzeugen.»

«Kümmere dich nicht um jeden Dreck», sagte Grijpstra und ließ sich krachend auf seinen Stuhl sinken. «Ich treffe niemand, weil ich immer etwas daneben werfe.»

«Wovon mußt du Juffrouw Antoinette überzeugen?» fragte Cardozo.

«Von meiner Unschuld», sagte de Gier. «Sie glaubt, ich hätte vor, eine langweilige, langjährige Beziehung einzugehen, und ich versuche, ihr klarzumachen, daß sie nur kurz zu sein braucht, ein Stündchen oder so, nur zum Beisammensein.»

«Aber dann mußt du sie das Essen bezahlen lassen», sagte Grijpstra. «Das wird nichts, Brigadier.»

«Was wird nichts?» fragte de Gier. «Wenn ich das Essen bezahle, dann schaffe ich Verpflichtungen für Juffrouw Antoinette. Dann denkt sie, daß sie etwas gutmachen muß. Ich stehe darüber, ich bin bereit, in aller Demut um sie herumzukriechen.»

«Es war nichts mit einem schönen Urlaub», sagte Grijpstra. «Danach hast du doch vorhin gefragt, nicht wahr? Ich bin heute etwas langsam. Mit Camping ist es auch nichts. Wir sind auf der sumpfigen Wiese beinahe ertrunken. Nellie hat ihr Zelt verloren. Zuerst wurde es von all dem Wasser flachgedrückt, dann wehte es weg. Was übrigens gut war, denn ich bin nach Hause gegangen und habe mich eine Woche lang ausgeruht.»

«Hast du Nellie mitgenommen?» fragte Cardozo.

«Nein», antwortete Grijpstra. «Na, sag mal.»

«Dussel», sagte de Gier und reckte sich. Als er die Arme hob, war unter seiner maßgeschneiderten Jacke eine große Pistole zu sehen. «Meinst du, Nellie weiß immer noch nicht, daß deine Frau weggelaufen ist? Warum liebst du Nellie nicht ganz einfach?»

«Und wenn meine Frau zurückkommt?» fragte Grijpstra. «Man kann nie wissen. Und wenn ich Nellie mit zu mir nehme, bleibt sie vielleicht auch. Zwei Frauen in meinem schönen, leeren, weißgetünchten Haus? Wozu denn? Meine Frau wohnt bei ihrer Schwester in einer teuren Villa in der Provinz. Ich drängele mich doch auch nicht in deren Glück hinein.» Er runzelte wütend die Stirn. «Und was geht dich das an?»

«Bist du denn nicht geschieden?» fragte Cardozo.

«Warum fühlst du dich bedroht, Adjudant?» fragte de Gier. «Deine Frau ist weggelaufen, weil sie dich nicht mag. Nellie ist eine unabhängige Frau. Alle Frauen sind gegenwärtig unabhängig. Kannst du denn nicht einfach höflich gegenüber einem Mitmenschen sein, unabhängig von seinem Geschlecht. Gegenüber einer einsamen Frau, die soeben ihr Zelt verlor und nur noch eine Woche ihres doppelt und dreifach verdienten Urlaubs übrig hat, bevor sie wieder in ihr proppenvolles Hotel zurückgeht und den ganzen Krimskrams allein erledigen muß?»

Grijpstra kramte in seiner Schreibtischschublade. Er fand eine Zigarre, biß die Spitze ab und spuckte sie in den Papierkorb. «Was gibt es sonst noch? Hattet ihr beiden etwas zu tun? Reden wir jetzt über Fälle oder wird weiter in meinem Privatleben herumgestöbert?»

Cardozo betrachtete das in der Tür steckende Messer. «Du wirst besser, Adjudant, du verfehlst die Tür nicht mehr.»

«Ich treffe, worauf ich ziele», sagte Grijpstra nachdrücklich.

«Und warum willst du uns dann nie vorher sagen, auf was du zielst?»

«Gute Frage», sagte Grijpstra. Sein Stuhl schwang herum. «Brigadier, berichte!»

«Ein toter Bankier», sagte de Gier. «Selbstmord, laut Akte. Ich habe einen Bericht gesehen, den Halba und Adjudant Guldemeester von Amts wegen unterzeichnet haben. Weil ich in Friesland war, hatte ich nichts damit zu tun. Drei tote Junkies, Überdosis reines Heroin auf einem Hausboot an der Binnenkant. Auch darum hat Guldemeester sich gekümmert. Ein deutscher Terrorist hat das Aufsuchen einer Telefonzelle nicht überlebt. Sonst nur viel Geschwafel hier im Präsidium, aber das ist interne Politik. Dafür hast du nichts übrig, oder möchtest du noch einiges erfahren?»

«Nein», sagte Grijpstra. «Hat jemand die Mappe mit den täglichen Berichten?»

De Gier stand auf und gab dem Adjudanten eine durchsichtige Plastikmappe mit einem Stapel an den Ecken umgeknickter Papiere darin. «Bitte, alles vollständig da.»

Grijpstra blätterte. «Der tote Bankier wohnte an der Binnenkant? Die toten Junkies zufällig auch?»

«Ja, das sah ich.» De Gier legte die Füße wieder auf den Schreibtisch. «Das Boot liegt gegenüber dem Haus des Selbstmörders. Ich habe es Guldemeester zwar gesagt, aber der sah keine Verbindung.»

«Erzähl mal etwas von der internen Politik», sagte Cardozo. «Ich bin nämlich neugierig.»

De Gier lehnte sich so weit zurück, wie es der quietschende Stuhl zuließ. «Ein Behälter voller Waffen ist aus der Waffenkammer verschwunden. Unsere beiden Pathologen haben sich wieder miteinander gestritten. Eine nicht sehr geheime Untersuchung sagt aus, daß fast alle Putzfrauen bei uns Ausländerinnen sind, die keine Aufenthaltserlaubnis haben. Aus den Kaffeeautomaten sind Münzen geklaut worden. Es ist zur Gewohnheit geworden, schöne weibliche Gefangene höheren Dienstgraden zur Verfügung zu stellen, vor allem nachts.»

«Halba?» fragte Grijpstra. «Das wußten wir bereits.»

«Wir wußten jedoch nicht», sagte de Gier, «daß Reformen beabsichtigt sind.» De Giers große braune Augen glänzten. «Das sagen Besserwisser, die nichts wissen dürften. Journalisten stecken ihre Nase hier rein und schreiben, was ihnen so einfällt. Redakteure fragen, warum Verbrechen nicht aufgeklärt werden und die Spesenrechnungen der höheren Dienstgrade weiterhin steigen. Und der neue Hoofdcommissaris greift noch immer nicht ein.»

«Der Hoofdcommissaris sitzt herum», sagte Grijpstra, «und Hoofdinspecteur Halba schleicht herum. Adjudant Guldemeester schleicht schon seit Monaten mit.»

«Und vier Leichen.» Grijpstra schob die Papiere wieder in die Mappe und schüttelte sie. «Alle in und an der Binnenkant. Hast du die andere Anzeige von der Binnenkant gesehen?»

«Die von der hilflosen alten Frau?» fragte de Gier. «Die sich immer wieder über Musiker beklagt, die sie aus ihrem Haus trommeln wollen? Die Anzeige ist bekannt, die habe ich früher schon mal gesehen. Mevrouw Jongs, in Nummer 20, zwei Treppen hoch.»

Grijpstra stemmte sich von seinem Stuhl hoch und ging zur Wand gegenüber seinem Schreibtisch. Mit seinem stumpfen Finger drückte er auf den Stadtplan. «Nummer 20 muß direkt hinter dem Hausboot sein, auf dem die drei Junkies gestorben sind. Alte Frauen schlafen nicht gut und sitzen dann vor ihrem Fenster und schauen in die leere Nacht hinein. In der Nacht, in der der Bankier starb, hat es stark geregnet. Wenn die alte Frau doch nur nach draußen geschaut hätte. In dem Bericht heißt es, daß sie oben wohnt und die Musiker unten Krach machten. Mevrouw Jongs hätte bestimmt etwas Interessantes gesehen. Der Bankier wurde direkt hinter einem Vorderfenster gefunden.»

«Das offen war», sagte de Gier. «Der depressive Bankier hat sich vielleicht auch das Unwetter angeschaut. Das Donnern ließ ihn an Tod und Verdammnis denken. Er griff nach seiner Pistole.»

«Nach seiner Walther PPK», sagte Cardozo. «Sehr teuer. Eine passende Waffe für einen einflußreichen Mann.»

«Eine illegale Waffe», sagte Grijpstra. «Was wollte Mijnheer Ijsbreker damit?» Er ging an seinen Schreibtisch zurück, nahm die Mappe und wedelte anklagend damit in de Giers Richtung. «Und in eben dieser Nacht starben die drei Junkies auf dem Boot an der gegenüberliegenden Seite?»

«Weißt du, Adjudant», sagte de Gier, «der Fall ist abgeschlossen. Den gibt es schon nicht mehr.»

Grijpstra ließ die Mappe fallen und schlug sanft darauf. «Der Bericht ist viel zu allgemein. Ist der Commissaris schon zurück?»

«Du glaubst doch nicht etwa», sagte de Gier, «daß zwei Fälle, die von geschätzten Kollegen für gut befunden und abgelegt wurden, von uns wieder aufgenommen werden sollten?»

Cardozo nahm die Mappe und schaute auf einen Notizblock. «Das Junkieboot mit den Leichen ist interessant. Wißt ihr, daß mich hier ein Junkie besucht hat? Ein Amerikaner, der sagte, er sei auf einem Hausboot an der Binnenkant untergekommen? Der Süchtige hieß Jimmy. Einer der toten Junkies heißt James T. Floyd. Ist Jimmy nicht eine andere Form von James?»

«Frag das de Gier», sagte Grijpstra. «Unser intellektueller Mitarbeiter weiß alles. Er liest französische Literatur.»

«Brigadier?» fragte Cardozo.

De Gier nickte.

Cardozo las in seinen Notizen. «Jimmy hat mich vor genau einem Monat aufgesucht. Schade, daß Guldemeester keine Beschreibung der Leichen gegeben hat.» Er griff zum Telefon und wählte. «Mijnheer Jacobs? Geht's gut? Nein? Das tut mir leid. Oh, Sie wollen nicht, daß es gut geht? Na, dann macht es nichts. Hören Sie, eine Frage, Mijnheer Jacobs. Sie haben dort einen toten jungen Mann, den Amerikaner James T. Floyd aus Berkeley, Kalifornien.

Schauen Sie doch bitte mal auf das Etikett an seinen Zehen. Ja, ich warte.» Cardozo legte die Hand auf den Hörer. «Jesus, ich kann das Knarren der Schublade des Eisschranks hören.» Er ließ die Hand fallen. «Groß? Blondes Kraushaar? Die Schneidezähne fehlen? Ich danke Ihnen, Mijnheer Jacobs, das wollte ich gern erfahren.» Er legte den Hörer auf.

«Du kennst den Toten», sagte Grijpstra. «Sieh mal einer an.»

Cardozo lächelte dankbar. «Ja. Jimmy schwafelte etwas von Mord. Das finde ich so gut an unserer Spezialisierung. Wir sind die Mordkommission, und wenn jemand hereinkommt und ‹Mord› sagt, wird er zu uns geschickt. Schade, daß ich ihm damals nicht glaubte.»

Grijpstra schlug kräftig auf seinen Schreibtisch. «Tote Junkies auf einem Boot. Toter Bankier im Haus gegenüber dem Boot. Ein damals noch lebender Junkie kommt her und quengelt von Mord. Adjudant Guldemeester sagt, beides habe nichts miteinander zu tun. Hoofdinspecteur Halba bezeichnet das eine als Selbstmord und das andere als Überdosis. Bah!»

«Cardozo», sagte de Gier, «wie kommt es, daß wir, deine unmittelbaren Vorgesetzten, nichts von dem Mord schreienden Jimmy zu hören bekommen?»

Cardozo wischte Staub von seinem Ärmel. «Habe ich ihm denn geglaubt? Jimmy konnte mir viel erzählen, um dafür Heroin zu bekommen. Mein Gewährsmann war krank. Eine Vogelscheuche mit schlappen Beinen. Als ich ihn befragte, fiel er von seinem Stuhl. Ihr habt Glück, daß ich mich überhaupt noch an den Besuch erinnere. Hier kommen so viele Schwätzer her, die faseln.»

«Aber dein Jimmy sprach von Mord. Wovon sprach er sonst noch, oder ging er gleich zu Boden?»

Cardozo wischte noch mehr Staub weg vom Ärmel. «Von einem künftigen Mord. Weiter kamen wir nicht, weil ihm schlecht wurde. Ich habe ihn rausgebracht und sanft die Straße entlang geschoben, den Standardanweisungen gemäß. Kranke Junkies dürfen nicht ins Krankenhaus gebracht werden, weil dort niemand etwas von ihnen wissen will.»

«Er hat bestimmt noch etwas gesagt.»

Cardozo las von seinem Notizblock vor: «Der Besucher behauptet, an der Universität von Kalifornien in Berkeley chinesische Literatur zu studieren. Er habe ein Jahr ausgesetzt, um das magische Amsterdam kennenzulernen.»

De Gier gestikulierte begeistert. «Da fragen wir nach. Wir haben genug Einzelheiten. Ich schicke Fernschreiben an alle Revierwachen. Der eine oder andere Bulle wird ihn bestimmt kennen. Junkies sind auch Dealer. Das Rauschgiftdezernat wird wach werden oder die Kollegen von der Ausländerpolizei. Glaubst du, daß der Kerl wirklich chinesische Literatur studierte?»

«Das ist sehr gut möglich», sagte Cardozo. «Er sprach ganz ordentlich Niederländisch, und wer das in einem Jahr schafft, ist nicht allzu dumm. Der Sohn reicher Eltern, denke ich, aber völlig verlottert.»

«Fehlende Schneidezähne?» fragte de Gier. «Ein Raufbold?»

«Das kommt vom Heroin», sagte Cardozo und steckte den Notizblock wieder ein. «Davon fallen einem die Zähne aus. Schade, daß ich ihn mir nicht angeschaut habe.»

«Auf jeden Fall hättest du deine Erkenntnisse an die zuständige Stelle weitergeben müssen», sagte de Gier. «Das war schwach von dir.»

«Wem denn?» fragte Cardozo. «Halba war damals noch im Rauschgiftdezernat. Und er läßt sowieso alles lieber laufen. Der einzige gute Offizier neben dem Commissaris ist Hoofdinspecteur Rood, und der war nicht da.»

Grijpstra seufzte. «Es ist alles wie immer. Wie herrlich ist es, wieder arbeiten zu dürfen. Brigadier, du darfst Kaffee holen, oder nein, wir gehen Brötchen essen, und du bezahlst. Du bezahlst überhaupt nicht mehr, es ist also höchste Zeit. Ist der Commissaris schon zurück? Wer erkundigt sich?»

De Gier telefonierte. «Juffrouw Antoinette? Ich bin's, der, der um Ihre Gunst wirbt. Ist der Chef schon zurück oder immer noch beim Einweichen in seinem Schwefelbad? Nein? Das ist schade. Aber dann haben Sie nichts zu tun. Kann ich Ihnen vielleicht mit irgend etwas dienen? Zufällig habe ich auch frei, genauso lange, wie es dauern würde.» Das Telefon klickte. De Gier machte ein betrübtes Gesicht.

«Sie wird sich beschweren», sagte Cardozo. «Das hörte ich am

Klicken. Man beschwert sich sowieso schon fürchterlich über dich.»

«Der Commissaris kommt heute nachmittag zurück», sagte de Gier. «Die Beschwerden kenne ich. Halba hat eine ganze Liste davon. Verantwortungsloses Fahren, Gehorsamsverweigerung, beansprucht Sjaan allein für sich. Täglich schreibt er etwas dazu. Adjudant, hast du gelesen, was in der Mappe über den deutschen Terroristen steht? Da ist noch eine ganze Menge, um dir die gute Laune zu verderben.»

«Haben sie den nicht total durchsiebt? Ich las es in der Zeitung am Strand. Halba leitete das Schlachtfest.»

«Nein, eigentlich war Rood der Chef», sagte de Gier. «Hoofdinspecteur Rood war schon seit Wochen hinter unserem östlichen Nachbarn her. Er wußte, wo der wohnte, und ließ ihn immerzu überwachen. Halba ist bekloppt. Er zog den Fall an sich, ohne Rood zu unterrichten. Die Festnahme ging schief. Halba hatte überall Beamte postiert, auch hinter der Zelle. Als der Verdächtige anfing zu schießen, schossen unsere Männer natürlich zurück, und weil sie im Kreis standen, wurde einer getroffen.»

Grijpstra brummte.

«Seht ihr, was passiert, wenn wir mal nicht hier sind?» fragte Cardozo. «Ich hörte vorhin unten in der Kantine einigen Tratsch. Ein paar Beamte hätten in Nachtclubs hineingeschaut und Halba und Guldemeester beim Glücksspiel erwischt. Sie wurden natürlich nicht festgenommen. Soviel Mumm hatten die Beamten nun auch nicht.»

«Das habe ich auch gehört», sagte de Gier. «Das geht schon eine ganze Weile so. Halba ist sehr gut im Geldverlieren.»

«Und der Hoofdcommissaris hat eine Freundin», sagte Cardozo. «Ein bildschönes Fotomodell, mit dem er in einem neuen Porsche herumfährt.»

«Ich mag schon keine Brötchen mehr», sagte Grijpstra, stampfte zur Tür, zog sein Messer heraus, steckte es unter seine Jacke und schloß die Tür mit einem Knall hinter sich.

«Noch mehr Probleme?» fragte Cardozo.

«Der Adjudant hält nichts von Urlaub», sagte de Gier. «Wenn er fort ist und es rätselhafte Leichen gibt, dann nimmt er es persönlich.» De Gier nahm Trommelstöcke von Grijpstras Schreibtisch und schlug ein Becken an, den Teil eines kompletten Schlagzeugs, das zwischen einem Schrank und dem Fenster stand. «Was denkst du, Kollege? Ist das mit dem toten Bankier nach deinem Gefühl koscher?»

Cardozo fuhr sich durch das Haar. «Ich traue dir nie, wenn du mit ‹Kollege› anfängst.»

De Gier schlug einen leisen Wirbel auf der großen Trommel. «Sei so höflich und antworte.»

«Selbstmord ist leicht zu beweisen», sagte Cardozo.

«Und ein Selbstmord, der nicht ganz stimmt, springt einem entgegen», sagte de Gier. Er beschleunigte den Rhythmus. «Es ist schade, daß Grijpstra in letzter Zeit nicht viel getrommelt hat. Der gutmütige Mensch ärgert sich wieder zuviel. Das ganze Getue mit der Korruption bedrückt ihn. Völlig unnötig.»

«Du hast auch nicht gespielt», sagte Cardozo. «Und wenn ich dann daran denke, daß ich mich zum Morddezernat beworben habe, um euer Musizieren hören zu können. Variationen eines Themas von Bach für Trommel und Flöte. Wenn ihr damit beschäftigt seid, komme ich auf schöne Gedanken.»

De Gier schlug auf die Seite der Trommel und spielte mit dem anderen Stock weiter auf dem Fell. Er pfiff eine Kombination hoher Noten. «War dies das Thema, das du meintest?»

«Ja», sagte Cardozo. «Später wird es traurig. Zuerst baust du ein gutes, starkes Grundthema auf und flötest dann plötzlich all die gefühlvollen Weisen.»

«Ich weiß es nicht mehr», sagte de Gier. «Falls Grijpstra jemals wiederkommt, versuchen wir es noch einmal.» Er legte die Stöcke weg. «Allein stelle ich wenig dar, leider. Komm mit, Kollege.» Er öffnete die Tür.

«Wohin?»

«Wir sind wieder einmal ohne Aufpasser», sagte de Gier. «Im Gebäude ist kein Offizier. Führe mich in ein gutes Imbißlokal. Du bist mit dem Bezahlen an der Reihe. Ich tue nichts mehr, bis der Commissaris wieder hier ist und Anordnungen gibt. Eigeninitiative wird bestraft.»

4.

Der Commissaris, der sein teilweise gelähmtes Bein einen endlosen Korridor in der obersten Etage des Polizeipräsidiums entlangschleppte, fragte sich, ob noch jemand wußte, daß er selbst einst ersucht worden war, die Amsterdamer Polizei zu leiten. Wird eine ehrenvolle Ernennung nicht angenommen, weiß fünf Minuten später niemand mehr etwas davon. Die meisten Kollegen, die er gut kennengelernt hatte, waren in den letzten Jahren pensioniert oder versetzt worden. Der vorige Hoofdcommissaris war ein guter Freund gewesen, der Verständnis dafür zeigte, daß der Commissaris an einer Beförderung nicht interessiert war. Es war nicht so, daß er kein Interesse hatte. Aber ein Hoofdcommissaris jagt nicht, der Chef des Morddezernats jedoch sehr wohl. Der Commissaris gab dem offenen Feld den Vorzug. Er fand die Tür, die er suchte. Ein grünes Licht ging an.

«Hatten Sie einen angenehmen Urlaub?» fragte der Hoofdcommissaris. «Nehmen Sie Platz. Eine Tasse Kaffee?»

«Nein, danke, Mijnheer. Ich war noch nicht in meinem Büro.»

Der Commissaris betrachtete seinen Chef und versuchte, seinen Eindruck von dem Mann einigermaßen zu definieren. Höflich, sogar charmant, selbstverständlich gut gekleidet. Keine besonderen Kennzeichen, die bemerkenswert wären. Wahrscheinlich war er deshalb so schnell aufgestiegen. «Nach oben geschwemmt, wegen Mangels an Gewicht», sagte der Vater des Commissaris gelegentlich, wenn er über die Karrieren anderer sprach. Vielleicht. Sei vorsichtig, sagte sich der Commissaris. Neid kann immer dabei sein und jedes Urteil beeinträchtigen.

«Was während Ihrer Abwesenheit geschah, wurde inzwischen erledigt», sagte der Hoofdcommissaris. «Sie wissen von dem getöteten Terroristen? Eine schöne Feder an unserem Hut.»

«Dabei wurde einer von unseren Leuten verletzt?» fragte der Commissaris.

«Ja, leider.» Der Hoofdcommissaris machte ein betrübtes Gesicht. «Keine lebensgefährliche Wunde, aber er wurde ins Gesicht getroffen. Sehr schade. Aber plastische Chirurgie kriegt das wieder hin.»

«Ist es jemand, den ich kenne?»

«Sein Name ist mir entfallen. Ein junger Kripobeamter.»

«Aha», sagte der Commissaris. «Auf Wiedersehen, Mijnheer.»

Er ging den langen Weg zurück zum Fahrstuhl und fragte sich, ob er seinen Spazierstock wieder benutzen sollte. Der Stock fiel jedoch sehr auf. Sein Rheuma hatte sich in letzter Zeit etwas gebessert. Die österreichischen Bäder halfen natürlich nicht, aber seine Frau genoß die Zeit in Bad Gastein. Sie mochte teure Ferienorte. Und der Commissaris genoß angeblich die Besuche bei seinem Bruder, der sich zur Ruhe gesetzt hatte und seinen Lebensabend in einem luxuriösen Landhaus in den österreichischen Alpen verbrachte. Dann kam das Gespräch immer darauf, wie gut es früher gewesen sei. Der Commissaris sprach lieber über das aktuelle Geschehen, aber die Gegenwart zählte für seinen Bruder nicht mehr. Das Versinken in Erinnerungen. Der Commissaris verzog das Gesicht. Sollte ihm das demnächst auch so ergehen? Die Vergangenheit war vorbei, eine vergilbte Kupferstichsammlung, die er besser mied.

Ein uniformierter Offizier ging vorbei und salutierte. «Gut, daß Sie wieder hier sind, Mijnheer.»

«Ja», sagte der Commissaris. «Es ist gut.» Er drehte sich um. «Halba?»

Der Offizier kam zurück. «Mijnheer?»

«Ich habe heute morgen im Flugzeug die Zeitung gelesen. Sie haben zu tun gehabt. Könnten Sie nachher kurz bei mir hereinschauen? Vielleicht zu einem kurzen Gespräch?»

«Mijnheer», sagte Hoofdinspecteur Halba. «Selbstverständlich. Paßt es gegen fünf? Der Bürgermeister hat mich für heute nachmittag zu sich gebeten, wegen der Festnahme des Terroristen. Darum bin ich auch in Uniform. Die Presse kommt ebenfalls. Vielleicht haben Sie Zeit und kommen mit?»

«Sehr nett von Ihnen», murmelte der Commissaris. «Ich glaube nicht, daß es sich machen läßt. Ich muß noch mit meinen Leuten sprechen. Sind sie alle zurück?»

Halbas Augen glänzten hinter den dicken Brillengläsern. «Ich habe noch keinen gesehen. Ich glaube, sie haben keine Lust, mir zu berichten. Ich wollte mit Ihnen noch darüber sprechen. Vor allem ist der Brigadier ziemlich, äh, eigenwillig? Obwohl ich erst seit kurzem im Dezernat bin, aber etwas mehr Achtung vor Rang und Stand...»

«Sie sagen es.» Der Commissaris schaute Halba nichtssagend an. «Dann gegen fünf, Halba. Grüßen Sie den Bürgermeister.»

Im Aufzug wußte der Commissaris, an wen Halba ihn erinnerte. Geschehnisse während des Krieges fielen ihm ein. Der Commissaris, damals noch junger Adjunct-Inspecteur, war nicht bereit, mit den deutschen Besetzern zusammenzuarbeiten, und hatte eine Weile im Gefängnis gesessen. Er wurde verdächtigt, und zwar mit Recht, der Widerstandsbewegung anzugehören. Seine Erfahrungen mit Verhören von Verdächtigen halfen ihm, die Anklage zu leugnen, aber einer der Gestapobeamten gab nicht auf. Er besuchte sein wehrloses Opfer täglich in der feuchten Zelle. Der deutsche Beamte ließ die Zelle ausräumen und Wasser auf den Boden gießen. Der Verdächtige bekam jeden Tag ein Stück Brot und nichts zu trinken, deshalb leckte er das schmutzige Wasser vom Fußboden. Aus jener Zeit stammte sein Rheuma. In zentimeterhohem Wasser zu schlafen, ist nicht sehr komfortabel. Physisch glichen der Deutsche aus der Vergangenheit und der Hoofdinspecteur der Gegenwart einander kaum, aber die Art, wie beide sprachen und ihre Schneidezähne entblößten, wenn sie freudlos lächelten... ja. Stimmt, dachte der Commissaris verbittert, zwei schlimme Nager, wenn auch nicht genau von derselben Spezies.

Er erreichte sein Zimmer. Seine Sekretärin war schon da und blieb vor ihm stehen. Er reichte ihr erstaunt die Hand. Sie küßte ihn auf die Wange. «Juffrouw Antoinette», sagte der Commissaris verwirrt und spürte die feuchte Stelle, die ihre Lippen auf seine Wange gedrückt hatten.

Sie lachte. «Sie dürfen mich auch küssen.» Sie hielt ihm die Wange hin.

«Die modernen Zeiten», brummte der Commissaris.

«Einfache Höflichkeit», sagte Juffrouw Antoinette. «Die Umgangsformen am Arbeitsplatz haben sich geändert, wissen Sie. Kommen Sie, Mijnheer, es tut nicht weh.»

Er küßte sie flüchtig und verschanzte sich hinter seinem Schreibtisch.

«Ekeln Sie sich vor mir?» fragte Juffrouw Antoinette.

Der Commissaris schüttelte heftig den Kopf.

«Bin ich Ihrer Frau ähnlich?»

Der Commissaris dachte nach.

«Es ist nämlich so», sagte Juffrouw Antoinette. «Als sie das letzte Mal hier war und wir zusammen die Treppe hinuntergingen, dachte der Pförtner, ich sei ihre Tochter.»

«Die gleiche Größe», sagte der Commissaris. Er lenkte ein und lachte zurück. «Sie haben ein sehr schönes Jackenkleid, Juffrouw. Schlicht und dennoch reizvoll.»

Sie drehte sich um die eigene Achse. «Ich habe es gekauft, um zu Ihnen zu passen. Dies ist ein so vornehmes Büro. Haben Sie gesehen, daß ich Ihren Schreibtisch und die Schränkchen geputzt habe? Schauen Sie mal, wie die Löwenpfoten am Tisch glänzen. Ihre Möbel sind aus Eiche, sechzehntes Jahrhundert, nicht wahr? Ich bin verrückt nach teuren Antiquitäten.»

«Die Pflanzen sehen auch gesund aus», sagte der Commissaris. «Die haben Sie wirklich besonders gut versorgt. Haben Sie Adjudant Grijpstra und de Gier gesehen?»

«Der Brigadier ruft immer an. Ich finde ihn ziemlich lästig.»

Der Commissaris griff nach der silbernen Thermoskanne auf seinem Schreibtisch. Juffrouw Antoinette nahm sie ihm wieder ab. «Ich schenke den Kaffee ein, Mijnheer. Es ist ein ganz spezieller Kaffee. Ich habe die Kaffeebohnen gekauft und selbst gemahlen, das schmeckt besser, sagte der Mann im Fernsehen.»

«Herrlich», sagte der Commissaris. «Sie verwöhnen mich, meine Liebe. Der Brigadier wird Ihnen lästig?»

«Er flirtet bis zum Überdruß.»

«Möchten Sie, daß ich mit ihm rede? Ich dachte, er sei immer noch in die Kripobeamtin Sjaan verschossen.»

«Sjaan sagt, er sei nett», sagte Juffrouw Antoinette. «Gehen Sie heute nachmittag zu der Feier ins Rathaus? Zu Ehren von Hoofdinspecteur Halbas Durchsetzungsvermögen und Mut?»

Der Commissaris schaute sie düster an. «Nein. Wie geht es dem jungen Kripobeamten und seinem Gesicht?»

Sie schenkte ihm wieder Kaffee ein. «Ein zerschmetterter Kieferknochen. Es wird noch ziemlich viel über den Vorfall gesprochen. Alle Kollegen sagen, Hoofdinspecteur Rood hätte die Festnahme vornehmen sollen. Halba habe alles verpfuscht. Auf seine Anordnung hin seien so viele Beamte da gewesen, daß der Verdächtige Verdacht schöpfte und sofort zu schießen begann.»

Der Commissaris grinste. «Ein Verdacht schöpfender Verdächtiger?»

Sie errötete. «Habe ich mich nicht gut ausgedrückt, Mijnheer? Ich versuchte, es so gut wie möglich zu formulieren, aber ich bin selbstverständlich keine Kollegin, ich tippe nur Briefe.»

«Es tut mir leid», sagte der Commissaris. «Wirklich, nehmen Sie es mir nicht übel. Ich habe Sie nicht ausgelacht. Sprechen Sie ruhig weiter. Was Sie sagen, interessiert mich. Der Verdächtige schoß zuerst?»

«Mit einer vollautomatischen Waffe», sagte Juffrouw Antoinette. «Mit einer israelischen Uzi, einer kleinen, die unter seiner Jacke Platz hatte. Und dann begannen wir, na ja, ich meine, die Kollegen begannen zurückzuschießen, und ein Polizeigeschoß traf den Beamten, der hinter der Telefonzelle stand. Mangel an Strategie, sagen sie in der Kantine.»

«Sieht ganz so aus», sagte der Commissaris. «Halba, wie?»

«Ein Ekel», sagte Juffrouw Antoinette. «Wo ich gehe und stehe, versucht er, mir in den Hintern zu kneifen. Über ihn beschwere ich mich. Was de Gier tut, ist dagegen sehr lieb.»

«Ja?» Der Commissaris seufzte. «Halba ist ein Geschenk, das man einem anderen hätte geben sollen.»

«Sie sollten mal hören, was die Mädchen im Rauschgiftdezernat über Halba sagen, Mijnheer.»

Der Commissaris machte eine abwehrende Handbewegung. «Ja, meine Liebe, aber da sind wir nicht dabeigewesen. Rauschgift ist ein schlüpfriges Gebiet. Da braucht man viel Geld, überall laufen einem Verräter vor die Füße. Halba paßt da hinein. Mich interessiert, warum er in unserem Dezernat arbeiten wollte.»

«Ja», sagte Juffrouw Antoinette kurz angebunden.

«Interessiert es Sie auch?»

«Vielleicht weiß ich, warum Halba unbedingt hierher wollte.»

«Ja?» fragte der Commissaris. «Na, dann erzählen Sie mal.»

«Er will Ihren Posten haben, Mijnheer. Ein Commissaris ist ranghöher als ein Hoofdinspecteur, nicht wahr?»

Der Commissaris trank seinen Kaffee. «Tja, dann wird er eben warten müssen.»

«Vielleicht hält er nichts vom Warten, Mijnheer.» Juffrouw Antoinette ging zur Tür. «Ist noch etwas? Soll ich Grijpstra und de Gier hereinrufen?»

«Ja, tun Sie das.»

Der Commissaris fand, daß Juffrouw Antoinettes Hüften aufregend waren, vor allem, wenn sie sie kurz schwang, und das tat sie immer an der Tür. Er blätterte in der Akte, die sie ihm auf seine Schreibunterlage gelegt hatte, und knurrte verärgert, während er las.

Es klopfte. «Ja?» Seine Assistenten kamen, ihrem Dienstgrad entsprechend, nacheinander herein.

«Das ist ja allerhand», sagte der Commissaris zwanzig Minuten später, als sie zu dritt den Stadtplan betrachteten, den de Gier ausgerollt hatte. «Zwei erledigte Fälle wieder aufgreifen? Weißt du das auch mit Sicherheit, Adjudant? Glaubst du nicht, daß wir dann jemand auf die Zehen treten?»

«Aber wollen Sie das denn nicht auch?» sagte Grijpstra. «Sie sind doch sogar persönlich davon betroffen.»

«Ja», sagte de Gier. «Sie kannten den Bankier. Wie war das noch? Waren Ihr Vater und seiner nicht Partner?»

«Damals war Martin Ijsbreker noch nicht geboren, Brigadier», sagte der Commissaris. «Das ist schon lange her. In der Bank de Finance waren vier Partner, drei noch, als mein Vater sich zurückgezogen hatte. Übrig blieben Ijsbreker sen., Baron de la Faille sen. und der Vater von Willem Fernandus. Ich kannte sie alle. Willem, der gegenwärtige Generaldirektor, und ich gingen sogar zusammen zur Schule.»

«Aber die Freundschaft ist jetzt aus?»

«Und ob», sagte der Commissaris. «Ich grüße ihn nicht einmal, wenn wir uns zufällig auf der Straße begegnen. Der Ruf der Bank ist jetzt noch schlechter als damals. Fernandus ist berüchtigt wegen einer Anzahl von Skandalen. Als Notar ist er jetzt auch wieder in den Nachrichten, ihr habt die Zeitschriften gewiß gelesen.»

«Die Stiftung, die Geld entgegennimmt, um es angeblich an arme Kinder nach Indien und Afrika zu schicken?» fragte Grijpstra.

«Das war wieder mal eine Idee von Willem Fernandus», sagte der Commissaris. «Und die Stiftung ist ein Ableger seiner Bank, einer Bank übler Geschäfte. Habt ihr je von einer Bank gehört, die nur eine Geschäftsstelle hat, und das auch noch im Hurenviertel? Es wurde behauptet, daß die Bank während des Krieges den Deutschen geholfen habe. Fernandus, das weiß ich sicher, war ein Vermittler, der es mit beiden Seiten hielt, aber als der Krieg zu Ende war, hatte er überall Freunde.»

«Ihr Jugendfreund Willem», sagte de Gier.

«Ex-Freund», sagte der Commissaris gelassen. «Mal sehen, wie war das noch mit den Anteilen? Mein Vater verkaufte sein Viertel dem alten Fernandus, der dann die Hälfte hatte. Davon erbte Willem wieder die Hälfte, denn sein Bruder Ernst bekam die andere Hälfte. Also hatte er ein Viertel. Ich glaube, daß Ernst seine Anteile wieder Willem verkaufte. Jetzt hat Willem wieder die Hälfte. Er heiratete die junge Baronesse de la Faille, die von ihrem Vater die Hälfte seiner Anteile erbte, denn sie hatte einen Halbbruder, der ebensoviel bekam. Also hat Willem die Hälfte plus ein Achtel aller Anteile, das sind wieviel Prozent?»

Grijpstra verzog das Gesicht. «Zweiundsechzigeinhalb Prozent», sagte de Gier. «Also ist Willem der Chef. Und der junge Ijsbreker war das einzige Kind?»

«Ja, Brigadier.»

«Nun, der bekam dann ein Viertel, das sind fünfundzwanzig Prozent, und der Halbbruder der Baronesse hat die restlichen zwölfeinhalb Prozent.»

«Ein Motiv», sagte der Commissaris. «Willem Fernandus besitzt zwar den Löwenanteil, aber sein Direktor Martin Ijsbreker hat fünfundzwanzig Prozent und darum höchstwahrscheinlich einen großen Mund.»

«Beweggrund für einen Mord?» fragte de Gier.

Der Commissaris schaute vor sich hin.

«Tja, könnte sein», sagte Grijpstra. «Habsucht ist immer ein gutes Motiv, und Martin dürfte ein durchtriebener Kerl gewesen sein, eine Generation jünger als Willem, und geschieden, nicht wahr?»

«Geschieden», sagte der Commissaris.

«Also konnte er sich amüsieren. Außerdem großes Maul. Mitbestimmung in der Leitung der Bank. Aktiver Direktor, der die tägliche Arbeit erledigt.» Grijpstra klatschte in die Hände. «Na bitte.»

«Er mußte also beseitigt werden?» fragte de Gier. «Eine Kugel in den Kopf? Aber warum leitete Fernandus dann die Bank nicht selbst? Er hatte doch das Sagen. Er hätte den jungen Baron mit seinem Minderheitsanteil hinausdrängen können.»

«Nein», sagte der Commissaris. «Willem hält nichts von Arbeit. Ein Bankdirektor rackert sich ab von neun bis fünf. Willem schaut lieber zum Fenster hinaus, macht eine Reise, vernascht eine Freundin. Kennt ihr nicht sein Haus in der Prins Hendrikkade? Ein richtiger kleiner Palast mit steinernen Löwen an der Freitreppe.»

«Ja», sagte Grijpstra, «und mit ekelhaften Männchen, die das Dachgesims tragen.»

«Dickbäuchige Teufel», sagte de Gier. «Ich kenne das Haus. Es sieht prächtig aus. Der ganze Giebel ist sandgestrahlt und getüncht worden. Geschliffene Fensterscheiben. Schön.»

«Es ist alles in der Nähe», sagte der Commissaris. «Die Bank auch, und Ijsbreker wohnt eine Gracht weiter. Wohnte. Entschuldigung.»

«Und die Schute mit den drei Junkies liegt auch da», sagte Grijpstra.

«Wir können uns das mal ansehen», sagte der Commissaris und schüttelte die Thermoskanne. «Mit etwas Mühe bekomme ich noch drei Tassen heraus. Ganz angenehm, so eine Thermoskanne. Juffrouw Antoinette hat auch eine Kaffeemühle besorgt. O ja, Brigadier, wie gefällt dir meine Sekretärin?»

«Mijnheer?» fragte de Gier.

Der Commissaris schenkte ein.

De Gier kratzte sich am Hintern. «Na ja, eine schöne Frau. Äh, gut gebaut. Ledig und ohne Freund, habe ich gehört. Aber nicht sehr entgegenkommend, äh, ziemlich kühl.»

«So?» fragte der Commissaris. «Du hast es also schon probiert. Hmm, Adjudant, wie weit sind wir gekommen? Cardozo hatte einen der vergifteten Junkies kennengelernt, sagtest du. Wenn du jetzt gleich, falls du Zeit hast, mal mit dem Pathologen und den Waffensachverständigen sprechen würdest, wegen Ijsbrekers Tod, meine ich. Ich glaube nicht, daß jemand sich die Mühe gemacht hat, eine Autopsie an den Junkies vornehmen zu lassen. Und du, Brigadier, kannst das Fernschreiben losschicken mit der Frage nach den Lebensdaten und -umständen von Jimmy, dem amerikanischen Sinologiestudenten. Jimmy wollte uns etwas sagen, aber was? Wer kennt ihn?»

«Besuchen wir Ijsbrekers Wohnung?» fragte de Gier.

«Ja.» Der Commissaris nickte. «Heute abend, dachte ich mir. Ich werde mitkommen. Adjudant, hol dir von Guldemeester den Wohnungsschlüssel, wenn du willst.»

«Adjudant Guldemeester dürfte davon nicht sehr erbaut sein, Mijnheer.»

«Nein?» fragte der Commissaris. «Nein, das nehme ich auch nicht an. Dann tu es gleich, je eher, desto besser.»

«Und wenn er sich weigert, Mijnheer?»

«Dann bringst du ihn hierher, Adjudant.»

Grijpstra fing an zu lachen. Der Commissaris schaute ihn ernst an. «Du machst dich doch nicht etwa über die Dummheit eines Kollegen lustig?»

«Nein», sagte Grijpstra. «Ich dachte gerade an eine Geburtstagsparty bei den Guldemeesters zu Hause. Vor einigen Monaten. De Gier und Cardozo waren auch dabei. Eine ziemliche Katastrophe, Mijnheer. Das war vielleicht ein Drama.»

«Ah?»

Grijpstra schaute de Gier an.

«Ich will nichts mehr davon wissen», sagte de Gier. «Ich habe mich blamiert.»

«Darf ich es erfahren?» fragte der Commissaris. «Oder verrätst du dann ein Geheimnis?»

De Gier schob sich auf seinem Stuhl vor. «Darf ich es erzählen? Grijpstra übertreibt immer. Kennen Sie Guldemeesters Frau Céline?»

«Möglicherweise bin ich ihr mal begegnet», sagte der Commissaris. «Hübsch? Langes blondes Haar?»

«Ein Schätzchen», sagte Grijpstra. «Ein Wackelhintern.»

«Ist Guldemeester nicht schon in den Fünfzigern?» fragte der Commissaris. «Die Frau, an die ich mich erinnere, ist viel jünger.»

«Dreißig», sagte de Gier. «Sie sind noch nicht lange verheiratet und werden es auch nicht lange bleiben. Das merkte ich auf der Party. Guldemeester schenkt einen starken Schnaps aus, den ich zwar mag, aber nicht, wenn ich gerade zu Besuch bin. Und es herrschte dort eine so seltsame Atmosphäre, so daß ich gar nicht erst angefangen habe zu trinken.»

«Stocknüchtern?» fragte der Commissaris.

«So gut wie», sagte Grijpstra. «Ich nicht. Ich war stinkbesoffen. Es war dort nicht auszuhalten, also klammerte ich mich an die Flasche.»

«Ich mache überhaupt nicht gern Besuche», sagte de Gier. «Guldemeester ist ein Betbruder, aber er ließ nicht locker, und wir sind Kollegen, und ich hatte schon einmal abgesagt, also mußte es sein.»

«Ich mache nie Besuche», sagte der Commissaris. «Sie sind reine Zeitverschwendung. Ich sage jede Einladung ab.»

«Ja, aber Sie sind älter», sagte de Gier.

«Und weiser», sagte Grijpstra. «Sie sind sehr weise.»

Der Commissaris schaute ihn über seine Brille hinweg an.

«Céline Guldemeester hatte es auf mich abgesehen», sagte de Gier. «Sie kletterte immer wieder auf meinen Schoß. Alle hatten einen in der Krone. Ich war nüchtern.»

«Sehr vernünftig», sagte der Commissaris.

«Grijpstra war draußen. Guldemeester hielt sich Zwergziegen. Grijpstra hat sie vollgekotzt.»

«Sie sind später eingegangen», sagte Grijpstra. «Sie waren schon krank. Aus der Mongolei eingeführt, solche Viecher gedeihen hier nicht.»

«So?» fragte der Commissaris. «Céline saß auf de Giers Schoß?»

«Sie war nicht wegzuprügeln», sagte Grijpstra. «Es kommt von seinem Schnurrbart. Sie wollte sehen, was er darunter hat.»

«Aber ich schob sie ab», sagte de Gier. «Sehr höflich. Ich war dort zu Gast, und Guldemeester saß nur da und soff, und dann stieg sie auf den Tisch und zog sich aus.»

«Was?»

«Ja, so war es, Mijnheer», sagte Grijpstra. «Ich habe davon noch ein bißchen mitbekommen. Cardozo fand es herrlich. Eigentlich war es seine Schuld. Er sprach von Nachtclubs und so, von Striptease und wie reizend das ist. Und Guldemeester prahlte damit, daß er immer in den Sex- und Spielclub von Fernandus gehe und wie die Leute dort nackt seien, und dann sagte Céline, daß sie das auch könne und gern in dem Club arbeiten würde. Und wir sollten schauen, ob sie Talent dazu habe.»

«Sie tat es auch, um mich zu piesacken», sagte de Gier. «Ich sagte immer nur Mevrouw zu ihr. Was wollte sie denn? Sie war die Frau eines Kollegen, obendrein eines älteren und höherrangigen.»

«Konnte sie es gut?» fragte der Commissaris.

«Prima», sagte Grijpstra, «aber sie hatte es einstudiert. Das war sehr professionell. Die Musik war auch gut, *Pyramid* vom Modern Jazz Quartet, wechselnde Rhythmen, schöne langsame Passagen hier und da, sauber angeschlagen, sie folgte dem perfekt.»

«Stundenlang», sagte de Gier. «Und ich starrte den Teppich an.»

«Warum spielen wir das Stück nicht mal zusammen?» fragte Grijpstra. «Es geht gut als Duo, aber es hat komplizierte Passagen, da kommst du vielleicht nicht mit.»

«Ich will die Musik nie wieder hören», sagte de Gier. «Was war das für ein schrecklicher Abend. Und ich durfte zurückfahren mit dir auf dem Rücksitz, voll bis oben hin.»

«Vielleicht war es dennoch ein interessanter Abend», sagte der Commissaris. «Sag mal, de Gier, du warst hier, während wir Urlaub hatten. Hast du noch etwas gehört von der Reorganisation?»

«Ja», sagte de Gier. «Sie beginnen mit einer Untersuchung durch die Reichskripo. Der Bürgermeister möchte das. Korruption und Inkompetenz sind zuerst dran.»

Der Commissaris schaute auf seine Uhr, zog die Schublade auf, holte eine Dose mit Zigarren heraus, legte sie wieder hinein und schloß die Schublade. «Wenn sie nur mich nicht befragen. Ich halte nichts von Intrigen.»

De Gier starrte den Commissaris an.

«Ja, Brigadier?»

«Nichts, Mijnheer.» De Gier schüttelte den Kopf. «Ich mußte soeben nachdenken. Können wir noch etwas tun? Ich werde das Fernschreiben rausschicken und fragen, was Halba und Guldemeester in der Binnenkant getan haben. Treffen wir uns hier heute abend?»

«In Ijsbrekers Haus», sagte der Commissaris. «Um neunzehn Uhr. Nein, zwanzig Uhr ist früh genug. Ich werde mich vorher ein wenig umsehen, weil ich seit langem nicht mehr in der Gegend gewesen bin.»

5.

«Sehr schön», sagte Adjudant Grijpstra. «Außergewöhnlich. Ein ausgezeichnetes Beispiel dafür, wie schön es einst gewesen ist.» Der Adjudant stand breitbeinig am Rand des Kais, den Kopf nach hinten gelegt, um das Haus vor ihm ganz sehen zu können. De Gier lehnte an einem Baum. Zusammen betrachteten sie das schmale, vier Stockwerke hohe Haus, gebaut aus gefirnißten Steinen, die hohe Fenster mit weißen Rahmen festhielten. Eine Möwe war soeben auf der Spitze des Giebels gelandet und stand in einem scharfen Umriß vor einem wolkenlosen Himmel, der noch blau strahlte, aber bereits durchwoben war von den ersten dunkleren Farbtönen der nahenden Nacht.

«Hast du den Schlüssel?» fragte de Gier.

«Ja», sagte Grijpstra. «Er wollte ihn zuerst nicht rausrücken, aber das hatte ich erwartet. Er wollte wissen, wie und warum und was wir hier wollten. Der Kollege Guldemeester kann sehr widerborstig sein, wenn man ihn drängt.»

«Drängen kannst du gut.»

«Ich habe ihn bekniet», sagte Grijpstra. «Habe gebeten und gedroht. Den Schlüssel mußte ich schließlich selbst suchen.» Grijpstras Kopf neigte sich de Gier zu. «Weißt du, daß Guldemeester eine Elster ist? Sein Schreibtisch ist ein Nest, vollgestopft mit geklautem Zeug. Hundert Kugelschreiber und hundert Schlüssel.»

«Woher weißt du, daß du den richtigen hast?»

Grijpstra hielt den Schlüssel hoch. «Das Etikett, siehst du? Er stand nur so herum, während ich suchte. Jede Form von Mitarbeit lag in weiter Ferne.»

«Hast du seine Notizen auch gelesen?»

«Da war nichts zu finden», sagte Grijpstra. «Das Beweismaterial ist ebenfalls verschwunden. Die Pistole ist futsch. Erinnerst du dich noch an den Behälter mit Waffen, der aus der Waffenkammer verschwunden ist? Hast du das nicht erzählt?»

«Komm, komm», sagte de Gier, «du meinst, in dem Behälter war auch die Walther PPK, mit der Ijsbreker sich in den Kopf geschossen hat?»

Grijpstra nickte. «Eine türkische Putzfrau soll sie mitgenommen haben. Jedenfalls wird das behauptet. Man flüstert nur darüber. Der Hoofdcommissaris will nicht, daß die Presse es erfährt. Die Teile einer Maschinenpistole waren auch dabei, wenn man die zusammensetzt, hat man eine MAC 10, die bei Gangstern in Miami beliebte Schnellfeuerkanone. Sie versuchen jetzt zu unterstellen, die Putzfrau habe das Zeug für eine türkische Heroinbande mitgehen lassen.»

De Gier bewunderte immer noch den Giebel. «Haben sie das Zeug nicht einfach verkauft? Mein Nachbar, der auf meine Katze aufpaßt, wurde vor kurzem angehalten wegen Trunkenheit am Steuer. Es war bereits das zweite Mal, deshalb hat er mit den Beamten geredet, die ihn gefaßt hatten. Als er ihnen dann auch noch einen Briefumschlag zusteckte, war alles wieder gut. Es war ein ziemlich dicker Umschlag, deshalb waren die Beamten ein bißchen verlegen. Sie wollten ihm einen Teil der Summe zurückgeben. Aber weil er sagte, bei ihm sei eingebrochen worden, bekam er eine Pistole geschenkt.»

«Eine Schreckschußpistole?»

«Nichts davon, ich habe sie ihm gereinigt. Zwei Magazine mit Patronen waren dabei, sie ist schußbereit.»

«Ja, für die Bürger tun wir alles.» Grijpstra räusperte sich. «Ich war noch bei den Pathologen. Die wußten auch von nichts. Sie verwiesen mich an Halba.»

«Schau dir das an», sagte de Gier. «Siehst du, daß der ganze Giebel neu gebaut worden ist? Das sind keine übertünchten Bruchsteine, das ist komplettes Fachwerk. Das ist nicht billig. Ich frage mich, ob Ijsbreker der Eigentümer war.»

Grijpstra ging um geparkte Wagen herum. «Das können wir im Grundbuch nachschauen. Das Haus dürfte der Bank gehören, meinst du nicht auch? Wenn es unbelastetes Privateigentum ist, zahlt man einen Haufen Steuern. Als Geschäftseigentum schreibt man den jährlichen Wertverlust ab.»

De Gier nickte. «Das kostete ihn nichts. Er verdiente sogar daran. Geliehener, zinsfreier Reichtum, den man bis an sein Lebensende sehr genießt. Aber er starb früh. He, willst du mal was hören?»

De Gier zog einen kleinen Kassettenrecorder aus der Tasche und hielt ihn an Grijpstras Ohr. Er schaltete ihn ein. «Hallo?» fragte eine gut modulierte fröhliche Baritonstimme. «Dies ist der Anrufbeantworter von Martin Ijsbreker, der mit Ihnen spricht. Möchten Sie eine Nachricht hinterlassen? Ich würde gern wissen, was ich für Sie tun kann. Ich werde Ihnen gleich antworten. Warten Sie auf den Piepton.»

Grijpstra betrachtete erstaunt den Apparat. «Wie kommst du daran?»

«Ich habe ihn vorhin aufgenommen. Heute nachmittag. Ijsbrekers Telefon ist noch nicht abgemeldet. Ein lebenslustiger Mann, wie man hört, nicht wahr?»

«Ja», sagte Grijpstra. «Selbstgefällig und arrogant. Voller Energie. Nichts von Depression. Vielleicht ist das Tonband alt und dreht sich schon seit Jahren.»

«Das würde man hören», sagte de Gier. «Alte Tonbänder sind verkratzt oder fallen teilweise aus. Das sind Stimmen aus dem Grab. Unser Martin hier ist springlebendig.» Er schaute wieder auf das Haus. «Ich sage dir, der Mann hat keinen Selbstmord verübt. Laß uns über die Brücke gehen und das Hausboot anschauen. Unterwegs kannst du mir noch mehr von den Pathologen erzählen.»

De Gier blieb auf dem höchsten Punkt der Brücke stehen, die beide Kais der Binnenkant miteinander verband. Ein paar Jungen fuhren in einem alten Kanu unter der Brücke durch. Sie trugen aus Zeitungen gefaltete Dreispitze, und der Junge vorn im Bug schwenkte ein Holzschwert. Die Bugwelle eines vorbeifahrenden Motorboots hob das Kanu an. Die Jungen schrien vor Vergnügen und paddelten um ihr Leben. «Das sind wir», sagte de Gier. «Wir bekämpfen das Böse.»

«Du tust das», sagte Grijpstra. «Ich tue nur meine Arbeit.»

«Aber du findest es schön?»

«Ich finde nichts daran», sagte Grijpstra. «Ich finde nichts an irgendwas. Ich mache einfach weiter, bis der Tod kommt.»

«Phantast», sagte Grijpstra.

«Beschränkter», sagte de Gier. «Nimm die Scheuklappen ab. Hast du die gestrige Abendzeitung nicht gelesen? Ein Mann mit einem großen Satelliten-Teleskop hat eine Milliarde neuer Sternensysteme entdeckt. Alles was du dir vorstellen kannst, geschieht irgendwo. Du lebst in einer Wunderwelt.»

«Dorthin kann ich nicht kommen», sagte Grijpstra. «Und könnte ich dorthin kommen, wäre es wie hier. Überall sind Egoisten, die vernünftige Regeln brechen. Es sind immer die kleinen grünen Wesen, die das tun. Und überall laufen Trottel wie ich herum, die von Schwachsinnigen wie du erledigt und lächerlich gemacht werden. Es ist alles hoffnungslos, und sobald man erst einmal geboren ist, macht man mit.»

«Was ist hoffnungslos?» fragte de Gier. Er zeigte nach unten. «Siehst du das? Ein Fisch.»

Grijpstra schaute. «Darin gibt es keinen Fisch. Das Wasser ist so verschmutzt, daß es explodiert, wenn man ein brennendes Streichholz hineinfallen läßt.»

«Ein Karpfen», rief de Gier. «Ich habe seinen Schwanz gesehen. Schau. Noch einer, da.»

«Meine gute Angelrute ist kaputt», sagte Grijpstra. «Ich kaufe mir aber keine neue. Sie sind viel zu teuer.»

«Und gestern habe ich einen Haubentaucher im Wasser vor dem *Hotel de l'Europe* gesehen. Einen Haubentaucher mit Jungen, die auf seinem Rücken saßen.»

«Ja», sagte Grijpstra, «in der Themse schwimmen wieder Lachse.» Er schaute de Gier wütend an. «Und das macht es auch nicht besser. Es ist eine große Schweinerei, Brigadier, und die Guten verlieren.»

«Ach», sagte de Gier, «verlier...» Er schaute Grijpstra an. «Mir gefällt es. Wenn alles schiefgeht, dann mit dem Rücken zur Wand.» Er blieb stehen und gestikulierte. «Der Feind greift von allen Seiten an. Er ist bis an die Zähne bewaffnet und jagt uns in die Gassen. Wir essen Katzenfutter und kommen wieder zu Kräften. Wir greifen an.»

«Weshalb Katzenfutter?» fragte Grijpstra.

«Das ist das einzige, das noch im ausgebrannten Supermarkt herumlag.»

«Bist du wieder im Kino gewesen?»

«Dreimal», sagte de Gier. «In einem ganzen Jahr. Dreimal derselbe Film. Es ging um einen wie mich, um einen übriggebliebenen guten Menschen. Der aß Katzenfutter auf einem toten Baum. Lecker, er leckte sich die Finger danach ab. Und er hatte ein schnelles Auto, und eine schöne Frau wurde vergewaltigt, das zeigten sie sehr gut. Ich glaube, er hätte sie gern retten wollen, aber das ging jetzt nicht mehr, deshalb schaute er ein bißchen zu. Und danach schlug er sich ehrlich mit all den schlechten Kerlen, die ebenso stark waren wie er, aber weil er gut ist, ist er noch etwas stärker. Und schneller. Gescheiter auch. Aber vielleicht hast du recht. Du bist zu langsam für das Heldenleben. Du kannst mal kurz mitmachen, aber du gehst gleich drauf. Und dann räche ich dich, dann habe ich auch etwas zu tun. Da liegst du.» Er hockte sich nieder und griff in die Luft.

«Bist du mal kurz ruhig?» fragte Grijpstra. «Laß meine Leiche in Ruhe.»

«Vielleicht hast du noch etwas von Wert», sagte de Gier und griff vorsichtig ins Leere. «Einige Patronen für mein Jagdgewehr mit dem abgesägten Lauf. Dein Wurfmesser, das ebenfalls handlich ist.»

«Allein kannst du nichts», sagte Grijpstra. «Wenn dir jemals etwas glückt, dann nur, weil wir alle hinter dir stehen.»

De Gier sprang auf. «Bist du sicher, daß du bei diesem Fall mitmachen willst? Ich habe das Gefühl, daß du keine Lust dazu hast. Meine Phantasien sind der Wirklichkeit näher, als du glaubst. Warte noch ein Weilchen, dann wirst du es sehen.»

«Ich sehe nichts, ich höre nur einen Haufen Gefasel», sagte Grijpstra. «Ich habe etwas Besseres zu tun. Ich möchte Enten malen, aber mir fehlt noch der Hintergrund.»

«Und die Pathologen?» fragte de Gier. «Haben sie die Autopsie vorgenommen oder nicht?»

«Hör doch auf», sagte Grijpstra abgespannt. «Der Autopsiebericht ist nicht zu finden, und wir finden ihn auch nicht. Der Arzt, der die Sache erledigte, sagt nichts, und der andere kann nicht beweisen, was er angeblich gesehen hat. Es seien zwei Kugeln in Ijsbrekers Kopf gewesen.»

De Gier dachte nach. Er hob eine Hand und deklamierte: «Der tote Bankier stand mit Mühe auf und erschoß sich noch einmal.»

«Zwei Kugeln», sagte Grijpstra, «ein Loch, und zwar genau mitten in der Stirn der Leiche.»

«Statistisch gesehen ist es ein bißchen unwahrscheinlich», sagte de Gier. «Der Mensch, der es satt hat, schießt sich entweder in die Schläfe oder in den Mund und – abweichend von der Regel – auch mal zwischen die Augen. Ein Schuß in die Stirn kommt kaum vor.»

«Zwei Kugeln, Kaliber Punkt zweiundzwanzig.»

«Das stimmt also», sagte de Gier. «Ist das nicht fein?»

«Die verschwundene Pistole war auch eine Punkt zweiundzwanzig», sagte Grijpstra. «Der Mann in der Waffenkammer wußte das mit Sicherheit. Aber wenn zwei Kugeln durch ein Loch gehen, dürfen wir annehmen, daß eine vollautomatische Waffe benutzt wurde, die sehr schnell feuert. Die Walther PPK ist nur halbautomatisch. Der Abzug geht zwar sehr leicht, so daß man zweimal hintereinander schnell schießen kann, aber auch dann gibt es zwei Löcher. Ich sage, daß ein automatisches Armeegewehr amerikanischer oder russischer Herkunft benutzt und Ijsbreker irgendwo von dort erschossen wurde.» Er zeigte hinüber zum Nordkai der Binnenkant.

«Über die Gracht hinweg, Adjudant?»

«Ja», sagte Grijpstra. «Schau in den Bericht. Ijsbreker wurde hinter dem offenen Fenster in der dritten Etage gefunden. Hier von der Brücke aus ist das der Südkai. Als wir vorhin auf dem Kai standen, mußten wir uns weit zurücklehnen, um die dritte Etage sehen zu können. Aus einer solchen Position kann man keine genauen Schüsse abfeuern. Wenn zwei Kugeln nur ein Loch machen, muß die Waffe fest eingestellt sein. Ich sage dir, daß sie auf einem Dreifuß stand.»

«Weißt du mit Sicherheit, daß es zwei Kugeln waren, Adjudant?» De Gier machte ein mißmutiges Gesicht. «Hast du sie gesehen?»

Grijpstra machte ebenfalls ein mißmutiges Gesicht. «Eine ist verschwunden. Deshalb ist der Chefleichenschneider so in sich gekehrt. Er bekam Ijsbrekers Leiche am späten Nachmittag zugeschoben und arbeitete schnell daran. Alles ging schief. Der andere Pathologe schwatzte auf ihn ein. Die elektrische Kreissäge, mit der man den Schädel öffnet, brannte durch. Leichenschneider I gab auf und lief nach Hause, nachdem die Arbeit erst halbwegs getan war, aber er hatte die beiden Kugeln schon herausgefummelt und auf seinen Tisch gelegt. Eine der türkischen Frauen kam früh am nächsten Tag, um zu schrubben, und unglücklicherweise – es kann ja sein – schrubbte sie eine der Kugeln weg. Sie fiel auf den Fußboden und verschwand mit dem Dreck.»

«Und Schneider I will das schriftlich bestätigen?»

«Aber nein», sagte Grijpstra. «Der Schleimscheißer will es weder schriftlich noch mündlich geben. Und Schneider II redet nur, um seinem Chef Schwierigkeiten zu machen. Aber er redet nur so, nicht unter Eid...»

De Gier grinste. «Anarchie.» Er hob ein Bein und tanzte um den Adjudant herum. «Die Zügellosigkeit nähert sich uns von innen und außen. Das macht Spaß, Henk. Wir können uns zwar vorstellen, wie alles passiert ist, aber von Beweisen ist nicht die Rede.»

«Also geben wir es auf», sagte Grijpstra betrübt. «Das Schicksal stellt sich gegen uns, wegen eines falschen Spiels von Kollegen. Sie haben die Pistole und die eine Kugel absichtlich verschwinden lassen.»

De Gier hinkte wieder zurück. «Wenn du aufgibst, mache ich allein weiter. Dann habe ich endlich auch mal freie Hand. Da jetzt die ganze Organisation zusammenfällt, ergeben sich neue Möglichkeiten. Ich sehe einen prächtigen Kampf mit einem herangaloppierenden schwarzen Ritter voraus. Ich wurde erzogen, immer höflich zu bleiben, aber damit muß es einmal aus sein. Ich will mich nicht mehr auf der Judomatte verbeugen und aufhören, wenn der Gegner mit der Hand auf den Boden schlägt.»

«Nichts da», sagte Grijpstra. «Ich halte dich auf dem rechten Pfad. Wie weit sind wir jetzt?»

«Du», sagte de Gier, «hast soeben einen Scharfschützen hinter ein automatisches Armeegewehr auf einem Dreifuß gesetzt. Erkläre das näher.»

«Moderne Armeegewehre haben ein kleines Kaliber», sagte Grijpstra. «Amerikanische Gewehre werden aus Armeebaracken gestohlen und russische gratis an Gesindel verteilt. Nun denn, wo stand der Schütze? Auf dem Dach des Hausboots?»

«Das ist das Hausboot, in dem die drei toten Junkies gefunden wurden», sagte de Gier. «Wenn man auf dem Dach des Boots steht, ist man viel zu gut zu sehen. Obendrein herrschte in der Nacht schlechtes Wetter. Es regnete Bindfäden. Dann versuche mal, genau zu zielen.»

«War der Schütze irgendwo drinnen?» fragte Grijpstra. «Im Haus hinter dem Boot? In Nummer zwanzig, zweite Etage, wo die alte bedauernswerte Frau von unten wohnenden Musikern hinausgetrommelt wurde? He!»

«Was heißt hier he, Adjudant?»

Grijpstra fuhr sich mit den Fingernägeln durch das Bürstenhaar. «Dies ist verwirrend. Ich brauche keine bedauernswerte alte Frau in meiner Theorie. Sagtest du nicht, daß sie vorher schon mal Anzeige erstattet hat? Worüber hat sie sich beklagt?»

«Du solltest die kleinen Berichte auch mal lesen», sagte de Gier, «das sind oft die drolligsten. Wir haben hier eine alte alleinwohnende Frauensperson, die mit schöner Regelmäßigkeit ihre brüchigen Knochen zur nächsten Polizeiwache schleppt, weil Schurken verlangen, daß sie ihre Wohnung räumt.»

«Das stand nicht im Bericht», sagte Grijpstra.

«Schlußfolgerungen stehen nie darin, Adjudant. Man stellt nur Tatsachen fest. Dieser Mensch soll raus aus seinem Haus, aus einer Etagenwohnung. Warum?»

«Die Trommler wollen das ganze Haus?»

«Und ob», sagte de Gier geduldig. «Hier gibt es noch niedrige, von der Gemeinde bestimmte Mieten. Mevrouw Jongs zieht nur aus, wenn man sie an den Haaren die Treppe runterschleppt. Die Anarchie ist zwar schon stark, aber alte Damen wegzerren darf man noch nicht. Also haut man auf die Trommel.»

«Ist das nicht sehr kompliziert? Die toten Junkies muß ich auch noch in meiner Theorie unterbringen. Vergiß Mevrouw Jongs.»

«Du hast sie hineingebracht», sagte de Gier entrüstet. «Es geht um ihr Haus. Drinnen stand dein Gewehr.»

«Schweig mal eben, Brigadier. Die erste Etage ist hoch genug für die Schüsse, und in der ersten wohnt sie nicht. In der ersten wurde getrommelt. Warum erstattet Mevrouw Jongs als einzige Anzeige? Lärm verbreitet sich auch seitwärts. Warum beschweren sich die seitlichen Nachbarn nicht?»

De Gier schob Grijpstra von der Brücke zum Nordkai. «Schau und schäm dich.»

«Ja», sagte de Gier. «Die Nachbarhäuser stehen leer. Aha, aha. Das Haus muß geräumt werden, um drei leere Häuser miteinander zu verbinden. Hier wird ein neuer Sexclub gegründet oder eine Spielhölle. Das Geschäft mit dem Übel breitet sich aus.»

«Der Gedanke war simpel», sagte de Gier. «Mevrouw Jongs ist ein Hindernis. Sobald sie ihre alten Füße in Bewegung gesetzt hat, kommt der teure Innenarchitekt und die exklusive Baufirma, und dann gibt es oben Zimmer mit Massagebädern und unten Räume mit Roulette. Alles ist klar, die Band kann aufspielen.»

«Die Band ist bereits da.» De Gier betrat den Fußweg und schaute durch das Fenster der Erdgeschoßwohnung. «Schau dir das Schlagzeug an.»

«Besser als unser verbeultes», sagte Grijpstra. «Die Gitarre ist ebenfalls erstklassig. Siehst du die Treppe? Die führt zur ersten Etage, in der die Musiker auch bleiben. Zwei Haustüren nebeneinander, eine für Mevrouw Jongs' Etage.»

«Stand das Gewehr in der ersten Etage?» fragte de Gier. «Sind der Schlagzeuger und der Gitarrist verdächtig? Wir kommen gut voran.»

«Glaubst du das wirklich?»

«Du nicht?» fragte de Gier.

«Ich bin nicht sehr gescheit», sagte Grijpstra. «Mein Vorstellungsvermögen ist nicht so stark. Der Gegner hat eine Betonkonstruktion errichtet. Die Tatwaffe ist verschwunden, die zweite Kugel weggefegt worden. Halba und Guldemeester haben unterschrieben, daß es Selbstmord war. Wie faul ist da Guldemeesters Weigerung, den Schlüssel herauszurücken? Und dazu die drei toten Junkies, von denen einer zuvor zu Cardozo etwas von Mord geschwatzt hatte.»

«Es braucht nicht genau zu stimmen», sagte de Gier. «Aber wir tun jedenfalls etwas. Wir knien uns hinein. Das ist das Tolle an dem Fall. Kommst du mit zu dem Boot?»

Das Boot glich einem verrotteten Wrack. Auf das durchgerostete Deck einer ausrangierten Müllschute hatte man eine kleine Hütte aus gefundenen Brettern gebaut und sie mit Resten ausgetrockneter Farbe bemalt. Möbelteile hatte man auf das Vordeck geschoben, die vielleicht als Sitze beim Sonnenbaden dienen sollten. Achtern waren nachlässig zerrissene Plastikbeutel aufgestapelt, aus denen undefinierbarer Dreck quoll. Über dem Dach der Hütte hing ein mit körnigem Ruß beschmiertes Ofenrohr. Der Laufsteg bestand aus übereinander geschobenen Resten von Hartfaserplatten.

«Ein Traumpalast», sagte Grijpstra.

De Gier las den Namen des Boots. *«Das Nashorn des Zweifels.»*

«Das verstehe ich überhaupt nicht», sagte Grijpstra. «Du?»

De Gier betrachtete die kräftigen Buchstaben. «Noch nicht, aber das kommt noch. Tritt kein Loch in den Laufsteg.»

Die Eingeweide des Boots waren feucht und dunkel. «Guten Abend», sagte der Commissaris. «Ich dachte mir, daß ihr kommt.» Sein unmoderner Anzug aus Schantungseide bildete einen hellen Fleck in dem langen, schmalen Raum. Er saß auf einem Schaukelstuhl, der kläglich quietschte.

«Guten Tag, Mijnheer.» Grijpstra schwenkte die Hand, die auf dem Weg zum Schulterhalfter gewesen war. De Gier, breitbeinig, die Hände bereit, um zuzuschlagen, entspannte sich.

«Ich bin es nur», sagte der Commissaris. «Ich sitze schon ein Weilchen hier und stelle mir die eine oder andere Frage. Keine angenehme Atmosphäre hier, nicht wahr? Empfindet ihr das auch?»

Grijpstra schnüffelte, de Gier schlurfte durch den Raum. «Ja», sagte de Gier. «Tod. Fäulnis. Und Angst.»

Grijpstra fluchte, er hatte gegen einen Puppenkopf getreten, der über die vermoderten Dielenbretter rollte und sich mit dem einen langbewimperten Auge umschaute und mit dem anderen zwinkerte.

«Schlechtigkeit?» fragte der Commissaris. «Die Bewohner tauschten alles, was sie hatten, gegen die Visionen aus dem Stoff ein.» Er zeigte auf ein niedriges, mit Lumpen bedecktes Bett. «Dort müssen ihre Reste sein, der materielle Überschuß von drei jungen Menschen, die zu Schatten ihrer selbst wurden. Aber so ganz stimmt das nicht. Seht ihr den Kontrast? Ich sitze bereits seit einer Stunde hier, und nicht alles, was ich wahrnehme, ist unbedingt schlecht. Es gibt hier Beispiele für eine bestimmte starke Inspiration.»

«Dies?» fragte de Gier und betrachtete eingerahmte, mit Tusche gepinselte chinesische Schriftzeichen.

Grijpstra murmelte. «Gute Handschrift.»

«Ein schwarzer Junkie, ein weiblicher Junkie und Mr. Jimmy Floyd, Student der Sinologie», sagte de Gier. «Die Schriftzeichen stammen von Jimmy. Aber was ist das denn?»

Grijpstra kam ebenfalls, um sich das aufgehängte Gebilde anzuschauen. Ein aus Brettchen und Stöckchen zusammengeleimter und -genagelter Nashornkopf in natürlicher Größe schaute zurück.

«Ein faszinierendes Kunstwerk», sagte der Commissaris. «Ein komplett zusammengestelltes Puzzle aus gefundenem Material. Der Künstler hatte einen scharfen Blick. Findet ihr das auch schön gemacht?»

De Gier sah es jetzt besser in dem schwachen Licht, das durch das schmutzige Fenster hereindrang. «Die Farben sind auch gut aufeinander abgestimmt, Mijnheer.» Er bewunderte das lange Horn, leicht nach oben gebogen, bemalt mit einem fahlen Orange, das auffällig mit den verschiedenen Grautönen der faltigen Wangen und der Stirn des Tiers kontrastierte. «Ein Gebilde, das einen anspricht.»

«Das Zweifel überbringt?» fragte der Commissaris. Er griff nach dem Arm des Brigadiers und zog sich aus dem Schaukelstuhl hoch. «Merkwürdig. Es ist ein Beispiel dessen, was ich ein gut durchdachtes surrealistisches Werk in einem schwimmenden Abfallbehälter nennen würde. Eine gelungene Kunst, aufgehängt in tödlichem Negativismus. Wollen wir jetzt gehen? Die Feuchtigkeit in der Luft ist nicht gut für meine Beine.»

De Gier legte seinen Arm um die schmalen Schultern des Commissaris und geleitete den alten Mann über den wackeligen Laufsteg. «Dieses Boot ist eine Gefahr für die Gesundheit der Menschen», sagte der Commissaris. «Ihr könnt die Wasserschutzpolizei anrufen. Abschleppen und verbrennen. Adjudant? Nimmst du den Kopf und die gerahmten Schriftzeichen mit und legst sie in euer Auto?»

Während der Commissaris und der Brigadier auf Grijpstra warteten, berichtete de Gier. Der Commissaris schaute auf die Karpfen unter der Brücke. «Erstaunlich, Rinus.»

«Möglicherweise vorsätzliche Beseitigung von belastendem Beweismaterial», schloß de Gier. «Aber vielleicht bekommen wir irgendwie einen Zeugen, so daß es einen beweisbaren Verdacht gibt.»

«Das kommt durch die Japaner», sagte der Commissaris. «Wir sollten endlich damit aufhören, diese fleißigen Leute zu verleumden, und ihnen statt dessen angemessene Dankbarkeit zeigen.»

«Japanische Verdächtige?» fragte de Gier.

«Du auch schon?» fragte der Commissaris. «Warum sollten wir ärgerlich sein, wenn sie die Herstellung der technischen Erfindungen übernehmen?» Er grinste ein großes Fischmaul an, das mit dicken, glänzenden Lippen die Wasseroberfläche durchbrach. «Wenn ich einmal wiederkomme, nehme ich Brot mit. Das Biest hat Appetit. Nein, Brigadier, ich sehe in den Japanern jetzt unsere Wohltäter. Je mehr Fabriken hier geschlossen werden, desto schöner wird das Land. Die Natur kommt zurück.»

«Haben Sie mitgekriegt, was ich soeben sagte?» fragte de Gier.

«Ja», sagte der Commissaris. «Das meiste davon hatte ich mir auch schon überlegt, als ich vorhin im Schaukelstuhl saß und träumte, aber Mevrouw Jongs ist mir neu. Durch sie können wir schon ein ganzes Ende weiterdenken. Und die Musiker passen auch genau in unsere Geschichte. Wir brauchen dringend Verdächtige.»

«Schnappen wir sie uns dann?» fragte de Gier.

Der Commissaris schaute wieder auf die plätschernden Karpfen. De Gier räusperte sich. «Wie?» fragte der Commissaris. «O ja. Nein, Brigadier, damit warte noch. Das muß geschehen, wenn du sicher bist, daß sie das Schlagzeug bearbeiten. Eine wehrlose alte Frau zu belästigen ist ein perfides Verbrechen. Wenn ihr sie deswegen greift, haben wir vorläufig genug. Die Bankiersleiche kommt später dran.»

«Sie sind jetzt sowieso nicht zu Hause, Mijnheer.»

«Morgen.» Der Commissaris zeigte in eine Gasse. «Da kommt der Adjudant schon. Dieses Kunstwerk von Nashornkopf fesselt mich, Brigadier. Ich habe es mir von allen Seiten angesehen. Eigenartig, weißt du, dieser Gegensatz, etwas Schönes inmitten von Schmutz.»

Grijpstra kam und ging mit ihnen zusammen zu Ijsbrekers Haus. Unterwegs ließ de Gier den Kassettenrecorder abspielen.

Der Commissaris nickte, als sich der Apparat ausschaltete. «Warum hast du Ijsbrekers Nummer angerufen?»

«Ich dachte, vielleicht ist jemand im Haus», sagte de Gier. «Vielleicht eine Freundin. Jemand, den man befragen kann.»

«Wußten Sie, daß Ijsbreker geschieden ist?» fragte Grijpstra.

«Das wußte meine Frau, Adjudant. Ich habe Martin seit Jahren nicht gesehen. Seine Frau ist wieder nach Rotterdam gegangen und wohnt bei ihren Eltern. Ich habe dort mal angerufen und hatte den Eindruck, daß sie ganz zufrieden ist. Sie hat einen neuen Freund.»

«Und was halten Sie von der Stimme des Bankiers?» fragte de Gier.

«Fröhlich und kräftig. Keine Spur von Trübseligkeit. Nein, es stimmt schon. Es ist höchstwahrscheinlich Mord.»

«Massenmord», sagte Grijpstra.

Der Commissaris berührte den Arm des Adjudant. «Gehst du jetzt nicht zu weit? Meinst du, daß die Junkies auch in unseren Fall verwickelt sind?»

Grijpstra zeigte auf das Hausboot. «Man kann von hier aus beinahe auf das Boot spucken. Drei Überdosen gleichzeitig? Noch dazu in derselben Nacht?»

«Aus dem Boot ist nicht geschossen worden», sagte de Gier. «Es liegt zu niedrig. Ijsbreker stand in der dritten Etage. Vielleicht haben die Junkies den Anschlag gesehen und mußten deshalb verschwinden. Meinst du das?»

«Ich habe keine Ahnung, was ich meine», sagte Grijpstra düster.

«Schauen wir uns noch mal gut um», sagt der Commissaris. «Schon beim Schauen lernt man. Aber ich bekomme den Eindruck, man will nicht, daß wir schauen.»

6.

«Guten Tag, Hoofdinspecteur», sagte der Commissaris am nächsten Morgen. «Ist Ihr Erfolg angemessen gefeiert worden? Ich habe den *Koerier* noch nicht gelesen. Sind die Journalisten froh über Ihre Schießerei auf den deutschen Terroristen?»

Halba, zerknittert in einem schlechtsitzenden Anzug, stand wie verloren auf dem farbigen Perserteppich im Zimmer des Commissaris.

«Nehmen Sie doch Platz.» Der Commissaris griff zum Telefon. «Juffrouw Antoinette, würden Sie die schöne Thermoskanne hereinbringen? Ich habe Besuch.» Er lächelte Halba an. «Bitte.» Er legte den Hörer auf. «Das muß man gegenwärtig schon hinzufügen, sonst schreiben sie eine Beschwerde. Die Damen im Haus achten sehr auf unsere Manieren.»

«Dumme Zicken», sagte Halba leise. Er verzog verächtlich die dünnen Lippen. «Ja, Mijnheer. Tut mir leid, daß ich gestern nicht mehr kommen konnte, aber der Bürgermeister hat eine feuchtfröhliche Nacht daraus gemacht. Wir sind noch ausgegangen, und das dauerte bis zum frühen Morgen.»

Juffrouw Antoinette kam und schenkte den Kaffee ein. Sie reichte Halba eine Tasse. «Mijnheer Halba, die Bank hat angerufen. Ihre Frau war auch wieder am Telefon. Es gibt anscheinend Probleme mit Ihrer Kreditkarte. Der Mann von der Bank sagte, Sie möchten ihn so schnell wie möglich anrufen, und Ihre Frau war ziemlich verwirrt. Ich glaube, Ihr Konto ist ziemlich überzogen.»

Der Hoofdinspecteur hatte Schwierigkeiten mit einem zuckenden Lid. «Ja, Juffrouw, ich werde mich darum kümmern.» Juffrouw Antoinette wackelte triumphierend mit den Hüften an der Tür. Der Commissaris zog die Brauen hoch. «Äh, ja. Warum habe ich Sie eigentlich kommen lassen? Ah, ich weiß schon.» Er betrachtete seine auf der Schreibunterlage ausgebreiteten Hände. «Ihr Kollege Rood hat vorhin angerufen. Mit seinem Beamten im Krankenhaus steht es nicht zum Besten. Erzählen Sie mal, wie war das genau mit dem Terroristen? Gab es keine Möglichkeit, den Verdächtigen angemessen festzunehmen?»

«Ein heikler Fall», sagte Halba. «Es erstaunt mich immer noch, daß wir nicht mehr Schwierigkeiten hatten. Terroristen sind äußerst schwierig zu ergreifen. Wir fanden den Kerl, weil uns eine Zimmervermieterin anrief. Sie sagte, sie habe einen deutschsprechenden Gast, dem einige Patronen zwischen Bett und Wand gefallen waren. Sie ließ uns ein, als der Verdächtige fort war. Die Frau sagte, der Deutsche rufe täglich aus einer Telefonzelle in ihrer

Straße jemand an, obwohl in ihrem Korridor ein Telefon sei, das den Gästen zur Verfügung stehe. Im Zimmer fanden wir zwischen den Oberhemden des Verdächtigen einige Magazine einer Uzi-Maschinenpistole. Die Waffe selbst war nicht da, also durften wir annehmen, daß er sie bei sich trug. Die Uzi mit dem kurzen Lauf paßt bequem unter eine Jacke. Die Beschreibung des Verdächtigen durch die Frau stimmte mit der eines berüchtigten deutschen Terroristen überein, die wir von der Polizei in der Bundesrepublik erhielten.»

«Und Sie haben die Ermittlungen von Anfang an geleitet?»

«Nein, das war Rood», sagte Halba. «Ich übernahm den Fall, weil es hier um ein ernstes Delikt ging, und da ist Rood nicht zuständig. Das ist Arbeit für das Morddezernat, Mijnheer, und darum...»

«Brachten Sie den Verdächtigen um.» Der Commissaris schaute Halba streng an. «Sie brachten die Ermittlungen gleich mit um, denn Hoofdinspecteur Rood hatte vor, den Verdächtigen behutsam beschatten zu lassen, um zu sehen, ob wir seine Kontaktpersonen auch fassen konnten. Es geht nicht um ein gefährliches Individuum, sondern um ein ganzes Dickicht, in dem sich allerlei todbringende Personen verbergen. Konnten Sie nicht noch etwas warten, Mijnheer?»

Halba schlug die Beine übereinander, stützte die Arme auf die Seitenlehnen seines Stuhls und wollte die Fingerspitzen aneinanderlegen. Sein Ellenbogen rutschte weg. «Weiter abzuwarten war zu gefährlich. Terroristen laufen mit Bomben herum, die sie in Warenhäusern oder an anderen Orten mit viel Publikum niederlegen. Je schneller wir so einen Schurken erledigen, desto besser.»

«Erledigen, ah ja?» fragte der Commissaris. «Es ist möglich, das Telefon in einer Zelle anzuzapfen. Der Verdächtige telefonierte täglich. Aber gut. Nun zu etwas anderem. Warum ließen Sie Beamte hinter der Zelle stehen, wenn Sie vorhatten, gleich zu schießen?»

Halba schüttelte den Kopf. «Der Beamte hätte besser aufpassen können. Unsere Arbeit ist nun einmal riskant. Wenn man ein Omelett zubereitet, muß man auch ein Ei aufschlagen dürfen.»

«Das hat Lenin auch gesagt», sagte der Commissaris. «In Stalins Straflagern sind mehr Menschen umgekommen als in deutschen Konzentrationslagern. Hören Sie auf. Was sind denn das für Sprüche? Und warum haben Sie keine Festnahme-Einheit eingeschaltet? Die Feldjägertruppe und die Reichspolizei werden ausgebildet für Festnahmen mit Gewalt.»

«Keine Zeit», sagte Halba. «In führender Stellung muß man schnell etwas entscheiden. Es handelte sich um eine Krise, die ich professionell gelöst habe.» Er steckte sich eine Zigarette an. «Haben Sie vor, eine offizielle Untersuchung einzuleiten?»

«Das könnte ich vorschlagen», sagte der Commissaris. «Ich gehe gleich einmal zum Hoofdcommissaris. Ich finde es immer erschreckend, wenn einer von unseren Leuten unnötig verletzt wird.»

«Ja», sagte Halba. «Der Hoofdcommissaris war gestern abend auch auf der Party. Ich hatte den Eindruck, daß Henri vollkommen mit der Art einverstanden war, wie ich den Fall geklärt habe.»

Der Commissaris zog ein Papier zu sich heran. «Juffrouw Antoinette hat alle Berichte und Protokolle zum Fall Ijsbreker zusammengesucht. Der Pathologiebericht fehlt. Von der Ballistikabteilung haben wir auch noch nichts gehört. Ich habe den Eindruck, daß schludrig gearbeitet wird.»

Halba seufzte. «Henri weiß das alles. Der verschwundene Behälter mit Waffen ist Gegenstand einer geheimen Untersuchung. Haben Sie die Leiche schon gesehen?»

Der Commissaris schüttelte den Kopf.

«Wenn Sie sich die Mühe machen würden, Ijsbrekers Leiche anzuschauen, dann würden Sie sehen, daß sein Gesicht von der Explosion der Patrone ziemlich verfärbt ist. Das bedeutet, daß der Schuß aus nächster Nähe abgefeuert worden ist. Also Selbstmord.»

«Ein Loch», sagte der Commissaris, «und zwei Kugeln. Der Pathologe weigert sich, einen Bericht zu schreiben. Wieviel Kugeln waren es?»

«Eine ist anscheinend verlorengegangen.» Halba nickte heftig. «Dann bleibt eine übrig. Wir müssen ja logisch bleiben. Eine fehlende Kugel berücksichtige ich nicht.» Die Asche seiner Zigarette fiel ihm auf die Hose, aber er hielt die Kippe dennoch kurz über den Aschbecher. «Sie sollten sich übrigens an Guldemeester wenden. Es war sein Bericht, ich habe nur gegengezeichnet.»

«Adjudant Guldemeester hat vorhin angerufen», sagte der Commissaris. «Er nimmt sich heute einen freien Tag. Wenn Sie einen Bericht gegenzeichnen, sind Sie jedenfalls dafür verantwortlich. Sind Sie mal in Ijsbrekers Haus gewesen?»

«Nur kurz.» Halba steckte sich an der Kippe eine neue Zigarette an. «Der Terrorist... ein Haufen Ärger. Ich sehe keinen Grund, Guldemeesters fachliche Arbeit in Zweifel zu ziehen. Alles paßte genau. Brandspuren vom Schießpulver im Gesicht, Brief auf dem Tisch, getippt und unterzeichnet. *Ich selbst habe es getan. Es wird mir alles zu schwer. Eine aussichtslose Situation. Es tut mir leid, wenn ich jemand Schwierigkeiten bereite.* Oder so ähnlich. Guldemeester hat die Unterschrift mit Papieren von der Bank verglichen.»

Der Commissaris knipste sein Feuerzeug an und betrachtete die Flamme.

«Zigarette?» Halba stand auf und bot dem Commissaris sein Päckchen an. «Hm?» Der Commissaris steckte das Feuerzeug wieder ein. «Nein, danke. Ich rauche jetzt weniger. Vormittags überhaupt nicht mehr. Wissen Sie, Mijnheer Halba, ich habe kein Vertrauen in getippte Briefe von Selbstmördern. Jemand wie Ijsbreker unterzeichnet wohl schon mal blanko, weil er dringend fort muß und keine Lust hat zu warten, bis der von ihm diktierte Brief getippt ist.»

Halba rammte seine Zigarette in den Aschbecher. «Ijsbreker tickte nicht ganz richtig. Guldemeester hat seinen Stellvertreter gesprochen, einen Baron de la Faille. Der Baron sagte, sein Chef habe an ernsten Depressionen gelitten.»

«Und der Baron ist jetzt Direktor?» fragte der Commissaris. «Hat er vielleicht Ijsbreker von seinem Stuhl gestoßen?»

Halba zog an seiner Nasenspitze. «Ziehen Sie nicht voreilige Schlüsse? Guldemeester stellte fest, daß die Bank dem Notar Fernandus gehört. Kennen Sie ihn?»

«Ja.» Der Commissaris nickte. «Willem.»

«Willem Fernandus, Mijnheer. Fernandus wurde auch befragt. Der Notar wußte überhaupt noch nicht, wer neuer Direktor werden soll.»

«Wollen wir mal schauen», sagte der Commissaris. «Die Pistole, mit der Ijsbreker umgebracht wurde, ist verschwunden. Wir haben einen getippten Brief. Warten Sie, das muß ich vorher noch sagen.

Die Ermittlungen sind wiederaufgenommen worden, auf meine Veranlassung hin. Nicht nur einfach so, sondern ich habe mir das gut überlegt. Gestern habe ich mich im Mordhaus umgesehen. Guldemeester war so freundlich, Grijpstra den Schlüssel zu geben. Ist Ihnen aufgefallen, daß mindestens zehn Gemälde aus dem Haus verschwunden sind? Das ist leicht an den Farbflecken an den Wänden zu erkennen. Ein Schränkchen muß ebenfalls fortgenommen worden sein, denn ich sah eine gebogene Linie vom Oberteil des Möbelstücks an der Wand. Ein Schrank für Porzellan, nehme ich an, die haben häufig eine geschwungene Form.»

«Nein», sagte Halba. «Wie ich schon sagte, ich bin nur kurz hinein- und dann wieder hinausgegangen. Guldemeester hat den Fall hauptsächlich allein bearbeitet. Vielleicht sind die Sachen später herausgeholt worden. Die Erben...»

Der Commissaris schüttelte den Kopf. «Nein. Die Haustür war noch versiegelt, als wir kamen. Tun Sie das öfter? Berichte unterzeichnen, von dessen Richtigkeit Sie sich nicht überzeugt haben?»

Halba schaute auf seine Uhr. «Nein, normalerweise nicht, aber ich muß Ihnen sagen, daß es hier viel zu tun gab. Ich muß jetzt wirklich gehen. Im großen Saal ist eine Versammlung von Offizieren. Kommen Sie auch?»

«Ich glaube, daß ich mir das Gefasel heute einmal erspare», sagte der Commissaris.

Halba ging zur Tür. Er blieb stehen, eine Hand auf der Türklinke.

«Ja?» fragte der Commissaris.

«Dieses Gespräch hat mir nicht gefallen», sagte Halba scharf. «Ich hoffe, Sie sind sich sehr darüber im klaren, was Sie da tun.»

«Ich glaube schon», sagte der Commissaris. Er lächelte, als die Tür zugeschlagen wurde. «Und ich finde es außerdem gut.» Der Commissaris nahm von einem Regal eine kupferne Gießkanne und gab seinen Begonien und Palmen behutsam Wasser. «So, wenn es klappt, spricht der Verdächtige jetzt.» Er wählte eine Telefonnummer, lauschte und legte wieder auf. Er wählte eine andere Nummer. «Juffrouw Antoinette? Ich habe soeben in Guldemeesters Haus angerufen, aber die Leitung ist besetzt. Wollen Sie es noch einige Male versuchen? Wenn Sie auch nicht durchkommen, hätte ich gern, daß Sie mir seine Adresse auf einem Stadtplan anzeichnen. Er wohnt irgendwo außerhalb. Ja, tun Sie das? Ich danke Ihnen, Juffrouw.»

7.

Das Klingeln des Telefons klang kläglich, hörte auf und fing wieder an. De Gier, der aus der Kantine kam, wo er sich düstere Sprüche vor allem über die bevorstehende Untersuchung durch die Reichskripo angehört hatte, nahm den Hörer. «Mordkommission.»

«Brigadier de Gier?» flüsterte eine heisere Stimme.

«Ja.»

«Prinseneiland», zischte die Stimme. «Die Kneipe von Ome Bert. In einer Stunde.» Das Telefon tutete bereits wieder das Freizeichen.

«Ja?» fragte Grijpstra in der Türöffnung. De Gier schüttelte noch den Hörer.

«Karate», sagte de Gier. «Er und sein Schlingel von Kollege haben etwas entdeckt. Machen wir da mit? Ich möchte nur mit dem toten Bankier zu tun haben. Ketchup und Karate haben immer so bizarre Fälle, zwar drollig, aber man kommt damit nicht weiter.»

Grijpstra ließ sich an seinem Schreibtisch nieder und pellte eine Zigarre aus ihrer Plastikhülle. «Ich möchte schon, weil ich über die Witzbolde immer lachen muß.»

«Du?» fragte de Gier. «Du hältst doch nichts von Vergnügen. Du hältst nörgelnd beharrlich an alter Langeweile fest. Laß uns lieber unsere eigenen Rollen spielen. Ich habe gern spannende Abenteuer und sehe den verfeinerten Humor von Gewalttätigkeit ein. Ketchup und Karate gehören eher zu mir. Hast du Ijsbrekers Leiche schon gesehen?»

«Klar.» Grijpstra leckte an seiner Zigarre. «Ich dachte, du würdest mitkommen. Ist dir allein bei dem Gedanken schon schlecht geworden? Ich habe Schlimmeres gesehen. Ein etwas verkommener, gutgekleideter Vierziger, der oben auf dem Kopf kahl ist, in schlechter körperlicher Verfassung, dicker Bauch und eingefallene

Brust. Selbstverständlich zu viele Feste gefeiert. Du hast die Damenslips gesehen, die zwischen den Lederkissen der Couch in seinem Haus lagen. Laut Mijnheer Jacobs von der Leichenkammer roch Ijsbreker noch nach Parfüm, als sie ihn in den Eisschrank schoben. Der Pathologe hat ihn sich auch noch einmal angeschaut.»

«Der, der redet?» fragte de Gier. «Oder der Schweiger?»

«Der redende Pathologe, wegen der Spuren von verbranntem Schießpulver auf dem Gesicht. Der Pathologe behauptete, der Mann habe seine Leber versoffen. Ijsbreker ist ein Alkoholiker in den späten Vierzigern. Er schnupfte auch Kokain, von seiner Nasenscheidewand ist nur noch wenig da. Kein Heroin, da er keine Einstiche im Arm hatte.»

«Schießpulverspuren, wie?» De Gier machte ein betrübtes Gesicht. «Das ist schade. Also doch?»

Grijpstra grinste. «Wieso? Das ist doch ein alter Trick. Man erschießt jemand aus einem gewissen Abstand und gibt später aus nächster Nähe einen Schuß mit Platzpatrone ab.» Grijpstra hob belehrend den Finger. «Wir gehen jetzt von Mord aus. Zum Mord gehört Vorsatz. Ijsbreker wurde bei Donner und Blitz umgebracht. Der Sturm wurde vorhergesagt. Donner macht Krach. Mehr Krach als das Knallen eines Kleinkalibergewehres.»

«Du wußtest nichts von dem Sturm», sagte de Gier. «Sonst hättest du Nellies Zelt gerettet. Oder war das auch Vorsatz? Wolltest du eine Woche lang ruhig mit deiner Malkunst zu Hause sein?»

«Nicht schlecht», sagte Grijpstra. «Wir sind wieder sarkastisch. Ich fühle mich schon besser. Wenn die beiden Kugeln nicht gewesen wären, würde ich vielleicht den Mut verloren haben.»

De Gier machte wieder ein trübes Gesicht. «Eine Kugel, Adjudant. Die andere ist Tratsch.»

«Tratsch von jemand, der kein Interesse an dem Fall hat.» Grijpstra steckte seine Zigarre an und sog zufrieden daran. «Tratsch eines Pathologen, der keinen Grund hat, uns in die Quere zu kommen.»

«Der aber sehr wohl seinen Chef in Schwierigkeiten bringen möchte», sagte de Gier.

«Unsere beiden Ärzte sind Rivalen, die einander nichts gönnen. Wer unten ist, der will nach oben. Er erfindet eine zweite Kugel und verbreitet das Gerücht im ganzen Gebäude. Die Autoritäten fragen sich daraufhin, ob der oberste Pathologe für seine Arbeit überhaupt taugt.»

Grijpstra betrachtete das glühende Ende seiner Zigarre. «Nein, das geht zu weit. Es waren wirklich zwei Kugeln. Wie kommen wir überhaupt dazu, eine zweite zu erfinden? Nicht einmal ein Pathologe kommt auf so etwas. Ein Selbstmord, eine Pistole, eine Kugel. Die zweite Kugel ist zu merkwürdig, um darüber zu phantasieren. Und der zweite Pathologe ist ein austauschbarer Durchschnittsmensch, der übliche Pseudointellektuelle ohne jedes Niveau.» «Der Mann ist zu dumm, um sich etwas Sonderbares auszudenken.»

«Du magst ihn nicht, wie?» De Gier machte ein teilnahmsvolles Gesicht. «Okay. Zwei Kugeln. Kommst du mit zum Prinseneiland? Wenn wir nicht hingehen, bekommen wir nie wieder einen Tip.»

«Fahr doch nicht immer auf den Straßenbahnschienen», schrie Grijpstra.

«Wir kommen so schneller voran», schrie de Gier zurück.

«Viel zu rutschig», schrie Grijpstra. «Aaaaaah.»

Der Wagen gehorchte de Giers stampfendem Fuß auf dem Gaspedal und fuhr mit kreischenden Reifen durch eine scharfe Kurve. «Weißt du», schrie de Gier, der sich nicht um die Ampeln an einer verkehrsreichen Kreuzung kümmerte und den VW-Golf zwang, zwischen einem Bus und einem Lastwagen hindurchzuhuschen, «vielleicht haben wir Glück. Ich habe allen das Fernschreiben zugehen lassen. James T. Floyd? Der Sinologiestudent? Erinnerst du dich? Der Junkie, der von Cardozos Stuhl fiel?»

Grijpstra versuchte, seine Zigarre auszudrücken, aber durch die unregelmäßigen Bewegungen des Wagens verfehlte er jedesmal den Aschbecher. Er warf den Stummel aus dem Fenster, aber durch eine neue plötzliche Richtungsveränderung kam der wieder zurück. Grijpstra fing ihn instinktiv auf und verbrannte sich die Hand. «Auuu.» Der Schrei drückte sowohl Schmerz aus als auch Angst. Ein Radfahrer flitzte am Auto entlang.

De Gier bremste und hielt Ausschau nach einem Parkplatz. «Radfahrer gehören nicht auf die Straßenbahnschienen. Die Geleise sind für die Straßenbahn bestimmt.»

«Wir sind auch keine Straßenbahn.»

Sie schlenderten zusammen durch die engen Gassen vom Prinseneiland. «Wir sind ein Notfall. Darum bin ich auch zur Polizei gegangen. Wir brechen die Regeln, damit andere wissen, woran sie sich zu halten haben. Wir fahren schnelle Autos, die speziell entworfen wurden, damit wir mitrasen können. Wir wenden Gewalt an mit unseren Superwaffen, wir denken freier mit unserer speziell ausgesuchten, genialen Hirnapparatur, wir negieren die Tabus der Mittelmäßigkeit, die sich über das Land ausgebreitet hat, wir...»

Grijpstra war versunken in einen zeitlosen Frieden. Die glänzenden Pflastersteine unter seinen Füßen, die Reihen schöner Häuser, jedes mit einer etwas anderen Giebellinie und mit hohen Fenstern beiderseits der geschnitzten Türen, die geschwungene weiße Brücke, der er sich mit jedem Schritt näherte, ein Grüppchen schläfrig treibender, buntgefiederter Enten in der Gracht, die glucksend quakten, gaben ihm sanfte Gedanken ein.

«Ja», sagte der Adjudant.

«Da stimmst du mal zu, ja?» fragte de Gier.

«Ich könnte eigentlich am besten aufhören», sagte Grijpstra munter. «Hast du schon von dem Getratsche am Vormittag in der Kantine gehört? Alle machen sich Sorgen um die Sicherheit ihres Arbeitsplatzes. Ohne Arbeit sind sie nichts. Aber Arbeit ist nur ein Zaun, den wir um uns selbst aufgestellt haben, damit wir aufrecht bleiben können. Karriere? Bah. Nun weiß ich sehr wohl», Grijpstra machte eine entschuldigende Geste, «daß ich vielleicht noch kein wahrer Künstler bin. Nimm nur das Gemälde, an dem ich arbeite. Seit Monaten bin ich damit beschäftigt, und ich habe noch keinen grünen Hintergrund, aber hier», er zeigte auf das Wasser der Gracht unter der Brücke, in dem sich bemooste Kaimauern fahlgrün spiegelten, «hier sehe ich ihn.» Die Ketten der Brücke knarrten und knirschten. «Ich höre ihn auch.» Grijpstra hielt sich die Hand hinter das Ohr. «Hörst du? Das Geräusch kann ich auf dem Schlagzeugbecken nachmachen und es dann in einer Eigenkomposition verarbeiten...»

«Ja», sagte de Gier.

Grijpstra schaute auf. «Gut. Du bist auch Künstler. Hör dir jetzt mal die Möwen an. Die Dehnung am Ende ihres Gesangs paßt ausgezeichnet für deine Flöte.»

«Das war gut überlegt, nicht wahr?» fragte de Gier und legte seine Hand leicht auf Grijpstras Schulter. «Mein Fernschreiben an alle Büros. Wir müssen mehr über die toten Junkies erfahren. Bis jetzt wissen wir nur, daß sie in der Nähe der anderen Leiche starben, aber wenn wir jetzt ermitteln, wer Jimmy eigentlich war und wie sein täglicher Weg den Weg von Ijsbreker gekreuzt hat... hier ist die Kneipe.»

Eine undeutliche Gestalt bewegte sich hinter der abgewetzten Theke. Zwei andere Gestalten erhoben sich in der dunklen Schankstube. Der Wirt kam herangeschlurft.

«Guten Morgen», sagte Grijpstra. «Du lebst noch, Bert?»

«O ja.» Bert zeigte sein Zahnfleisch. «Ich schau mir noch alles an. Genever, die Herrschaften?»

«Gute Idee», sagte Grijpstra. «Ich trinke am liebsten am Morgen. Ein guter Beginn dauert bis tief in die Nacht hinein.»

Grijpstra und de Gier brachten ihre tulpenförmigen Gläschen zum hinteren Teil der Gaststube. Zwei junge Männer mit engen Jeans und mit metallbeschlagenen Lederjacken standen auf und schüttelten die Hände.

«Ketchup», sagte Grijpstra. «Karate», sagte de Gier.

«Hallo», flüsterten die beiden Kriminalbeamten, wobei sie sich über die Schulter schauten.

«Leisetreter», sagte de Gier. «Schon gut, schon gut, wir machen es, wie ihr wollt. Erzählt.»

«Jimmy, der Junkie», sagte Karate. «Wir wissen alles, aber das dürft ihr nicht offen in einem Fernschreiben erwähnen. Wir werden überwacht. Wir sind die letzten Unschuldsengel im ganzen Büro.»

«Anrufen geht gar nicht mehr», sagte Ketchup. «Alle Telefone werden von der Reichskripo angezapft.»

«Und die Reichskripo», sagte Karate, «gehört zur anderen Seite.» Seine lackierten Fingernägel glänzten in dem spärlichen Licht. Seine Augen mit dem Make-up glänzten.

«Auf Schwulentour?» fragte de Gier. «Ist es wieder soweit?»

Ketchups Hennahaar glänzte ebenfalls. «Wir sind befördert worden. Unsere Kripo schreibt die Schwulentour vor. Wenn man nicht auffallen will, muß man so aussehen.»

«Ach», sagte Grijpstra. «Sobald man hier reinkommt, qualmt einem der Irrsinn entgegen.»

Ketchup schob einen Tabaksbeutel und Zigarettenpapier hin.

«Danke», sagte de Gier. «Die Arbeitsweise der Reichskripo ist für uns zu primitiv.» Er drehte sich eine Zigarette und hatte Mühe mit einigen harten grünen Stückchen, die das Papier durchstachen. «Was ist das für ein Kraut?»

«Hasch», sagte Ketchup. «Laß mich nur machen. Das gehört zu unserer Maskierung. Wenn man nicht high ist, glauben einem die bösen Menschen nicht. Wir sind immerzu high. Die Kollegen von der Reichskripo ebenfalls. Aber die haben besseren Stoff. Vor einigen Nächten haben wir zwei geschnappt. Sie sind aus Den Haag, fuhren hier mit einer offenen Corvette herum. Wir fahren einen Camaro, zwar hübsch poliert, aber nicht so neu. Rauschgifthändler, wißt ihr, fahren amerikanische Wagen. Deshalb hielten wir die beiden für Dealer und nahmen sie fest. Dann ein kleines Schwätzchen. Jetzt sind wir dicke Freunde. Hasch hilft. Und die erzählten, daß die Telefone des Morddezernats angezapft worden sind.»

«Als allererste», sagte Ketchup. «Das ist eine große Ehre. Mit euch fangen sie an. Die Corvette soll dem Commissaris folgen, aber weil der sich kaum noch bewegt, fuhren sie nur so herum. Bis wir sie aufgegriffen haben.»

«Das ist nicht gut», sagte Grijpstra, «gut ist jedoch der Genever. Prost, Brigadier.» Er schaute Karate an. «Hast du denen gesagt, daß das nicht gut ist? Sie sollten hinter Halba und dem Hoofdcommissaris her sein. Die sind das echte Gesindel. Spielschulden und blonde Weiber. Und Guldemeester. Und das ganze Rauschgiftdezernat. Glücksspieldezernat ebenfalls. Die Ausländerpolizei. Wir sind die Guten.»

«Nein», sagte Karate. «Stell dich nicht so dumm an, Adjudant. Jetzt ist alles umgekehrt. Die Schlechten gewinnen. Die Reichskripo ist auch schlecht, sagten die beiden Kollegen, aber die sind wiederum gut. Es bleibt kompliziert.»

«Ist sie so gut?» fragte de Gier. «Und die rauche ich einfach auf?»

Ketchup gab ihm Feuer. «Nicht zu tief inhalieren, dann fällt man um. Dieses Hasch hat die Regierung beschafft, wir verteilen es und gewinnen so Freunde. Sehr stark. Ganz pur.»

«Und Jimmy?» fragte Grijpstra.

«Zen», sagte Karate. «Jimmy war Zen-Buddhist. Damit muß man anfangen, sonst versteht man es nicht. Verstehst du Zen?»

Grijpstra hob eine Hand. Karate nickte. «Du verstehst. Das ist der richtige Klang.»

«Hallo», sagte de Gier. «Bin ich noch dabei? Ich bin in moderner Mystik nicht so zu Hause. Habe ich etwas verpaßt? Hat Grijpstra soeben ein geheimes Zeichen gemacht?»

«Der Adjudant hat die Erkenntnis», sagte Ketchup, «und darum geht es.»

Grijpstra setzte sein Gläschen ab. «Das Geräusch von einer einzigen Hand. Zwei Hände klatschen. Eine Hand gibt die vollkommene Stille wieder, das weiß ich aus der Zeitung.»

«Jesses», sagte Karate, «warum verpatzt du es? Wenn man es erklärt, ist es weg.»

«Bei Fortgeschrittenen ist es erlaubt», sagte Ketchup. «Denn wenn es weg ist, kommt es wieder. Du bist noch nicht fortgeschritten.»

«Grijpstra ist fortgeschritten?» fragte de Gier und inhalierte tief. «Dann taugt Zen nichts. Wenn Grijpstra es versteht, dann gibt es nichts daran zu begreifen.»

«Begreifst du es auch schon?» fragte Ketchup. «Es gibt nichts zu begreifen. Du bist gut.»

«Oh, das begreife ich schon seit Jahren», sagte de Gier. «Das kommt von meinem Bett. Ich habe es auf einer Auktion ergattert. Ein Bett mit Kupferstangen. Ich wußte sofort, daß weißes Bettzeug darauf gehört, das ich dann auch gekauft habe. Man macht das Bett, legt sich ganz flach hin, hakt die Zehen um die Kupferstangen und fällt dann in einen Halbschlaf, bei dem es bleibt, und dann begreift man, daß es nichts gibt. Und daß darum eigentlich auch nichts werden kann. Wenn man jedoch denkt, daß eigentlich etwas da ist, dann ist man mißbraucht. Und das sind wir deshalb meistens. Dann kommen die Wichtigtuerei, die groben Schnitzer, die ganzen...»

«Jimmy?» fragte Grijpstra.

«Daß du das so begreifst», sagte Karate, «das mit der einen Hand. Klug, nicht wahr, Ketchup? Hältst du den Adjudant nicht für klug? Wir hatten ihn immer für einen ziemlichen Blödmann gehalten.»

De Gier rauchte hustend weiter. «Ich auch. Und ich kenne Grijpstra gut, aber ab und zu bricht bei ihm doch etwas durch. Er hat eine gewisse Erkenntnis. Natürlich nicht soviel wie der Commissaris. Vielleicht schwatzt er dem Commissaris nach. Kann sein. Wenn jemand in der Nähe ist, der es wirklich begreift...» De Gier schaute mit einem Auge auf die glimmende Zigarette und machte noch einen tiefen Zug. «Der es wirklich begreift, daß nichts da ist, dann kann man das nachschwatzen, vielleicht. Das ist keine wirkliche Erkenntnis. Ich habe sie ein bißchen, aber das kommt von dem Bett mit den Stangen.»

«Jimmy?» fragte Grijpstra noch einmal.

«Gut», sagte Ketchup. «Dieser Jimmy. Den haben wir eines schönen Tages festgenommen. Der Junge war ein Dealer, das sah man gleich. Wir haben ihn mitgenommen, aber es war eine herbe Enttäuschung.»

«Ein kleiner Dealer», sagte Karate. «Ganz klein. Jeweils ein halbes Gramm, das bringt nichts. Er hockte auf dem Junkieboot an der Binnenkant mit einem kostspieligen Mädchen aus Wassenaar, aber das war auch einmal, das Kostspielige an ihr. Das hatte sie weggespritzt. Dem Mädchen sind wir auch begegnet. Ihr Vater ist Psychiater, er hat zwei Volvos vor der Tür und einen Garten mit Magnolien. Sie sprach den teuer anerzogenen Akzent von dort drüben. Den hatte sie noch. Der ist gut, um Kunden in die Lange Niezel mitzulocken. Das ist wieder mal etwas anderes. Sie wurde Nutte, aber das muß wohl sein. Heroin ist teuer.»

«Das Mädchen ist auch tot», sagte de Gier.

Karate wedelte vorbeiziehenden Rauch weg. «Brigadier, die ist wirklich zu stark für dich. Leg sie lieber weg. Ja, auch tot, der schwarze Junge ebenfalls, aber es waren vier Junkies in dem Boot, und ihr habt drei auf Eis. Wo ist der andere geblieben?»

«Wir haben vier Leichen», sagte Grijpstra. «Kennt ihr den vierten Junkie?»

«Ja», sagte Ketchup.

«Beschreibung?»

Ketchup stand auf, zog die Schultern hoch, verschränkte die Arme und drehte die Hände nach innen. Er legte den Kopf auf die hochgezogene Schulter. Einen Mundwinkel sog er nach innen. Er schlurfte um den Tisch herum, ein Knie vorgestreckt, er murmelte und stotterte.

«Spastiker?» fragte de Gier.

«Er war auch im Boot», sagte Ketchup, «als wir Jimmy zurückbrachten und alles durchsuchten. Es war fast nichts da. Alles sehr traurig. Der schwarze Junge litt an Krämpfen, das Mädchen aus Wassenaar schielte vor Hunger, und Jimmy spuckte Blut, aber der spastische Mann sah ausgezeichnet aus. Wir haben zuerst gar nicht gemerkt, daß er ein Gebrechen hatte, das zeigte sich erst, als er versuchte, etwas zu sagen.»

«Und du hast ihn seitdem nicht mehr gesehen?»

«Nein, Adjudant. Wir sind noch einmal dort gewesen, um zu helfen, die Leichen wegzubringen, aber da war der motorisch Gestörte nicht dabei.»

De Gier lächelte. «Gut. Wie sprecht ihr so herrlich entspannt. Wißt ihr, daß ich durch die Pausen zwischen den Worten hindurchschauen kann?» Er flatterte mit den Armen. «Das gesprochene Wort ist wie ein schwebender Schwan, schwebend in der silbernen Unendlichkeit.»

Karate nahm de Gier die Zigarette aus dem Mund und zerdrückte sie im Aschenbecher. «Die drei starben an einer Überdosis superreinen Heroins. Ich halte das für verrückt. So reines Heroin wird nicht gehandelt. Sie hatten die funkelnagelneuen Nadeln noch im Arm. Der Stoff kam ins Labor. Mit einer Spritze davon kann man einen ganzen Volksstamm in den Himmel schicken.»

De Gier rührte den Kaffee um, den Bert gebracht hatte. «Seht ihr das? Wie die Milch sich dreht? Ich lese daraus Antworten. Ich begreife immer mehr.»

«Rauch noch eine», sagte Grijpstra. «Das ist gut für deine Erkenntnis. Funkelnagelneue Nadeln, Karate? Wie sind sie daran gekommen? Junkies benutzen immer schmutzige Nadeln.»

«Und verschnittenes Heroin», sagte Ketchup. «Bei der Sache stimmt aber auch nichts, Adjudant. Das war geplant, von außen her. Die Junkies hatten nur Dreck um sich herum. Eine schöne Schweinerei war das.»

«Nicht alles», sagte Karate. «Erinnerst du dich noch an den Nashornkopf? Den hatte der stotternde Junge gemacht, nur aus Trödel, den er aus der Gracht gefischt hatte. Das ist mühsam, wenn die Hände nicht gehorchen. Jede Bewegung, die er macht, wird anders als gewollt.»

«Das Kunstwerk habe ich jetzt zu Hause», sagte Grijpstra. «Und chinesische Schriftzeichen. Die sind auch nicht schlecht.»

«Die Farben», sagte de Gier, der immer noch den Kaffee umrührte. «Ich meine, es gibt überall gute Farben, die sind einfach da, hier auch, im Kaffee, aber versuche mal, sie nach draußen zu bringen und nach Plan einzupassen.»

«Das sagte ich dir vorhin.» Grijpstra drückte gegen de Giers Schulter. «Auf der Brücke, aber da wußtest du wieder mal von nichts. Das Grün der Gracht...»

«Ja», sagte Karate. «Die chinesischen Schriftzeichen hätte ich beinahe vergessen. Das mußt du hören, Adjudant. Wir hatten Jimmy Handschellen angelegt, und ich hatte den Schlüssel verloren. Ketchup ging zurück zur Wache, um einen anderen Schlüssel zu holen, und da sah ich die chinesischen Bildchen. Also sagte ich: ‹Was ist das?› Und der Kerl sagt, er studiere chinesische Philosophie, was ich natürlich nicht glaube, denn er ist ein Schmutzfink, zahnlos, ein Fahrraddieb und zudem ein Zuhälter, denn der ganze müde Haufen lebte von der Lady aus Wassenaar.»

«Kann man denn dabei nicht Sinologie studieren?» fragte Grijpstra.

«Van Gulik», sagte de Gier, «studierte auch Sinologie und war Botschafter und Di war Minister.»

«Ja?» fragte Karate höflich. «War Di denn nicht Richter?»

De Gier sprach sehr langsam und unterstrich seine Worte mit entsprechenden Gesten. «Zuerst Richter. Du hast nur seine Krimis gelesen. Später war Di Minister. Van Gulik kam dann nicht mehr an ihn heran, aber er schrieb noch schnell etwas über chinesischen Sex im Altertum.»

«Hier wird logisch gedacht», sagte Grijpstra. «Brigadier, gestattest du? Ja, Karate, und dann?»

«Jimmy sagte, er habe die Schriftzeichen selbst gepinselt, aber das war natürlich Quatsch, denn er hatte sie nicht alle. Aber die Schriftzeichen waren prächtig. Deshalb sagte ich, er solle nicht quatschen, und dann, was meint ihr wohl? Die Tussi aus Wassenaar holt von irgendwoher ein Papier, einen Pinsel und ein Gläschen Tusche. Und ruck, zuck haut Jimmy einen chinesischen Spruch hin.»

«Mit gefesselten Händen?»

«Ja», sagte Karate. «Ruck mit dem Pinsel, zuck aufs Papier. Rukkizucki.»

«Mu», sagte Ketchup.

«Ich bin auch müde», sagte de Gier. «Ich fühle mich wie im Bett. Wenn das so bleiben könnte, brauchte ich nichts mehr.»

«Nein, *mu*», sagte Ketchup. «Das heißt soviel wie Nichts. Das ist wieder Zen, weißt du. Es ist also das gewöhnliche Nichts. Das hat der Kerl mal eben gezeichnet. Damit erklärte er alles. Die Leere, wißt ihr? Es ist nichts los.»

«Ach», sagte Grijpstra verärgert.

«Ja», sagte Ketchup und schlug auf den Tisch. «Das finde ich auch. Es ist so, daß ich auch so empfinde, aber muß man sich dafür verplempern? Sich in einer Dreckschute totspritzen lassen? Geht es nicht etwas feiner?»

Am Tisch herrschte Stille, erfüllt von empörtem Unverständnis.

«So macht das keinen Sinn», sagte Ketchup. «Ich war schon wieder zurück und machte ihm die Handschellen ab, und dann gingen wir. Wie war das noch mit dem Bankier? Wir haben versucht, in das Haus zu gehen, aber der dürre Adjudant aus eurem Dezernat ließ uns nicht. Der hielt alles fest verschlossen, und dabei gehört das zu unserem Revier. Und Halba mit seiner Rattenschnauze sprang dort auch herum.»

«Bah», sagte Grijpstra.

«Stimmte auch nicht, wie?» fragte Karate. «Und ebenfalls an der Binnenkant ist noch die alte Frau mit ihren ewigen Anzeigen, die unser Brigadier jedesmal abwimmelt. Da können wir auch nichts tun.»

«Unser Brigadier sagt, er wolle sich selbst darum kümmern», sagte Ketchup. «Aber er tut es nicht, denn er muß immer nach Vinkenoort mit seinem Kahn fahren, einem handgefertigten Boot mit flachem Boden im Wert von etwa zwanzig Mille. Halba fährt gelegentlich auch mit und hübsche Weiber aus dem Motel. Da geht Zeit verloren.»

«Und wir haben Zeit satt.» Karate drehte sich auch einen Joint.

«Wir müssen verdammt aufpassen, was wir reinbringen. Es gibt so'n Stoff und solchen. Irgendwelcher loser Stoff ist gut, dann klopft man uns auf die Schultern, aber wenn wir unglücklicherweise Stoff der Stiftung ergattern, der von der Jugendbehörde stammt, dann ist die Revierwache zu klein für die Wut des Brigadiers.»

«Und darum kümmern sich die von der Reichskripo in dem Corvette-Wagen auch nicht», sagte Ketchup. «Die kümmern sich um euch.»

«Ach, ach», sagte Grijpstra. «Hörst du das, de Gier?»

De Gier schaute ihn freundlich an. «Ich werde sie ganz allein herausfordern, Adjudant, darauf freue ich mich schon. Irgend jemand wird bei der Stiftung herumlaufen, der meiner Mühe wert ist. Mit dem duelliere ich mich. Das ist jetzt erlaubt. Die Regeln sind gehörig verschwommen, die große Freiheit bricht an. Das habe ich schon immer gewollt, einen schwarzen Ritter besiegen. Ritter gegen Ritter. Mit offenem Visier.»

«Das müßt ihr hören», sagte Karate. «Der Brigadier hat recht. Das wollen wir auch. Mit der Korruption kann man nach allen Seiten ausbrechen. Man braucht sich nicht zu beherrschen. Wir sind gut ausgebildet worden. Die Stiftung hat einen Club, von dem aus die ganze Sache geleitet wird. Wir sollten uns den Club vornehmen, ihr und wir. Cardozo kann auch mitmachen.»

«Ich habe Cardozo gesehen», sagte Ketchup, «bei der Bank de Finance. Er kennt dort jemand, mit dem er einen Kaffee trinken wollte. Ich winkte ihm zu, aber er wollte mich nicht sehen. Das war die Bank, deren Direktor der tote Ijsbreker war. Was hat Cardozo da zu tun?»

«Ein Duell», sagte de Gier. «Dann kämpfe ich endlich mal allein. Der Commissaris kritisiert mich nicht, der Adjudant bremst mich nicht, Cardozo läuft mir nicht vor die Füße. Aber es muß ein guter schwarzer Ritter sein, jemand meines Standes.»

«So», sagte Grijpstra. «Dann komm mal mit.» Er richtete de Gier auf. «Ich fahre dich jetzt zu deiner Wohnung, und dann wirst du auf deinem Erkenntnisbett ein hübsches Nickerchen machen.»

«Tschüs, Bert», sagte de Gier.

«Packt sie», sagte der Wirt.

8.

Der silberne Citroën des Commissaris rollte langsam durch die Kurven einer schmalen Straße auf einem Damm, der niedrig gelegene Felder vor der gestauten Kraft eines Flusses schützte. «Ah», sagte der Commissaris, als er eine gepflasterte Haltebucht sah. Er hielt an und betrachtete noch einmal die Karte auf dem Armaturenbrett. Mit dem Finger folgte er einer zitterigen roten Linie, markiert mit kleinen Pfeilen, die Juffrouw Antoinette eingezeichnet hatte. Der Fluß war ebenfalls auf der Karte vorhanden. Der Commissaris war nahe am Ziel, vielleicht zu nahe. Es war noch früh am Tage, und Guldemeester, der von der neuen Regelung Gebrauch machte, die Überstunden mit Freizeit belohnte, würde es wenig passend finden, vor zehn Uhr morgens Besuch zu bekommen. Der Commissaris stellte den Motor ab. Dies war kein angenehmer Besuch. Er verdächtigte einen Mitarbeiter der Nachlässigkeit, und wahrscheinlich war noch mehr zu beanstanden. Guldemeesters Arbeitsergebnisse waren nie brillant gewesen, aber in jüngster Zeit stark zurückgegangen. Der Adjudant arbeitete schlampig, und sein Lebensstil war verdächtig luxuriös. Es war schade, daß die Polizei nicht mehr darauf bestand, das Verhalten ihrer Mitglieder regelmäßig zu kontrollieren.

Der Commissaris stieg aus und überdachte noch einmal seine Meinung über die Art und Weise, wie sich das allgemeine Geschehen entwickelte. Obwohl er nie zugab, daß er mit dem Sozialismus sympathisierte, war er davon überzeugt, daß die Gesellschaft ihren Reichtum verteilen müsse und jeder Bürger ein Recht auf die Befriedigung einer großen Anzahl von Wünschen habe, aber dann gab es die Gefahr einer Idealisierung der Durchschnittsentwicklung des einzelnen. «Wir sind», hatte der Commissaris zu seiner Frau gesagt, «immer noch Egoisten. Wir sollten es nicht sein, aber so kann man sich besser der Wahrheit anpassen. Wenn wir uns nicht vor unserer eigenen Selbstsucht schützen, ziehen wir all unsere Ideale in den Schlamm.» Er bekam einen Kuß, als er so redete, denn sie fand ihn so lieb, wenn er mit Abstraktionen beschäftigt war. Katrien ist praktisch veranlagt, dachte der Commissaris jetzt. Was ich mir mit viel Mühe ausdenke, hat sie schon immer gewußt.

Er überquerte die Straße. Ein breiter, niedriger Sportwagen, gefahren von einem in Leder gekleideten Riesen, kam mit großer Geschwindigkeit auf ihn zu. Der Commissaris hinkte so schnell wie möglich weiter, um dem Auto auszuweichen. Die Corvette bremste. Der Mann am Steuer und sein ebenso gekleideter Mitfahrer winkten eine Entschuldigung. Der Commissaris zog sein schmerzendes Bein auf das grasige Flußufer. Die Bedrohung hatte bei ihm kalten Schweiß ausbrechen lassen, der vom Nacken in den Kragen rann. Wieder ein Beweis für seine Theorie, daß der Sozialismus eine gefährliche Wende machte. Beraube die energischen und intelligenten Bürger über eine zu hohe Besteuerung ihres Gewinns, so daß die schwächere Schicht der Bevölkerung ein besseres Leben führen kann, das klingt ganz gut, aber eine zu schwere Belastung kommt in Konflikt mit dem Gefühl für Gerechtigkeit. Kein gescheiter Mensch zahlt mehr, als er für gerecht erachtet. Kriminelle folgen dem Beispiel ehrenwerter Individualisten. Das System verrottet, denn es wird zuviel Bargeld frei, das nur illegal verbraucht werden kann. Die beiden Protze im Sportwagen könnten Zuhälter sein, die sich nach einer langen Nacht heimlicher Laster entspannten. Homosexuelle Zuhälter waren noch schlimmer, denn in den Kreisen gibt es häufig Erpressung. Das eine schließt das andere nicht aus. Sexuelle Freiheit gibt es noch nicht wirklich, und wer sich verhält, als gäbe es sie, muß in den eigenen vier Wänden lügen. Der Commissaris schüttelte mutlos den Kopf. Vielleicht waren die Ledermänner von vorhin Arbeitsvermittler, die Bezieher von Sozialunterstützung als Schwarzarbeiter verkauften und damit wieder einen unangepaßten Idealismus mißbrauchten. Er fragte sich, warum das Betrugsdezernat im Präsidium die beiden Verdächtigen nicht festgenommen hatte. Sah man das nicht gleich? Rolex-Prolos, wie Ketchup sagen würde, in einem viel zu teuren Wagen? Man notiert sich die Zulassungsnummer, schaut nach, wer der Eigentümer ist, untersucht, ob der Mann Sozialunterstützung bezieht, und fragt dann höflich, wovon der Wagen bezahlt worden ist. Wenn man den Verdächtigen in seinem Haus aufsucht, wird man mehr Spuren eines unerklärten Reichtums finden. Wenn man ihm dann folgt, sieht man, womit er sein schwarzes Geld verdient. Eine Festnahme dürfte zu einem allgemeinen Aufräumen führen, denn alles Übel ist miteinander verbunden. Aber das Betrugsdezernat hat Kollegen im Dienst vom Kaliber Guldemeester, Halunken, die einer Bestechung nicht widerstehen konnten. Und wen kritisierte er eigentlich, dachte der Commissaris. Er selbst war Chef von Guldemeester und ließ zu, daß der Adjudant seinem tadelnswerten Tun nachgehen konnte. Er sollte lieber anfangen, im Morddezernat aufzuräumen, aber wenn der Hoofdcommissaris ihm dann einen Hoofdinspecteur wie Halba präsentierte, würde er nicht weit kommen.

Na ja, dachte der Commissaris, soviel zum Nachdenken über Negativität. Er mußte irgendwo anfangen, und dabei war er jetzt. Inzwischen noch eine kleine Pause, bis Guldemeester ihn empfangen konnte. Der Commissaris grinste beschämt. Es konnte nicht schaden, ehrlich zu sein. Es interessierte ihn absolut nicht, ob Guldemeester noch im Bett lag, er selbst wollte am Fluß einfach ein wenig verschnaufen.

Ein Angler auf einem Klappstuhl, flankiert von einem großen Graureiher, der auf die kleinen Fische wartete, mit denen ihn sein Freund füttern würde, nickte dem Commissaris grüßend zu. Der Commissaris winkte zurück. Der schlanke Vogel, zierlich im Gleichgewicht auf einem Bein, drehte sich um und vergewisserte sich, daß in der neuen Erscheinung keine Gefahr lag, und schwenkte seinen Kopf zurück zum klaren Wasser, auf das er gebannt spähte.

Der Commissaris wollte den Angler und seinen Gefährten nicht stören und ging zur anderen Seite in Richtung auf einen Landungssteg. Er setzte sich auf das niedrige Geländer und betrachtete die weißen, bauschigen Wolken, die langsam vorbeisegelten. Der Commissaris nickte. Das stimmte nun auch wieder. Der Angler, ausgerüstet mit einem an der Straße abgestellten japanischen Mofa (ein Hoch auf jene im Fernen Osten, die den Dank verdienen), dürfte auch Sozialunterstützung beziehen, weil er an unkontrollierbaren Rückenschmerzen litt, ein schlauer Selbstsüchtiger, der geschickt genug war, seine Zeit mit fortwährender Entspannung zu verbringen. Besser ein Leben in frischer Luft als Sklave in einer stinkenden Fabrik, die unbezahlbaren Wohlstand für andere schafft. Vielleicht, grübelte der Commissaris, sollte er die vorzeitige Pensionierung beantragen und zu einer steuerfreien Insel unter der fernen Tropensonne ziehen, wo ein Klima herrschte, das seinen schmerzenden Beinen Genesung brächte, mit vielen Stränden, wo kluge alte Männer ihren Gedanken nachgehen konnten.

Der Commissaris ließ seine Gedanken dahintreiben mit dem glitzernden Wasser des träge vorbeiströmenden Flusses, bis ihn sein Gewissen vom Geländer trieb. Er befahl seinen unwilligen Beinen, ihn zum Auto zurückzutragen.

Er fuhr weiter und versuchte, an Zäunen die Hausnummern zu lesen. Die Zäune beschützten kleine Villen, die alle von einem halben Hektar großen Garten umgeben waren. Er schlug das Steuerrad ein, als er Guldemeesters neuen Mercedes sah, dessen vordere Stoßstange gegen eine Zedernhecke drückte. Die einzelnen Bäumchen waren einst zu Tierfiguren geschnitten worden, aber die waren wieder ausgewachsen, so daß das Grün jetzt unbeherrscht wucherte. Der Citroën rollte über die schmale Auffahrt entlang an hohem Unkraut, das in Blumenbeeten wuchs, in denen sich hier und da noch eine Tulpe mutig aufrichtete. Ein tönernes Heinzelmännchen stand da mit einer Schiebkarre, in der noch mehr Unkraut wuchs. Der dumm grinsende Gartenzwerg fand das wohl gut.

Der Commissaris klingelte. Eine halbe Minute verstrich. Er klopfte und rief. «Hallo? Ist jemand zu Hause?» Guldemeester erschien auf dem Weg neben dem Haus, eine Bierdose in der Hand. Seine Schnürsenkel waren nicht gebunden. Blutunterlaufene Augen starrten über unrasierten Wangen. «Guten Morgen, Mijnheer.»

«Wie geht's, Adjudant?»

«Ein freier Tag», sagte Guldemeester und wollte seine Brille hochschieben, aber er landete mit dem Finger in der Nase. «Es war eine lange Nacht.»

«Ich möchte dich kurz sprechen», sagte der Commissaris. «Können wir draußen sitzen?»

«Hinten.» Guldemeester drehte sich um und ging schwankend voraus. Hinter dem Haus hing eine Hängematte zwischen dünnen Pappeln, die sich über sterbenden Rhododendren erhoben. Leere Bierdosen lagen hier und da im hohen Gras. Die Reste von zwei Fahrrädern lehnten aneinander.

«Ein Pils?» fragte Guldemeester.

Der Commissaris suchte einen Stuhl. «Nein, danke.»

«Ich hole einen Stuhl», sagte Guldemeester. Der Commissaris ging mit in die Küche, in der ein Stapel Teller – die meisten mit Resten verschimmelten Essens – schief im Spülbecken stand. Guldemeester ließ seine Dose fallen und nahm sich eine neue aus einer Plastikkiste. «Wirklich kein Pils?»

«Wirklich nicht», sagte der Commissaris. «Geh du nur zu deiner Hängematte. Ich suche den Stuhl.»

Er ging in ein Zimmer, in dem Möbel umgefallen waren, Zeitungen und leere Zigarettenschachteln auf dem staubigen Fußboden lagen und das Fernsehgerät teilweise mit schmutziger Wäsche zugedeckt war. Guldemeester kam auch herein. «Warum haben Sie nicht angerufen? Dann hätte ich hier aufgeräumt.»

«Dein Telefon war besetzt.»

«Schtimmt.» Guldemeester trat zur Seite, damit der Commissaris den Stuhl nach draußen tragen konnte.

Im Garten versuchte Guldemeester, in seine Hängematte zu steigen. Er verhedderte sich mit dem Absatz in einem Band und fiel rücklings in einen Strauch.

«Geht es jetzt?» fragte der Commissaris, nachdem er Guldemeesters Bein freigefummelt hatte. «Auf dem Boden bist du sicherer. Lehn dich an den Baum. Hier ist dein Bier.»

Guldemeester suchte seine Brille im Gras. Er setzte sie wieder auf die Nase. «Besoffen, wiss'n Sie?»

«Ja», sagte der Commissaris. «Jetzt, da du es sagst, sehe ich es auch.»

Guldemeester schob sich am Stamm der Pappel hoch. «Sind Sie auch mal besoffen?»

«In letzter Zeit kaum», sagte der Commissaris. «Wohnt deine Frau nicht mehr hier?»

«Céline is 'ne Hure», schrie Guldemeester lauthals. Er senkte die Stimme wieder, nachdem er entschuldigend gelächelt hatte. «Das is okay. Sie tut die Arbeit gern. Andere Frauen werden Nonne. Mehr Geld in Prosti...sti...Prostitution.» Er zeigte auf das Haus. «Damit hat sie die Hypothek bezahlt. Hoch war sie nicht mehr, wissen Sie. Damals machte sie's noch nebenberuflich, aber jetzt profeschionell. Wohnt in Amschterdam bei ihrer Schweschter. Kommt nicht mehr her.»

«Na, so was», sagte der Commissaris.

Guldemeester schüttelte den Kopf. «Ich halte es für das beschte.»

«Tja, dann ist es nicht schlimm», sagte der Commissaris munter.

Guldemeester schüttelte immer noch den Kopf. «Aber ich brauche das Geld nicht. Ich verdiene jetzt genug. Ich verkaufe das Haus, dann kriegt sie all's zurück.» Er schaute den Commissaris freundlich an. «All's.» Er gestikulierte übertrieben, wobei die Bierdose hinter die Rhododendren flog. Der Commissaris holte sie. Guldemeester spähte in das Loch der Dose. «Leer.» Die Dose fiel ihm aus der Hand und rollte an seinem Bein entlang.

«Und dann verläßt du diese schöne Villa?» fragte der Commissaris.

«Nichs wie weg.» Guldemeester nickte fröhlich. «Nach Schpanien. Das habe ich Ihnen noch nicht gesagt. Diese Arbeit ist nicht gut. Ich halte nichts davon.»

Der Commissaris lächelte verstehend.

«Ich weisch genau, warum Sie hier sind», sagte Guldemeester. «Wegen Ijschbreker, wie? Und wegen der verschwundenen Pischtole.»

«Ja, Adjudant.»

«Das ischt nicht mehr möglich», sagte Guldemeester. Er schwenkte beide Hände. «Der Fall isch abgeschloschen.»

«Na, so was», sagte der Commissaris. «Das wußte ich nicht. Aber ich bin erst seit kurzem zurück. Du hast die Ermittlungen geleitet, sagte Halba.»

«Nicht doch.» Guldemeester schloß das linke Auge. Nach einigen Anstrengungen öffnete er es wieder. «Tut mir leid, darüber schpreche ich nicht.»

«Hat Halba dir geraten, dies zu sagen?»

«Ja.» Guldemeesters Kopf fiel nach vorn. «Tut mir leid, aber über Halba schpreche ich auch nicht.»

«Wirst du in Spanien arbeiten?» fragte der Commissaris.

«Ja.» Guldemeesters Kopf ruckte hoch. «Arbeit. Ran ans Werk!»

«Und Halba hat dir die Stelle besorgt?»

«Tut mir leid, aber ich...»

«Du mußt ins Bett», sagte der Commissaris. «Hopp, Freundchen, aufstehen. Ich bringe dich, hier kannst du nicht liegenbleiben.»

«Nicht ins Schlafzimmer», sagte Guldemeester, der plötzlich wieder ganz klar sprach. «Ich schlafe auf der Couch im Hinterzimmer. Im Bett träume ich von Céline.» Er versuchte, die Blätter eines vorstehenden Pappelzweigs zu streicheln. «Céline. So lieb.»

«Reich mir die Hände, Adjudant.» Guldemeester war nicht schwer, der Commissaris schleppte ihn ohne Mühe mit. «Sehen Sie den Schuppen?» fragte Guldemeester, als er ins Haus hineinstolperte. «Hab ich gemacht. Für die kleinen Ziegen. Meine kleinen Freunde. Wenn ich nach Hause kam, begrüßten sie mich.»

«Ich habe eine Schildkröte», sagte der Commissaris. «Sie heißt Schulze.»

«Gut», sagte Guldemeester und streichelte den Arm des Commissaris. «Gut.» Guldemeester umarmte das Treppengeländer. Auf den Stufen lagen leere Flaschen. «Die schlafen», sagte Guldemeester traurig. «Überall schlafen meine kleinen Flaschen.»

«Die Flaschen sind deine Freunde?»

«Ja», sagte Guldemeester. «Die Ziegen sind tot.»

Begleitet vom Commissaris erreichte der Adjudant die Couch und ließ sich fallen. Der Commissaris hob Guldemeesters Beine an und legte sie auf den schmuddeligen Samtbezug. «Geht's so? Vielleicht bekommst du in Spanien ja wieder Ziegen. Meinst du nicht auch?»

«Ich weiß es nicht», sagte Guldemeester, «ich werde fragen.»

«Wen?»

«Fernandusch», sagte Guldemeester schläfrig und drehte sich auf die Seite.

Der Hoofdcommissaris wartete am Aufzug, als der Commissaris kam. «Guten Morgen», sagte der Commissaris. Er schaute auf seine Uhr. «Fast schon Nachmittag.» Er drehte sich um. «Vielleicht sollte ich lieber ein Häppchen essen.»

«Warum kommen Sie nicht mal eben mit in mein Büro?» fragte

der Hoofdcommissaris. «Ich habe Sie heute morgen in der Sitzung vermißt.»

Die Aufzugtür öffnete sich, sie traten zusammen ein. Zwei Polizisten gingen mit und tippten an ihre schiefsitzenden Mützen. «Guten Morgen, die Herren.» Der Hoofdcommissaris lächelte. Der Commissaris sagte, das Wetter sei schön. Er sagte es noch einmal, als sie zusammen durch den langen Korridor zum Büro des Hoofdcommissaris gingen. «Ein herrlicher Frühling, nicht wahr? Gutes Wetter, um auszugehen.»

«Sie waren den ganzen Morgen ausgegangen, ich konnte Sie telefonisch nicht erreichen. Hatten Sie vielleicht etwas zu tun?»

«Der Fall Ijsbreker», sagte der Commissaris und zog schneeweiße Manschetten aus den Jackenärmeln. «Ich glaube wirklich, daß ich schon ein bißchen vorankomme.»

«Der Fall ist erledigt.» Der Hoofdcommissaris schob eine Zigarrenkiste über die Glasplatte seines Schreibtisches.

«Nein, danke», sagte der Commissaris. «Erledigt? Wirklich?»

Der Hoofdcommissaris nickte. «Wir haben den Fall heute morgen noch einmal besprochen. Das Beweismaterial reicht aus, um anzunehmen, daß Martin Ijsbreker – getrieben von einer Depression – sich in den Kopf geschossen hat. Alle Hinweise deuten überzeugend in diese Richtung.»

«Ich nehme mir jetzt doch eine Zigarre», sagte der Commissaris.

Der Hoofdcommissaris wartete, bis die Zigarre brannte. «Ich glaube, daß die verschwundene Pistole und der ganze Unsinn über eine zweite Kugel mit Fug und Recht außer Betracht gelassen werden können. Die Schießpulverflecken im Gesicht, der Brief, die Erklärungen des Personals der Bank de Finance sind sehr überzeugend und ausreichend, um damit aufzuhören, unsere Zeit zu vergeuden. Es gibt anderes zu tun.»

«Was?» Der Commissaris betrachtete seine Zigarre.

«Die Terroristen. Wenn einer herumläuft, gibt es bestimmt mehr.»

«Darum kann Halba sich kümmern», sagte der Commissaris locker. «Er hat schon einen umgebracht, zu Ihrer Zufriedenheit, wenn ich recht unterrichtet bin.»

Der Hoofdcommissaris trommelte mit den Fingern auf dem

Schreibtisch. «Ich scherze nicht, Mijnheer. Die Ijsbreker betreffenden Ermittlungen sind hiermit beendet.»

Der Commissaris stand auf. «Tja, das wissen wir nun. Es ist Zeit zum Mittagessen.» Er ging zur Tür.

«Commissaris?»

«Mijnheer?»

«Was wollen Sie jetzt tun?»

Der Commissaris schaute sich um. «Oh, da gibt es immer etwas, die alte Dame, das ist auch ein schöner Fall.»

«Alte Dame?» fragte der Hoofdcommissaris.

«Eine alte Frau, die aus ihrer Wohnung getrommelt wird.»

Der Hoofdcommissaris stand auf. «Davon weiß ich nichts.»

«In der Akte», sagte der Commissaris. «Der Fall ist wiederholt gemeldet worden.»

«Ich dachte, Sie leiteten das Schwerverbrechensdezernat.»

«Ein Trommelstock», sagte der Commissaris, «kann eine gefährliche Waffe sein.»

Der Hoofdcommissaris nickte. «Das wußte ich nicht.» Er lächelte. «Aber ich habe auch nie in der Mordkommission gearbeitet. Ach, ja, das vergesse ich Ihnen immer zu sagen, mein Vorname ist Henri.»

«Ich weiß, Mijnheer», sagte der Commissaris. «Hoofdinspecteur Halba machte unlängst auf diese Tatsache aufmerksam.» Er zögerte. «Haben Sie noch Befehle?»

«Keine», sagte der Hoofdcommissaris. «Ich habe Sie gewarnt.»

9.

«Ja, Mevrouw Jongs», sagte de Gier in sein Telefon. «Sie sprechen mit der Polizei ... über Ihre Anzeige ... nein, Mevrouw, hier ist das Präsidium, nicht die Wache in Ihrer Nähe.»

Er lauschte. «Wirklich?»

Er lauschte länger. «Furchtbar. Ganz erschreckend, Mevrouw Jongs. Sagen Sie mal ... ja, wir finden es schlimm ... nein, echt ... haben Sie einen Eimer in der Küche?»

«Könnte dies nicht eventuell einfacher geregelt werden?» fragte Grijpstra, als de Gier ausgeredet und den Hörer aufgelegt hatte.

«Nein», sagte de Gier. «Du wolltest nicht anrufen, also machen wir es auf meine Art. Sie wollte mir zuerst nicht glauben. Hör gut zu, dies ist der Plan. Wir treffen uns heute abend um Punkt sieben Uhr in der Garage. Ich werde schon früher dort sein, denn ich muß den Lieferwagen fertigmachen sowie Arbeitskleidung, Werkzeug und was sonst noch nötig ist besorgen. Du brauchst nur dafür zu sorgen, daß zwei Zellen verfügbar sind.»

«Das ist der schwierigste Teil», sagte Grijpstra. «Warum ich schon wieder? Es gibt keine Zellen. Die neuen Gefängnisse stehen noch nicht einmal auf dem Papier. Kann das nicht später erledigt werden?»

«Zwei Zellen, Adjudant.» De Gier schlug auf seinen Schreibtisch. «Wie du das machst, mußt du selbst wissen. Laß einen Vergewaltiger frei für die Nacht, damit er gemütlich im Vondelpark spazierengehen kann. Heute ist langer verkaufsoffener Abend, frag, ob ein Taschendieb raus will.»

Grijpstra hatte seine Pistole gereinigt und versuchte, das Magazin wieder hineinzudrücken.

«Anders herum», sagte de Gier.

«Danke», sagte Grijpstra, der sah, wie sich das Magazin geräuschlos hineinschieben ließ. «So muß das? Ich gewöhne mich nie an das neue Modell.»

«Du weißt, daß die Walther P 5 keine Sicherungsvorrichtung hat?»

«Wirklich?» fragte Grijpstra.

«Wenn du am Abzug ziehst, geht die Waffe los.» De Gier hielt sich die Hand vor die Augen. «Das wußtest du doch?»

«Nein», sagte Grijpstra. «Das brauche ich auch nicht zu wissen. Ich ziehe meine Pistole fast nie.»

«Und wenn du es tust, schießt du mir in die Rübe.» De Gier sackte weg in seinem Stuhl. «Macht nichts, der Tod ist das allerschönste Abenteuer, so sicher wie ein Geschenk aus Freundeshand.»

«Du weißt doch», sagte Grijpstra freundlich, «daß ich nicht dein Freund bin. Das Schicksal hat uns zusammengebracht. Deine Gesellschaft hat mich von Anfang an irritiert. Du bist ein Beispiel für alles, mit dem ich nichts zu tun haben will. Alles, was du tust, ärgert mich. Selbst wenn du nichts tust, hab ich Wut im Bauch.» Grijpstra seufzte zufrieden. «So, jetzt ist es heraus.»

De Giers sanfte braune Augen waren in der Lücke zwischen seinen Schuhen zu sehen, die weit über den Rand des Schreibtisches hinaus auf der Platte lagen. «Und warum hast du mich dann vorhin abgeholt? Ich lag so herrlich auf meinem Bett mit dem Nachgenuß der verbotenen Dämpfe, streichelte Täbriz, die kopfüber in meinem Arm lag, mit den Pfoten ruderte und mich mit dem Schwanz kitzelte.»

«Brigadier?» fragte Grijpstra leise.

«Ja?»

«Warum bist du nicht immer high? Ich sehe nie, daß du dir Stoff kaufst. So entspannt wie heute nachmittag habe ich dich noch nie gesehen.»

«Tja.»

«Erkläre es mir», sagte Grijpstra.

«Nein», sagte de Gier. «Von meinem Innenleben verstehst du ja doch nichts. Was weißt du vom Verfolgen einer unwirklichen Linie? Du kannst nur Befehle befolgen. Du bist ein blasser Typ, zwischen Regeln gedrängt, die andere erdacht haben. Du bist das unentschlossene Mittelmaß in höchsteigener Unperson. Ich kann dich auch nicht ausstehen, dich nicht und alles nicht, was du symbolisierst...» De Gier schaute auf die Tür.

Cardozo kam hereingerannt und blieb plötzlich stehen. «Nehmt es mir nicht übel.»

«Was sollten wir dir denn übelnehmen?» fragte Grijpstra.

«Daß ich hereinplatze», sagte Cardozo. «Ich gehe schon wieder. Ich kann es nicht ertragen, wenn ihr ein Herz und eine Seele seid. Dann bleibe ich wieder außen vor. Ich weiß, daß ich nie zu euch gehören werde, sondern nur als Laufbursche mitmachen darf. Meistens kann ich das ertragen. Nur nicht, wenn ihr auf große Freundschaft macht.»

«Du bist zu empfindlich», sagte de Gier. «Wie kommst du darauf, daß wir eben ein Herz und eine Seele waren?»

«Meine unfehlbare Intuition sagt mir das.» Cardozo holte seinen abgegriffenen Notizblock hervor. «Ich berichte kurz und bin dann wieder weg. Ich bin beim Katasteramt gewesen. Das Haus, in dem Ijsbreker lebte und starb, gehört dieser betrügerischen Stiftung. Ich habe den Computer im Katasteramt befragt, und hier ist eine Liste ihrer Immobilien. Die Parzellen Nummer 18, 20 und 22 gehören ebenfalls der Stiftung. Nummer 20, das Haus in der Mitte, ist vor sechs Wochen gekauft worden. Es ist eine Wohnung mit niedriger Miete, Mevrouw Jongs zieht dort nicht freiwillig aus.»

«Und wenn sie mit Geld abgefunden wird?» fragte Grijpstra. «Die Stiftung hat doch wohl Geld genug?»

«Ja», sagte de Gier. «Aber Geld macht keinen Eindruck auf alte Menschen.»

«Trommeln ist billiger», sagte Cardozo.

De Gier drehte seinen Stuhl in Richtung Cardozo. «Sag mal, Kerlchen, was hast du sonst noch getan?»

«Juffrouw Antoinette zugehört», sagte Cardozo. «Eben. Im Korridor. Juffrouw Antoinette ist nervös. Der Commissaris wurde von einer Corvette belästigt und ließ die Zulassungsnummer nachsehen. Der Lumpenbehälter gehört der Reichskripo.»

«Gefahren von Brüdern in Lederkleidung?»

«Keine Ahnung», sagte Cardozo.

«Wir sind nicht erstaunt», sagte Grijpstra, «weil wir das bereits wußten.»

«Du hast noch etwas gemacht», sagte de Gier. «Du hast in der Gegend der Binnenkant mit einem uns Unbekannten Kaffee getrunken. Warum und wieso?»

«Ich habe Käfer gekauft», sagte Cardozo. Er zog zwei Plastikkäfer aus der Tasche, zog sie auf, indem er an Knöpfchen auf ihren Bäuchen drehte, und ließ sie aufeinander zukrabbeln. Die Käfer versuchten, einander zu besteigen. «Also hat die Untersuchung begonnen», sagte Cardozo nachdenklich. «Und mit dem Commissaris fangen sie an. Das ändert alles. Tun wir etwas dagegen? Was bedeutet das alles?»

«Mehr Elend», sagte Grijpstra. «Durch Sirup waten. Viel über die Schulter schauen. Sich bedeckt halten.»

«Das bedeutet Spaß», sagte de Gier. «Spaß und nicht länger auf das Gefasel eines uns aufgezwungenen Gewissens hören müssen.

Ich wußte, daß das Übel uns eines herrlichen Tages von allen Seiten beschleichen würde. Wir sind jetzt die einzigen Guten, und alle anderen sind böse auf uns.»

«Nicht übertreiben», sagte Grijpstra. «Hoofdinspecteur Rood...»

«Und vielleicht Ketchup und Karate», sagte de Gier.

«Die gehören zu den Guten?» fragte Cardozo. «Ketchup und Karate sind Widerlinge mit Lippenstift auf dem Maul. Die fahren auch schon mit einem amerikanischen Sportwagen herum. Das sind Schleicher.»

«Sie sind einfach verrückt», sagte Grijpstra. «Und so etwas brauchen wir. Die Kerlchen folgen unserer Initiative, denn sie selbst denken nicht.»

«Nein», sagte de Gier. «Der Commissaris ist verrückt, und dem folge ich.» Er ließ seinen Stuhl eine volle Drehung machen. «Wißt ihr, daß daher meine Angst kommt? Daß der Commissaris *nicht* verrückt sein könnte, sondern einfach wieder ein Guter? Ein vervielfachter Grijpstra?»

«Das glaube ich nicht», sagte Grijpstra. «Der Commissaris *ist* verrückt. Eigentlich habe ich ihn auch nie gemocht. Er ist mir nicht seriös genug. Man kann ihn nie festnageln.»

«Die Brüder in Leder stümpern also hinter dem Commissaris her?» fragte Cardozo. «Ob sie auch mir folgen? Vielleicht auf Rollschuhen? Ich fahre gegenwärtig wieder mit dem Rad. Die Garage will mir keinen Wagen mehr geben – neue Sparmaßnahme.»

«Mit wem hast du Kaffee getrunken?» fragte Grijpstra.

«Sag ich nicht.» Cardozo zog seine Käfer wieder auf. «Ich bin noch nicht weit genug. Wenn etwas daraus wird, hört ihr von mir.»

De Gier ging zur Tür. Grijpstra stand langsam auf und bewegte sich in Richtung Cardozo. «He, he», sagte Cardozo.

De Gier bog ab und näherte sich Cardozo. «Ich habe mich jetzt selbst zum Notfall ernannt», flüsterte de Gier. «Bis jetzt war ich das nicht, weil ich zu feige war, mich gegen die Mehrheit zu stellen, aber dieser Zustand hat sich zu meinem Vorteil verändert.»

«Cardozo», knurrte Grijpstra, «mit wem hast du Kaffee getrunken?»

De Gier schlurfte noch näher heran. «Der Staat ist jetzt sogar gegen uns. Von jetzt an negiere ich alle Skrupel. Ich entscheide jetzt alles selbst. Ich bin ganz und gar frei.» Er griff Cardozo an die Kehle. «Ich könnte dich beispielsweise jetzt ermorden.»

«Cardozo», knurrte Grijpstra, «siehst du diese Faust?»

«Ich sage alles», piepste Cardozo.

«So höre ich es gern.» De Gier ließ Cardozo los. «Weil du jetzt wieder brav bist, hole ich Kaffee, obwohl du an der Reihe bist. Sage nichts, bis ich zurück bin.»

Grijpstra telefonierte. «Juffrouw Antoinette? Hat der Commissaris gesehen, wer in der Corvette saß? Gesindel?» fragte Grijpstra. «Und was hatte das Gesindel an?»

Er nickte. «Genau. Lederjacken. Kann ich den Commissaris mal kurz sprechen? Er hat Besuch? Wen? Ich danke Ihnen.»

«Wen?» fragte Cardozo.

De Gier kam herein mit drei Bechern Kaffee auf einem Tablett.

«Notar Fernandus», sagte Grijpstra. «Willem selbst. Der sich das Gesetz zurechtbiegt. Der böse Geist, der die schmutzige Stiftung beherrscht. Fernandus ist in diesem Augenblick bei uns zu Besuch.»

«Prächtig», sagte de Gier. «Ich hoffe, wir haben ihn ersucht, hier anzutraben. Er tanzt an unseren Bindfäden.» De Gier ließ eine unsichtbare Marionette tiefe Verbeugungen machen. Er hob den verkleinerten Fernandus plötzlich hoch und hielt sich den Zwerg vor die Augen. «Hopp. Wen haben wir denn hier? Guten Tag, mein kleiner Halunke.»

«Der Commissaris wird den Verdächtigen in aller Ruhe manipulieren», sagte Grijpstra. «Darauf vertraue ich. Er sollte hier persönlich nicht betroffen sein, denn dann mache ich nicht mehr mit.»

«Das meinte ich vorhin mit verrückt sein», sagte de Gier. «Aber ich weiß es noch nicht. Das Gespräch im Junkieboot hat mir gar nicht gefallen. Der Commissaris hatte ein Vibrieren in der Stimme. So, bitte, Cardozo. Ich habe zwei Tröpfchen Milch hineingetan und dreimal umgerührt. Ich hoffe, du findest diesen Kaffee lecker.»

Cardozo schmeckte. «Etwas zu süß.»

«Und zu stark», sagte Grijpstra, der seinen Becher wegstellte. «Von Kaffeekochen hast du auch keine Ahnung. Ja, das Vibrieren habe ich auch gehört. Für mich sind der Commissaris und Fernandus zu gut miteinander befreundet.»

«Und das geht nicht vorüber», sagte de Gier. «Wenn echte Freundschaft umschlägt in Haß, dann ist das Verhalten ebenfalls intim. Das gefällt mir nicht. Das drückt das Niveau herab.»

«Und wer muß sich so nötig duellieren?» fragte Grijpstra. «Wer spielt sich hier als Ritter auf?»

«Das ist auf einem höheren Niveau», sagte de Gier. «Das erfaßt du nicht. Ich erkläre es dir nicht, weil du es nicht begreifen kannst. Der Commissaris ist ein heiliger Mann, der oben auf einem Berg in der Einsiedelei lebt. Du bist nur ein Mäuschen, das die Nase aus dem Loch steckt.»

«Mein Bruder Samuel», sagte Cardozo, «ist jetzt bei einer Laienbühne. Ich bekomme Freikarten. Ich will mir das nicht ansehen, aber ich muß, wegen meiner Mutter. Sie sind mit einem Stück beschäftigt, in dem es um einen tibetanischen Lama geht. Der heilige Mann sitzt auf einem Hügel, aber dann passiert etwas, und er muß unten im Dorf etwas erledigen. Der Lama war bekannt als der Schneeleopard von der hohen Höhe, aber wenn er im Dorf herumstöberte, verhielt er sich wie ein räudiger Hund.»

«Wir kleben den Commissaris mit dem Hintern auf dem Berg fest», sagte de Gier. «Dort oben werden wir etwas finden.»

«Cardozo, zünde du einige Weihrauchstäbchen an», bat Grijpstra ihn. «Wir wollen uns in aller Demut auf dem Fußboden ausstrekken.»

«Ja», sagte de Gier. «Mach nur lächerlich, an was du in deiner Unwissenheit nie herankommst. Wir Schneeleoparden merken das nicht einmal.»

«*Wir*», sagte Grijpstra. «Ach, du meine Güte.»

Cardozo schlich sich zur Tür. «Dann gehe ich. Bis dann.»

De Gier sprang auf und rannte hinter Cardozo her. Grijpstra trank seinen Kaffee. De Gier kam zurück. «Zu schnell für dich, wie?» fragte Grijpstra. «Du wirst zu alt für diese Scherze. Geh nach Hause und mach noch ein Nickerchen. Ich treffe dich pünktlich um sieben im Innenhof.»

10.

«Aber das bin ich überhaupt nicht», sagte Willem Fernandus und fuchtelte aufgeregt mit den dicken Händen. «Wie kommst du darauf? Du bist doch nicht schon senil geworden? Schau mich an. *Ich* bin's, Willem. Dein Wimpie. Wir waren zusammen im Kindergarten. Wir haben uns zusammen die gottverdammten Mäuse angeschaut. Wir sind Freunde, Jan.»

«Nein», sagte der Commissaris.

Fernandus im unauffälligen, aber perfekt maßgeschneiderten Anzug ließ sein Gebiß blitzen, das mit Gold geschmückt war. «Jan, nun laß doch diese kindische Bosheit. Deine Wut ist schon fast so alt wie wir. Ich kam mit großem Vergnügen, verdirb das jetzt nicht.»

«Du bist hier», sagte der Commissaris, «weil es dir ein Beamter in Uniform befohlen hat. Wenn du nicht gekommen wärest, hätte ich dich festnehmen lassen. Du bist Zeuge in einem Mordfall, den meine Abteilung gegenwärtig bearbeitet.»

Fernandus behielt sein Lächeln bei. «Wie elegant du aussiehst. Daß sich so ein kleiner Mann so autoritär verhalten kann. Du hättest Richter werden sollen, Jan. Hinter einem grünen Tisch würdest du noch mehr Eindruck machen.»

Der Commissaris lächelte höflich.

«Ja», sagte Fernandus. «Aber das saß in dir drin. Du hast dich anständig und gradlinig entwickelt. Sieh an.» Er skizzierte die Gestalt des Commissaris in der Luft. «Ein korrekter kleiner Aristokrat, eingerahmt von blühenden blutroten Begonien, in aller Unschuld hinter einem Schreibtisch mit brüllenden Löwenköpfen sitzend.» Fernandus verbeugte sich achtungsvoll. «Aber niemand sollte deine Allmacht in Zweifel ziehen, denn dann würde es dem Trottel schlecht ergehen. Nun, Jan, mit welchem Mord haben wir es hier zu tun?»

Der Commissaris nahm sich die Zeit, um behutsam eine Zigarre anzustecken. «Um Ijsbreker.»

Fernandus machte ein abwartendes Gesicht.

Der Commissaris zeigte mit der Zigarre auf ihn. «Du bist eng darin verwickelt. Viel zu eng. Vielleicht lege ich deinen Namen noch in das Fach der Verdächtigen.»

«Kann ich auch eine Zigarre haben?» fragte Fernandus.

Der Commissaris schüttelte mit geschlossenen Augen den Kopf. «Aber vielleicht ist mir das zuviel Arbeit. Ich werde dich zuerst warnen und dann einen Vorschlag machen, den du bestimmt nicht ablehnen kannst.» Er lächelte einladend. «Sag, Willem, wie gefällt er dir eigentlich? Der Weg des Bösen?»

Fernandus sank zurück in seinem Sessel. «Fangen wir damit wieder an? Ich war schon damals nicht mit dir einig, und meine Ideen haben sich im Laufe der Jahre nur verfestigt. Böse? Überhaupt nicht böse. Realistisch, Jan, und außerdem bequem, denn das ist die Wahrheit immer.»

Der Commissaris zog den Aschbecher zu sich heran. «Ich bin auf dem Weg des Guten, auf dem ich vom Steigen wohl mal ein wenig müde werde. Du meinst, daß das Rutschen reizender ist?»

«Ich rauche schon seit einem Jahr nicht mehr», sagte Fernandus. «Heute ist ein schöner Tag, um wieder damit anzufangen. Rauchen ist ungesund. Ich kann es nicht mit ansehen, wie du da sitzt und genießt. Du bist der Verführer, das ist schon mal gar nicht gut.»

«Eine schmackhafte Zigarre», sagte der Commissaris. Er beugte sich vor. «Nein, ehrlich, Willem, ist es nicht mühsam, alles konsequent falsch zu machen?»

«Gib die Zigarre her», sagte Fernandus.

«Nein», sagte der Commissaris. «Du bist der Feind, Willem. Du hast Gift in den Haferbrei geschüttet. Damit find ich mich nicht ab. Du kannst unten in der Kantine Zigarren kaufen, eine Etage tiefer. Geh nur.»

«Drecksack», sagte Fernandus leise.

«Tja», sagte der Commissaris. «Ich schimpfe nicht zurück.»

«Über die Vergangenheit zur Gegenwart», sagte Fernandus. «Ich habe kein Arsen in Ijsbrekers Brei geschüttet.» Seine Locken tanzten wieder. «Und was deine frühere Frage angeht, nein, so einfach ist es nicht. Es wird wohl leichter, denn wenn man älter wird, dann wird man auch klüger, und der ganze Spaß bewegt sich weiter durch seine eigene Schubkraft. Das mußt du auch gemerkt haben beim Kraxeln auf deinem Himmelspfad.»

Der Commissaris nickte. «Aber du hast dennoch Probleme.»

«Die gleichen wie du.» Fernandus nickte ebenfalls. «Mit weniger Mühe gelöst.»

«Bei Ijsbreker war es so?»

Fernandus seufzte. «Ich wußte, daß du darauf hinaus wolltest.»

«Natürlich wußtest du das», sagte der Commissaris. «Das wußtest du in dem Augenblick, als der Beamte an deiner Kupferglocke zog, um dich aus deinem Patrizierhaus im Werte von einer Million Gulden zu schleppen.»

«Türklopfer», sagte Fernandus. «Keine Glocke. Ein Löwenkopfklopfer, wie die Schnitzereien an deinem Schreibtisch. Wir sind von gleichem Stand, Jan, und mein Haus ist zwei Millionen wert, vielleicht mehr. Es ist übrigens unverkäuflich, und die Preise steigen wieder.»

Der Commissaris machte ein gutmütiges Gesicht. «Martin Ijsbreker war dein Direktor? Hat er zuviel Macht an sich gerissen? Oder hat er sich aus der Kasse bedient? Hatte er vielleicht Schwierigkeiten beim Verteilen der Beute der Stiftung?»

«Fragen, Fragen.» Fernandus stand auf und ging zum Schreibtisch des Commissaris. Der griff schnell nach seiner Zigarrendose. Fernandus setzte sich wieder. «Und deine Fragen gehen mich nichts an. Zeuge bin ich auch nicht. An dem Abend habe ich mir nackte Frauen auf Video angesehen.»

«Du hast Martins Tod angeordnet», sagte der Commissaris. «Du versuchst, dich zu verstellen, aber jeder erfahrene Beobachter sieht sofort, wohin dich all die Boshaftigkeit gebracht hat. Dich umgibt die schleimige Aura, die zu Gangsterchefs gehört. Patenschaft nennt man das in deiner Branche, eine Art von Persiflage auf die Idee des Vaters. Martin muß dich als Vater angesehen haben, aber ein wirklicher Papa bringt seinen Sohn nicht um.»

Fernandus kicherte. «Gib dich nicht so biblisch. Das fromme Gequassel hattest du früher schon an dir. Woher hast du das eigentlich? Du bist nicht christlich erzogen worden.»

«Aus dem kollektiven Bewußtsein, glaube ich», sagte der Commissaris. «Aus ihm haben wir unsere ganze Symbolik. In diesem Teil der Welt sind wir mit christlichen Vorstellungen beladen. Wären wir aus dem Fernen Osten, würdest du mir vorhalten, ich zitiere aus der Diamanten-Sutra.»

Fernandus stand wieder auf. «Ich bin gleich wieder da.» An der Tür blieb er stehen. «Aber nur, wenn du zugibst, daß ich ohne Zwang gekommen bin. Ich kam, weil ich dich gern wiedersehen wollte. Ja? Kurz nicken.»

Der Commissaris schob seine Schreibunterlage hin und her. Fernandus wartete.

«Gut», sagte der Commissaris. «Du hättest nicht zu kommen brauchen.»

Fernandus kam zurück. «Eure Kantine verkauft nur billiges Zeug. Ich habe deine vornehme Sekretärin zum Einkaufen geschickt.»

«Setz dich», sagte der Commissaris. «Du bist freiwillig hier, aber ich nutze die Gelegenheit. Ich warne dich, Willem. Du bist dran. Ich will versuchen, so ehrlich wie möglich zu kämpfen, aber es kann sein, daß ich mich gelegentlich kompromittieren muß. Wie dem auch sei, du hast nicht die Spur einer Chance.»

Willem lachte. «Vielleicht wird es Zeit, daß wir wieder mal gegeneinander kämpfen, aber ich fürchte, daß du auch jetzt kein Glück hast. Bis jetzt habe immer ich gewonnen. Weißt du noch, wie ich dich von Juffrouw Bakkers Schoß verdrängt habe?»

«Ja», sagte der Commissaris. «Mäuse anschauen.»

«Titten befühlen», sagte Fernandus. «Das durftest du nicht mehr. Und die Partie um Jacqueline gewann ich auch. Ich wußte, daß du noch in der Nacht mit dem Zug nach Paris kommen konntest. Aber du warst gelangweilt und wolltest auf einmal nicht mehr. Du wolltest nicht mitlernen. Deshalb bist du jetzt ein kleiner Beamter und ich ein mächtiger Unternehmer. Erzähl mir nichts, Jantje, du hattest keinen Mut.»

«Nein», sagte der Commissaris, «ich sehe das ganz anders. Ich würde sagen, im Augenblick stehen wir gleich, aber das Gute ist stärker als das Böse. Deshalb bin ich dir überlegen; wenn wir uns streiten würden, bliebe von dir nichts übrig.»

Juffrouw Antoinette kam herein. «Danke», sagte Fernandus. «Wie lieb von Ihnen.» Er wandte sich ihr zu. «Wissen Sie, daß Sie eine außergewöhnlich schöne Frau sind? Mein guter Freund kann sich beglückwünschen, daß Sie mit ihm zusammenarbeiten. Aber sind Sie glücklich hier? Darum geht es mir.»

Juffrouw Antoinette errötete. «Ja, Mijnheer, ich arbeite hier gern.»

Fernandus gab ihr seine Karte. «Vielleicht sind Sie noch glücklicher bei mir. Wenn Sie jemals vorhaben, aus welchen Gründen auch immer, die Stellung zu wechseln, müssen Sie anrufen. Finanziell gesehen kann ich Ihnen, äh, wollen mal sehen, ich darf jetzt nicht übertreiben», er schaute auf den Teppich, «das zehnfache von dem bieten, was Sie hier verdienen.»

Juffrouw Antoinette starrte ihn an.

«Ja», sagte Fernandus, «und zum größten Teil steuerfrei.» Er wandte sich wieder dem Commissaris zu. «Wo waren wir stehengeblieben, Jan?»

«Danke, meine Liebe», sagte der Commissaris zu Juffrouw Antoinette.

Fernandus suchte in seinen Taschen. «Hat jemand Feuer?»

Juffrouw Antoinette brachte ihm einen Aschbecher und eine Schachtel Streichhölzer. Fernandus bedankte sich höflich.

«Gern geschehen, Mijnheer.» Sie verließ das Zimmer.

«Ha», sagte Fernandus und blies Rauch aus der Nase. «Oh, wie gut. Ich hätte es nie aufgeben sollen. All die Sprüche über die Gesundheit. Sterben werden wir sowieso, und sich Sorgen zu machen, ist wirklich ungesund. Was macht deine Gesundheit, Jan?»

«Ein bißchen Rheuma», sagte der Commissaris. «Ein Andenken an die Zeit, als du den Deutschen die Stiefel geleckt hast.»

Fernandus roch an seiner Zigarre. «Sei nicht so kleinlich, Jan. Du hattest Schwierigkeiten, weil du wieder mal dumm warst. Ich sammelte Informationen beim Essen von Erbsensuppe. Wenn die Journalisten nicht so unangenehm gewesen wären, würde ich jetzt einen Orden tragen. Hast du das den Tintenkleckser in die Ohren geblasen?»

«Damit hatte ich nichts zu tun.»

Fernandus schaute auf die Tür. «Bitte deine Juffrouw um eine gute Tasse Kaffee. Was für ein Schatz von Frau. Du glaubst doch wohl nicht wirklich, daß ich sie mir schnappen will, wie?»

«Ich?» Der Commissaris machte ein erstauntes Gesicht.

Fernandus grinste. «Du wirst sie dennoch verlieren.»

«Wieso?»

Fernandus sprach auf die Spitze seiner Zigarre ein. «Weil ich dich vernichten werde. Ich bin eigentlich gekommen, um dich zu warnen, Jan. Du hast keine Ahnung, welch schweres Geschütz ich in Stellung bringen kann. Du bist schon plattgewalzt, bevor du anfängst.»

«Aber ich habe bereits angefangen», sagte der Commissaris. «Du hast bestimmt gelernt, daß ein Krieger umsichtig sein muß. Je mehr du jetzt prahlst, desto leichter machst du es mir.»

Fernandus schlug sich aufs Knie. «Dreh das nur schnell um. Wer übertölpelt hier wen? Du bist in einer schwachen Position.» Fernandus schnaubte. «Schau mal in den Spiegel. Sogar körperlich bist du ein Wrack. Ich höre gelegentlich etwas über dich. Deine Karriere hängt vom Krankheitsurlaub ab. Die einzige Energie, die dir zur Verfügung steht, kommt aus der Macht des Polizeiapparats, aber der bröckelt ab. Die ganze Machtstruktur des Staates zerfällt.»

Der Commissaris klopfte auf seinen Schreibtisch mit einem Brieföffner, einem sehr scharfen Messer. «Unterschätze mich nicht, Willem, meine Abteilung funktioniert.»

«Ja?» Fernandus lehnte sich zurück. «Deine alten Freunde sind alle in Pension oder versetzt und ersetzt worden durch Dösköppe. Du bist der letzte der Mohikaner, und vor Indianern habe ich auch keinen Respekt. Ich habe in Amerika gesehen, was sie treiben, nämlich Bier saufen und vergammelte Autos fahren.»

«Wimpje, Wimpje.» Der Commissaris schüttelte den Kopf.

Fernandus fuhr auf. «Deine Abteilung funktioniert? Wie kommt es dann, daß das ganze Beweismaterial verschwunden ist?»

«Du meinst die Pistole?»

«Natürlich meine ich die Pistole.»

«Ich nehme an», sagte der Commissaris, «daß wir jetzt von der Walther PPK sprechen, mit der eine Platzpatrone in Martins Gesicht geschossen wurde, oder meinst du das automatische Gewehr, das du vielleicht auf der anderen Seite der Binnenkant hast aufstellen lassen? O ja, Willem», sagte der Commissaris grinsend, «du mußt deinem Schützen sagen, daß er die Gebrauchsanweisung für die Waffe lesen muß. Wenn man das Knöpfchen eindrückt, geben die Gewehre Schuß für Schuß ab.»

Fernandus schaute sich um und zwinkerte dem Ölporträt eines

Offiziers der Bürgerwehr aus dem 17. Jahrhundert zu, der, imposant herausgeputzt mit Schärpe und Spitzenkragen, mit einer Reiterpistole bewaffnet war. Fernandus zeigte darauf. «Der Würdenträger gleicht dir. Er ist zwar zweimal so groß wie du, aber deine Arroganz und sein kurzsichtiges Geprotze sind gleich.» Fernandus lachte. «Der Altvordere hatte mit seinem Vorderlader mehr Macht als du mit der ganzen Feuerkraft, über die du verfügen magst. Wenn du ‹buh› sagst, blase ich dich um.»

«Schön», sagte der Commissaris. «Das reicht für heute. Ich warne dich also. Du kannst jetzt aufgeben und dir viel Verdruß ersparen, Willem.»

Fernandus paffte an seiner Zigarre. «Und wie stellst du dir das vor?»

Der Commissaris balancierte den Brieföffner auf einem Finger. «Schließe die Bank, löse deine Neppstiftung auf und gestehe zumindest eine Straftat, die so ernst ist, daß du für drei Jahre ins Gefängnis gehst. Wir sind jetzt alte Männer. Ich würde mich mit einer begrenzten Freiheitsstrafe begnügen.»

Fernandus nickte. «Als hätte ich es mir nicht gedacht. Eine persönliche Sache.» Er imitierte die hohe Stimme des Commissaris. «‹Wir sind jetzt alte Männer.›»

Der Commissaris schüttelte den Kopf. «Ich kann dir nicht folgen.»

Fernandus blies einen Rauchring.

«Du meinst, ich wolle dich aus persönlichen Gründen zu Fall bringen?» fragte der Commissaris. «Persönlich interessierst du mich nicht mehr.»

«Nein?» fragte Fernandus. «Dann lassen wir das. Wie willst du angreifen? Bevor ich deinen Vorschlag erwäge, möchte ich wissen, wie ernst meine Lage ist. Hast du nicht vorhin gesagt, du wolltest nicht falschspielen?»

Der Commissaris legte den Brieföffner hin. «Immer mit der Ruhe, Willem. Was kann es mich persönlich angehen, wie es mit dir ablaufen soll? Meinst du, es mache mir etwas aus, daß du Martin Ijsbreker ermordet hast? Ich kannte den Jungen zwar, aber ich mochte ihn nicht sehr. Außerdem stand Martin auf deiner Seite. Er hatte Anteile an deiner Bank. Er hat den Schweinkram geleitet. Ijsbreker hat natürlich auch bei deiner Neppstiftung mitgenascht. Verbrecher murksen sich gegenseitig ab, ein Verhalten, das der Ordnung im Staat zugute kommt. Kannst du nicht begreifen, daß mir das Schicksal der drei Junkies mehr bedeutet? Du hast dich bedauernswerter Randfiguren bedient, mit deren Degeneration du vermutlich ebenfalls zu tun hattest. Als du sie nicht mehr brauchtest, hast du sie umgebracht. Gegen ein solches Verbrechen tritt meine Abteilung in Aktion.»

«Aber wie?» fragte Fernandus. «Das möchte ich gern wissen.»

Der Commissaris richtete sich auf. «Gut, du darfst gern erfahren, woran du bist. Deine Raubritterburg wird von drei Seiten bedrängt. Die Steuerfahndung schnappt sich deine Bank, und meine Kollegen reißen deine Stiftung in Stücke. Ich arbeite am vierfachen Mord. Daß Ijsbreker nicht Selbstmord verübt hat, wird unter anderem durch eine Vase bewiesen.»

«Ja?» fragte Fernandus. «Wie hübsch. Was für eine Vase?»

«Eine peruanische», sagte der Commissaris. «Ein wertvolles Kunstwerk aus der Inkazeit. Die Vase diente als Briefbeschwerer für das sogenannte Selbstmordschreiben, das du niederlegen ließest. Nebenbei gesagt, Willem, ich erinnere mich, daß Martin künstlerische Anlagen hatte, war es nicht so? Gewann er nicht Preise in der Schule? Dachten wir damals nicht, er werde in diese Richtung gehen?»

Fernandus spähte über seine Brille hinweg. «So gut war Martin nicht.»

«Aber er hatte es irgendwie mit der Kunst.»

Fernandus nickte. «Das wohl. Wieso?»

«Also sammelte er», sagte der Commissaris. «Durch die Bank und deine anderen Aktivitäten verfügte er über viel Geld. Martin Ijsbreker besaß mindestens elf kostbare Gemälde, die du wegschaffen ließest.»

«Unglaublich», sagte Fernandus, «was ich nicht alles tu. Ich vergesse es selbst. Habe ich das wirklich getan?»

«Ja», sagte der Commissaris, «und er besaß auch eine Sammlung von Inkavasen, die hast du jetzt ebenfalls. Ich sah die Abdrücke im Staub auf den Regalen im Haus von Ijsbreker. Aber deine Mitarbeiter ließen eine stehen. Hast du eine Ahnung, was das beweist?»

«Vielleicht andeutungsweise.» Fernandus grinste. «Ich bin auch Magister der Rechtswissenschaft, Jan. Du drückst dich populär aus, das darf man in unserem Fach nicht.»

«Es beweist ganz bestimmt etwas», sagte der Commissaris. «Du bedientest dich nachlässiger Diebe. Angeheuert für eine einzige Aktivität. Du bezahltest mit Rauschgift, das so konzentriert war, daß sie in derselben Nacht starben.»

«Ist das dein Angriff?» fragte Fernandus. «Nein, das kann ich nicht glauben, Jan. Einige schlecht zusammengeleimte vage Unterstellungen als Grundlage für das ganze Gejammere?»

«Nicht vage», sagte der Commissaris. «Und die Beweise verstärken sich, je weiter ich suche. Wenn ich die Junkies verbinde mit dem Mittelsmann, den du brauchtest, und ich ihn verhöre... Die Gemälde und Vasen sind noch irgendwo in der Gegend, die finde ich schon. Du willst das Geld wiederhaben, das Ijsbreker in seine Sammlung gesteckt hat. Die Kunstpreise steigen, und den Gewinn streichst du ein. Jede Folge führt zurück zu einer Ursache. Du bist jetzt schon schwer belastet.» Der Commissaris dachte kurz nach. «Die Belastung durch Steuern kommt noch hinzu. Die Kunstsammlung wurde mit schwarzem Geld gekauft. Die Steuerfahndung... ja. Bei der Bank wird schon jemand singen. Die Steuerfahndung hat ihre Verhörtechnik in jüngster Zeit sehr verbessert.»

«Aber nein», sagte Fernandus. «Meine Beziehungen...»

«Aber ja», sagte der Commissaris. «Ist dir bewußt, wie schnell ich arbeiten kann? Ehe du es weißt, bist du schon weg. Gestehe jetzt, und du hast weniger Probleme. Deshalb sagte ich, daß wir alte Männer sind. Warum sollten wir uns ereifern? Wir regeln es einfach.»

«Darf ich jetzt etwas sagen?» fragte Fernandus und wedelte mit der Zigarre.

«Nur zu.»

«Wenn du dich alt fühlst», sagte Fernandus, «dann nur, weil du gern alt sein willst. Das sehe ich dir an. Schau mich an. Meine Kraft hat proportional mit meinem Alter zugenommen. Hast du eine Ahnung, über wieviel Geld ich gegenwärtig verfüge? Und ist dir bewußt, was ich für so ein Kapital kaufen kann?»

Der Commissaris nahm seinen Brieföffner wieder in die Hand.

«Der Egoismus soll sich angeblich vermindern, wenn man älter wird.» Er betastete sein Bein. «Au. Wir bekommen wieder Regen, Willem. In unserem Alter sind wir eher bereit, uns um das Wohlergehen anderer zu kümmern. Was macht es dir jetzt noch aus, wieviel Geld du hast?»

Fernandus' Wangen schwollen an, bevor die Luft mit Kraft entwich. «Studierst du moderne Psychologie? Ich lese auch gelegentlich. Zuerst sagt man, wie man es gern gehabt hätte, dann dreht man das Tatsachenmaterial so lange um, bis es in die eigene Theorie paßt. Das ist keine Wissenschaft, Jan, sondern die Inkarnation eines selbst erdachten Gottes. Schmerzen deine Beine sehr?»

«Ziemlich», sagte der Commissaris.

«Dann laß dich pensionieren und mach eine Kur. Jetzt kannst du noch wählen. Ich habe auch einen Vorschlag. Entweder du hörst mit dem ganzen Unsinn auf oder ich stoße dich vom Stuhl.» Fernandus bewunderte seine geputzten Schuhe. «Ein Tritt und du sitzt in der Bredouille. Katrien wird es nicht komisch finden, wenn du auf der Titelseite des *Koerier* in den Dreck gezogen wirst. Wie geht's Katrien?»

«Wir kommen gut miteinander aus», sagte der Commissaris. «Hörst du gelegentlich noch etwas von Fleur?»

Fernandus zog seinen Fuß zurück. «In letzter Zeit nicht. Das Gejammere wird langweilig.»

«Du sorgst nicht für sie?»

«Fleur saugt einen aus, ich habe keine Lust mehr, das ganze Gewicht mitzuschleppen.»

«Also mußte sie fort.» Der Commissaris fing mit der Klinge seines Brieföffners das Sonnenlicht ein. «Ebenso weg wie Martin. Hast du Fleurs Besitz auch eingesackt?»

«Selbstverständlich», sagte Fernandus. «Eigentum geht zu dem, der weiß, wie man damit umgeht. Fleurs Anteile an der Bank sind zu mir abgewandert. Ijsbrekers habe ich inzwischen auch übernommen, der Witwe konnte es gar nicht schnell genug gehen.»

«Ist Ijsbreker nicht geschieden?»

Fernandus grinste. «Nicht einmal das wußtest du? Da gebe ich dir auch noch gratis Informationen. Siehst du jetzt, daß du nur bluffst? Nein, Martin und Trudi lebten nur voneinander getrennt.

Sie wohnt jetzt ganz zufrieden in Rotterdam. Mein Buchprüfer hat den Wert der Anteile ausgerechnet, und ich habe den Betrag überwiesen.»

«Vom tatsächlichen Wert hatte der Buchprüfer nichts gehört?»

«Was ist wirklicher Wert?» fragte Fernandus entrüstet. «Bei der heutigen Besteuerung sind keine Gewinne drin. Daher werden Gewinne in Vergünstigungen umgewandelt, die an Treuhänder verliehen werden. Martin wurde begünstigt, weil er Direktor spielen durfte. Muß ich die Begünstigung weitergeben an Trudi, die weggelaufen ist?»

«Und Martins Kinder? Sollten die nicht versorgt werden?»

«Bah», sagte Fernandus. «Der eine ist schon vorzeitig von der Universität abgegangen, und der andere bemüht sich um Sozialhilfe. Wieder einmal zwei Versager, um die sich der Sozialismus kümmern darf. Martins Nachkommen sind so nutzlos wie die Junkies, derentwegen dir die Tränen in die Augen schießen. Sei einmal gescheiter, Jan, es tut bestimmt nicht weh. Lebe mit der Zeit. Verdiene an dem, was angeboten wird. Der Staat wird schwach, dagegen kann keiner etwas machen, aber an einem geschwächten Staat kann man gut verdienen.»

«Ekelhaft», sagte der Commissaris leise.

«Ich bin ganz deiner Meinung», sagte Fernandus munter. «Die Kolonialisierung von Gebieten in Übersee war schon schlimm, sehr peinlich, wenn man es gut betrachtet, und vom Sklavenhandel gar nicht zu reden. All die armen Menschen, in Ketten im Schiff. Aber wir haben immer gut daran verdient, wir Herren von Stand. Ganz Amsterdam ist damit aufgebaut worden, die herrlichen Grachten, an denen ich so gern spazierengehe. Und jetzt ist es wieder etwas anderes. Opiumhandel und Kuppelei. Mit einem starken Charakter kann man dennoch fröhlich dabei sein.»

«Hörst du jetzt endlich auf?» fragte der Commissaris. «Mir wird speiübel von dir.»

«Das ist Schwäche, Jan. Man muß wagen, die Wahrheit zu sehen. Mir gefällt es auch nicht, wenn sie die Fenster von meinem Daimler einschlagen und mir das Radio samt Zubehör aus dem Armaturenbrett aus Mahagoni klauen, aber das gehört nun einmal dazu. Die Reparaturwerkstatt wird reich davon, und den Reichtum verwaltet meine Bank. Ausbeutung wird es immer geben. Schau dir die heutigen Supermächte an. Sowohl die USA als auch die Sowjetunion werden von einer sich für wertvoll haltenden Elite regiert. Du und ich gehören ebenfalls zur Elite.»

«Würdest du keine Bedenken haben, Giftgas an Konzentrationslager zu verkaufen?»

«Nein», sagte Fernandus. «Und daran warst du selbst auch beteiligt. Vor dem Krieg finanzierte die Bank de Finance die Fabrikation deutscher Chemikalien. Im ersten Weltkrieg kauften unsere Großväter Anteile an der Fabrik, die Jagdflugzeuge für den Kaiser produzierte. Dein Haus in der Koninginnelaan wurde gekauft von den Gewinnen aus diesen Transaktionen.»

«Ich habe nie Anteile an der Bank gehabt.»

«Dein Vater hätte sie lieber behalten sollen», sagte Fernandus, «dann hättest du jetzt mehr Druck auf mich ausüben können. Idealismus schwächt.» Er stand auf und ging herum. «Darf ich jetzt gehen oder verhörst du mich noch länger?» Er schaute auf seine Uhr. «Ich habe noch zu tun.»

Der Commissaris stand ebenfalls auf. «Innerhalb von zwei Wochen habe ich dich.»

Fernandus grinste. «Denselben Termin habe ich auch im Kopf. Und wenn ich dich habe, gehe ich nach Spanien, um mich auf dem Landgut von Ten Haaf ein bißchen zu verschnaufen. Ich war vor kurzem erst da und soll dich von ihm grüßen.»

«Vom ewigen Studenten, der später zum Halunken promovierte?» fragte der Commissaris.

Fernandus setzte sich wieder. «Du hast ihn nie erwischen können. Ten Haaf ist ein Genie. Weißt du noch, daß er sich damals drei Millionen als Ziel gesetzt hatte?»

«War das an dem Tag, an dem er von der Uni flog?» fragte der Commissaris.

«Aber zu seinem Abschiedsfest bist du dennoch gekommen», sagte Fernandus. «So prinzipiell warst du auch nicht. Champagner und hübsche Mädchen mochte Jantje sehr wohl. Ten Haaf wußte, was er wollte, er war ein Vorbild für mich.»

«Der erste Vermittler illegaler Arbeit», sagte der Commissaris, «der erste Dealer, der erste Sexclubunternehmer.»

«Und als er im Geschäft war, verschwand er.» Fernandus nickte. «Ten Haaf, mein Mentor. Aber er war zu bescheiden. Mein Ziel ist bedeutend höher, Jan. Ich begnüge mich nicht mit einem Schlößchen auf einem Hügel.»

«Und zu dem Halunken will Guldemeester?»

«Guldemeester wählte Orangen für sein Geld», sagte Fernandus, «leckere, spanische.»

Der Commissaris zeigte auf den Fußboden. «Innerhalb von zwei Wochen habe ich dich. Dann zappelst du da.»

«Und dann kletterst du zurück auf den Schoß von Juffrouw Bakker?» Fernandus ging zur Tür. «Vergiß das ruhig, Jan. Innerhalb von zwei Wochen stehst du wieder in der Ecke des Kindergartens mit einem Spitzhut auf dem Kopf, einem roten mit weißen Pünktchen. Die zehn Minuten vergesse ich nie. Du hattest die Händchen auf dem Rücken und flenntest und stampftest mit den Füßen.» Er drehte sich um. «Deine letzte Chance. Hör auf zu salbadern, und ich tue dir nichts, klar?»

Der kleine Kopf des Commissaris leuchtete auf im Licht einfallender Sonnenstrahlen. Die Begonien glühten auf den Fensterbänken. Fernandus zog sich zurück in den Schatten des Korridors. «Guten Tag.»

«Ja», sagte der Commissaris. «Ich wünsche dir auch das Beste.»

11.

Der Motor eines großen Lieferwagens startete, als Adjudant Grijpstra pünktlich um sieben das abgeschlossene Parkgelände des Polizeipräsidiums betrat. Ein schnurrbärtiger Athlet in einem himmelblauen Arbeitsanzug schaute aus der Fahrerkabine des Wagens, der laut sorgfältig ausgeführter Aufschrift an der Seite Jansma und Sohn, Klempner seit 1949, gehörte. Der Lieferwagen rollte an und blieb neben dem Adjudant stehen.

«Komm rein, Papa», rief der junge Jansma. «Du kannst dich drinnen umziehen.»

Adjudant Grijpstra kletterte in die Kabine. «Noch nicht wegfahren. Ich habe keine Lust, mich in diesem Kasten zu verletzen. Wo ist mein Overall?»

«Auf dem Werkzeugkasten, Papa.»

Im Wagen wurde gemurmelt. «Zu groß... und oben wiederum zu eng... die Pistole paßt nicht hinein... zu knapp auf dem Bauch... was ist das jetzt wieder?... Reißverschluß?... er klemmt... bah... die Farbe steht mir nicht.»

Der junge Jansma wartete ruhig. «Fertig?»

Der alte Jansma ließ sich auf den Beifahrersitz fallen. «Langsam fahren. Wenn du dich nicht von den Straßenbahnschienen fernhältst, ziehe ich den Zündschlüssel heraus.»

Der junge Jansma fädelte den Wagen in den Verkehr der Elandsgracht ein. «Ja, Papa.»

«Ich bin nicht dein Vater», sagte der alte Jansma.

«Nur für kurze Zeit», sagte der junge Jansma. «Was macht die Malerei? Konntest du die Knochen gebrauchen, die ich für dich gefunden habe?»

«Die habe ich alle verwendet.» Der alte Jansma hopste unbequem auf seinem harten Sitz. «Die Entenskelette sind jetzt ganz gut. Sie schwimmen fein im Dreck, aber der Hintergrund taugt noch nichts. He. Du fährst am Haus vorbei.»

Der junge Jansma setzte den Lieferwagen zurück, wobei er zwei geparkte Autos um Haaresbreite verfehlte. Er zog den Werkzeugkasten heraus und sprang auf den Bürgersteig. Ein dicker, pickeliger junger Mann öffnete in der ersten Etage ein Fenster. «Beeilt ihr euch ein bißchen?»

«Womit?» fragte der aus dem Lieferwagen kletternde alte Jansma.

«Mevrouw oben leckt», rief der Jüngling. «Eine schöne Arbeit für euch. Seid stolz auf euer Werk.»

«Bezahlst du die Rechnung?» rief der junge Jansma. «Nein? Dann halt die Klappe.» Er beschattete seine Augen mit einer Hand. «Geschlechtskrank? Dann schmier was auf die Pickel. So ersparst du uns den Anblick.»

Das Fenster wurde zugeschlagen. Der alte Jansma drückte auf die Klingel von Mevrouw Jongs. Die Tür öffnete sich mit einem Quietschen, und beide Jansmas schauten nach oben in ein langes schwarzes Loch. Darüber bewegten sich ineinandergefaltete Lappen. In den Textilien lauerte ein Gesicht, das einem getrockneten Apfel glich. «Sind Sie es wirklich?»

Die Jansmas stiegen die steile Treppe nach oben. «Polizei?» flüsterte die alte Frau und hielt sich knochige Finger hinter das Ohr, um die Antwort mitzubekommen.

«Zu Ihren Diensten, Mevrouw.» Der alte Jansma berührte die kleine Klaue, die sich aus dem Umschlagtuch befreite.

Mevrouw Jongs führte die Klempner in eine kleine Küche. «Ich habe sechs Eimer ausgekippt.» Sie gackerte vergnügt. «Von unten klopften sie an die Decke und auch an die Tür, aber ich habe nicht geöffnet. Hihi.»

«Mein Kollege», sagte der alte Jansma, «wird das jetzt alles sauber aufwischen, und Sie und ich besprechen die Mißstände hier. Wie heißen die Schurken da unten?»

Mevrouw Jongs brachte ein Scheuertuch. «Ich mach das schon.»

«Nein.» Der alte Jansma nahm das Scheuertuch und gab es dem jungen. «Bitte sehr.»

«Der Dicke ist Huip Fernandus», sagte Mevrouw Jongs, nachdem der alte Jansma vorsichtig auf einer wackeligen Couch Platz genommen hatte. «Sein Freund heißt Heul. Huip ist schlimmer. Heul ist zum Einkaufen und kommt bald zurück. Sie können nicht kochen. Sie fressen Delikatessen aus Dosen. Kaffee für Sie? Er steht schon bereit. Ich dachte nicht, daß Sie kommen, aber ich habe ihn dennoch gemacht.»

Der junge Jansma kam auch herein. «Ich habe zwei volle Eimer aufgewischt, also sind die anderen vier durchgesickert. Gute Arbeit, Mevrouw. Jetzt werden wir für Sie alles erledigen.»

Mevrouw Jongs schenkte Kaffee in henkellose Tassen ein. Sie zeigte auf die Wand. «Sehen Sie das? Die drei runden Fleckchen? Wissen Sie, was das ist? Dort hingen die Teller meiner seligen Mutter. Auf den Boden gefallen und zerbrochen. Heruntergewackelt von dem ganzen Krach.» Sie öffnete ein Fenster und schaute auf den Lieferwagen. «Jansma und Sohn?»

«Können wir jetzt weitermachen wie gewöhnlich?»

Der alte Jansma faßte die Klaue von Mevrouw Jongs noch einmal an. «Grijpstra, Mevrouw, Adjudant bei der Kripo.»

Der junge Jansma verbeugte sich. «De Gier, Brigadier.»

«Schöne Teller», sagte Mevrouw Jongs. «Jetzt nennt man die antik. Handgemalte Blumen, verschiedene. Joop sagte, verkaufen, aber das tat ich nicht. Joop brauchte das Geld, denn das brachte ich nicht mehr mit. Zu klapperig war ich da, das mögen die Kunden nicht. Ich verkaufte sie dennoch nicht, weil sie von meiner Mutter waren.»

«Joop?» fragte Grijpstra.

«Mein Mann. Der hat sich totgezittert. Wegen der Eidechsen, wissen Sie? Die kribbeln so, sagte Joop. Zuerst sind sie Schlangen, aber dann bekommen sie Händchen und Füßchen. Und er zitterte und schrie nur: ‹Fang die Eidechsen, Annie.› Aber ich konnte sie nicht gut erkennen.»

«Vielleicht ein bißchen?» fragte de Gier.

«Ja, das sagte ich zu Joop, aber ich sah sie wirklich nicht. Große waren es. So groß.» Mevrouw Jongs hielt ihre Hand in Kniehöhe. «Mit roten Zungen, die sie ganz in Joops Mund steckten.»

Grijpstras tastender Fuß geriet an einen hochstehenden Nagel. Er stampfte ihn wieder in den Fußboden. «Die kommen raus», sagte Mevrouw Jongs. «Vom Krach. Ich hämmerte sie immer wieder rein, aber der Stiel ist zerbrochen. Immer ist was.»

«Ist der Krach jeden Abend?» fragte Grijpstra.

Mevrouw Jongs wickelte ihren Kopf aus einem Lappen und ordnete ihre letzten Haare. «Meistens.»

«Sie erwarten ihn heute abend wieder?»

«Na und ob.» Sie schaute aus dem Fenster. «Da ist Heul, auf der Brücke. Mit den Dosen. Zuerst essen, dann fängt es wieder an.»

Grijpstra schaute auch hinaus, hinter einer Gardine versteckt. «Verdächtige Person ist männlich. Groß. Mager. Orangefarbenes Haar, Punk. Zwei-, dreiundzwanzig Jahre. T-Shirt mit aufgedrucktem Text. Von hier aus kann ich ihn nicht lesen.»

De Gier schaute aus dem anderen Fenster, ebenfalls hinter einer Gardine verborgen. *«Nuke the Baby Whales.»*

«Eigentlich ist das ganz schön», sagte Grijpstra.

«Was?» fragte Mevrouw Jongs.

«Atombomben auf kleine Wale werfen», sagte Grijpstra verträumt. «Dann hört es wirklich auf, aber wir trauen uns ja nicht.»

«Nein, das ist überhaupt nicht schön», sagte de Gier. «Der Lümmel begreift es selbst nicht. Der will sich querlegen. Wenn man ihn aber mal hart anpackt, bricht er zusammen.»

«Nein», sagte Grijpstra. «Denk mal weiter. Das ist wie bei meinen Skelettenten, die im Dreck schwimmen. Wenn man wirklich schlecht ist, wird es dann nicht wieder gut?»

«Joop war wirklich schlecht», sagte Mevrouw Jongs. «So schön ist das nicht. Da liegt man ewig auf dem Rücken und hat nichts davon. Kassieren, pomp-pomp-pomp, und das Geld für Joop.»

«Laß nur», sagte Grijpstra, «es war nur so ein Gedanke. Den arbeite ich später weiter aus.»

«Und der Krach», sagte Mevrouw Jongs. «Der ist auch wirklich schlecht und nicht schön.»

«Dagegen unternehmen wir etwas», sagte Grijpstra fröhlich. «Passen Sie auf, Mevrouw Jongs, wir gehen mal eben weg...»

Sie klammerte sich an ihn. «Nicht weggehen. Ich habe solche Angst vor dem Krach. Ich bin immer allein. Früher kam gelegentlich noch einer. Kakarel und so. Die sind auch weg. Eure Leute haben sie weggetragen, hab ich selbst gesehen.» Sie zeigte zum Fenster hinaus. «Und dort drüben, der Herr ist auch tot. Der war mein Fernseher. Ich selbst habe kein Gerät mehr, weil das geklaut worden ist, von Jimmy oder dem Schwarzen. Einmal war die Tür nicht zugeschlossen. Die Dame war es nicht, die stiehlt nicht.»

De Gier schaute sie mitleidig an. «Kannten Sie die Junkies gut?»

Mevrouw Jongs nickte. «Aber wenn sie krank sind, suchen sie Geld. Oh, oh, was sind die Junkies krank. Die kriegen auch das Zittern, aber ohne Eidechsen, die würden einfach weggeniest.»

«Karel?» fragte Grijpstra. «Vielleicht hat Karel Ihr Fernsehgerät geschnappt.»

«Nein. Kakaharel wird nicht krank.»

«Aber sie haben ihn weggetragen?»

«Nein», sagte Mevrouw Jongs.

«Mevrouw Jongs?» Grijpstra stand auf, verdrehte die Arme und schlurfte durch das Zimmer, das eine Bein nachschleppend. «Mememevrouhouw Johongsss?»

«Ja», sagte Mevrouw Jongs, «das ist Kakarel. Er heißt Karel, aber er stottert so. Wir nennen ihn Kakarel, aber das ist nicht nett.»

«Und Karel wohnte auch auf dem Boot?»

«Nein, an der Overtoom», sagte Mevrouw Jongs. «Ja, wo genau, weiß ich auch nicht.» Sie öffnete einen Schrank. «Das ist eine Maus, hat Karel gemacht.»

«Gleicht eher einem Hündchen», sagte Grijpstra.

«Ja.» Mevrouw Jongs fröstelte in ihrem Umschlagtuch. «Mein Hündchen, aber es heißt Maus, es ist alt und stirbt. Es sieht nichts mehr, und dann kam das Auto. Karel hat einen ganz neuen Maus gemacht, der jetzt im Schrank wohnt, wegen des Krachs.»

«Schön», sagte Grijpstra.

«Ja», sagte Mevrouw Jongs stolz. «Was für ein Rotköpfchen, wie? Sehr verwöhnt. Er mag nur Torte, von hinten sieht er aus wie von vorn.»

«Ein Mops», sagte de Gier. «Gut, dann gehen wir kurz einmal weg.»

«Nein.» Mevrouw Jongs hing an seinem Arm. «Dann bekomme ich wieder Angst.»

«Wir sind gleich zurück, Mevrouw. Der Adjudant und ich fahren mit dem Auto weg, aber nur zum Schein, denn ich steige gleich wieder aus. Die Tür steht offen, und ich springe schnell wieder ins Haus. Der Adjudant kommt auch zurück. Wirklich. Es muß sein. Sonst glauben uns die beiden da unten nicht, und wir können sie nicht erwischen.»

De Gier war schon wieder zurück. «Sehen Sie? Ich setze mich hier ruhig hin und Sie dort. Ja?» Er nahm ein Sprechfunkgerät aus dem Werkzeugkasten. «Hallo?»

«Ich fahre noch», ertönte es aus dem Sprechfunkgerät. «Jetzt parke ich. Nicht erschrecken, sonst gibt es eine Beule am Wagen.»

Zwei Minuten später ertönte es: «So, ich bin jetzt in der Prins Hendrikkade. Jetzt gehe ich in die Gasse. Bin fast an der Binnenkant. Schaust du mal?»

De Gier spähte durch den Spalt der Gardine. «Sie sind nicht auf der Straße. Geh dicht an den Häusern entlang. Kommst du von Osten?»

«Von Osten?» brummte es aus dem Gerät. «Ist das Rittersprache? Ich komme von rechts. Ist die Tür schon offen?»

De Gier lief in den Korridor und zog an der Leine zum Öffnen der Tür. Grijpstra kam leise auf knarrenden Stufen herauf. «Pst», zischte de Gier. «Leiser kann ich nicht», zischte Grijpstra.

Grijpstra und de Gier setzten sich vorsichtig auf die Couch, Mevrouw Jongs schenkte Kaffee ein. «Nun erzählen Sie mal», sagte Grijpstra, «von dem Herrn drüben, der das Fernsehgerät für Sie laufen ließ, was der so machte.»

De Gier schaute auf Mevrouw Jongs beschlagene Brille. «Konnten Sie das gut erkennen?»

Mevrouw Jongs öffnete den Schrank wieder und reichte ihm ein altmodisches Fernglas. «Von Joop, um in Indien zu beobachten, ob die Leute gut arbeiten, und später für uns, für die Mädchen und mich. Wir rackerten uns ab, und Joop hat mich dann geheiratet.»

«Ein netter Mann, Ihr Joop?»

«Nein», sagte Mevrouw Jongs. Ihr Gebiß klappte zu.

«Aber die Eidechsen haben ihn erwischt», sagte de Gier.»

«Ich jage sie zwar weg», sagte Mevrouw Jongs, «aber sie kommen immer wieder.»

De Gier schob die Gardinen etwas zur Seite und stellte das Fernglas auf Ijsbrekers Haus ein. «Was haben Sie da gesehen, Mevrouw Jongs?»

Sie kicherte und rieb sich die Hände.

«Na? War es spannend?» fragte de Gier.

«Ja», sagte Mevrouw Jongs. «Durchsichtige Höschen. Die hatte ich nicht, ich hatte immer welche aus blauem Leinen. Joop sparte bei den Kleidern.» Sie zeigte über die Gracht hinweg. «Seidenstrümpfe und BHs und dann alles ausgezogen, und der Herr mit Champagner und dem Schnupfzeug.»

«Schnupfzeug?»

«Auf dem Tisch, und all die Mädchen auf den Knien davor.»

«Und danach, Mevrouw Jongs?»

«Bumsen», flüsterte Mevrouw Jongs. «Mit dem Schnupfzeug dauert das stundenlang. Drei gleichzeitig. Der Herr hatte ja zwei Hände.»

«Schau mal an», sagte de Gier.

«Ich habe mir was angeschaut», sagte Mevrouw Jongs. «Jetzt nicht mehr.»

«Und haben Sie vielleicht gesehen, wie der Herr starb?»

«Wenn es regnet, sieht man nichts. Zuerst der Krach und dann der Donner. Nein, ich lag im Bett.»

«Und die Gemälde im Haus des Herrn, haben Sie die auch gesehen?»

«Die haben sie mitgenommen.»

«Wer, Mevrouw Jongs?» De Giers Nasenlöcher bebten.

«Ja», sagte Mevrouw Jongs. «Die klauen alles, mein Fernsehgerät auch. Und die Teller meiner Mutter an der Wand. Und Maus, aber das war das Auto.»

«Die Junkies?» fragte Grijpstra geduldig. «Haben sie die Gemälde mitgenommen?»

«Gut möglich», sagte Mevrouw Jongs. «Der Schwarze packte sich meine Tasche auf der Straße. Weil er krank ist. Meine ganze Sozialhilfe war hops. Die Bullen sieht man nie.»

«Und half Karel auch mit beim Wegschleppen der Gemälde?»

«Nein», sagte Mevrouw Jongs. «Karel ist nicht krank. Die anderen aber. Ach, die arme Dame, die kommt, und ihr ist so kalt. Und ich mache ihr Kaffee, aber der hilft auch nicht. Und dann geht sie wieder in der Gasse auf den Strich. Die Dame hat die Gemälde genommen.»

«Und das haben Sie gesehen, Mevrouw Jongs?»

«Nein. Und Jimmy und der aus Paramaribo in Surinam.»

«Aber Karel nicht?»

«Nein.» Mevrouw Jongs legte den Kopf auf die Seite und starrte de Gier an.

«Ja?» fragte de Gier.

«Du hast die Augen von Joop.»

«Der Brigadier ist sehr nett», sagte Grijpstra schnell. «Der kämpft gegen den schwarzen Ritter. Auf einem weißen Schaukelpferd.»

«Die Eidechsen haben Joop mitgenommen», sagte Mevrouw Jongs, «mit ihren kleinen Krabbelhänden.»

DSCHAAWUHU-u-u-umm.

De Gier fiel rücklings auf die Kissen der Couch, die Hände auf den Ohren. Mevrouw Jongs' Stuhl sprang vom Fußboden hoch. Grijpstra wurde langsam hochgedrückt. Die Fußbodendielen rumpelten, Nägel kamen hoch. Elektronisch verstärktes und zu höheren Mächten befördertes Gitarrengejaule riß an Wänden und Decken. Trommeln hämmerten vibrierend und ließen die Fensterscheiben klirren. Maus tanzte im Schrank, dessen Tür aufgesprungen war, behende auf dicken Pfötchen. Töpfe und Pfannen hüpften durch die Küche. De Gier sah die Eidechsen vor sich, wie sie kreischend mit langen knochigen Nägeln auf Glas kratzten. Ihre brennenden Zungen drangen durch seinen Mund in den Schädel hinein. Er wankte zur Tür und stolperte über den vor ihm herumrollenden Grijpstra. Zusammen purzelten sie den Korridor entlang und rutschten auf den abgetretenen Stufen der Treppe nach unten und fielen durch die Tür auf die Straße, wobei sie sich die Ohren immer noch krampfhaft zuhielten. De Gier zog die Pistole und schlug mit dem Griff gegen die Tür der Erdgeschoßwohnung. Grijpstra lehnte sich an den Klingelknopf. Der Krach drang kaum bis zur Straße durch. Der Lärm hörte kurze Zeit vor dem Öffnen der Haustür auf. Der dicke Jüngling, dem sie schon vorher begegnet waren, glotzte seine Besucher an. «Was...?» Grijpstra schob den jungen Fernandus zur Seite. De Gier rannte an ihm vorbei. Ein dünner Jüngling versuchte, ihn im Korridor aufzuhalten. De Gier stieß Heul um, zog ihn wieder hoch, stellte ihn mit dem Gesicht an die Wand und legte Handschellen an.

Grijpstra stieß Fernandus in den Bauch. «Du bist festgenommen.» Mit der anderen Hand klatschte er Huip auf die pralle Wange. «Dreh dich um.»

«Was?» murmelte Huip, das Gesicht an die Wand gedrückt. Ein zweites Paar Handschellen klickte.

Grijpstra stand de Gier tief atmend gegenüber. Heul machte einen Schritt und versuchte, sich seitwärts davonzumachen. De Gier ballte eine Faust und nahm den Arm zurück. «Genug», rief Grijpstra. «Tu's nicht, Brigadier.» De Giers Faust bebte und glitt an Heuls Schulter ab.

«So ist es gut», sagte Grijpstra. «Wenn du ihn kaputt machst, bekommst du zuviel Ärger.» Er trat die Tür hinter sich zu. «Dann laßt mal sehen, was ihr hier habt, Jungs.»

Huip und Heul stolperten in ein großes Zimmer mit durchbrochenen Wänden. «Wozu ist das gut?» schimpfte Huip. «Das ist Hausfriedensbruch. Haben Sie einen Durchsuchungsbefehl?»

«Mein Vater ist im Stadtrat», piepste Heul. «Und Huips Papa ist Notar. Sie müssen höflich zu uns sein.»

«Die Polizei steht euch zu Diensten», sagte Grijpstra. Er sah sich im Zimmer um. «Eure Instrumente sind beschlagnahmt. Ihr belästigt eine hilflose alte Frau. Das lassen wir nicht zu.»

«Sie hat Wasser auf uns tropfen lassen», sagte Fernandus. «Erlauben Sie das etwa? Das ist auch Belästigen. Sie brechen das Gesetz. Ich will meinen Vater anrufen.»

«Ich hole das Auto», sagte de Gier.

«Es steht beim St. Olofssteeg», sagte Grijpstra. «Der Schlüssel liegt unter der Matte. Wir werfen das ganze Zeug rein.» Er schaute zur Decke hoch. «Was sollen die Drähte?»

De Gier rannte die Treppe hinauf und kam wieder herein. «Sie haben ihre Lautsprecher an die Decke geschraubt, die Seite nach oben, aus der der Lärm kommt. Das ist Vorsatz und macht die Anklage stark.»

«Da wir schon einmal beim Anklagen sind», sagte Grijpstra, «du, Huip, hast du soeben geraucht?» Er schnupperte. «Was war es? Hasch?»

«Sofort alles zeigen», sagte de Gier, «sonst nehmen wir das ganze Haus auseinander.»

«Wo ist der Durchsuchungsbefehl?» fragte Heul. «Wir gehören zum gehobenen und begüterten Bürgertum, zeigen Sie das Papier.»

Grijpstra entfaltete ein Papier und hielt es Heul vor das Gesicht.

«Und ich will anrufen», sagte Huip.

«Sag die Nummer», sagte de Gier, «mit gefesselten Händen kann man schlecht wählen.»

Das Telefon war besetzt.

Heul nannte ebenfalls eine Nummer. De Gier wählte. Es nahm niemand ab.

Grijpstra nahm die Gitarre und zerschlug sie an der Wand. Er betrachtete das kaputte Stück. «Hier ist es nicht drin.»

«Das ist schwere Sachbeschädigung», schrie Heul.

«Ein unglücklicher Umstand», sagte de Gier. «Das kann passieren.»

«Was tu ich jetzt unglücklicherweise?» fragte Grijpstra. «Den

Verstärker gegen die Decke? Das Schlagzeug zertreten? Sag's mir.»

De Gier zeigte auf ein Dielenbrett. «Versuche das zuerst, es ist an dieser Seite lose. Tritt auf das andere Ende.»

Grijpstra trat. Das Brett federte hoch.

De Gier hockte sich nieder. «Gut verpackt. Pfundweise. Hasch?»

«Fünfmal ein Pfund kommt also dazu», sagte Grijpstra.

De Gier sah zwei Paar Ohrenschützer aus isoliertem Plastik auf einem Tisch. «Hattet ihr die aufgesetzt? He!» Er schrie Heul ins Gesicht. «Habt ihr selbst empfindsame Öhrchen?»

Grijpstra schaute Heul an. «Winselst du?» Er brüllte Huip an. «Warum winselt dein mickriger Freund?»

Fernandus hob seine gefesselten Hände. «Genug. Wir reden.»

«Holst du den Lieferwagen?» fragte Grijpstra de Gier. «Sie sollen sich im Präsidium gleich ausziehen. Nachschauen, ob sie Einstiche haben. Ich taste sie jetzt schon mal nach Waffen ab.»

«Warten Sie», sagte Huip. «Sie sind ziemlich überreizt. Das kommt von der guten Musik, die Ihre Seichtheit durchdringt. Über Mangel an Geschmack soll man nicht streiten. Immer mit der Ruhe. Wir tun gern, was Sie wollen. Die fünf Beutel können Sie haben. Dafür bekommen Sie auf der Straße viel Geld. Dann verdienen Sie auch mal etwas. Es ist Ihnen von Herzen gegönnt. Stimmt's, Heul?»

Heul nickte verdrossen.

«Und von jetzt an machen wir nur sanfte Musik», sagte Huip. «Ehrenwort. Okay? Die Lautsprecher schrauben wir wieder von der Decke. Lassen Sie das Schlagzeug stehen, denn das gehört der Stiftung.»

Heul reihte flennend Konsonanten aneinander. «Sch... sch...»

«Was?» fragte de Gier.

«Die Stiftung», flennte Heul. «Mit der muß man aufpassen, Bulle.»

Es klingelte. De Gier öffnete. «Hallo, hallo», sagte ein junger Mann in Lederkleidung. Sein Ebenbild stand neben ihm. «Als hätten wir es uns nicht gedacht. Braucht ihr Hilfe?»

«Heute nicht», sagte de Gier. «Euer Camaro steht im Weg, ich hole unseren Lieferwagen und habe dann keinen Platz.»

«Was habt ihr geerntet?» fragte das Ebenbild.

«Fünf Pfund Hasch, beschlagnahmte Instrumente, leider teilweise beschädigt, Verstärker, zwei Verdächtige. Die Anklage lautet auf Ruhestörung, nein, schlimmer, ich muß gleich mal nachschauen. Mutwillige Belästigung?»

«Sollen wir Cardozo helfen?» fragte Karate. «Wir haben eben gesehen, wie er in Haus Nummer 13 im Dollebegijnensteeg hineinhuschte. Dort wohnt der Angestellte der Bank de Finance, mit dem er vor kurzem Kaffee getrunken hat. Sollen wir?»

«Auch nicht», sagte de Gier. «Ich werde für euch schon etwas finden, mit dem ihr euch abrackern könnt, aber heute abend noch nicht. Welchen Funkkanal habt ihr?»

«Vierzehn, Brigadier, wenn du uns brauchst, gib nur die Uhrzeit des Treffens an. Dann gehen wir zur angegebenen Zeit in die Kneipe vom alten Bert.»

«Auch über Funk werden wir abgehört», sagte Ketchup. «Es wird immer besser. Eure Beschuldigung gegen die beiden Verdächtigen ist übrigens nicht stark genug, die sind morgen wieder frei. Wenn du ihnen jetzt Prügel verpaßt, dann haben sie wenigstens die schon gehabt. Sollen wir mal kurz zeigen, wie man das macht?»

«Tschüs», sagte de Gier. «Fahrt euer Auto weg.» Er ging hinein. «Das waren gute Leute.»

«Wenn mein Vater gleich etwas Geld vorbeibringt», sagte Huip, «dann könntet ihr gehen.»

De Gier drückte einen Finger auf Huips stumpfe Nase. «Ein Bestechungsversuch, das kommt noch hinzu. Sag ruhig noch mehr. Biete uns Kinderpornofilme an, selbst hergestellt. Eure Spezialserie für pädophile Priester?» De Gier ging. Er kam mit dem Lieferwagen zurück. Grijpstra schob die beiden durch die offene Seitentür. Huip stolperte über Werkzeug und zog Heul mit. Heul winselte schon wieder. De Gier holte die Werkzeugkiste und schob sie hinein. Grijpstra reichte das Schlagzeug und die heruntergerissenen Lautsprecher an.

«Ohohoh», sagte Huip, «ooh.»

«Hast du dir weh getan, Liebster?» De Gier schaute ins Auto.

«Ihr kriegt noch euer Fett», sagte Huip.

Grijpstra winkte Mevrouw Jongs zu, die oben aus dem Fenster hing.

«Und die da oben auch», sagte Huip und drohte der Frau mit seinen gefesselten Fäusten.

12.

Es goß wieder in Strömen. Der Commissaris, auf dem Weg zum Präsidium, fühlte sich wie der Kommandant eines Einmannunterseeboots, der nach allen Seiten auf eine Wasserwelt blickt. Straßenbahnen glitten am Auto vorbei wie glänzende Wale, und Hunderte Radfahrer in ihren triefenden Plastikmänteln, die in alle Richtungen flitzten, waren Heringe, die das Meer als lebender Nebel füllten. Die Scheibenwischer des Citroën flitzten hoffnungslos hin und her, da der Regen von vorn auf das Fenster geweht wurde. Verkehrsampeln blinzelten an der nächsten Kreuzung wie die Augen eines elektrisch geladenen Wassertiers. Vom Sturm losgerissene Stahldrähte peitschten wie Nesselfäden einer Riesenqualle. Der Commissaris fuhr weiter, erriet den richtigen Weg und schlüpfte schließlich durch die Tore des Präsidiums. Er verließ den Wagen und watete durch Schlammpfützen mit glänzenden Überschuhen, die ihm seine Frau noch gebracht hatte, und schob sich dankbar durch die gläsernen Drehtüren. Ein Pförtner salutierte. «Mijnheer?»

«Und dir wünsche ich auch einen schönen Morgen», sagte der Commissaris freundlich und bemühte sich, die kalten Tropfen zu ignorieren, die ihm in den Kragen rannen.

«Der Hoofdcommissaris erwartet Sie, Mijnheer.»

«Ich denke, daß ich vorher noch eine Tasse Kaffee trinke», sagte der Commissaris und drückte auf den Aufzugknopf.

«Da ist noch jemand, der Sie sprechen möchte. Er hat Ihren Rang, ein Commissaris der Reichskripo.»

«Zwei Herren in einem unbewaffneten Zweikampf.»

«Wenn ich Ihnen zur Hand gehen kann, Mijnheer.» Der Pförtner machte ein besorgtes Gesicht. «Ich würde ihn mir gründlich vornehmen, für Sie.»

«Und was machst du dann mit meinem Kollegen?»

Der Pförtner überlegte und verhinderte inzwischen, daß die Aufzugtür sich schloß. «Von der Treppe fallen lassen, Mijnheer? Das ist eben so passiert. Als Unglück hinstellen?»

Der Commissaris lachte. «Wir sollten es zuerst mit Diplomatie versuchen.»

Der Pförtner trat einen Schritt zurück. «Viel Glück damit, Mijnheer. Lassen Sie sich den Kaffee schmecken. Nur keine Hast, das ist immer falsch. Sie sitzen im Zimmer des Hoofdcommissaris. Ich habe Sie nicht gesehen.»

Juffrouw Antoinette brachte die silberne Thermoskanne herein. «Na?» fragte der Commissaris. «Was hielten Sie gestern von meinem alten Freund Fernandus? Hörte sich sein fürstliches Angebot nicht verführerisch an?»

Juffrouw Antoinette errötete.

«Das Zehnfache Ihres heutigen Gehalts? Unregelmäßige Arbeitszeit? Interessante Männer, die Ihnen den Hof machen?»

«Ja», sagte Juffrouw Antoinette. «Ich weiß sehr wohl, wer Fernandus ist. In der Stiftung geschehen schlimme Dinge. Das Clubhaus würde ich gern einmal sehen. Es ist von Flaubert eingerichtet worden. Er wird auch die Inneneinrichtung des neuen Rathauses übernehmen.»

«Distinguierter Geschmack», sagte der Commissaris. «Alles vom Feinsten.»

«So schön», sagte Juffrouw Antoinette. «Ich habe die Ausstellung gesehen, die Modelle und Fotos. Wie der Mann alles placiert, und ein so intensives Gefühl für Farbe. Er gestaltet so intime Nischen.»

«Das würde Ihnen bestimmt gut stehen», sagte der Commissaris und versuchte mit schiefgehaltenem Kopf, die Körperlinien Juffrouw Antoinettes in eine Inneneinrichtung von Flaubert einzupassen. «Dann müßten Sie Ihr Kleid jedoch an den Seiten aufknöpfen.»

Juffrouw Antoinette machte ein erstauntes Gesicht. Der Commissaris entschuldigte sich hastig. «Verzeihung. Ich war auch in der Ausstellung, und da liefen Mädchen herum, die alles erklären mußten, und die trugen aufgeknöpfte Röcke. Ich habe das eine mit dem andern durcheinandergebracht.»

«Noch Kaffee, Mijnheer?» Sie schenkte nach. «Sie meinen, ganz hoch aufgeknöpft, bis an die Haarlinie?»

Der Commissaris kleckerte. «He! Juffrouw Antoinette!»

Sie brachte einen Schwamm. «Hab ich Sie schockiert? So etwas darf man heutzutage ruhig sagen.»

Der Commissaris räusperte sich.

«Freiheit, Frohsinn», sagte Juffrouw Antoinette. «Frauen sagen jetzt alles. Im Fernsehen sagen sie es. Ich übe regelmäßig. Ich habe mir schon ganze Passagen ausgedacht. Wollen Sie einige hören?»

«Nein», sagte der Commissaris.

«Das war eine Stellung als Hure, die mir Ihr Freund angeboten hat, nicht wahr?» fragte Juffrouw Antoinette.

«Kein Freund», sagte der Commissaris entrüstet. «Ein schändlicher Gegenspieler. Fernandus saß hier als Verdächtiger, Juffrouw.»

«Hure spielen ist auch modern», sagte Juffrouw Antoinette. «Einige Abende in der Woche? Und dann kommen die Kerle im besten Anzug, sauber gewaschen, und Geld bekommt man obendrein.»

«Juffrouw Antoinette...»

«Und man hat Gesellschaft. Jetzt bin ich jeden Abend allein.»

«Sie?» fragte der Commissaris. «Wie ist das möglich? Dabei sind Sie so schön. Warum werden Sie nicht Mitglied in einem Club oder so?»

«Aber sind denn das keine Clubs?» fragte Juffrouw Antoinette. «Die in der Zeitung inserieren? Und der von Fernandus ist am teuersten. Finden Sie mich wirklich schön?»

«Ja», sagte der Commissaris. «Alle Männer finden Sie schön. Hier kommt keiner herein, der nicht mit Ihnen flirtet. Sie brauchten abends nicht allein zu Haus zu sitzen.»

«Warum kommen Sie denn nicht mal vorbei?»

«He», sagte der Commissaris. «Was für ein Unsinn, und dazu so früh am Morgen. Ich bin ein alter Mann, meine Liebe.»

«Und verheiratet», sagte Juffrouw Antoinette. «Alle sind verheiratet oder geben einem das Gefühl von Minderwertigkeit, wie de Gier, gegen die man nicht ankommt, diese Herumscharwenzler, die es mal auf die Schnelle versuchen. Diese Art von Geselligkeit will ich nicht. Ich habe ein neues Fernsehgerät mit Video. Man könnte sich gemütlich zusammen Liebesfilme ansehen, kleine Toasts essen und nach dem Regen schauen.» Juffrouw Antoinette schnaubte geräuschvoll.

«Ich seh nie fern», sagte der Commissaris.

«Na, dann nicht.» Juffrouw Antoinette putzte sich die Nase noch einmal, wütend und laut. «Wenn niemand will, dann macht das auch nichts.» Das Telefon klingelte. Sie griff nach dem Hörer. «Moment.» Sie reichte den Hörer weiter. «Der Hoofdcommissaris.»

«Ich komme», sagte der Commissaris.

«Er hat schon zweimal angerufen», sagte Juffrouw Antoinette. «Er ist wütend auf Sie. Im ganzen Gebäude überschlagen sich die Gerüchte. Ich wollte es Ihnen erst sagen, wenn Sie Ihren Kaffee gehabt haben.»

Der Commissaris rieb sich die Hände.

«Macht es Ihnen nichts aus, wenn man zu Ihnen bissig ist?»

«Ich bin dem schon gewachsen», sagte der Commissaris.

«Ich ertrage überhaupt nichts», sagte Juffrouw Antoinette. «Es ist so schon unangenehm genug, und wenn sie dann auch noch wütend auf einen werden...» Sie schaute ihn wütend an. «Aber Sie sind nicht allein. Sie haben eine Frau und die guten Mitarbeiter. Sie brauchen nicht in einen Club zu gehen.»

«Sie auch nicht, meine Liebe.» Er wollte an ihr vorbeigehen, aber sie hielt ihn fest. Er machte sich vorsichtig los. «Nicht verzweifeln. Alles wird wieder gut, und dann läuft wieder alles schief, und dann wird es wieder gut. So ist es eben.»

«Ja, Sie haben gut reden, Sie sind so stark.»

«Ich?» fragte der Commissaris. «Ich, der bedauernswerte alte Mann?»

Sie öffnete ihm die Tür. «Viel Erfolg, Mijnheer.»

Er schüttelte den Kopf. «Nein, vielleicht sollte ich den eben nicht haben. Wenn ich Widerstände spüre, ist es vielleicht besser. Ich wußte auch, daß dies kommen mußte. Eine eher... eigentlich die Herausforderung, der ich gerade noch gewachsen bin.» Er schaute durch sie hindurch. «Hm. Ja.»

«Na, dann keinen Erfolg.»

«Nein?» Er schaute sie fragend an. «Gut. Danke.»

Der Commissaris stieg auf die hohen Stufen der Treppe, um sein Kommen hinauszuzögern, denn der Fahrstuhl war ihm zu schnell. Juffrouw Antoinette wirbelte ihm durch die Gedanken. Das lief auch schon schief. Und wie nutzt man das? Man kann alles gebrauchen. Man dreht es irgendwie und paßt es irgendwo ein. Der Commissaris wieherte boshaft. Das ist wiederum nicht nett, aber wenn sie doch so gern will. Das ganze unbefriedigte Verlangen muß irgendwo hin. Man kann es nicht unterdrücken. Und wenn man die Energie gut leitet, aber was ist gut? Er ging kopfschüttelnd und ohne anzuklopfen ins Zimmer des Hoofdcommissaris.

«Da sind Sie ja», sagte der Hoofdcommissaris grimmig. «Kommen Sie rein, Mijnheer. Lassen wir die Pflichtübungen. Wir machen alles ganz locker. Darf ich Sie vorstellen? Commissaris Voort von der Reichskriminalpolizei aus Den Haag.» Der Commissaris gab einem breitbrüstigen Mann die Hand, der sich über ihn beugte. Voort trug einen blauen Blazer und eine hellgraue, schlankmachende Hose. Eine goldene Schlipsnadel in der Form eines Ankers befestigte seine Krawatte am seidenen Oberhemd. «Angenehm», sagten beide.

«Kaffee?» fragte der Hoofdcommissaris. «Nein? Gut. Heraus damit, Paul.»

«Korruption», sagte Voort mit imposanter Resonanz, die aus seinem mächtigen Brustkasten kam. «Gerüchte. Unangenehm, gewiß. Wir fangen bei der Spitze an. Ich bin hier auf Ersuchen Ihres Bürgermeisters. Ermächtigt, sogar die Krone weiß Bescheid.»

«So hoch also», sagte der Commissaris. «Ich fühle mich geschmeichelt. Aber ich bin nicht die Spitze, die ist der Hoofdcommissaris. Wenn Sie noch etwas höher klettern, erweitert sich Ihr Ausblick.»

«Nein», sagte der Hoofdcommissaris, «Commissaris Voort ist nicht an meiner Person interessiert.»

«Paul heiße ich», sagte Voort. «Paul unter gleichrangigen Kollegen.»

«Aha.» Der Commissaris schaute den Hoofdcommissaris immer noch an. «Aber die Spitze ist doch die Spitze, oder? Wäre ich dieser Herr hier, wäre ich sehr wohl an Ihrem Tun und Lassen interessiert, vor allem an Ihrem Lassen.»

Der Hoofdcommissaris lächelte. «Nein, sehen Sie, ich arbeite erst seit kurzem hier. Ihre Laufbahn dagegen spielte ausschließlich in der Hauptstadt.»

«Spielte?» fragte der Commissaris. «Sind wir schon in der Vergangenheit? Ich dachte, ich sei noch dabei.»

«Formalitäten», brummte Voort. «Gut mitspielen. Von hier aus gehen wir natürlich zu den niedrigeren Dienstgraden, je höher, desto formeller, auf unserem Niveau gilt nur die Form.»

«Oh», sagte der Commissaris. «Also sind wir schon fertig. Dann gehe ich wieder.» Er stand auf.

«Ho.» Voort hob die Hände, die Flächen auf den Commissaris gerichtet. «Tut mir leid, mein Bester. Wir müssen dies beenden, wie es sich gehört. Eine vollständige Aufstellung von Mißständen, an denen Sie beteiligt sind.» Er kniff die Augen zu und ordnete die Tatbestände unter seinem angeklatschten Haar. «Und unterdessen sind Sie vom Dienst suspendiert. Eine Ruheperiode, in der Sie mir beistehen dürfen.» Er öffnete die Augen wieder. «So geht das. Ha.»

«Ist das komisch?» fragte der Commissaris.

«Es bleibt ein Spielchen», sagte der Hoofdcommissaris. «Jedenfalls auf unserem Niveau. Inzwischen sind Sie für einige Wochen draußen. Nun, der erste Teil der Untersuchung, der vor allem Sie betrifft, ist –» er schaute Voort an – «finanzieller Art?»

Voort nickte kräftig. «Ja, wir fangen immer mit dem an, um das sich alles dreht.» Er schlug mit der Faust auf seine andere Hand. «Geld, Mijnheer. Ich schaue mal auf die Fragen.» Er legte einen Notizblock auf sein Knie, hatte einen Kugelschreiber parat und las. «Ihr Einkommen?»

«Das ändert sich stets», sagte der Commissaris. «Ich komme da nicht mehr mit. Höhere Steuern, Abgaben. Der Rest variiert.»

«Sie wissen nicht, wieviel Sie verdienen?» fragte der Hoofdcommissaris.

«Nein.» Der Commissaris schaute Voort an. «Nächste Frage?»

«Ihr Wagen. Sie verfügen über das teuerste Citroën-Modell, ich habe vorhin gesehen, wie Sie ausstiegen. Warum bestehen Sie darauf, daß Ihnen die Behörde ein so teures Auto beschafft?»

«Der Wagen gehört mir», sagte der Commissaris. «Ich hatte einen billigen Dienstwagen, mit dem ich in Friesland einen Schaden verursachte. Daraufhin hatte ich so viele Scherereien, daß ich mir selbst ein Auto gekauft habe.»

«Ja?» fragte Voort den Hoofdcommissaris.

Der Hoofdcommissaris machte ein verwirrtes Gesicht.

«Sie könnten das vielleicht nachprüfen lassen», sagte der Commissaris, «aber unsere Verwaltung ist nicht da.»

«Warten Sie mal», sagte Voort, «vielleicht haben wir hier etwas. Sie haben das teure Privatauto bar bezahlt?»

«Ja», sagte der Commissaris. «Nein, ich nicht. Meine Frau. Oder hab ich ihn bezahlt?» Er rieb sich das Kinn. «Ich glaube, ich nicht. Meine Frau spart so gern, und ich hatte damals Geburtstag. Hat sie damals nicht einige Aktien verkauft? Katrien hat immer Aktien. An dem Werk für Glühbirnen, das die Sache in Amerika verpfuscht hatte, und die damals fielen. Aber ich glaube, diese Aktien behielt sie für den Fall, daß sie wieder stiegen. Und für Bier hatte sie auch Aktien.» Er schüttelte den Kopf. «Ich weiß es nicht mehr. Katrien kann mit Aktien umgehen.»

«So kommen wir nicht weiter», sagte Voort, als er las, was er notiert hatte. «Was für Bier? Sie unterhalten Beziehungen zu einer Brauerei? Von einem Beamten wird erwartet, daß er kein Einkommen aus einer Nebenbeschäftigung bezieht.»

«Ich trinke nie Bier», sagte der Commissaris. «Früher wohl, aber ich halte nichts vom Leihen.»

«Sie leihen von der Brauerei?»

«Nein», sagte der Commissaris. «Jemand, der neben mir in der Toilette einer Kneipe pinkelte, sagte mal: ‹Bier leiht man nur.› Haha.» Er gestikulierte. «Ein Scherz. Hihi.»

«Zur Sache», sagten der Hoofdcommissaris und der Commissaris wie mit einer Stimme. «Eine Hypothek?» fragte Voort. «Falls ja, wie hoch?»

«Das weiß Katrien», sagte der Commissaris. «Sie sollten sie fragen. Ich habe das Haus seinerzeit auf sie überschreiben lassen, wegen irgendwelcher Liebesverhältnisse.»

«Liebesverhältnisse? Sie halten sich Freundinnen?»

«Nein», sagte der Commissaris. «Aber es hätte sein können, nicht wahr? Na ja, eigentlich nicht, weil ich davon nichts halte. Man muß sich zu sehr teilen. Aber Katrien meinte, es könnte ja sein.

Und falls ich Freundinnen hätte, was sie entschieden nicht wollte, würde sie mich hinauswerfen. Das sagte sie damals. Und das ging nicht, weil mir das Haus gehörte. Damals habe ich ihr das Haus übergeben für den Fall, daß sie mich hinauswerfen wollte. Es war eher so eine Idee, verstehen Sie?»

«Nein», sagte Voort. «Also haben Sie Freundinnen.»

«Habe ich das nicht eben verneint?», sagte der Commissaris. «Was ist dies für ein Verhör? Warum nehmen Sie es nicht auf Tonband auf?»

«Sie denken also an die Möglichkeit außerehelicher Beziehungen», sagte Voort streng. «Ich weise Sie darauf hin, daß höhere Beamte in einem Glashaus leben. Wir sind ein Vorbild für die Bürger, Mijnheer.»

Der Commissaris starrte auf die Goldknöpfe an Voorts Blazer, ohne ihm zuzuhören. «Sind Sie nicht der Segler?»

«Wie bitte?»

«Wie dumm von mir», sagte der Commissaris. «Ich hätte es wissen müssen. Über Sie stand eine lange Geschichte in der Zeitung. Sie sind befreundet mit der Frau, die all die Warenhäuser geerbt hat, und die hatte Ihnen das Boot gekauft. Damit segelten Sie eine Ärmelkanalregatta mit und gewannen sie.»

«Wollen wir zur Sache kommen?» fragte Voort leise.

«Aber Sie haben nicht gewonnen», sagte der Commissaris. «Nein, nichts davon. Denn das klappte nicht. Sie segelten eine Abkürzung, die nicht gestattet war, und wurden dabei gesehen und auch, daß Sie geschleppt wurden. Damals nahm man Ihnen den Preis wieder ab. Schade. Es ist ein schöner Sport, das Hochseesegeln.» Er rieb sich wieder das Kinn. «Natürlich sehr teuer, in einer Yacht im Wert von einer halben Million.»

«Bleiben wir bei dem, was uns jetzt beschäftigt», sagte der Hoofdcommissaris.

«Verzeihung», sagte der Commissaris, «beruflich bin ich natürlich an der Sache nicht interessiert, dazu kommt es erst, wenn ein Mord verübt wird, aber was will man tun, man liest etwas darüber, schaut näher nach, Missetaten fesseln mich immer wieder.»

«Noch einmal zu Ihren Liebesverhältnissen», sagte Voort. «Das interessiert mich. Sie halten die Möglichkeit offen, daß Sie Freundinnen haben werden?»

«In meinem Alter?» fragte der Commissaris. «Die Versuchung wird immer geringer. Wenn ich jetzt jünger wäre.» Er schaute den Hoofdcommissaris an. «So um die fünfzig herum ist das Risiko am größten. Es gibt Männer, die dann wieder jung sein wollen, sich einen Porsche kaufen und herumjagen. So ein Wagen wirkt anziehend auf schöne Frauen. Wie alt sind Sie eigentlich?»

Der Hoofdcommissaris nagte an seinem Finger. «Ich?»

«Hast du einen Porsche?» fragte Voort. «Das wußte ich nicht. Meine Freundin hatte einen. Guter Wagen, aber mir gefielen die Kotflügel nicht. Jetzt hat sie einen Alfa.»

Der Commissaris rückte seine Brille zurecht und nickte bedächtig. «Ja. Obwohl... man kann nie wissen. Aber ich bin glücklich verheiratet. Katrien hält nichts davon. Man muß hin und wieder auf etwas verzichten können.» Der Commissaris lächelte froh. «Übrigens bin ich eigentlich lieber zu Hause.»

«Äh...» sagte Commissaris Voort.

«Sagen Sie es nur.»

«Ich habe Ihr Haus gesehen», sagte Voort. «Vor kurzem angestrichen, nicht wahr? Neue Fenster und so weiter. Ein ganzer Umbau?»

«Mein Geburtstagsgeschenk», sagte der Commissaris stolz. «Es sah im vergangenen Jahr schon ein bißchen schäbig aus, was ich auch zu Katrien sagte, aber das ganze Renovieren schien mir zu teuer zu sein.»

«Ein Geschenk? Von wem?»

«Es war eine Überraschung», sagte der Commissaris. «Zwei von meinen Söhnen leben im Ausland, aber wenn sie in den Niederlanden sind, wohnen sie bei uns. Das Haus ist groß genug. Wir haben zwei Badezimmer und oben noch eine Küche. Ich glaube, meine Söhne haben das bezahlt, aber, na ja... weil es eine Überraschung war...»

«Soso», sagte Voort. «Das ist schwer zu kontrollieren.»

«Dann kontrollieren Sie es eben nicht.» Der Commissaris schaute vor sich hin. «Das ist der einfachste Weg. Den gehen viele hier.» Er wandte sich an den Hoofdcommissaris. «Sie wissen es. Wenn es schwierig wird, geht es vielleicht von selbst vorbei.»

Voort kratzte auf seinem Notizblock. «Sie haben noch ein zweites Haus?»

«Ja.»

«Wo?»

«Wissen Sie was?» fragte der Commissaris. «Das sage ich nicht. Wenn wir schon Spielchen machen, müssen sie auch etwas schwierig sein. Ich brauche nichts zu sagen, weil Sie keinen ernsthaften Korruptionsverdacht haben. Wir wollen mal sehen, ob Sie mein zweites Haus finden können... na ja... Haus, Haus... es ist ein auf einem Fleckchen Heide abgestellter Caravan. Ich bin schon seit Jahren nicht mehr dort gewesen. Katrien fährt gelegentlich hin.»

Voort machte ein entschlossenes Gesicht. «Dann frage ich Ihre Frau.»

«Darf ich mal telefonieren?» fragte der Commissaris. Er wählte. «Katrien? Das mußt du dir anhören, es ist lustig. Ich werde gerade von einem Kollegen von der Reichskripo befragt, ob ich korrupt bin und so. Oder ob ich nichts tue wie der –» er schaute den Hoofdcommissaris an –, «na, laß nur, ich werde keine Namen nennen, denn das nimmt der Untersuchung vielleicht das Lustige. In Den Haag haben sie viel Sinn für Humor. Wie bitte? Nein. Ich ärgere mich nicht über den Mann. Er weiß es nicht besser. Jetzt möchte der Kollege auch dir einige Fragen stellen. Was hältst du davon? Wie? Was hast du gegen den Mann? He, Katrien, sprich nicht so grob. Meine Sekretärin hat auch so unanständige Sprüche drauf... Ja, Juffrouw Antoinette... Ich weiß es, Schatz, sie muß unter die Haube kommen... Gut. Nein, wenn du nicht willst, brauchst du nicht... Tschüs, Katrien, bis gleich.» Er legte den Hörer auf. «Nun, Sie haben es gehört. Das erspart Ihnen die Mühe eines Besuchs.» Er schaute den Hoofdcommissaris an. «Ich bin also vom Dienst suspendiert?»

«Mit Beibehaltung Ihrer Bezüge», sagte der Hoofdcommissaris. «Wenn Sie mitarbeiten wollen, könnte ich den Zeitraum so kurz wie möglich halten.»

«Ach», sagte der Commissaris, «so schlimm ist es nicht. Ich finde schon etwas, das ich tun kann, möglicherweise sogar etwas Nützliches.»

«Wir könnten dies freundlich regeln», sagte Voort.

«Nein, nein.» Der Commissaris schüttelte entschlossen den Kopf. «Wir spielen dies ehrlich. Wir tun, als ob wir einander nicht mögen. Ich verhalte mich verschlossen, ganz stiekum, gebe keine angemessene Antwort auf Ihre Fragen, schlage zurück, wenn möglich, und ich erwarte das gleiche von Ihnen. Wir spielen Kriminalbeamter gegen Kriminalbeamter. Kriminalbeamter gegen Verbrecher spiele ich schon so lange, daß es mir jetzt vertraut ist. Kämpfen wir also gegeneinander.» Er stand auf. «Wollen Sie mich entschuldigen? Wenn ich keinen Dienst habe, brauche ich auch nicht hier zu sein.»

«Werden Sie zu erreichen sein?» fragte der Hoofdcommissaris.

«Ich verspreche nichts», sagte der Commissaris. «Natürlich komme ich hin und wieder nach Hause. Sie können mich anrufen. Wenn ich nicht da bin, nimmt meine Frau die Nachricht entgegen.»

Der Hoofdcommissaris begleitete ihn zur Tür. «Ich hätte nicht gedacht, daß Sie sich so schlecht benehmen. Sind Sie sich des Ernstes dieser Untersuchung nicht bewußt?»

«Gehört das auch zum Spiel?» fragte der Commissaris. «Das ist kompliziert.» Der Commissaris machte ein ernstes Gesicht.

«Mijnheer», sagte Voort, «zum Spiel gehören auch Strafen.»

Der Commissaris ging zurück und blieb vor Voorts Stuhl stehen. «Welche?»

Voort verzog den Mund. «Etwa bei einem Mangel an Mitempfinden, wenn ich etwas ausgrabe, das nicht in Ordnung ist, die unehrenhafte Entlassung? Mitteilung an die Presse?»

«Wunderbar», sagte der Commissaris. «Ich hoffe, Sie beide fassen die Sache gut an. Und wenn ich gewinne?»

Der Hoofdcommissaris stand noch an der Tür. Seine Augen glotzten, die Stimme bebte. «Das wird Ihnen nicht gelingen. Das schwöre ich Ihnen. Nach allem, was Sie hier ausgekramt haben, verspreche ich Ihnen ... ich sage es nur vorläufig ... das, das ...»

Der Commissaris zuckte die Achseln. «Aber ist es denn nicht wahr mit dem Porsche? Ich habe dem Kollegen Voort noch nicht einmal etwas von Ihrer blonden Freundin gesagt. Nur mit der Ruhe.» Er streckte den Zeigefinger aus. «Auf Ihrer Stirn klopft etwas. Das müssen Sie untersuchen lassen, es könnte bösartig sein.»

Der Hoofdcommissaris trat zur Seite. «Raus!»

«Mit Vergnügen, meine Herren», sagte der Commissaris. Er schaute sich nicht um, als die Tür hinter ihm zuknallte.

«Wie war es?» fragte Juffrouw Antoinette, als er wieder in seinem Büro war.

«Ich bin vom Dienst suspendiert.» Er öffnete den Wasserhahn über dem kleinen Waschbecken in einer Ecke seines Zimmers und winkte sie zu sich heran.

«Nein, wirklich?» fragte Juffrouw Antoinette. «Ich will Sie nicht verlieren.»

«Es wird nicht lange dauern.» Er nickte ihr zu. «Inzwischen können Sie mir helfen. Achten Sie bitte ein bißchen auf Halba.»

«Auf diesen unflätigen Kerl?»

«Beobachten Sie, was er tut. Und sagen Sie mir, was hier sonst noch passiert. Könnten Sie mir den Stadtplan von Amsterdam geben? Danke. Hier. Das Prinseneiland, wissen Sie, wo das ist. Hier am Kai ist die Kneipe *Golddukat*. Wenn Sie mich dort vormittags treffen würden, ich werde versuchen, immer um zehn dort zu sein. Passen Sie auf, daß Ihnen niemand folgt. Machen Sie einen Umweg mit der Straßenbahn, steigen Sie gelegentlich um.»

«Wie spannend», sagte Juffrouw Antoinette. «Ja, wird gemacht, Mijnheer. Glauben Sie, daß man hören kann, was wir sagen?»

Er zeigte auf den laufenden Wasserhahn. «Jetzt nicht. Vertrauen Sie nur Grijpstra, de Gier und Cardozo. Rufen Sie mich zu Hause nicht an.»

Juffrouw Antoinettes Busen bebte. «Huh, wie nett.»

«Sie brauchen es nicht zu tun», sagte der Commissaris.

«Ich tue es aber.» Sie klatschte in die Hände. «Und dann arbeite ich nur für Sie.»

«Ja, ja», sagte der Commissaris. «Sie bekommen dafür nicht zehnmal soviel, wie Sie jetzt verdienen. Ich bin kein Fernandus.»

Sie hielt seinen Arm fest. «Und ich will mein Kleid aufknöpfen.»

Der Commissaris drehte den Wasserhahn stärker auf.

«Ich werde *alles* für Sie tun», sagte Juffrouw Antoinette. «Ich bin Spionin. Ich gehe mit jedem ins Bett.»

Der Commissaris schaute sie kopfschüttelnd an. «Mir wäre es lieber, wenn Sie die Begonien und Palmen gut versorgen würden.»

Sie küßte seine Wange. «Das tue ich auch.»

«Dann tschüs», sagte der Commissaris. «Rechnen Sie nicht zu sehr mit mir, vielleicht glückt mir nichts.»

«Aber wir helfen Ihnen doch alle.»

Sie gingen Hand in Hand zur Tür.

«Werden Sie vorsichtig sein?» fragte Juffrouw Antoinette.

Er befreite seine Hand. «Nein. Bis morgen.»

13.

«Das ist Mevrouw Jongs», sagte die Frau des Commissaris. «Sie wird für eine Weile bei uns wohnen. Erinnerst du dich, daß Adjudant Grijpstra gestern abend angerufen und gesagt hat, er werde uns einen Gast bringen?»

«Ich weiß, was man Ihnen angetan hat, Mevrouw Jongs», sagte der Commissaris freundlich. Er gab der Frau die Hand. «Ich hoffe, es wird Ihnen hier gefallen.»

Mevrouw Jongs klapperte mit dem Gebiß. «Sie finden es nicht schlimm?»

«Im Gegenteil.» Er berührte ihre krumme Schulter. «Uns sind Sie willkommen.» Er lächelte. «Machen Sie kein so besorgtes Gesicht. Wir werden unser Bestes tun, und dann sind Sie schnell wieder zu Hause.»

«Ich koche», sagte Mevrouw Jongs, «und bohnere den Fußboden.»

«Wir sind schon beim Kochen», sagte die Frau des Commissaris. «Du bekommst dein leckerstes Mittagessen, Kalbsragout im Reisrand. Mevrouw Jongs bereitet den Salat zu. Sie hat schon mit der Schildkröte gesprochen. Schulze und sie haben den Salat gepflückt.»

«Eine gute Schildkröte», sagte Mevrouw Jongs. Sie nahm einen Gegenstand aus der Truhe im Korridor. «Ich habe Maus mitgebracht.»

«Ist Maus nicht prächtig?» fragte die Frau des Commissaris. «Maus ist Mevrouw Jongs' Freund. De Gier dachte, sie würde einsam sein, wenn Maus nicht auch hier sein könnte. Der Brigadier und Grijpstra warten auf dich im Arbeitszimmer.»

«Er ist nicht echt», sagte Mevrouw Jongs. «Der echte Maus ist unters Auto gekommen. Kaharel hat diesen Maus gemacht. Er sieht dem echten ähnlich.»

Der Commissaris bewunderte den hölzernen Hund. «Ein vortreffliches Tier, Mevrouw Jongs. Ist Kaharel ein Freund von Ihnen?»

«O ja», sagte Mevrouw Jongs, «o ja.»

Der Commissaris stieg die Treppe hinauf, wobei er ungeduldig ein Bein nachzog. «Hast du wieder Schmerzen?» fragte seine Frau. «Überanstrenge dich nicht gleich wieder, Jan. Bad Gastein hat dir so gutgetan.»

«Bah», sagte der Commissaris, auf halbem Wege nach oben. «Mir fehlt überhaupt nichts.»

Grijpstra und de Gier standen auf, als er ins Zimmer kam. «Tut uns leid, Mijnheer», sagte Grijpstra, «aber Huip Fernandus und Heul sind wieder auf freiem Fuß, weil wir so wenig freie Zellen haben, und wir wollten nicht, daß sie der alten Frau etwas antun.»

«Ihre Frau findet es gut, Mijnheer», sagte de Gier. «Ich wollte Mevrouw Jongs zuerst mit zu mir nehmen, aber sie ist ziemlich nervös, und Täbriz ist nicht nett zu Logiergästen.»

«Ja, Brigadier.» Der Commissaris schaute auf seine Uhr. «Es will und will heute nicht halb zwölf werden. Es ist schon längst Zeit für meine Zigarre. Erzähle mir noch mehr. Es tut mir leid, daß ich gestern abend so kurz angebunden war, aber ich bin mir fast sicher, daß mein Telefon angezapft ist. Wie ging es mit der Festnahme von Huip und Heul?»

De Gier hatte für eine Weile das Wort.

«Schön», sagte der Commissaris. «Ein Frontalangriff auf die Fernandusschen Heerscharen mit einem vor allem psychologischen Ergebnis, aber auch darum geht es. Was haben wir denn nun tatsächlich erreicht?»

«Nicht viel», sagte Grijpstra. «Der Justizbeamte hatte jedoch offene Ohren für unseren Bericht. Er fand die Einzelheiten sehr ansprechend, die umgedrehten Lautsprecher an der Zimmerdecke und die zerbrochenen antiken Teller der Mutter von Mevrouw Jongs. Sie hatte die Scherben noch, und de Gier nahm sie in einem Plastikbeutel mit. Wir haben heute morgen Fotos machen lassen von den Flecken an der Wand, wo die Teller hingen, von den Nägeln, die sich im Fußboden vom Lärm gelockert hatten, und vom Versteck für das Haschisch.»

«Mit dem Haschisch wird es nichts», sagte de Gier. «Die Erdgeschoßwohnung ist Eigentum der Stiftung und für alle ihre Mitglieder zugänglich. Die beiden behaupten, sie wüßten von nichts. Der Bestechungsversuch ist auch keine starke Karte, denn es ist das erste Mal, daß die Verdächtigen vor den Richter kommen werden.»

«Habt ihr Heuls Vater zum Präsidium kommen lassen?» fragte der Commissaris. «Ein Mitglied des Stadtrats zu blamieren – auch ein schöner Schuß vor den Bug.»

Grijpstra grinste. «Ja, Mijnheer. Wir haben Kafsky vom *Koerier* angerufen, der dann auch gekommen ist.»

«Eine Nachricht für die Titelseite.» Der Commissaris nickte. «Der alte Heul hat seinerzeit die Subventionen für die Stiftung besorgt, seinetwegen haben wir jetzt die Lokale für Jugendliche, in denen Joints verteilt werden.» Er schüttelte den Kopf. «Die größte Dummheit der Stadtverwaltung bis jetzt. Wir betäuben unsere jungen Leute mit Rauschgift, um sie von der Straße zu holen, und der Gewinn ist für die armen Kinder in den Hungergebieten bestimmt, aber das Geld bleibt hier, um Daimler für Fernandus & Konsorten zu kaufen. Und um das zu ermöglichen, zahlen wir zuviel Steuern. Hat der alte Heul ein bißchen gesungen?»

«Er ist glattzüngig», sagte de Gier. «Als er ging, hörte ich, wie er Kafsky zu einem Gläschen in den Stiftungsclub einlud.»

«Das war nicht schlau», sagte der Commissaris. «Kafsky ist nicht mit einem Schluck zu bestechen, der will Nachrichten.»

«Heute morgen stand nichts darüber in der Zeitung», sagte Grijpstra. «Der hat die ganze Nacht durchgesoffen.»

«Vertraust du Kafsky?» fragte de Gier.

«Nein.»

«Vertraust du überhaupt jemandem?»

Grijpstra war damit beschäftigt, sich eine Zigarre anzustecken. Der Commissaris schaute wieder auf seine Uhr. «Mir kannst du vertrauen, Adjudant», sagte er munter. «Ich bin ein braver Kerl. Ich glaube, ich muß das jetzt mal eingestehen. Eigentlich schade. Ich glaube, es kommt daher, daß ich an diesem Fall zu sehr beteiligt bin.»

«Wieso, Mijnheer?» fragte de Gier.

«Na ja», sagte der Commissaris. Er zeigte nach oben an die Decke. «Ich habe meistens das Gefühl, daß ich ein bißchen über der Arbeit schwebe, Brigadier. Unbekümmert. Das geht nicht.»

«Losgelöst?» fragte Grijpstra. Er betrachtete ein großes gerahmtes Farbfoto, auf dem der Commissaris in einer frühen Inkarnation als Inspecteur der berittenen Polizei von einem glänzenden schwarzen Pferderücken herab stolz in die Kamera lachte.

«Ich halte das für ein widerwärtiges Wort», sagte der Commissaris, «und wenn du es aussprichst, klingt es noch widerwärtiger, Adjudant. So, was haben wir? Huip und Heul erhalten ein paar Wochen mit Bewährung und verlieren ihre Instrumente. In ihrer Wut schlagen sie wahrscheinlich unbeholfen zurück. Was bedeutet Mevrouw Jongs für uns? Sie sah, wie Ijsbreker seine Feste feierte, und sie bestätigt unsere Annahme, daß es eine Verbindung zwischen den Junkies und den verschwundenen Gemälden gibt. Das ist vorläufig schon etwas.»

«Nicht viel», sagte Grijpstra. «Während die Fotografen heute morgen in ihrem Haus tätig waren, habe ich einige Leute aus der Nachbarschaft gesprochen. Unsere Zeugin gilt als ziemlich bekloppt. Der Zuhälter Joop hat ihr den Verstand rausgeprügelt. Ich glaube nicht, daß die Anwälte der Gegenpartei viel Mühe mit Mevrouw Jongs haben werden.»

«So weit denke ich nicht», sagte der Commissaris. «Ich nehme mir die Freiheit, mir selbst ein Urteil zu bilden. Wenn Mevrouw Jongs denkt, daß die Junkies Ijsbreker bestohlen haben, dann glaube ich das. Nun zum umstrittenen Karel, wie paßt der in unseren Plan?»

«Karel ist kein Junkie», sagte Grijpstra, «und weil er kein Heroin brauchte, blieb er am Leben. Ein Fehler der Gegenpartei.»

«Und Karel hat Maus gemacht.» Der Commissaris blinzelte mit einem Auge auf seine Uhr. «Also hat unser stotternder spastischer Freund auch den Nashornkopf gemacht. Was ist unser nächster Schritt?»

«Die Overtoom ist eine lange Straße», sagte de Gier, «und wir wissen die Hausnummer nicht, aber das ist keine Schwierigkeit. Ich könnte gleich hingehen und mich bei den Händlern erkundigen.

Kaharel ist eine auffallende Erscheinung. Nehmen wir ihn fest, Mijnheer?»

«Nein.» Der Commissaris legte die Zigarrendose auf sein Knie und hatte die Hand bereit, um sie zu öffnen. «Wir müssen auch mit dem Kollegen Halba rechnen. Wenn der Karel in die Finger kriegt, schlagen wir uns selbst ins Gesicht.»

«Der Junge ist in Gefahr», sagte Grijpstra. «Sie haben seine Kumpel umgebracht. Karel muß wissen, wohin die Beute aus Ijsbrekers Haus gegangen ist, und von wem das Heroin stammt, das seine Freunde vergiftete.»

«Bring Karel hierher», sagte der Commissaris. «Katrien sorgt gern für die Schwachen. Mich betreut sie schon fast vierzig Jahre.» Er steckte sich eine Zigarre an, schloß die Augen und sog Rauch ein. «Ha. Herrlich.»

«Wie lange wollen Sie das durchhalten, Mijnheer?» fragte de Gier.

Der Commissaris lächelte. «Eine besonders gute Zigarre. Morgens Enthaltsamkeit, mittags und abends wie gewohnt. Wenn ich ganz aufhöre, beseitige ich die Spannung. Du mußt nicht nörgeln, Brigadier. Ich werde dich ablenken, das tue ich mit meinem Gewissen auch. Hier ist eine Neuigkeit für euch. Ich bin seit heute morgen vom Dienst suspendiert. Ich bleibe es so lange, bis die Untersuchung über mein Verhalten abgeschlossen ist.»

Grijpstra bekam einen Hustenanfall. De Gier klopfte Grijpstra auf den Rücken. «Die haben mit Ihnen angefangen?» fragte Grijpstra zwischen den Hustenausbrüchen.

«Natürlich», sagte der Commissaris und legte den Kopf an die Rückenlehne seines Sessels. «Ich hatte nichts anderes erwartet. Wenn die Halbas Macht bekommen, werfen sie Chefs wie mich zur Hintertür hinaus. Aber der heutige Zustand gefällt mir ausgezeichnet. Wenn man unsere Gesetze ihres Sinns entleert, entsteht ein Vakuum, das Chancen bietet.»

«He, he», sagte de Gier, «darauf habe ich seit Jahren gewartet.»

«Immer mit der Ruhe», sagte Grijpstra.

«Ja, immer mit der Ruhe, Brigadier.» Der Commissaris nickte. «Man läuft auch weiterhin an der Leine. Die Leine wird etwas verlängert, aber man zieht daran, wenn du bockig wirst.»

«He, he.» De Gier legte die Hände auf seine Knie und neigte sich Grijpstra zu.

«Nein», sagte Grijpstra.

«Vom Dienst suspendiert», sagte der Commissaris, «das heißt, daß ich draußen bin. Ist *draußen* nicht ein herrliches Wort? Ich mußte immer drinnen hocken. Den Dienst draußen verrichte ich viel leichter. Ihn gestalte ich nach eigenen Ideen. Das Ziel ist jetzt die Vernichtung der Stiftung. Adjudant? Was wollen wir jetzt tun?»

«Wir schnappen uns Heul», sagte Grijpstra. «Er ist das schwächste Glied in ihrer Kette. Ich habe mir Heul gestern genau angesehen. Wenn wir ihn von Huip Fernandus trennen können, wird er singen und gestehen, daß sie beide den Junkies das Heroin gegeben haben. Huip ist in besserer Verfassung, aber wenn wir Heul haben, steht sein Vater auf der Kippe.»

«Das wäre vorschnell», sagte de Gier. «Wir nehmen uns zuerst den Club vor, einfach hau ruck!»

«Das wird dann mehr hau als ruck», sagte Grijpstra, der sich hinter dem dichten Qualm seiner Zigarre verschanzte. «Wollen wir Räuber und Gendarm spielen?»

«Halten Sie das nicht für eine gute Idee?» fragte de Gier den Commissaris. «Karate und Ketchup machen gern mit. Ihr Brigadier ist von der Stiftung überrollt worden. Er fährt mit einem goldenen Boot auf den Vinkenoorter Pfützen, wenn er nicht säuft oder auf der Terrasse des Motels unter Röcke greift. Das mögen die beiden nicht.»

«Das Motel?» fragte der Commissaris. «Ist das der Privatclub auf dem Lande, in dem alle Zimmer für Stiftungsmitglieder reserviert sind? Das Meckerblatt, das Katrien so gern liest, hat darüber einen pikanten Artikel gebracht.»

«Das Motel wird von der Ortspolizei geschützt», sagte de Gier, «aber das macht mir nichts aus. Ich werfe gern die Fenster ein.»

Grijpstra brummte in seiner Ecke.

«Adjudant?»

«He, Mijnheer», sagte Grijpstra. «Was soll das? De Gier zerrt jetzt schon an seinem Halsband. Er brennt den Laden ab, und wir haben dann verkohlte Leichen.»

De Gier sprach leise mit ruhigen Gebärden. «Aber nein, Adjudant. Wir machen das in aller Ruhe mit minimaler Gewalt, wir stellen höchstens dem einen oder anderen ein Bein. Wir zeigen Fernandus nur, daß wir ihn überall und jederzeit ergreifen können. Er kann sich nicht bei den Behörden beschweren, denn was er tut, ist verboten. Zwei Verbote, die sich gegenüberstehen, heben einander auf, nicht wahr?»

«Mijnheer?» fragte Grijpstra.

«Ja, Adjudant.» Der Commissaris schaute über Grijpstra hinweg. «Ich dachte soeben an die Zusammenarbeit mit Ketchup und Karate. Mutige Teufelchen sind sie ja, aber können wir ihnen vertrauen? Wie ich hörte, sind sie zu Kriminalbeamten befördert worden, vielleicht sind sie der Versuchung und den Mißständen erlegen.»

«Grijpstra vertraut keinem», sagte de Gier.

Grijpstra schnipste Asche von seiner ungebügelten Hose. «Vielleicht könnten wir sie ein bißchen gebrauchen. Bis jetzt haben sie versucht zu helfen. Sie haben gute Augen, sie haben die Corvette gesehen, die Ihnen gefolgt ist. Und sie beobachten Cardozo.»

«Cardozo?» fragte der Commissaris. «Was hast du mir noch über Cardozo gesagt, de Gier? Habt ihr schon entdeckt, was es mit dieser Adresse im Dollebegijnensteeg auf sich hat?»

«Noch nicht, Mijnheer», sagte de Gier. «Ich denke, Cardozo will mal wieder Eindruck machen. Wir werden es erfahren, wenn es soweit ist.»

«Der Überfall auf den Stiftungsclub», sagte Grijpstra. «Ich würde mich dabei sicherer fühlen, wenn einer da wäre, der uns von innen hilft.»

«Oje, oje», sagte der Commissaris.

«Sie denken da an jemand?»

Der Commissaris versuchte, den Blick abzuwenden. «Noch eine Entscheidung. Aber darf ich die treffen? Ich müßte Katrien fragen.»

«Wie bitte, Mijnheer?»

«Laßt nur», sagte der Commissaris. «Ich mach das schon. Warum kümmert ihr euch nicht um Karel? Als Zeuge dürfte er nicht viel taugen, aber Fernandus wird bestimmt rasen, wenn er hört, daß wir den Jungen auf unsere Seite gelockt haben. Holt ihn her!»

«Und dann, Mijnheer?»

«Fahrt ein bißchen herum», sagte der Commissaris. «Die Amstel entlang, was ihr so gern tut. Nehmt euch einen freien Nachmittag und kommt abends noch einmal vorbei. Bitte nicht anrufen.» Er winkte müde. «Jetzt raus mit euch.»

14.

«Wie?» fragte de Gier. «Ganz einfach. Wir sind Polizisten. Die Kripo findet jeden.»

«Kukunststück», sagte Karel und trat zur Seite, um den Adjudant und den Brigadier einzulassen, «wwenn jejeder spahastisch wäre.»

«Okay», sagte Grijpstra. «So schwierig war es nicht. Mevrouw Jongs sagte, daß du an der Overtoom wohnst, und hier kennen dich alle Händler. Eine schöne Wohnung hast du.»

Karel bewohnte die oberste Etage eines alten Hauses mit einem eigenen Eingang zum Dachboden und einer langen Treppe ohne Absätze. De Gier bummelte durch den großen Raum und wich Karels Werken aus, wenn sie ihm den Weg versperrten. «Du hast zu tun gehabt. Schöne Sachen machst du.»

«Wwie gggeht's Memevrouw Jongs?» fragte Karel und lehnte sich an einen Löwen, der in Lebensgröße aus Brettern hergestellt worden war. Der Löwe starrte de Gier drohend an, aber sein in eine Quaste auslaufender Schwanz aus Seil peitschte nur spielerisch.

«Gut», sagte Grijpstra. «Wenn du willst, kannst du sie nachher treffen. Sie wohnt bei unserem Chef.»

«Wwollt ihr mmich ververhaften?»

«Nein», sagte de Gier. «Aber wir hätten gern, daß du mitkommst. Vielleicht kannst du Kleidung und Toilettensachen mitnehmen. Wir glauben, daß du hier in Gefahr bist,und möchten dich gern in Sicherheit bringen.»

«Merkwürdig», sagte Grijpstra, der eine Reihe von Insektenköpfen betrachtete, die wie Jagdtrophäen an der Wand hingen. Sie waren dreidimensional auf die Maße eines Hundekopfes vergrößert worden. «Ist der von einer Mücke? Was sind das für seltsame Fühler, die in den Augen stecken?»

«Kkeine Auaugen», sagte Karel. «Ddie sitzen bbei eieiner Mmmücke ooben, ddie Ffffühler ssind äh, äh...» Sein Körper verkrampfte sich zur Seite, der Mund verzog sich, die Ellenbogen stießen nach hinten, aber das Wort wollte dennoch nicht heraus. «Antennen?» fragte Grijpstra. «Ich sehe schon. Sie verleihen so dem Kopf einen seltsamen Ausdruck.» Er betrachtete die anderen Insektenköpfe genauer. «Eine hübsche Sammlung hast du da.»

Karel, in sauberen Jeans und einem gestreiften Oberhemd mit kurzen Ärmeln, nahm den Adjudant mit nach hinten, wo auf einem fleckenlosen weißen Tisch ein Mikroskop stand. In einem Glasbehälter lagen tote Motten. Karel hielt eine Lupe hoch. «Sssehr schschön.»

«Fängst du die Insekten?»

«Ddie Spinne ffängt ssie.» Karel zeigte auf ein offenes Fenster voller Spinnweben. Mit einer Pinzette zog er eine Fliege heraus, wobei er seine zitternde rechte Hand mit der linken stützte. «Eijeine Ffliege hhhab iich nnoch nnicht.»

De Gier musterte einen anderen Tisch, auf dem Zimmermannswerkzeug lag. Ein Topf mit Leim brodelte auf einem Spirituskocher. Zum Teil vermoderte und abgebrochene Bretter waren unter dem Tisch gestapelt, und Tonschalen mit Zweigen, getrockneten Pflanzen, Steinen und Kieseln waren an der Wand aufgereiht. «Woher bekommst du das alles?»

«Iich fffinde es», sagte Karel, «ddann hab iich auauch wwas zzzu ttun.»

«Beziehst du Unterstützung?»

«Nnein.»

«Aber du hast keine regelmäßige Arbeit.»

«Iich aarbbeite mmich kkkaputt», sagte Karel.

«Gut», sagte Grijpstra und streifte zwischen abstrakten Konstruktionen herum, deren Außenflächen gefärbte Schnüre waren, die zwischen Holzrahmen gespannt waren. «Ich bin neidisch auf dein Talent. Du probierst alles aus, wie? Schau mal, Brigadier, ein Pferd.» De Gier ging an einem von Wind und Wetter gebleichten

Baumskelett vorbei, auf dessen Ästen vollbeschriebene Papierbogen steckten. «Eijeinstein», sagte Karel. «Ddie Rerellla...»

«Relativitätstheorie?»

«Dddie bbeggreife iich nnnicht, aaber iich vverssuche ees wwweiter.»

Das Pferd war ein Skelett aus teilweise verbrannten Brettern und Ästen, die verkohlten Seiten nach außen, so daß es den Eindruck erweckte, als komme das Roß aus einem brennenden Wald getrabt, aber es schien weder Angst noch Schmerz zu empfinden, denn es hatte den Kopf zierlich gehoben, die Augen aus Astlöchern schauten froh, der aus Schnüren geknüpfte Schwanz reckte sich keck empor.

«Wwenn iich sterbbe», sagte Karel, «mmöchtte iich auf sseinen Rrrücken.»

«Verdienst du damit etwas?» fragte de Gier.

«Ddas bbrauche iich nnnicht.»

De Gier bot ihm sein Päckchen Tabak und Zigarettenblättchen an.

«Nnnein ddrehen iist zzzu mmühssam.» Karel steckte sich eine Filterzigarette an. «Mmein Vvater schschickt Gggeld.»

«Das ist gut.»

«Ja», sagte Karel. «Ddie Mmonneten kkommen pper Ppost. Dddas ddürftte bbesser ssein als wwenn er sselbst käme.»

«Und deine Mutter?»

«Nnein, ddie ist Bbbuddhistin.»

«Hat sie das Mitempfinden des Buddha?»

«Nnein, sie wwwohnt iin eijeiner Kokoko...»

«Kommune?»

Karel nickte dankbar. «Ggganz hheilllig.» Er nickte immer noch. «Iich hhhoffe, sie kkriegt ddie Chcholera.»

De Gier schaute nach oben auf einen großen Vogel, der von der hohen Decke aus auf ihn herabstieß. Er schwebte auf Flügeln, die aus schwarzen Plastikmüllsäcken geschnitten waren, und hatte einen langen gebogenen Schnabel aus geschweißtem Eisendraht. «Ddas ist Mmutter», sagte Karel. «Pppapa ssitzt dda.»

De Gier schaute ihn an. «He, hallo.» Karels Vater saß auf einem Stuhl, tadellos gekleidet, die Beine übereinandergeschlagen, und las eine Zeitung. «Ich stelle dir Karels Vater vor, Adjudant», rief de Gier. Grijpstra kam auch, um zu gucken. «Guten Tag, Mijnheer», sagte Grijpstra. Karel hatte seinen Vater realistisch dargestellt und die Scherze weggelassen, die in anderen Skulpturen angesammelt waren. Dieser Mann war furchterweckend einfach in seinem Tweedanzug, der goldenen Uhrkette auf der Weste, deren unterster Knopf bequem offen war. Karel zog an der Kette und zeigte die Uhr, sie war aus Gold und tickte. Die Zeitung *Het Financieele Dagblad* war auf der Seite mit den Aktienkursen aufgeschlagen.

«Was macht dein Vater?» fragte Grijpstra.

«Er vvverkkkauft Ööl nnach Ssüdaaaffrika.»

«Dein Papa sieht mir nicht wie ein braver Steuerzahler aus», sagte de Gier. «Wohnt er im Ausland?»

Karel ruderte mit den Armen. «Auf dden Bbbahhamas.»

«Das ist in weiter Ferne. Aber hast du hier Freunde?»

Karel ruderte weiter. «Ffreunde kkkönnen auch ddie Chcholera kkriegen.»

«Da bin ich deiner Meinung», sagte de Gier. «Freunde, das ist nichts. Ich wohne auch allein. Aber was hattest du dann auf dem Boot an der Binnenkant zu suchen?»

Karel schlurfte davon. Er ließ die Arme verzagt baumeln, die Hände nach innen verdreht.

«Das Mädchen aus Wassenaar?» fragte Grijpstra leise. «Hattest du das Mädchen gern?»

«Eijein bbißchen», sagte Karel. «Dder schschwarze...» Karel stotterte jetzt sehr stark, aber er wurde verstanden. Der schwarze Junkie hatte Karel auf der Straße beraubt. Daraufhin war Karel ihm bis zum Boot gefolgt. Er bekam seine Brieftasche ohne das darin enthaltene Geld zurück, und auf dem Boot war das Mädchen lieb zu ihm gewesen.

«Sie sind jetzt alle tot», sagte de Gier. «Es war reines Heroin. Hast du nicht auch deinen Anteil bekommen?»

Karel schwieg.

«Den hast du den anderen gegeben?»

Karel schwieg weiter.

«Und jetzt sagst du nichts, weil du glaubst, wir seien gekommen, um dich festzunehmen? Aber das stimmt nicht», sagte de

Gier. «Glaube uns. Wenn wir dich so leicht finden konnten, können die anderen es auch. Ijsbreker wurde erschossen. Das kann auch dir passieren, und dann machst du keine so schönen Sachen mehr. Eine Sünde.»

«Es ist nicht nur Liebenswürdigkeit unsererseits», sagte Grijpstra, «sondern durch dich können wir die Mörder finden.»

Karel betrachtete die tote Fliege durch seine Lupe.

«Wir werden gut auf dich aufpassen», sagte de Gier, «ebenso wie auf Mevrouw Jongs, die vorübergehend bei unserem Commissaris wohnt.»

Karel legte seine Lupe hin. «Mörder», sagte er ruhig.

«Meinst du uns?» fragte de Gier. «Glaubst du, daß ein Polizist Ijsbreker erschossen hat?»

«Iich wweiß es nnicht mmmit Sisicherheit.»

«Es könnte sein», sagte Grijpstra. «Die Polizei ist auch nicht mehr das, was sie einmal war.»

«Dann schnappen wir uns den Polizisten», sagte de Gier. «Es wäre nicht das erste Mal. Weißt du, was du tun mußt, Karel? Du mußt deine Kunst ausstellen. Der Commissaris wird das für dich regeln. Er ist mit dem Direktor des Stadtmuseums befreundet. Dem Commissaris gefällt dein Werk sehr. Er hat deinen Nashornkopf aus dem Junkieboot gerichtet, und Maus wohnt ebenfalls bei ihm zu Hause.»

«Dder Cocom...»

Grijpstra sagte ihm den Namen des Commissaris.

«Ha», sagte Karel.

«Du hast von ihm gehört? Unser Chef wohnt in Amstelveen in der Koninginnelaan. Wir bringen dich zu ihm.»

«Seine Frau ist nett», sagte de Gier. «Sie versteht zwar nichts von Kunst, aber man kann nicht alles haben. Sie hält nichts von Grijpstras Malerei. Sie findet sie unheimlich.»

«Sie mmalen?» fragte Karel.

«Sonntags», sagte Grijpstra. «Nicht besonders gut.»

«Aber er malt dennoch gut», sagte de Gier.

«Ich hab Probleme mit den Hintergründen», sagte Grijpstra. «Ich bin jetzt mit Wasservögeln beschäftigt, mit toten Enten im Dreck, sie schwimmen als Skelette, und jetzt suche ich den Hintergrund. Er muß grün sein, soweit bin ich schon, aber was für ein Grün?»

«Ddas kkommt zzzu Ihhinen», sagte Karel. «Nnichts üübereilen. Ees kkommt vvon selbst. Iinzzwischen mmmachen sie wwas aanderes.»

«Ja?»

Karel nickte eifrig. «Tttu iich imimmer.»

«Gut», sagte Grijpstra. «Ich tue bereits etwas anderes. Ich hole dich ab. Kommst du mit?»

«Ja», sagte Karel.

15.

«Da hatten wir auch wieder Glück», sagte Grijpstra, während de Gier den VW-Golf in eine Straße lenkte, die zur Amstel führte. «Karel mochte die Frau des Commissaris sehr. Hast du das gesehen?»

«Die Umarmung mit Mevrouw Jongs war schön», sagte de Gier. «Ich sehe so etwas gern. Das Pferd war ebenfalls ansprechend. Das ist jetzt das Pferd, auf dem der tote Ritter durch das Himmelstor reitet. Vorher hatte er auf einem lebenden Pferd in einem längeren Zweikampf den lebenden schwarzen Ritter besiegt und getötet. Ich kann mir das gut vorstellen.»

«Wir haben das gut gemacht», sagte Grijpstra. «Sollten wir besser werden, Brigadier? Das Verhandeln mit einem Genie, in dessen Körper alles in Verwirrung geraten ist. Ich habe gemerkt, daß ich Karel immer als geistig zurückgeblieben behandeln wollte, dabei ist er zehnmal so gescheit wie du und ich zusammen.»

De Gier schaute in den Rückspiegel. «Würdest du mich in deinen Vergleich nicht mit einbeziehen? Hast du gesehen, daß wir verfolgt werden? Nein. Wer hat es gesehen?»

«Du», sagte Grijpstra. «Darf ich dir herzlich gratulieren? Tüchtig, tüchtig, vor allem, weil du der einzige bist, der in den Spiegel gucken kann.»

De Gier fuhr an den Deich. «Zwei bärtige Affen in einem Daimler. Werden wir auch schon geehrt durch eine Eskorte der Reichskripo? Haben die in Den Haag keine gewöhnlichen Autos? Hast du gesehen, daß die Corvette gegenüber dem Haus des Commissaris stand? Man paßt auf uns auf.»

Der Wagen flitzte vorbei, lang und niedrig mit eleganter Kühlerhaube, auf der vorn ein verchromtes Engelchen seine Flügelchen ausbreitete.

«Ein schöner Wagen», sagte Grijpstra. «Warum überholt er uns, wenn er uns folgt? Er folgte uns gar nicht. Du wirst zu nervös.»

De Gier lachte sorglos. «Ich? Als ob ich nicht wüßte, wie man das macht. Weiße Ritter reiten ohne Nerven. Sie folgten uns sehr wohl, denn ich bin nicht geradlinig gefahren. Das tue ich nie. Ich wähle meinen Weg sorgfältig; ausgehend von meinem guten Geschmack, bin ich mir immer der Möglichkeiten zur Auswahl um mich herum bewußt. Und der Daimler blieb hinter uns.»

«Was sollen wir hier?» fragte Grijpstra. «Hier ist es zu holperig. Ich will ruhig am Fluß entlangfahren. Kehr um.»

«Ich bleibe beim Abenteuer», sagte de Gier. «Ich bin hier noch nie gewesen. Ich glaube, diese Landstraße führt uns zu einer Burg. In ihr wohnt eine verschleierte Jungfrau. Sie wartet auf mich. Um sie zu gewinnen, kämpfe ich mit dem schwarzen Ritter.»

«Dreh jetzt um», sagte Grijpstra. «Ich habe nämlich Nerven, und deine Rittersprüche wirken übel. Diese Straße läuft sich tot, und ich will wieder an den Fluß. Enten beobachten.»

Der Golf holperte zurück. «Ho», sagte Grijpstra. «Anhalten!» Er zog das Mikrofon aus der Halterung unter dem Armaturenbrett. «Präsidium? Hier ist Zwosechzehn.»

«Bitte kommen», sagte eine Mädchenstimme.

«Amsteldijk, etwa drei Kilometer südlich von Amsterdam. Ein mit Dachpappe beladener Lkw ist auf die seitliche Böschung gefahren. Wenn nichts geschieht, rutscht er in den Graben. Beim Wagen ist niemand. Bitte an die Reichspolizei weitergeben.»

«Dürfen wir jetzt weiterfahren?» fragte de Gier.

Grijpstra nickte. «Nichts wie weg.»

Der Golf fuhr noch auf der Landstraße. De Gier lenkte ihn wieder auf den Deich. Der Daimler, der direkt hinter der Kurve stand und bis zu diesem Augenblick hinter Weidenbäumen verborgen war, startete und fuhr von links auf den Golf zu. De Gier, der sich seines Vorfahrtrechts bewußt war, gab Gas. Der Daimler wurde ebenfalls schneller. Grijpstra schrie. Der Golf fuhr voll in den Daimler und drückte sich das Vorderteil ein. Grijpstras Kopf ruckte nach vorn und durchbrach die Windschutzscheibe. Der Daimler, etwas eingedrückt vom schiebenden Golf, riß sich los und schoß nach vorn. Der Golf kreiselte quer über den Deich und wurde von einer Pappel an der Wasserseite aufgefangen. Grijpstras Kopf ruckte zurück. Die Haut auf seiner Stirn schälte ab und überlappte sich.

«Ich gucke in Grijpstras Kopf», dachte de Gier, «er hat Fleisch darin.» Er suchte nach einem Taschentuch, um Grijpstras Wunde zu bedecken. Er hatte keins in der einen Tasche. Er lehnte sich nach links und suchte in der anderen. Die Tür fiel aus dem Wagen und de Gier mit ihr. Er fiel durch das Gras der Böschung in einen langen Tunnel mit lebenden Wänden. Die Wände bestanden aus sich gegenseitig umarmenden Eidechsen. Als de Gier tiefer fiel – er fiel nicht schnell, sondern schwebte eher –, sah er, daß die Eidechsen einander losließen und ihm zuwinkten. Sie stotterten, faßten amüsante tiefe Weisheiten in Worte, die er sofort verstand und gleich wieder vergaß. Die kleinen Reptilien sangen mit heulenden Sirenenstimmen, blitzende Blaulichter in den Augen. Sie waren plötzlich groß geworden, und es blieben nur noch zwei übrig, die sich als Lebensmittelhändler verkleidet hatten und ihn in eine Keksdose schoben. Eine setzte sich neben ihn, eine freundliche Eidechse mit schwarzem Bart, der irgendwo unterwegs – die Keksdose bewegte sich – abgefallen sein mußte. Außerdem war die Eidechse jetzt schwarzhäutig geworden, aber immer noch weißgekleidet, offenbar eine Lebensmittelhändlerin. Sie hatte eine schöne Stimme, mit der sie mathematisch richtigen Jazz sang. Die Keksdose wurde angehoben, aber er fuhr weiter durch einen Korridor. De Gier wollte nicht, daß sich die Eidechsen immer veränderten, obwohl es reizend von ihnen war, daß sie ihn beschäftigen wollten, aber warum sie jetzt zu einer Krankenschwester geworden waren, begriff er nicht so schnell.

Dann begriff er es jedoch und wollte wissen, wo Grijpstra sei.

«Im anderen Bett», sagte die Krankenschwester. «Nicht hinsetzen. Ihre Rippen sind gequetscht.»

«Grijpstra?» fragte de Gier.

«Merke dir dies gut», sagte Grijpstra. «Eine Frau mit Haardutt ging am Fluß entlang. Den Dutt vergesse ich gleich wieder. Der Dutt hat die Ambulanz gerufen. Und es waren Beamte der Reichskripo dort, das darfst du ebenfalls nicht vergessen. Und im Daimler saß ein bärtiger Affe.»

«Es waren keine Eidechsen?»

Grijpstra schwieg.

De Gier wiederholte seine Frage.

«Ich glaube nicht», sagte Grijpstra. «Es waren eher Kriminalbeamte. Eidechsen haben keinen Dutt auf dem Kopf. Du spielst doch nicht etwa wieder den Ritter, wie?»

«Oh, war es der schwarze Ritter?» fragte de Gier. «Dann sag das doch gleich. Der erste Schlag für ihn. Ich habe nicht gesehen, wie er gekommen ist.»

«Du hättest die Vorfahrt einräumen müssen», sagte Grijpstra.

«Kam ich denn nicht von rechts?» fragte de Gier schlau. «Nein, nein, so kriegt man mich nicht.»

Die Beamten der Reichskripo kamen herein. Sie sprachen leise, denn die Krankenschwester legte einen schlanken, schwarzen Finger auf ihre wollüstigen rosigen Lippen.

«Sie haben die Vorfahrt nicht gewährt», sagte der eine Beamte, «obwohl Haizähne, diese dreieckigen, die Vorfahrt regelnden Verkehrszeichen auf die Straße gemalt waren.»

«Habe ich nicht gesehen», sagte de Gier schlau. «Waren Sie in dem Tunnel? Ich sah sehr wohl, was Sie taten, aber ich gab es nicht weiter.»

«Nein», sagte der Beamte, «wir werden es jedoch melden.»

«Das müssen Sie selbst wissen», sagte de Gier. «Ich werde jetzt schlafen.»

Die Schwester brachte das Frühstück.

«Jetzt schon?» fragte de Gier. «Ich wollte gerade einschlafen. Machen Sie die Sonne bitte aus?»

«Du hast die ganze Nacht lang geschnarcht und gefaselt», sagte Grijpstra. «Kein Wunder, daß Sjaan nie über Nacht bei dir bleibt.»

Die Schwester zog die Gardinen zu.

«Ist dein Kopf wieder zu?» fragte de Gier. «Ich habe hineingeschaut. Du hast ein Beefsteak im Kopf.»

«Sie haben die Haut wieder an ihren Platz gelegt und festgenäht», sagte Grijpstra. «Hast du keine Schmerzen?»

«Nur wenn ich atme», sagte de Gier.

Die Schwester fütterte ihn mit dem Frühstück. Sie war immer noch schwarz. Sie hatte auch immer noch eine schöne Stimme. Sie sang ein Frühstückslied mit deutlicher Melodie. Der Text war schlechter, aber das gibt es häufiger in der Musik. Die Eidechsen wühlten sich durch seine Brust, durch Tunnel, aber die schienen ihnen nicht zu gefallen, denn sie gruben immer wieder neue.

«Au», sagte de Gier.

«Sie bekommen eine Spritze», sagte die Schwester. «Das tut nicht weh. Hier. Hopp.»

De Gier trieb davon auf Wellen des Schmerzes.

16.

«Komm her», schrie Hoofdinspecteur Halba zu Cardozo hinüber, der mit dem Fahrrad auf den Parkplatz des Krankenhauses fuhr.

«Ja?» fragte Cardozo, einen Fuß auf dem Boden.

«Ja?» schrie Halba durch sein Wagenfenster. «Heißt das nicht, ja, *Mijnheer*? Wo bist du gewesen? Hast du nicht die Briefchen auf deinem Schreibtisch gesehen, in denen dir befohlen wird, dich unverzüglich in mein Büro zu begeben?»

«Nein», sagte Cardozo. Er duckte sich fröstelnd in den Kragen seines Regenmantels. «Häßliches Wetter heute.»

«Hör zu», sagte Halba, «du weißt verdammt gut, daß der Commissaris geflogen ist. Ich bin jetzt der Abteilungsleiter, und du hast mir zu berichten. Womit bist du beschäftigt?»

«Mit Urlaub machen», sagte Cardozo. «Die Verwaltung weiß Bescheid. Ich hatte noch eine Woche gut, und die habe ich jetzt genommen.»

«Dann hättest du zuerst mich fragen können.»

«Dies ist das Fahrrad meines Bruders Samuel», sagte Cardozo. «Das Dienstrad, das Sie mir zuweisen ließen, habe ich in den Sperrmüll gegeben. Die Kette fiel immer ab, und der Lenker war locker.»

«Sobald du wiederkommst, meldest du dich bei mir. Wann wird das sein?»

«Sobald ich mit meinem Fall fertig bin», sagte Cardozo.

«Mit welchem Fall?»

«Mit meinem.»

«Ich glaube nicht», sagte Halba langsam, «daß du noch einmal ins Dezernat zurückzukommen brauchst.»

Ein silberner Citroën wurde neben Halbas BMW abgestellt. Der Commissaris stieg aus. «Guten Morgen. Wie geht es meinen Männern?»

«Der fliegt raus», sagte Halba und zeigte auf Cardozo, der weitergefahren war. «Das regele ich noch heute. Der wird zum Verkehr versetzt. Und wenn er an dem Fall weiterschnüffelt, wird er festgenommen.»

«An welchem Fall?» fragte der Commissaris.

«Am Fall Ijsbreker», schnaubte Halba, «damit sind Sie ja alle beschäftigt. Woher wissen Sie eigentlich, daß Grijpstra und de Gier hier liegen?»

«Von den Vögelein», sagte der Commissaris. «Die fliegen an meinem Ohr vorbei und geben ein bißchen Klatsch von sich. Haben Sie mal gesehen, wieviel verschiedene Vögel in der Stadt herumfliegen? Wo man geht und steht, umflattern sie einen. Es gibt Krähen und Möwen und Reiher...»

Sie gingen zusammen ins Krankenhaus. Halba erkundigte sich bei dem Mädchen in der Auskunft nach der Zimmernummer. Sie betraten den Fahrstuhl. «... Spatzen, Stare, Seeschwalben...»

«Ich warne Sie», sagte der Hoofdinspecteur.

«... Amseln...»

«Ich versichere Ihnen, Sie bringen sich in Schwierigkeiten.»

«... Dompfaffen...»

«Ja, Sie selbst sind auch ein ganz glatter Vogel.»

«... und entflogene Kanarienvögel», sagte der Commissaris. «Die singen so schön. Ich lausche gern dem Gesang der Kanarienvögel.»

Halba stapfte schnaufend hinter dem Commissaris her, der fröhlich seinen Bambusstock mit Silberknauf schwenkte. «Wir sind schon da.»

«Ach, Mijnheer», sagte Grijpstra, «Sie hätten wirklich nicht zu kommen brauchen. Es ist nur ein kleiner Kratzer.»

«Ich habe in Grijpstras Kopf geguckt», sagte de Gier. «Das war komisch. Er ist voller Fleisch.»

«Und wie geht es dir, Brigadier?»

«Ich habe einen Elastikverband um die Brust», sagte de Gier. «Es juckt ein bißchen.»

«Guten Morgen», sagte Halba.

Grijpstra nickte, wobei er sich den Kopf hielt. «Kein Besuch», sagte de Gier. «Nur von Angehörigen. Wir sind schwerverletzt.»

«Ich freue mich, das zu hören», sagte Halba. «Bleibt vorläufig so. Ich werde es kurz machen. Du, Adjudant, hast Krankheitsurlaub und brauchst dich einen Monat lang nicht zu melden. Euer Unglück ist heute morgen in der Personalbesprechung anhand des Protokolls eingehend erörtert worden.»

«Darf er jetzt gehen?» fragte Grijpstra den Commissaris.

Halba schaute de Gier an. «Und du, Brigadier, bist ohne Gehalt suspendiert. Du giltst als gefährlicher Fahrer, und an diesem Unglück ist deine grobe Nachlässigkeit schuld. Du hast die Vorfahrt nicht gewährt.»

«Wenn der Commissaris jetzt nicht hier wäre», sagte de Gier, «würde ich jetzt ernsthaft die Möglichkeit erwägen, aufzustehen und Ihnen eine Tracht Prügel zu verpassen. Da ich jedoch sowieso gehe, könnte ich ja mal hinlangen.»

«Das kommt noch hinzu», sagte Halba. «Bedrohung eines Vorgesetzten. Ist schon notiert.»

Der Commissaris öffnete die Tür. «Tschüs, Halba.» Der Hoofdinspecteur schob die Hand des Commissaris vom Türknopf.

«Und dann auch noch die Tür zuknallen», sagte Grijpstra. «Das durfte nicht fehlen.»

Der Commissaris setzte sich und schaute auf seine Uhr. «Schon wieder ein Viertel nach zwölf, wie die Zeit vergeht.» Er steckte sich eine Zigarre an. «Ihr auch?» Sie rauchten in Harmonie.

«Erzähle mal», sagte der Commissaris.

«Ein grüner Daimler», sagte de Gier. «Ein seltenes Modell. Baujahr 1976, das weiß ich zufällig, denn in der Van Baerlestraat steht oft einer. Ich kenne den Besitzer, der Mann hat eine Kneipe.»

«Aber dessen Daimler war es nicht?»

«Der in der Van Baerlestraat ist dunkelblau.»

«Fernandus hat einen Daimler», sagte der Commissaris, «aber den habe ich nie gesehen.»

«Hat Fernandus einen Bart, Mijnheer?»

«Er hat keinen.»

«Das ist auch nicht möglich», sagte Grijpstra. «Die Bartaffen waren jünger. Zwei Bartaffen, Mijnheer, ich konnte sie nicht gut erkennen.»

«Das Haar bis zu den Augen», sagte de Gier. «Und Mützen auf dem Kopf. Verkleidet? Vermummt?»

«Der, den ich an uns vorbeiflitzen sah, war dünn», sagte Grijpstra. «War der andere dick?»

«Ja», sagte de Gier. «Der am Lenkrad war ein Fettwanst.»

«Huip und Heul», sagten der Commissaris, Grijpstra und de Gier dreistimmig.

«Ihre Rache», sagte de Gier. «Schön ausgedacht. Gut ausgeführt. Aber woher wußten sie, daß ich ihnen die Vorfahrt verweigern würde? Warum räumte ich eigentlich nicht die Vorfahrt ein? So nachlässig fahre ich nicht.»

«Ich habe kein Verkehrszeichen gesehen, daß wir die Vorfahrt zu achten hätten», sagte Grijpstra, «aber ich fuhr auch nicht.»

«Ich fuhr», sagte de Gier, «und sah kein Verkehrszeichen.»

«Vielleicht war keins da», sagte der Commissaris.

«Das behaupten aber die von der Reichskripo», sagte Grijpstra.

«Dann wird es wohl so gewesen sein», sagte der Commissaris. «Vielleicht ist es auch einerlei. Die Rächer hätten euch so und so angefahren. Hast du gesehen, wie sie kamen, Brigadier?»

«Zu spät, Mijnheer.» De Gier versuchte, sich auf die Seite zu legen, und rollte stöhnend zurück. «Plötzlich waren sie da. Vielleicht hatten sie sich versteckt.»

«Ein Daimler ist ein großer Wagen», sagte der Commissaris. «Wir sollten uns die Situation an Ort und Stelle anschauen.» Er versuchte einen Rauchring auszustoßen. «Bah.»

«Beinahe, Mijnheer», sagte Grijpstra.

Der Commissaris schaute dem Rauchwölkchen nach. «Fernandus kann es immer.» Er seufzte. «Ich habe heute morgen Juffrouw

Antoinette gesprochen, wir hatten eine Verabredung beim alten Bert. Anscheinend ist das ganze Präsidium durcheinandergeschüttelt. Die Kollegen machen es der Reichskripo nicht leicht. Es gibt Sympathien.»

«Mit uns, Mijnheer?»

Der Commissaris nickte düster. «Einige gehen zu weit. Juffrouw Antoinette hat sich bei Fernandus gemeldet. Sie wird in seinem Club arbeiten.»

«Als Hure?» fragte de Gier. «Au. Haha.»

«Ist das komisch?» fragte der Commissaris. «Eine reizende junge Dame? Was treibt die Arme dazu?»

«Dann verbieten Sie es ihr», sagte Grijpstra. «Aber lassen Sie es lieber. Vielleicht will sie wirklich gern.»

«Das befürchte ich», sagte der Commissaris. «Ich verstehe nichts von Frauen. Katrien hält es für gut.»

«Frauen sind genauso fickerig wie wir», sagte de Gier, «ich verstehe das auch nie. Es ist doch eine Gunst, die man sparsam vergeben sollte. Je weniger sie sich zur Verfügung stellen, desto mehr Mühe geben wir uns. Und das finden sie toll.»

«Juffrouw Antoinette ist eigentlich sehr schüchtern», sagte der Commissaris. «Sie errötet und so. Zwar anhänglich, aber mit Maßen, und jetzt will sie sich dort wegwerfen?»

«Ja, aber sie tut es für Sie», sagte Grijpstra.

«Das sagt sie.» Der Commissaris schaute zu Boden. «Für unseren Überfall kommt es jedoch ganz gelegen. Halba besucht den Club und sollte uns nicht sehen.»

«Halba ist mir zu klein», sagte de Gier. «Ich habe darüber nachgedacht. Halba ist kein Gegner für mich.»

Der Commissaris schaute Grijpstra an. Grijpstra tippte sich behutsam an den Kopfverband. «Rittersprüche, Mijnheer.»

«Jetzt geht es», sagte de Gier. «Ihr habt gehört, was Halba sagte. Suspendiert. Frei und froh. Jetzt kann ich wählen, wer es sein soll.»

«Der Schlag hat es schlimmer gemacht, Mijnheer», sagte Grijpstra.

De Gier führte ein Selbstgespräch. «Immer die vorsichtige Pfuscherei. Das Böse bleibt. Wenn man ihm nun einmal einen guten

Schlag versetzen kann. Was ist falsch daran. In Filmen wird immer wieder gezeigt, wie sich das Individuum selbst verwirklicht. In Büchern wird in über dreißig Kapiteln unabhängiges Durchgreifen gepriesen, man träumt auch gern davon, aber in Wirklichkeit geht es nicht. Wenn ich nun mal beweisen würde, daß es in Wirklichkeit doch geht.»

«Fernandus geht ran», sagte der Commissaris grimmig.

«Das läuft wieder auf das vorsichtige Altherrengetue hinaus», flüsterte de Gier.

«Was sagst du, Brigadier?»

«Ich habe gestöhnt, Mijnheer.»

Die Schwester kam herein. «Wird hier geraucht?»

«Ja», sagte der Commissaris. «Da Sie nun schon mal hier sind, Schwester, darf ich Sie etwas fragen?»

«Hier wird nicht geraucht, Mijnheer.»

«Nein», sagte der Commissaris. «Wir haben ein Problem. Wie denken Sie darüber? Es geht um eine Frau, eine Mitarbeiterin von uns, die eine Stelle in einem Sexclub anstrebt.»

«Ist das Ihrer?» fragte die Schwester.

«Nein, wir sind ja dagegen.»

«Warum?» fragte die Schwester. «Wegen Sex? Mit Sex ist nichts mehr los.»

«Nein», sagte der Commissaris. «Wegen des Gewinns. Der sollte armen Menschen zugute kommen, aber das Geld bleibt hier.»

«Oh, das ist bestimmt die Stiftung», sagte die Schwester und ließ ihre blütenreine Tracht knistern. «Das stand in der Zeitung. Kein Mensch tut etwas dagegen.»

«Wir tun etwas dagegen», sagte der Commissaris, «aber nun will unsere Mitarbeiterin im Sexclub anschaffen gehen, um zu sehen, wie es da steht.»

«Das ist wohl eher eine Frage des Liegens, denke ich», sagte die Schwester. «Traut sie sich nicht? In dieser Woche habe ich Nachtdienst.»

«Nein, sie will wirklich gern, aber wir wissen nicht, ob wir das für gut halten sollen.»

«Ihr habt nichts für gut zu halten», sagte die Schwester, «und ihr habt hier auch nicht zu rauchen. Außerdem ist die Besuchszeit vorbei. Ich werde diesen schönen Mann verbinden.» Ihre Hände glitten über de Giers Brust. «Au», sagte de Gier.

«Kurz an etwas anderes denken, denn der Verband muß ab.»

«An was?» fragte de Gier schwach.

«An mich.»

De Gier schaute in das edel geschnittene Gesicht der Schwester, in dem große, sanfte Augen funkelten. «Ich denke.»

Der Verband wurde gelöst.

«Sex ist ganz nützlich», sagte die Schwester. «Man kann ihn für alles gebrauchen.»

«Tja», sagte der Commissaris. «Na ja, dann muß es wohl sein. Tschüs, Schwester, tschüs, Patienten.»

«In der nächsten Woche werden sie entlassen», sagte die Schwester. «Wenn Ihre Mitarbeiterin eine Vertretung braucht, dann sagen Sie es nur. Ich liege gern für einen guten Zweck.»

17.

Mevrouw Cardozo, eine untersetzte Frau mit dem gleichen lockigen Haar wie ihr Sohn, jedoch gepflegter, drückte auf den polierten kupfernen Klingelknopf an einem großen gußeisernen Tor. Es verwehrte den Zugang zu einem geharkten Kiesweg, der zu einem niedrigen Gebäude mit einem Türmchen an jeder Ecke führte. Auf der Spitze eines jeden Türmchens flatterte die Flagge mit dem Stern Davids. Eine Kamera, angebracht auf einem der Torpfeiler, begann zu summen und sich zu drehen. Aus dem anderen Pfeiler ertönte eine metallische Stimme.

«Ja?» fragte die metallische Stimme.

«Sara Cardozo will den Konsul sprechen», sagte sie schrill.

«Am Schabbes?» fragte die metallische Stimme. «Sara, Sara, gehen Sie fort. Sind Sie denn ganz meschugge?»

Mevrouw Cardozo drückte wieder auf den Klingelknopf.

«Sprechen Sie kein Jiddisch?» fragte der Pfeiler.

«Wos-sche mit Schabbes?» sagte Mevrouw Cardozo. «Lassen Sie mich ein, sonst klettere ich über das Tor.»

«Dann schalten Sie selbst den Strom an und bekommen einen Schlag», sagte die Stimme. «Tun Sie es nicht. Warum haben Sie zwei Leibwächter mitgebracht?»

Die Kamera summte energischer und schwenkte weiter nach beiden Seiten, so daß ihr Auge auch die Begleiter von Mevrouw Cardozo erfaßte. Sie zeigte nach rechts. «Mein Sohn Simon, Mijnheer Rosenblatt.» Sie zeigte nach links. «Mein Logiergast Izzy Sanders, ein Israeli wie Sie. Lassen Sie uns jetzt ein?» Sie schüttelte ihren Regenschirm. «Das Wetter gefällt mir heute gar nicht.»

«Kennen wir uns?» fragte der Pfeiler.

«Ich war früher schon mal hier», sagte Mevrouw Cardozo. «Um Ihnen Geld zu bringen. Ich bin Vorsitzende des Komitees für Bäume in der Wüste.»

Das Tor klickte. Mevrouw öffnete es mit der Spitze ihres Regenschirms.

Zwei stämmige junge Männer kamen aus der Tür am Ende des Wegs und versperrten den Zutritt. Sie wünschten den Besuchern Schalom und befahlen Simon und Izzy die Hände zu heben.

«Das ist kein Schalom, kein Frieden, das ist eine Belästigung», sagte Mevrouw Cardozo. «Mich rührt ihr nicht an.»

«Was haben Sie unter dem Arm?» fragte der junge Mann, der Cardozo abtastete.

«Meine Pistole», sagte Cardozo. «Nehmen Sie nur. In der Innentasche meiner Jacke ist mein Polizeiausweis.»

Der junge Mann betrachtete die Karte und steckte sie wieder zurück. «Ihre Pistole behalte ich vorerst.»

«Wir kommen in Frieden», sagte Mevrouw Cardozo. «Es geht um eine Sache des Lebens.»

«Oder des Todes», sagte ein älterer Mann mit kurzem grauem Bart. Er wartete in der Tür. «Wir bekommen gelegentlich Besuch, der uns den Tod wünscht. Darum sind wir nicht gerade höflich. Willkommen, Sara, Simon und Izzy.» Mijnheer Rosenblatts breite Schultern waren gekrümmt, und sein langes Rückgrat zwang ihn, sich vorzubeugen, aber seine traurige Erscheinung wurde aufgehoben durch den fröhlichen Glanz seiner schrägen slawischen Augen über markanten Wangenknochen und einem kräftigen Kinn. Er bot Mevrouw Cardozo den Arm an. «Willkommen. Ihre Bäume sind gepflanzt, und vielleicht bleibt uns noch soviel Zeit, daß wir zusammen in ihrem Schatten sitzen können. Warum sind Sie heute gekommen?» Er warf einen Blick über die Schulter. «Kommt nur mit.»

Cardozo trat mit federndem Schritt ein, Izzy folgte träge. Der Konsul ließ Mevrouw Cardozos Arm los und sprach Izzy auf hebräisch an. Izzy schien mit dem Formulieren seiner zögernden Antwort Mühe zu haben.

«Ein Deserteur?» fragte Rosenblatt auf niederländisch.

«Ich werde alles erklären», sagte Mevrouw Cardozo. «Ich erinnere mich, daß hier irgendwo ein Zimmer mit Stühlen ist, auf denen man sitzen kann. Es ist Zeit für ein Glas Saft roter Bete. Alles zu seiner Zeit.»

«Zeit», sagte der Konsul, als er seine Besucher in ein großes Hinterzimmer führte, das vor allem mit elektronischen Geräten auf einer Anzahl von Plastiktischen ausgestattet war, «habe ich eigentlich nicht. Das ist das Unangenehme, wenn man dauernd Krieg führt. Man ist immer beschäftigt.»

«Nein», sagte Izzy, der nevös an seiner Jacke zupfte. «Keinen Krieg mehr. Bitte.» Er schrie. «Aufhören! Sofort!»

«Sind wir heute ein bißchen übergeschnappt?» fragte der Konsul.

Izzy schaute auf einen Computerbildschirm und hielt sich die Hände vor die Augen. Seine Schultern zuckten.

«Izzy ist ein guter Junge», sagte Mevrouw Cardozo. «Er ist mit meinem Sohn Samuel zur Schule gegangen. Ich kenne Izzy gut. Er ist ein Idealist, der für euch gekämpft hat.»

«Für uns», sagte der Konsul.

«Nein», sagte Mevrouw Cardozo. «Anfangs vielleicht, aber ihr habt den Krieg zur Gewohnheit gemacht. Das ist nicht gut. Nicht Auge um Auge, und nicht Zahn um Zahn. Die Menschen brauchen ihre Augen und Zähne.»

«Der Feind hält zuerst Ausschau, wo wir sind, Sara, und beißt uns dann in die Gurgel.»

«Herz gegen Herz», sagte Mevrouw Cardozo. «Wir müssen unsere Herzen tauschen.»

«Predigen Sie Liebe?» fragte der Konsul. «Wo ist sie denn?»

«Hier», sagte Mevrouw Cardozo und legte sich die Hand auf die Brust. «Ich bringe Ihnen heute Liebe.»

«Und was kostet Ihre Liebe?»

«Einen Brief», sagte Mevrouw Cardozo. «Für meinen Izzy. Er muß Papiere haben. Von all dem Verstecken wird er nicht besser. Er hat eine dreckige Arbeitsstelle und hockte in einem Loch in einer Mauer. Jetzt wohnt er bei uns, aber er braucht mehr als einen Teller Hühnersuppe. Mit Ihrem Brief wird er wieder Mensch.»

«Sag mir, Izzy, was ist passiert?» sagte der Konsul. «Du hast den guten Kampf aufgegeben?»

«Es war kein guter Kampf», sagte Izzy. «Die schießen auf einen, und dann schießt man zurück. Der Oberst rennt vor und schreit: ‹Folgt mir!› Überall ist Sand, und ich sehe Moses und Aaron, die uns ins gelobte Land führen, weil wir das auserwählte Volk sind. Alle vorbeipfeifenden Kugeln kommen vom Pharao, der uns peitschte, weil wir die Pyramiden nicht schnell genug bauten. Der Pharao in seiner Hakenkreuzuniform. Und ich stelle mein Maschinengewehr auf den Körper des Oberst, hinter dem ich in Deckung bin. Mein Todesstrahl legte die Lagerwachen um, und das Benzin, mit dem sie den Bart meines Großvaters bespritzt hatten, brannte nicht mehr.»

«Ach», sagte der Konsul. «Das habe ich in Warschau getan, aber die Leiche, die mich beschützte, war mein Bruder, und mein Gewehr schoß nicht gut. Damals wurde ich eine Ratte, die in den Abwässerkanälen hausen mußte.»

«Izzy war auch eine Ratte», sagte Mevrouw Cardozo, «als mein Simon ihn fand.»

«Wir haben jetzt bessere Gewehre», sagte der Konsul. «Eine angemessene Apparatur hat ihren Nutzen. Unsere Flugzeuge erreichen das Schlechte überall.»

«Maschinen», sagte Izzy und schaute sich scheu um.

«Izzy hat einen Bildschirmschock», sagte Cardozo. «Davon wird er verrückt. Zuerst hatte er einen Panzerfaustschock. Er hat mit einer Panzerfaust auf ein Zelt geschossen.»

«Die Kinder, die herauskrochen, brannten», flüsterte Izzy, «genauso wie der Bart meines Opas.»

«Damals wurde er versetzt», sagte Cardozo.

«Dann wurde es noch schlimmer», sagte Izzy heiser. «Die fliegenden Maschinen programmierten meine Knöpfe, und ich rechnete alle Summen aus. Daraufhin programmierte meine Maschine den Computerpiloten, und der Bombencomputer dröhnte über den Sand hinweg und steckte noch mehr Kinder in Brand. Die Kinder waren Punkte auf meinem Sichtschirm. Meine Maschine drang in die Maschinen des Feindes ein und ließ sie umkehren, woraufhin noch mehr Kinder verbrannten. Und das habe ich getan.» Izzy zog heftig an seiner Krawatte.

«Deshalb kam Izzy zurück», sagte Mevrouw Cardozo. «Und jetzt hat er keinen Paß. Er lebt in Ängsten. Wenn Sie ihm nicht helfen, kann ich ihn nicht kurieren.»

Rosenblatt steckte die Finger in seinen Bart.

«Auch Sie haben einen Bart», sagte Cardozo freundlich.

«Mein Bart weht in Freiheit», sagte Rosenblatt, «und für sie muß man kämpfen.» Er schaute Izzy an. «Darf ich deinen vollen Namen und die Armeenummer erfahren?»

Der Konsul tippte die Angaben in eine Tastatur. «Wollen mal sehen, was wir wissen.» Der Fernschreiber rasselte kurz. Rosenblatt las die Antwort, die auf einem Bildschirm aufleuchtete. «Ja, wir suchen dich, aber vielleicht haben wir dich schon gefunden. Versuchen wir mal etwas anderes.» Er schob die Hände zu einer anderen Tastatur hinüber. Buchstaben leuchteten auf einem anderen Schirm auf. Der Konsul schaute sich um. «Ezechiel Sanders? Du arbeitest schwarz für die Bank de Finance? Wohnhaft im Dollebegijnensteeg?»

«Ja», flüsterte Izzy.

«Ich kann dich hier nicht festnehmen», sagte der Konsul betrübt. «Es ist besser, wenn du aufgibst. Ich lasse dich nach Tel Aviv zurückfliegen, wo du vor Gericht deine Geschichte erzählen kannst. Vielleicht ist eine Kriegsneurose eine gute Entschuldigung. Man wird dir vergeben können.»

«Da ist nichts zu vergeben», sagte Mevrouw Cardozo. «Izzy hat den falschen Kampf ausgefochten. Ihr habt eure Kriege gewonnen, nun behandelt den Gegner jetzt wieder mit Achtung. Das steht auch im Koran und schließt Feindschaft aus.»

«So einfach geht das nicht», sagte Rosenblatt. «Wir haben uns Regeln gegeben, an die Izzy sich nicht gehalten hat. Er hat uns sogar verraten. Die Bank de Finance finanziert den Feind.»

«Schreiben Sie doch den Brief», sagte Mevrouw Cardozo. «Dann beantragt Izzy wieder seinen niederländischen Paß und ist ein nützlicher Mensch.»

«Nein», sagte Rosenblatt.

«Mutter», sagte Cardozo. «Das Konsulat hat einen herrlichen Garten. Sieh dich ein bißchen mit Izzy darin um. Ich habe Mijnheer Rosenblatt auch etwas zu sagen.»

«Sehen Sie», sagte der Konsul, «ich kann nicht einfach so geben. Das Geben hört nie auf. Wenn wir alles weggeben, dann liege ich wieder in einer Gasse im Getto hinter der Leiche meines Bruders, und mein Gewehr funktioniert nicht, das Gewehr, das wir gegen Gold eingetauscht hatten, damit ein Schurke seinen Profit machen konnte.»

«Genau», sagte Cardozo. «Mutter, geh mit Izzy spazieren.»

«Komm, Izzy», sagte Mevrouw Cardozo. «Ich habe Unkraut im Garten gesehen, das wir beide jäten werden, unsere Arbeit ist unser Geschenk.»

«So», sagte der Konsul zu Cardozo, «Sie sind also Polizist. Welches Interesse haben Sie an Izzy?»

«Ich bin Ihrer Meinung», sagte Cardozo. «Ich gebe den Kampf nicht auf. Unser Dezernat bekämpft die Bank de Finance. Izzy arbeitet dort. Er hat sich verändert, aber ich erkannte ihn wieder als den Freund meines Bruders Samuel. Ich dachte, ich könnte Izzy gebrauchen.»

«Sie wollen Izzy nicht retten?»

«Das tut meine Mutter schon.»

Rosenblatt schaute auf seinen Bildschirm. «Wir wußten, wo Izzy arbeitet. Er bekam die Stelle durch andere israelische Deserteure, die hier Hasch einschmuggeln. Ihre Gewinne leihen sie der Bank de Finance. Izzy ist Computerexperte. Die Bank mißbraucht die Ausbildung, die er von uns erhalten hat.»

«Wenn Sie den Brief schreiben», sagte Cardozo, «fühlt Izzy sich dankbar und hilft uns.»

«Um was zu tun?»

«Um die Bank zu vernichten.»

Rosenblatt spielte auf der Tastatur. Der Bildschirm wurde gelöscht und füllte sich wieder mit neuen Texten. «Die Bank de Finance ist Eigentum eines gewissen Willem Fernandus. Dieser Fernandus verschiebt Fonds an den Feind.»

«Sehen Sie?» fragte Cardozo.

«Aber Fernandus ist stark», sagte der Konsul. «Ihn decken Mächtige in Stadt und Land. Und er ist nicht allein. Da gibt es den Baron de la Faille und Direktor Ijsbreker.»

«Ijsbreker ist tot.»

«Ah, ja, das sehe ich hier. Selbstmord.»

«Mit zwei Kugeln?» fragte Cardozo.

Der Konsul lächelte. «Sie sprachen von einem Dezernat.»

«Vom Morddezernat», sagte Cardozo.

«War damit nicht etwas? Ist Ihr Commissaris gegenwärtig nicht außer Dienst gestellt?»

«Und ich habe Ferien», sagte Cardozo. «Und der Adjudant ist krankgeschrieben und der Brigadier suspendiert. Unser Team ist komplett und aktiv. Wir werden auch unterstützt.»

Der Konsul kratzte sich in seinem Bart. «Welchen Rang haben Sie?»

«Ich bin einfacher Kriminalbeamter.»

«Nicht sehr hoch», sagte der Konsul.

«Der Commissaris wird bespitzelt», sagte Cardozo. «Er weiß noch nicht, wie ich ihm helfen kann. Ich will ihn überraschen. Könnten Sie Ihren Computer noch etwas fragen?»

«Was möchten Sie wissen?»

«Wie gut Izzy mit einem Computer ist.»

«Das habe ich bereits gefragt. Er war Kommandant eines mobilen Zentrums, das ins feindliche Kommunikationssystem einstieg. Izzy ist sehr fachkundig.»

«Schreiben Sie den Brief», sagte Cardozo. «Sie sind befugt, ihn freizusprechen.»

«Warum wurde Ijsbreker ermordet?» fragte der Konsul.

«Ein Machtkampf zwischen ihm und Fernandus», sagte Cardozo. «Alles, was Ijsbreker besaß, wurde ihm von drei Junkies gestohlen, die dann selbst umgebracht wurden.»

Der Konsul stand auf und schaute durch das Fenster nach draußen. «Ihre Mutter jätet offenbar gern im Regen.»

«Was tut Izzy?»

«Er sitzt auf einer Bank und redet mit sich selbst.»

«Ihr Brief wird ihn wieder gesund machen», sagte Cardozo. «Wenn Izzy gesund ist, kämpft er wieder mit für die gute Sache.»

«Wenn Sie jetzt gehen und Ihre liebe Mutter mitnehmen würden», sagte der Konsul.

«Und Izzy?» fragte Cardozo.

Die rosa Lippen des Konsuls spitzten sich und kamen zögernd aus den grauen Löckchen seines Barts heraus.

«Der Kuß der Vergebung?» fragte Cardozo. «Alles vergeben und vergessen?»

«Vergeben geht nicht», sagte der Konsul.

«Gut», sagte Cardozo, «dann vergessen wir es.» Er machte eine alles umfassende Handbewegung. «Sie haben hier eine ganze Verwaltung. In Verwaltungen wird viel vergessen. Sie vergessen Ihre Einwände.»

«Und?» fragte Mevrouw Cardozo im Garten.

«Es ist schon gut», sagte Cardozo.

«Hat Rosenblatt das gesagt?»

«Er hat nicht nein gesagt», sagte Cardozo. «Und er ist jetzt so einiges losgeworden.»

«Was ist er losgeworden?» fragte Izzy.

«Seine Einwände, glaube ich», sagte Cardozo. «Als ich ging, suchte er schon nicht mehr danach.»

18.

«Willst du Eindruck machen?» fragte die Frau des Commissaris, als sie ihm half, seine neue Seidenkrawatte zu richten.

«Als dein Mann sehe ich gern nett aus», sagte der Commissaris, der kerzengerade vor dem Spiegel stand.

«Iist sie schschschön?» fragte Karel und schwankte durch die ganze Breite des Korridors.

«Joop hatte auch andere Frauen», sagte Mevrouw Jongs, als sie den Staubsauger aus dem Schrank im Korridor nahm. «Drei hatte er, aber mich hat er geheiratet.»

«Schatz», sagte die Frau des Commissaris, «du wirst wirklich zu alt für diese verrückten Abenteuer. Ich wollte, du könntest wieder zur Arbeit gehen. Routine ist gut für dich. Die Herumtreiberei schwächt nur.»

«Wo sind meine Schlüssel?» fragte der Commissaris. «Ich muß jetzt gehen.»

Seine Frau tastete seine Taschen ab. «Hier. Warum bist du so aufgeregt? Juffrouw Antoinette ist wirklich nichts für dich. Dann guckst du jeden Abend in die Glotze. Du magst das Fernsehen ja nicht.»

«Wer hat hier die Unordnung gemacht?» fragte Mevrouw Jongs und schob den Staubsauger an einen kleinen Stapel aus Brettchen und Ästen im Korridor.

«Dddas ist ffür Schschulzze», sagte Karel. «Nnicht aanrühüren, Mmevrouw Jongs. Ddas wwird sein Rürückenschild.»

«Das haben wir gestern abend im Vondelpark gesammelt», sagte der Commissaris. «Was Sie da soeben gebissen hat, wird der Schildkrötenkopf, Mevrouw Jongs. Schön. Nicht wahr? Den hat der Brigadier von der Reichskripo für uns gefunden. Er ging zu Fuß mit, weil man im Park nicht mit dem Auto fahren darf. – Tschüs», sagte der Commissaris und entwischte durch die Tür.

Er ging zu seinem Wagen. Der Motor der Corvette auf der anderen Seite wurde gestartet. Der Commissaris winkte dem Riesen am Lenkrad zu. Er stieg in seinen Citroën, drehte das Seitenfenster nach unten und wartete, bis die Corvette gewendet hatte und neben ihm stand. «Morgen», sagte der Commissaris. «Alles in Ordnung bei euch?» Die Beamten der Reichskripo stießen sich ab von ihren geneigten Rückenlehnen und setzten sich aufrecht hin. «Guten Morgen, Mijnheer.»

«Ich will nicht, daß ihr wißt, wohin ich heute fahre», sagte der Commissaris, «deshalb habe ich mir etwas überlegt. Ihr müßt versuchen, mich dennoch im Auge zu behalten. Könnt ihr ein wenig zurücksetzen, ich bin hier eingeklemmt.»

Die Corvette fuhr gehorsam rückwärts. Der Commissaris manövrierte den Citroën aus dem engen Parkplatz und fädelte den Wagen in den Verkehr ein. Er fuhr bis zum Rijksmuseum, ohne etwas Auffälliges zu tun, die Corvette fuhr direkt hinter ihm. Der Commissaris grinste. «Jetzt.» Radfahrer umringten seinen Wagen. Sie waren auf dem Weg zu dem Tor unter dem Museum, das für den zweirädrigen Verkehr reserviert war. Er blinkte nach links, fuhr auch ein wenig in diese Richtung und riß dann das Lenkrad scharf nach rechts. Zugleich gab er Gas, so daß der Citroën nach vorn schoß. Die Corvette folgte, wobei sie sich durch lärmende Radfahrer schob. «Recht so», sagte der Commissaris. «Wenn es gut läuft, denkt ihr, das war's. Er hat versucht, uns loszuwerden, aber das klappte nicht. Aufgepaßt! Jetzt kommt's.» Er fuhr hinter dem Tor nach rechts neben eine Straßenbahn, die sich majestätisch vorwärts bewegte. Die Straßenbahn blieb an einer Haltestelle stehen. Fahrgäste stiegen ein und aus. Die Türen konnten sich jeden Augenblick schließen. «Hurra», rief der Commissaris, legte den Schalthebel in Leerlauf und zog die Handbremse an. Er sprang aus dem Citroën und in die Straßenbahn. Sie schloß die Türen und klingelte. Die nächste Ampel hatte grünes Licht. Der Commissaris schaute grinsend durch das hintere Fenster der Straßenbahn. Die Corvette konnte nicht weiterfahren, weil der Citroën im Wege stand. Der Reichskripobeamte auf dem Beifahrersitz, auffallend mit seiner Lederkleidung und dem hennagetönten Haar, war aus der Corvette gesprungen und rannte hinter der Straßenbahn her. Der Commissaris winkte. Die Straßenbahn bog nach links ab und fuhr schneller.

Der Commissaris stieg an der nächsten Haltestelle aus und ging zu einem Taxenstand. «Prinseneiland bitte.» Der Commissaris schaute auf seine Uhr. Fünf vor zehn, zu früh für eine Zigarre und zu spät für seine Verabredung, aber sie würde gewiß warten.

Sie stand auf, als er in die Kneipe kam. Er merkte, daß sein Bein nicht schmerzte, vielleicht war die Aufregung heilsam gewesen. «Mein Lieber», sagte Juffrouw Antoinette, «ich begann mir schon Sorgen zu machen.»

Der Commissaris nickte dem hautüberzogenen Knochengerüst hinter der Theke zu. «Morgen, Bert.» Juffrouw Antoinette tänzelte zur Theke und zeigte ihre langen Beine in den Rockschlitzen. «Bitte einen kalten Genever und einen Wodka-Tonic mit Eis für mich.»

Sie brachte die Gläser zum Tisch, setzte sie ab und drehte sich einmal um die eigene Achse. «Wie gefällt Ihnen meine Kleidung? Sehe ich nicht wie ein Vamp aus? Ein schöner Rock, nicht wahr? Und schauen Sie mal auf meine Bluse.» Sie verneigte sich vor ihm.
Der Commissaris schaute weg. «Ja, prächtig.»

«Schauen Sie doch mal», flüsterte Juffrouw Antoinette. «Der BH ist durchsichtig. Willem hat mir eine ganze Aussteuer gekauft. Stundenlang habe ich anprobiert. Glauben Sie nicht auch, daß dies mein wahres Ich ist?»

Jetzt schaute der Commissaris doch hin. Er hüstelte diskret. «Sehr reizvoll.»

Sie schüttelte heftig den Kopf. «Und was halten Sie von meinem Haar?»

«Es ist schön wild.» Der Commissaris trank ihr zu. «Auf Ihr Wohl, meine Liebe. Bekommt Ihnen der Wodka schon so früh am Tage?»

«Ich darf jetzt alles», sagte sie atemlos. «Ich bin Spionin. Ich gebe gefährliche Informationen weiter. Niemand ist mir hierher gefolgt. Willem vertraut mir.» Sie machte ein ernstes Gesicht und schob die Unterlippe vor. «Aber es gibt schlechte Nachrichten.»

Der Commissaris nahm ein Schlückchen und schüttelte sich, als der Alkohol seine Kehle herunterrann. «Nachrichten sind immer neutral. Sie sind immer für beide Seiten brauchbar. Erzählen Sie mir zuerst, was Sie tun mußten, um Willem Fernandus einzuwikkeln.»

Sie lachte. «Das war so einfach. Männer sind wirklich eitel. Ich habe ihm geschmeichelt. Ich sagte, er mache soviel Eindruck auf mich, bei Ihnen langweilte ich mich dagegen, und ich hätte soviel über seinen teuren Club gehört. Er holte mich gleich ab.»

«In seinem Daimler?» fragte der Commissaris. «Ein großes grünes Auto, das gut auf der Straße liegt?»

«Nein», sagte Juffrouw Antoinette, «es war ein eckiger schwarzer Wagen. Ein Rolls-Royce, sagte Willem. Er hatte einen Chauffeur mit Mütze. Was für ein Angeber Willem doch ist.»

Der Commissaris tastete verstimmt nach der Zigarrendose in seiner Tasche. «Und was wollte Willem dann?»

Juffrouw Antoinette lauschte dem Geklingel der Eisstückchen

in ihrem Glas. «Oh, nicht viel. Ich dachte, ich müsse die O spielen. Kennen Sie die Geschichte? Von der bildschönen jungen Dame, die sich dem Bösen ausliefert? Schlechte Männer nehmen sie in einem teuren Schlitten mit, und sie muß gleich ihr Höschen ausziehen und feierlich geloben, künftig und für alle Zeit mit bloßem Hintern herumzulaufen, und dann sitzt sie da auf dem kalten Leder. Und später wird sie von den Männern ausgepeitscht und muß allerlei erniedrigende Dinge mit ihnen tun. Das ist ein sehr spannendes Buch. Willem sprach jedoch nur davon, wieviel Geld ich verdienen werde. Er gab mir sofort eine Handvoll Scheine.» Sie öffnete ihre Handtasche. «Schauen Sie. Das war schnell verdient.»

«Für nichts gibt es nichts», sagte der Commissaris trübe. «Willems spitzer Haken sitzt Ihnen bereits im Fleisch. Mußten Sie dann mit in sein Bordell?»

«Ja, viel später. Wir gingen zuerst zu Willems Haus. Ein prächtiges altes Haus hat der Mann, Fliesen auf dem Fußboden, genau wie bei Peter dem Großen, und überall Antiquitäten, sogar die Telefone sind alt und aus Kupfer, aber darin sind Computer.»

«Kitsch», sagte der Commissaris.

«Nein, wissen Sie», sagte Juffrouw. «In jedem Zimmer ist eine friesische Standuhr. Und es gibt dort einen Atriumgarten mit Sonnenuhr und Blumenbeeten, den ein Gärtner zweimal in der Woche in Ordnung bringt. Und einen Hintergarten mit Apfelbäumen und einer Laube gibt es dort auch. Und oben ist ein Bad mit wirbelndem Wasser, ein Marmorbad mit goldenen Hähnen.»

«Und da mußten Sie hineinsteigen?»

«Ich wäre gern reingestiegen», sagte Juffrouw Antoinette. «Es kitzelt so schön. Und Willem sammelt Bücher, niederländische Literatur.»

«Das ist nicht sehr viel», sagte der Commissaris.

«Etwa fünfzig Bücher auf einem langen Regal, die Farben der Einbände laufen alle ineinander über, ein schöner Anblick.»

«Was gibt es dort sonst noch an Schönem?»

«Wir waren auch im Keller, wo er seine alten Weine lagert. Und ich nenne ihn einfach Willem und er mich Toine.»

«So», sagte der Commissaris.

«Sie dürfen mich auch Toine nennen.»

Der Commissaris lächelte steif. «Unsere Beziehung ist formell, meine Liebe. Es ist besser für Sie, wenn es so bleibt.»

Sie berührte sein Bein unter dem Tisch. «Oh, wie stolz Sie das sagen. Ich finde Sie netter.» Sie probierte ihr neues tiefes Lachen aus, was ihr gut gelang. «Riechen Sie mein Parfüm? Das hat Willem ausgesucht. Ich werde selbst erregt davon. Und wissen Sie, daß er mir eine Reise angeboten hat? Nach Indien. Ich soll zwar etwas mitbringen, aber es ist kein Risiko dabei, sagt er.»

«Wann?»

Juffrouw Antoinette machte eine vage Bewegung aus dem Handgelenk heraus. «Später. Erst muß er mit Ihnen fertig sein, das ist die schlechte Nachricht. Er sagt, es klappe alles. Sie sollen ganz aus Ihrer Machtposition verdrängt werden.»

«Das bin ich bereits», sagte der Commissaris. «Willem weiß nicht, wie dumm er ist.»

«Aber er traut Ihnen nicht», sagte Juffrouw Antoinette. «Er vermutet etwas und versucht, ein Unglück zu inszenieren.»

«Das ist schon passiert», sagte der Commissaris. «Grijpstra und de Gier sind angefahren worden und liegen im Krankenhaus.»

Sie hielt sich die Hand vor den Mund. «Schlimm?»

«Es geht ihnen besser, als ich erwartet hatte. Grijpstra hat eine Kopfwunde, de Gier schmerzen die Rippen. In der nächsten Woche machen sie wieder mit.»

«Das verstehe ich nicht», sagte Juffrouw Antoinette. «Willem hat von Grijpstra und de Gier nichts gesagt. Es ging um Sie.»

«Ja? Wissen Sie was? Sagen Sie ihm, Sie hätten mich im Präsidium gesprochen, wo ich mein Zimmer räumte. Das Unglück von Grijpstra und de Gier habe mich tief beeindruckt. Ich hätte beschlossen, vorzeitig in Pension zu gehen und mich auf die Insel St. Eustatius zurückzuziehen.»

«Wo ist die denn?»

«In der Karibik», sagte der Commissaris. «Willem wird schon verstehen. Von der Insel haben wir phantasiert, als wir Studenten waren. Weil sowieso nichts wichtig war, machten wir uns das Leben in unserer Vorstellung so angenehm wie möglich. St. Eustatius muß ein paradiesisches Fleckchen Erde sein. Merkwürdig, daß er nicht selbst davon gesprochen hat.»

«Willem reist nicht gern», sagte Juffrouw Antoinette. «Er hat ein bißchen Angst davor.»

«Angst?»

«Ja, glauben Sie nicht? Halten Sie übrigens noch an dem Überfall fest? Später sind wir noch in den Club gegangen. Er wollte mich Baron de la Faille vorstellen, der in seiner Bank arbeitet. Er ist ein schöner Mann, aber er hat mit Frauen nichts im Sinn. Ich habe dort Céline Guldemeester getroffen.»

«Ist sie jetzt glücklicher?» fragte der Commissaris.

«Sie war ein bißchen betrunken», sagte Juffrouw Antoinette. «Der Baron sieht de Gier ähnlich, aber der hat schwarzes Haar. Er ist ein Ekel.»

«De Gier ist kein Ekel», sagte der Commissaris.

«Nein.»

«De Gier ist sehr nett», sagte der Commissaris.

«Ja.»

«Sagen Sie», sagte der Commissaris, «hat Willem Sie auch, äh...»

«Ja?»

«Na ja», sagte der Commissaris, «ich meine...»

«Ob er mir nähergekommen ist?»

«Ja», sagte der Commissaris.

Juffrouw Antoinette gurrte. «Halten Sie das für schlimm?»

«Ich?» Der Commissaris trommelte mit den Fingern auf der blechernen Zigarrendose in seiner Tasche. «Nein. Aber es ist natürlich von Bedeutung. Alles, was Willem tut...»

«Er tut nicht viel», sagte Juffrouw Antoinette. «Er spielt lieber Theater, und das taten wir dann. Als wir die Sachen kauften, suchte er ein altmodisches Kleid aus. Mir gefiel es nicht, aber weil Willem bezahlte und er es so gern wollte – es war so ein Kleid mit Kragen, und es saß stramm auf meinen Brüsten. Eigentlich ganz nett. In seinem Haus mußte ich nachher das Kleid anziehen. Dann setzte er sich auf meinen Schoß, was unangenehm war, weil er so schwer ist. Und dann streichelte er mich immerzu und küßte mich ein bißchen. Huh.» Ihre Schultern zitterten.

«Ach, ja», sagte der Commissaris.

«Das würden Sie nicht tun, wie?»

Der Commissaris machte ein mißtrauisches Gesicht.

«Nein, nicht?»

«Nein», sagte der Commissaris. «Nicht, wenn es Ihnen nicht gefällt. Bert? Hallo? Schnaps, bitte.»

«Ein bißchen gefiel es mir schon», sagte Juffrouw Antoinette. «Und später mußte ich mich doch noch ausziehen. Im Bad spielten wir dann mit einem Plastikschwan und Nußschalen, aber er tat wirklich nicht viel.» Sie hob das Glas, das der Wirt mit einem eleganten Schwenken der gekühlten Tonflasche gefüllt hatte. «Jetzt haben Sie mich wieder nicht angeschaut.»

«Das tut Willem schon für mich», sagte der Commissaris. «Was ist sonst noch passiert? Das mit dem Sex habe ich jetzt kapiert.»

«Im Club», sagte Juffrouw Antoinette, «sprachen Willem und der Baron von einem gewissen Rijder. Den habe ich auch kennengelernt. Er ist ein großer Dicker mit einem runden Kopf. Ronnie Rijder.»

«Aus der Bekleidungsbranche?»

«Ja», sagte Juffrouw Antoinette. «Willem hat es mir nachher im Bad erklärt, als wir mit den Nußschalen spielten. Ich ließ ihn immer gewinnen. Bei dem Spiel muß man plätschern, und wenn eine Nußschale voll Wasser läuft, hat man sie verloren.»

«Ja, aber Willem spielt falsch. ‹Guck mal, da hinten›, ruft er dann, und wenn man sich umschaut, läßt er einige absaufen.»

«Woher wissen Sie das?» fragte Juffrouw Antoinette. «Das hat er bei mir auch gemacht. Mit Rijder spielt er auch falsch. Anscheinend hat Rijder viel Geld verloren. Daraufhin hat Willems Bank dessen Schulden übernommen. Willem legte die Hand auf die Lagerbestände in den Geschäften Rijders, und der Baron läßt sie verkaufen und leert jeden Abend die Kassen. Das will Rijder natürlich nicht.»

«Ein bekannter Trick», sagte der Commissaris. «Wenn sie alles haben, geht der Laden bankrott.»

«Ja, und das hat Rijder durchschaut und sich einen Anwalt genommen, der Geld von der Bank losgeeist hat. Willem und der Baron lassen Rijder dieses Geld jetzt verspielen. Im Club wird sehr viel gespielt. Rijder gewinnt immer.»

«Bis er alles verliert», sagte der Commissaris und nickte. «Für wann ist das geplant?»

«In der nächsten Woche, glaube ich», sagte Juffrouw Antoinette.

«Ich werde es Sie wissen lassen. Wenn Sie dann den Überfall machen...»

«Ja», sagte der Commissaris. «Ja, danke.»

«Dann schnappen Sie sich das ganze Geld, was für Willem schlimm wäre. Es geht um eine Million.»

«Und die liegt dann auf dem Tisch», sagte der Commissaris. Er schaute auf seine Uhr. «Beinahe. Nein, meine Uhr geht ja etwas nach.» Er steckte sich eine Zigarre an.

Juffrouw Antoinette kicherte. «Wissen Sie, was Céline mich gefragt hat? Sie wollte wissen, ob ich Sie auch verlassen habe. Céline ist ebenfalls ein bißchen von Ihnen hingerissen.»

«Von de Gier», sagte der Commissaris.

Juffrouw Antoinette nahm Lippenstift und Spiegel aus der Tasche. «Ja, die Biene ist geil auf de Gier, aber das ist, wie bekannt, körperlich.» Sie schaute auf. «Warum machen Sie ein so strenges Gesicht? So reden wir im Club. Ich muß in meiner Rolle bleiben, sonst vergesse ich, wer ich dort bin.»

«Arbeiten Sie denn da schon?» fragte der Commissaris.

Sie trug mehr Farbe auf und sog die Lippen nach innen. «Hmm? Nein. Ich wohne bei Fernandus zu Hause. Vielleicht später. Aber ob de Gier oder Sie, da ist kein großer Unterschied. Er spricht manchmal so wie Sie, so von der Seite, wissen Sie?»

«Nein», sagte der Commissaris.

Sie steckte Lippenstift und Spiegel weg. «Wie soll ich das ausdrücken? Als seien Sie unbeteiligt, aber dann plötzlich spielen Sie den starken Mann. Als Frau erkennt man das.»

«De Gier spielt den starken Mann», sagte der Commissaris, «aber er ist es auch. Er ist Scharfschütze und hat den schwarzen Gürtel im Judo. Außerdem kann er mit schnellen Autos und Motorrädern und so umgehen. Ich nicht.»

«Ja, aber Sie sind weiter. Sie brauchen das alles nicht mehr.»

«Also Céline mag de Gier?»

«Sie ist verrückt nach ihm», sagte Juffrouw Antoinette. «Wenn Sie mich fragen, sie ist seinetwegen in den Club gegangen.»

«Aber de Gier hält nichts von Clubs.»

«Falls er eines Tages zufällig kommen sollte», sagte Juffrouw Antoinette. «Bei ihr zu Hause ging es nicht.»

Bert kam mit der Flasche. Der Commissaris bedeckte sein Glas mit der Hand. «Nein, danke.» Der Wirt schlurfte schweigend davon.

Juffrouw Antoinette lachte. «Dieser Willem. Wie schade, daß Sie nicht dabei waren. Als er bei mir auf dem Schoß saß und ich das verrückte Kleid anhatte und er nur streichelte und ein bißchen kniff und so, wissen Sie, was er da sagte?»

Der Commissaris verschluckte sich am Rauch. «Nein.»

«Wenn Jantje mich so sehen würde.» Juffrouw Antoinette fing wieder an zu lachen. «Finden Sie das nicht verrückt?»

19.

«Iimmer ist wwas», sagte Karel, der versuchte, ein dünnes Brett zu biegen, «aaber iich hab auauch nnoch nnie eieine Schischi...» Er warf den Kopf in den Nacken bei seinem fruchtlosen Versuch, das Wort auszusprechen. «Schildkröte?» fragte der Commissaris. Er hielt Schulze als Modell mit der Hand fest. Schulze zappelte mit den Beinen. «Ruhig, mein Freund, du wirst hier verewigt.»

Karel hockte auf der hinteren Veranda. Mevrouw Jongs putzte die Fenster. Die Frau des Commissaris rief im Haus: «Jan, Adjudant Grijpstra ist hier.»

«Hallo, Adjudant», rief der Commissaris zurück und winkte Grijpstra zu sich auf die Veranda. «Was macht die Wunde? Immer noch gut bandagiert?»

«Er hat sie mir soeben gezeigt», sagte die Frau des Commissaris. «Unter dem Verband sieht er aus wie Frankenstein. Armer Grijpstra. Ich wollte, de Gier würde nicht so verwegen fahren.»

«Es schmerzt nicht mehr.» Grijpstra setzte sich auf den Rattanstuhl, den Mevrouw Jongs heranschob. «Danke, Mevrouw. Guten Tag, Karel. Sehr beschäftigt?»

«Schischi...» Karel gab auf. «Sehr schschwierig. Wwenn Sie ddenken, ees sei llleicht, ddas ist ees nnicht.»

«Schulze hat viel Charakter», sagte der Commissaris. «Schau mal, wie gut der Kopf gelungen ist.» Grijpstra griff nach dem Kopf und setzte eine Halbbrille auf. «Perfekt, Karel. Woraus ist der Mund? Ein Stück Muschel?»

«Viele Muschelstückchen», sagte die Frau des Commissaris. «Kunstvoll zusammengeleimt, das macht er sehr geschickt.»

«Besser als das Original», sagte Grijpstra. «Schulze in Bestausgabe. Schulze kann manchmal dumm aussehen, aber hier erkennt man, daß er denkt.»

«Karel hat die Essenz von Schulzes innerstem Wesen dargestellt», sagte der Commissaris. «Ich wollte, ich verfügte über diese Gabe. Wie sieht es mit deinen Knochenenten aus, Adjudant?»

«Die Enten sind fertig», sagte Grijpstra. «Ich habe vorhin noch etwas daran herumgepinselt, aber alles, was ich zusätzlich tue, ist zuviel, wenn ich nur die Farbe für den Hintergrund hätte.»

«Nnichts fforcieren», sagte Karel. «Ddas kkkommt schschon.»

«Kann ich Ihr Auto leihen, Mijnheer? Da ich nicht im Dienst bin, darf ich keinen Polizeiwagen benutzen.»

«Oh, ja», sagte die Frau des Commissaris. «Das hab ich ganz vergessen, dir zu sagen. Ein komischer Mann hat dein Auto gebracht. Ein ekliger Typ mit Lidschatten und allem, aber er hatte liebe Augen. Er sagte, er habe deinen Wagen vor dem Museum gefunden. Wer ist das jetzt wieder?»

«Brigadier Biersma», sagte der Commissaris, «von der Reichskripo.»

«Belauert er dich? Was wollte der mit deinem Auto?»

«Das habe ich in der Stadt vergessen», sagte der Commissaris. «Ich stand an der Ampel und wartete, aber sie wurde nicht grün, und dann bin ich mit der Straßenbahn gefahren. Biersma fuhr vielleicht hinter mir.»

«Das hast du geträumt», sagte seine Frau. «Als du vorhin dein Nickerchen gemacht hast.»

«Ich träume auch», sagte Mevrouw Jongs, die die Scheiben mit einem Reinigungsmittel besprühte. «Von Joop und den Eidechsen. Die Eidechsen retten mich immer. Joop ist nicht nett.»

«Und wie geht es de Gier?» fragte der Commissaris den Adjudant.

«Die Schwester hat ihn nach Hause gebracht, Mijnheer. Er ging so mühsam, und sie hatte gerade frei.»

«Wollte de Gier das denn?»

«Keine Ahnung», sagte Grijpstra. «Er hätte zu mir ins Taxi steigen können, aber die Schwester sagte, ihr Wagen fahre sanfter.»

Der Commissaris schaute verärgert hoch. «Fühlt der Brigadier sich wirklich noch so schwach?»

«Seine Rippen schmerzen noch, Mijnheer.»

«Ich brauche ihn», sagte der Commissaris, «und dann hopst so eine Schwester seine Rippen wieder kaputt. Das ist völlig unnötig.»

«Wozu brauchst du de Gier, Jan?»

«Ist nicht die Zeit für Kaffee gekommen, Katrien?»

«Du bist eifersüchtig», sagte seine Frau. «Du konntest nicht genug von der schönen schwarzen Schwester erzählen.»

«Apropos Eifersucht, Mijnheer», sagte Grijpstra. «Klappt es ein bißchen zwischen Fernandus und Juffrouw Antoinette?»

«Was habt ihr nur?» fragte der Commissaris. «Eine Verschwörung fehlt mir gerade noch. Ihr faulenzt fröhlich wie die Drohnen herum, und ich muß mir die ganze Kampagne ausdenken.»

«Du hast vorhin stundenlang geschlafen, Jan. Aber ich hole den Kaffee schon. Möchte jemand Apfeltorte? Mevrouw Jongs hat wieder soviel getan. Eine richtige Perle.»

«Joop mag Torten», sagte Mevrouw Jongs. «Darum hat er mich geheiratet. Die anderen Mädchen backen nie.»

Das Brettchen in Karels Händen zerbrach. «Gggottvv...»

Die Frau des Commissaris strich Karel über das Haar. «Ärger dich nicht, du bekommst auch ein Stückchen leckere Torte.»

«Geht der Commissaris heute noch aus?» fragte Brigadier Biersma, als Grijpstra zum Citroën ging.

«Kennen wir uns?» fragte Grijpstra. «Seid ihr pervers oder was? Davon halte ich nichts. Versucht's mal mit einem Psychiater, vielleicht werdet ihr noch geheilt. Als erstes würde ich vorschlagen, daß ihr euch was Anständiges anzieht und euch das Gesicht wascht.»

Der Riese in Lederkleidung stellte sich vor. «Mein Kollege und ich stehen hier und langweilen uns ein bißchen. Ich weiß, wer Sie sind, weil wir Fotos von Ihnen in unseren Unterlagen haben. Sind Sie noch krankgeschrieben? Fühlen Sie sich schon besser?»

«Ja», sagte Grijpstra. «Der Commissaris bleibt heute zu Hause. Langweilt ihr euch wirklich?»

Biersma zeigte auf die Corvette. «Ramsau schläft, obwohl er es nicht will, weil er davon einen steifen Nacken bekommt.»

«Ich habe etwas zu erledigen», sagte Grijpstra. «Wenn ihr wollt, dürft ihr mir helfen. Eine schöne Fahrt entlang der Amstel?»

Biersma pfiff. Ramsau kam aus dem Auto und reckte sich. «Das Scheißauto ist zu niedrig für mich.» Er betastete seinen Nacken. Ramsau war ebenfalls ein Riese. «Wir fahren mit Grijpstra», sagte Brigadier Biersma. «Könnten wir vorher noch 'n Happen essen? Wenn wir Sie einladen, Adjudant?»

Grijpstra fuhr zu einer Gaststätte mit einer Floßterrasse auf der Amstel. Sie setzten sich zu dritt an einen hübsch gedeckten Tisch. Grijpstra bestellte Brot mit Aal. «Teuer, aber wenn Den Haag zahlt, kann man es sich leisten. Warum benehmt ihr euch so auffällig? Die Corvette kann man schon vom anderen Ende der Stadt aus erkennen.»

«Das ist alles so lächerlich», sagte Biersma erbost. «Unser Chef ist so dumm wie Bohnenstroh. Wie sollen wir jemals einem Commissaris von der Kripo folgen? Haben Sie schon gehört, wie er uns heute morgen wieder entwischt ist?»

Grijpstra bestellte noch mehr Aal und ein neues Glas Importbier. «Nein.»

Biersma erzählte.

«Huhu.» Grijpstra blies Brotkrümel über den Tisch. «Hihi. Entschuldigung.»

Biersma wischte sich das Gesicht ab. «Gar nicht so lustig, Adjudant. Wir konnten den Wagen dort nicht stehen lassen, aber als ich damit wegfahren wollte, wurde ich festgenommen.»

«Du mußt deinen Ausweis auch nicht immer vergessen», sagte Ramsau und knabberte an seinem Käsebrötchen.

«Du hattest auch nichts bei dir», sagte Biersma noch erboster. «Bevor wir Commissaris Voort erreicht hatten, waren Stunden vergangen. Die dachten, ich sei einer von diesen Schwulen, die teure Autos klauen.»

«Wie kommen die denn darauf?» fragte Grijpstra. «Der Aal ist lecker. Ober?»

«Voort bringt auch nie etwas zustande», sagte Ramsau. «Der soll beweisen, daß euer Commissaris irgendwo einige Millionen versteckt hat, die von den Opiumchinesen stammen oder so, aber bis jetzt hat er nur ein Wrack von einem Caravan gefunden, der irgendwo auf dem Lande abgestellt ist. Ich meine, euer Chef ist nicht reich, sondern er hat lediglich ein Haus und ein Auto und vielleicht ein paar Cent auf dem Sparkonto.»

«Ich glaube, seine Frau hatte Geld», sagte Grijpstra. «Danke, Ober, ein Bierchen hätte ich auch noch gern. Aber das Geld dürfte draufgegangen sein für das Studium ihrer Söhne. Und die Rheumakuren in Österreich gibt es auch nicht umsonst, aber die will er nie nehmen. Jedesmal muß er hingeschleppt werden.»

«Was tun wir hier eigentlich?» fragte Biersma.

Grijpstra kaute. «Nachtisch?» fragte Ramsau. «Vielleicht möchte Adjudant Grijpstra einen Nachtisch, Brigadier, etwas mit Sahne, darin kann der Aal schön glitschen.»

Grijpstra rülpste. «Nein, danke, das Angebot ist sehr freundlich, aber es ist nie gut zu übertreiben. Ich werde euch sagen, was ihr hier tut. Etwas weiter runter haben mein Kollege de Gier und ich unlängst einen Unfall gehabt. Es war ein solcher Schlag, daß ich mich nicht gut erinnern kann, was genau geschehen ist, aber irgendwie habe ich die Vorstellung von einer Frau mit Haarknoten. Die ging dort entlang und weiß vielleicht etwas mehr. Es stehen dort einige Häuser, deshalb nehme ich an, daß sie dort wohnt. Da war auch ein Lastwagen, der halb die Böschung hinuntergefahren war. Er war mit Teerpappe beladen. Wir fuhren gegen einen grünen Daimler, in dem zwei Bartaffen saßen, die Hüte oder Mützen trugen. Ihr geltet als überragende Detektive, und ich bin eigentlich krankgeschrieben.»

«Ja», sagte Brigadier Biersma, «ich habe das Protokoll gesehen. Ihr Assistent hat die Vorfahrt nicht eingeräumt, und er gilt als tollkühner Fahrer.»

«Und de Gier wurde suspendiert», sagte Ramsau, «durch einen Schleicher von Hoofdinspecteur, der zu euch gehört. Ich bin auch ein furchtbarer Fahrer, aber ich räume die Vorfahrt an den entsprechenden Verkehrszeichen ein, das tut jeder. Wenn man es nicht tut, lebt man nicht lange.»

«De Gier hält sich an die Vorfahrt», sagte Grijpstra. «Ja? Kümmert ihr euch darum? Ich werde euch zeigen, wo es war, und höre dann von euch.» Der Ober brachte die Rechnung. Grijpstra gab sie weiter.

Der Citroën fuhr vor der Corvette her und hielt auf der Landstraße an der Stelle, an der de Gier damals hinein- und herausgefahren war. Grijpstra zeigte auf die Häuser, stieg aus und hinten in den Citroën wieder ein. Gute zwei Stunden später weckte ihn Brigadier Biersma.

«Ja?» fragte Grijpstra. «Hat's geklappt?»

Biersma und Ramsau stiegen in den Citroën. Beide zeigten sie Papiere. «Zwei Protokolle, aufgenommen und mit Diensteid bestätigt, Adjudant», sagte Biersma. «Zwei Zeuginnen, Ihre Dame mit dem Dutt und eine, die gegenüber wohnt. Bitte.»

Grijpstra ließ sich wieder auf den Rücksitz sinken. «Lest mal vor, aber bitte nur die relevanten Passagen.»

«*Ich sah*», las Ramsau vor, «*ein großes, langes grünes Auto, das vor meinem Haus stand. Ein junger Mann mit einem runden roten Hütchen stieg aus. Er hatte einen Bart. Er ging zu einem mit schwarzen Papprollen beladenen Lastwagen, der mit zwei Rädern im Schlamm an der Seite des Deichs stand. Er riß ein großes Stück von der Rolle ab und legte die schwarze Pappe am Ende der Landstraße nieder, wo sie auf den Deichweg trifft. Am nächsten Tag lag das Stück Pappe am Straßenrand, zerknittert und zerrissen. Die Pappe muß unter die Räder des kleinen weißen Autos gekommen sein, das an dem Nachmittag den großen grünen Wagen angefahren hat. Das war ein schlimmer Unfall, das weiße Auto war ganz kaputt. Der große grüne hatte vor meinem Haus hinter der Reihe Kopfweiden gewartet. Den grünen Wagen lenkte ein anderer junger Mann, ebenfalls mit Bart und einem runden weißen Hütchen. Der am Lenkrad war dick, der andere, der ausstieg und die Teerpappe auf die Straße legte, war dünn. Ich verstand nicht, was die beiden da machten.*»

«Die war also nicht sehr gescheit», sagte Brigadier Biersma. «Die andere, die ich befragt habe, die Dame mit dem Dutt, braucht sich auch nicht für ein Quiz zu bewerben. Der Dutt sagte: *Ich sah einen jungen Mann mit Bart und einem roten Hütchen an der Kreuzung Deich und Landstraße herumfuhrwerken. Ich sah nicht genau, was er tat, weil ich meine frisch gewaschenen Gardinen aufhing, die mir immer wieder von der*

Stange rutschten. Ich sah, wie der junge Mann sich bückte. Sein Hut fiel herunter. Er hatte orangefarbenes Haar, so eine Bürste, an der Seite kahl geschnitten.»

«Ich danke euch sehr», sagte Grijpstra.

«Gern geschehen», sagte Biersma. «Eindeutig, nicht wahr? Damit wird der Richter keine Mühe haben. Ihr de Gier sah die auf die Straße gemalten Verkehrszeichen nicht, weil der Verdächtige mit dem orangefarbenen Haar sie mit Teerpappe zugedeckt hatte. Ihr kamt von rechts und dachtet deshalb, ihr hättet die Vorfahrt. Der grüne Wagen hat auf euch gewartet und ist losgefahren, damit ihr mit ihm karamboliert. Der Dicke mit dem weißen Hut hat den Dünnen später abgeholt. Es besteht sowieso der Verdacht, daß mit dem grünen Wagen ein Mordversuch unternommen wurde, als er auf Sie zufuhr. Haben Sie eine Ahnung, wer die Verdächtigen waren?»

«Der die Pappe hingelegt hat, heißt Heul», sagte Grijpstra. «Der Fahrer des Wagens, einem Daimler, Baujahr 1976, ist Huip Fernandus. Einige Tage vorher hatten wir die beiden festgenommen wegen des Versuchs, eine hilflose alte Frau mit lauter Musik zu vergraulen. Man will ihre Wohnung für Willem Fernandus' Stiftung haben.»

Ramsau pfiff leise. «Mit unseren Protokollen könnt ihr sie schnappen. Der Daimler dürfte inzwischen ausgebeult sein. Die Werkstatt, die das machte, werden Sie schon finden.»

«Wir dürfen niemand schnappen», sagte Grijpstra, «weil wir nicht im Dienst sind.»

Biersma pfiff mit.

«Erzählen Sie uns mehr», sagte Ramsau.

Grijpstra hatte viel zu erklären.

«Also arbeiten Sie alle einfach weiter am Fall Ijsbreker? Privat sozusagen?»

«Das ist sehr gut möglich», sagte Grijpstra, «aber wir könnten Hilfe gebrauchen, und legal geht es nicht. Wir müssen improvisieren.»

Ramsau hing interessiert über der Rückenlehne. «Das ist ganz hervorragend. Wir haben nichts zu tun.»

«Genau», sagte Brigadier Biersma.

Grijpstra schüttelte den Kopf. «Nein, das ist Unsinn, das geht doch nicht. Hört mal, ihr seid nicht von unserem Haufen. Diese Arbeit erfordert Gerissenheit. Ihr seid mehr darauf spezialisiert, Kollegen auf die Finger zu klopfen, aber hier habt ihr es mit Schwerverbrechern zu tun. Denkt an diesen Ijsbreker, der wurde mit einem automatischen Gewehr umgebracht. Und was sie mit den Junkies angestellt haben, war auch nicht so ohne. De Gier kann immer noch nicht gut atmen, und ich laufe mit einem Verband um den Kopf herum. Die Zeugen, die wir haben, behütet der Commissaris.»

Biersma schaute Ramsau an. «Der Adjudant hat recht, das ist nichts für dich. Folge du weiterhin dem Commissaris. Dann mußt du mich natürlich decken und sagen, daß ich immer bei dir war. Wenn du einen Bericht schreibst, unterzeichne ich mit.»

«Nein», sagte Ramsau. «Hör mal, du bist schon etwas älter und hast zu Hause eine Frau und Kinder. Wir können ja tauschen.»

«Überlaßt das nur uns», sagte Grijpstra, «wir sind an diese Arbeit gewöhnt. Wenn ihr mit Gewalt etwas tun wollt, dann fahrt mich zurück. Ich sitze hier gut.»

Ramsau fuhr den Citroën, Biersma die Corvette. Grijpstra schlief friedlich.

«Adjudant, wir sind wieder in der Koninginnelaan», sagte Ramsau. «Biersma hat mich gebeten, Sie zu fragen, ob wir Ihren Commissaris kurz sprechen dürfen. Würden Sie das bitte arrangieren?»

20.

De Gier ging langsam in Richtung des Grundstücks, auf dem die *Stiftung zur Linderung des Elends in der Ferne* das Lokal errichtet hatte, in dem prominente und vor allem kapitalkräftige Mitglieder sich entspannen konnten, wie es sich gehört. Das klare Frühlingswetter, angenehm kühl unter einem sternübersäten Himmel, beeindruckte ihn kaum. Der restaurierte Teil der Geldersekade, den Knospen treibende, stattliche Ulmen noch verschönerten, fiel ihm nicht auf.

«Brigadier?»

De Gier schaute den jungen Mann im purpurnen Samtanzug erbost an. «Hast du Geburtstag?»

«Sehe ich nicht toll aus?» fragte Cardozo. «Der Anzug gehört Samuel. Der Schlips ebenfalls. Wie findest du meine Frisur?»

«Wo ist dein Haar geblieben?» fragte de Gier.

«Beim Friseur», sagte Cardozo. «Wo bleibst du so lange? Ich war schon dreimal drinnen. Céline ist im Roulettesaal, sie hat mich nicht gesehen. Hol sie jetzt raus.»

«Ich bin pünktlich», sagte de Gier, «und du bist zu früh. Du solltest noch nicht hineingehen. Sind die anderen schon hier?»

«Nein», sagte Cardozo. «Ich hol Céline jetzt raus.»

De Gier richtete sich auf. «Jawohl. Ich stehe Ihnen als Gigolo zu Diensten.»

«Mach keinen Quatsch», sagte Cardozo. «Du hast gequetschte Rippen. Wir tun alle etwas. Jeder nach seinen Fähigkeiten. Weißt du, daß Ijsbrekers Bilder drinnen hängen? Und die peruanischen Vasen stehen auf einem Regal. Ich habe den Manager gefragt, der sagte mir, die Sachen seien erst seit einigen Wochen dort. Die Eigentümer hätten die Ausstellung eingerichtet.»

«Wer sind die Eigentümer?» fragte de Gier.

«Fernandus und der Baron natürlich, aber das sagte er nicht. Ganz schön keß, wie? Die Werke von Mondrian, Escher, Appel und der ganzen Korona, die ein Vermögen wert sind, so einfach aufzuhängen. Jeder kann sie sehen.»

«Woher weißt du, daß die Kunstwerke Ijsbreker gehörten?» fragte de Gier. «Wir haben nie etwas davon gesehen.»

«Und die Vasen? Sagte der Commissaris nicht, daß es Inka-Sachen waren? Woher sollen die Klamotten sonst kommen, wenn nicht von Ijsbreker? Nehmen wir die Kunstwerke auch mit?»

«Was sollen wir damit?» fragte de Gier. «In der Küche deiner Mutter aufhängen? Meine Wohnung ist schon zu voll.» Er blieb stehen und schaute auf die drei Häuser der Stiftung, die hoch am schmalen Kai aufragten. Er warf einen Blick auf seine Uhr. «Es ist gleich soweit.»

«Bist du nicht nervös?» fragte Cardozo. «Dies ist etwas ganz anderes als sonst. Niemand steht hinter uns. Glaubst du, daß es klappt?»

«Ja, sicher», sagte de Gier. «Mit Céline in meinen Armen warte ich oben ganz vertrauensvoll. Wenn ich jetzt mal einen Schlag versetzen würde?»

«Einer Frau?» fragte Cardozo.

«Irgend jemand muß ich einen Schlag versetzen», sagte de Gier. «Wo bleibt mein schwarzer Ritter? Und das letzte Lebewohl?»

«An wen oder was, Brigadier?»

«An diesen Teil meiner persönlichen Suche», sagte de Gier. «Ich muß weiter, etwas ganz anderes beginnen, aber ich nehme gern stilvoll Abschied von meiner Vergangenheit. Mit einer symbolischen Tat. Mit einem tödlichen Zweikampf, vielleicht sogar mit mir selbst.»

«Ich bin auch nervös», sagte Cardozo. «Drinnen ist es gerammelt voll. Hohe Stadtväter, dieser Ronnie Rijder, über den der Commissaris sprach, und eine Menge Großmäuler um ihn herum. Überall Geldstapel. Schöne Weiber, einige mit nacktem Hintern. Juwelen. Leckere Häppchen. Die Kellner rackern sich ab.»

«An die Kellner muß man sich halten», sagte de Gier.

«Es sind große Kellner», sagte Cardozo. «Ich habe mir meinen schon ausgesucht, einen Schieler mit schiefer Nase.»

«Ein Kellner pro Mann», sagte de Gier. «Ich gehe, Simon, bis dann.»

Eine Gruppe älterer gepflegter Herren, die mit einem goldmetallic Mercedes vorgefahren worden waren, ging durch die gläserne Drehtür. De Gier drehte sich mit. «Mijnheer?» fragte ein Schwarzer in der Uniform eines Konteradmirals.

«Neues Mitglied», sagte de Gier. «Wohin darf ich mich begeben? Sie spielen Basketball?»

«Das sehen Sie?» fragte der Seeoffizier. «Spielen Sie auch?»

De Gier dribbelte mit einem imaginären Ball. Der Portier dribbelte mit. De Gier warf, der Portier blockte ab. De Gier spielte den Ball um seinen Rücken herum, warf rechts, nein, doch nicht, er warf links. Der Portier hatte den Ball.

«Berufsspieler?» fragte de Gier.

«Früher», sagte der Portier. «Sie?»

«Auch früher», sagte de Gier. «Jetzt nur noch zum Vergnügen. Darf ich hinein?»

«Sie dürfen, aber vorher müssen Sie den Manager sprechen.» Der Portier führte ihn zu einem eichenen Schreibtisch, der auf einem flauschigen Teppich stand. Die älteren Herren standen noch in der Reihe. De Gier schaute sich in der großen, fürstlich eingerichteten Halle um, frühes Barock, gewölbte Decke, unter der ein steinerner Engel an Nylonseilen hing.

De Gier kam an die Reihe. Der Manager, weißblond, langhaarig, im Cut, sanfte Stimme, gab im Austausch für drei Scheine eine Mitgliedskarte. «Ihren Namen tragen Sie selbst ein. Essen und Getränke sind gratis. Gespielt wird mit Bargeld. Damen nehmen Sie nach Rücksprache mit dem nächststehenden Kellner mit nach oben. Sie bezahlen beim Kellner. Bleiben Sie möglichst nicht allzu lange fort.»

«Ein Stündchen?» fragte de Gier.

Der Manager hob seine manikürte Hand und schwenkte sie leicht. «So in etwa, das mag von Ihrer ungestümen Begeisterung abhängen, aber wir haben es lieber, daß Sie beim Glücksspiel gewinnen.» Der Manager schaute erschrocken auf. «Entschuldigung, beim Geschicklichkeitsspiel, meine ich. Glücksspiele sind verboten.»

«Aber hier ist nichts verboten», sagte de Gier.

«Hier gilt Zügellosigkeit als Maßstab», räumte der Manager ein. «Woran wir uns strikt halten. Bei einer Übertretung werden Sie vom nächststehenden Kellner hinausgebracht. Aber soweit kommt es hoffentlich nicht.»

«Kommt es denn schon mal vor?»

«Regelmäßig», sagte der Manager. «Die Kellner sind stark. Viel Vergnügen, Mijnheer.»

De Gier ging durch Säle, die durch gewundene Korridore miteinander verbunden waren, und sah weitere Kunstwerke. Die elf von Cardozo erwähnten Bilder hingen an weiß verputzten Wänden in einem Raum, in dem ein Croupier auf französisch Yoga-Zaubersprüche sang. Im Pokerzimmer stand die Sammlung peruanischer Vasen. In den Korridoren waren Nischen mit zierlichen Buddhafiguren, nicht die sitzende Variante, sondern die tanzende mit über dem Kopf zusammengelegten Händen. In einer Halle weiter hinten strömte klares Wasser aus einem Springbrunnen in einen kleinen

Weiher, in dem große Goldfische mit wedelnden Schleierschwänzen zwischen blühenden Wasserpflanzen schwammen. Ein anderer Saal war bis in Kopfhöhe mahagonigetäfelt, darüber Porträts von alter Meisterhand, mit Damen, deren Busen Mieder aus Brokat sprengten. An der Täfelung lehnten lebende Damen, modern gekleidet, aber ebenso nackt- und rundbrüstig. Eine Schwarzhaarige neigte ihre nackte Schulter de Gier zu, legte das Kinn auf das runde, straffe Fleisch, bewegte die Zunge zwischen den blaßbemalten Lippen schnell hin und her und bat um Feuer. De Gier hatte welches. Sie bedankte sich. «Wo ist Céline?» fragte de Gier.

«Ich», sagte sie, «kann es auch. Vielleicht besser. Auf jeden Fall anders. Möglicherweise vollständiger. Probiere mich mal aus. Ich stehe hier herum.»

De Gier eilte durch einen Korridor, der vor einem Spiegel endete. De Gier betrachtete de Gier. Sein Schal saß nicht gut. Er ordnete den Schal, steckte ihn ins Oberhemd und zog ihn etwas heraus, damit er auch gut sichtbar war. Neben dem Spiegelbild de Gier stand noch eins. Es sah jedenfalls so aus, aber der zweite Gespiegelte war dennoch ein anderer, jedoch ebenso groß, ebenso breit, mit ebenso gelocktem Haar und mit Schnurrbart. De Gier strich sich über die Locken, der andere tat das auch. Der andere war dunkler, vor allem sein Haar.

«Welch ein Zufall», sagte der andere leise. «Bist du ich? Bin ich du? Wir spiegeln einander wider. Heißt du auch Bart Baron de la Faille? Wurde ich gespalten und doppelt neu geformt? Eine geklonte Vision? Muß ich künftig aufpassen, mit wem ich schlucke und schnupfe? Oder sind wir wirklich umgekehrt der andere, und ist, was ich mit soviel Liebe als Ich bezeichnete, nicht mehr als die Projektion eines Du, das ich noch nicht kannte? Bin ich jetzt froh oder etwa entsetzt?»

«Also gibt es dich doch», sagte de Gier. «Komm nächstes Mal etwas schneller. Ich habe jetzt keine Zeit. Wo ist Céline?»

«Zuerst sag, wer du bist.»

«Der weiße Ritter», sagte de Gier. «Dein Duellant. Aber ich habe es jetzt eilig.»

«Wir sollten einander körperlich durchdringen können», sagte der Baron. «Weißt du das? Gegenseitig unser Innerstes ausfüllen?

Und das merken wir nicht einmal, denn wir passen genau. Danach nimmt die Verwirrung zu. Oder ist das der Zweck, und sind wir dann endlich wir selbst?»

De Gier ging fort. Er rüttelte an einer verschlossenen Tür. Zarte Arme legten sich um seinen Hals. «Das ist das Damenklo, Schatz, bist du betrunken?»

De Gier versuchte, sich zu befreien, ohne die zarten Arme zu brechen.

«Weißt du, wer ich bin?» flüsterte ihm die Stimme ins Ohr.

«Céline.»

«Und was tust du hier, Rinus?»

Sie ließ ihn los. Er drehte sich um. «Dich suchen, Schatz.» Sie zog seinen Kopf zu sich heran und küßte ihn.

«Wir gehen sofort nach oben», sagte de Gier. «Wo ist der Kellner?»

«Es kostet nichts», sagte Céline, «du bist mein Gast.» Sie sah ihm strahlend in die Augen. «Aber Eile ist nicht schön. Bist du zum erstenmal hier? Soll ich dir zuerst alles zeigen?»

«Nein, nein», sagte de Gier. «Jetzt. Augenblicklich. Oh, Liebling, wo bist du nur gewesen?»

«Aber Rinus.» Sie ließ ihn los. «Was hast du denn? Ich wußte nicht einmal, ob du mich erkennen würdest. Früher hast du mich nicht einmal angeschaut.»

«Wo sind die Zimmer? Oben? Da ist eine Treppe.» Er umfaßte ihre Taille und schob sie die Stufen hinaus.

«Laß los!» Sie ließ sich nach hinten fallen.

«Nein.»

«Ich werde schreien.»

Er hob sie hoch und hielt ihr eine Hand auf den Mund. Er trug sie nach oben. Sie zappelte ein bißchen. Er drückte mit dem Fuß gegen eine Tür und öffnete sie. Céline fiel auf das Bett. «Au», sagte de Gier und saugte an seiner Hand. «Aas.»

Sie setzte sich. «Du hast mir auch weh getan. Bist du ein Sadist? Ich mag keine Schmerzen. Warum hast du es so eilig? Es dauert noch Stunden, bis der Club schließt.»

De Gier setzte sich neben sie. «Schönes Zimmer.»

«Ein Entwurf von Flaubert», sagte Céline. «Zweifarbig, wie du siehst. Das mag er. Ich finde es eintönig, dieses Purpur und Weiß, aber das Bad ist hübsch. Möchtest du baden? Das entspannt, und nachher dauert es länger. Tut deine Hand sehr weh?»

De Giers Hand ballte sich zur Faust. Er berührte mit den Knöcheln die Seite ihres Kinns. «Wenn ich dich da treffe, bist du sofort bewußtlos. Es tut kaum weh. Es tut mir wirklich leid, Céline, aber ich muß wieder nach unten.»

Ihre Augen wurden größer. «Was?»

«Ich werde dich bewußtlos schlagen», sagte de Gier. «Es tut mir wirklich leid. Ich entschuldige mich im voraus. Ich habe noch nie eine Frau geschlagen.»

«Warum?» fragte Céline. «Du bist kein Sadist. Guldemeester hätte das bestimmt gewußt. Er sagte immer häßliche Sachen über dich, weil er so eifersüchtig war.»

«Ich bin Masochist», sagte de Gier. «Ich arbeite schon seit mehr als zehn Jahren unter Grijpstra.»

«Grijpstra ist auch kein Sadist, er ist ein Schatz von Mann.»

«Witzbold», sagte de Gier.

«Warum willst du mich schlagen?»

«Unten wird es einen Überfall geben», sagte de Gier. «Du kennst uns alle. Wenn du die Kellner warnst, erreichen wir nichts. Ich muß bei dir bleiben, aber ich mache lieber mit. Leg deinen Kopf ein bißchen zur Seite.»

«Unsinn», sagte Céline. «Du bist suspendiert worden, und der Commissaris ist außer Dienst. Halba ist jetzt euer Chef, und der geht hier ein und aus. Halba spielt hier und verliert immer. Und je mehr er verliert, desto mehr muß er sich bei unserer Bank leihen.»

«Es ist ein Überfall auf eigene Faust», sagte de Gier. «Ein Raubüberfall.»

Céline drückte sich an ihn. «Ich verrate dich nicht.»

«Jetzt sitzt du zu nahe», sagte de Gier.

«Können wir nicht etwas tun, das mehr Spaß macht?» fragte Céline. «Habe ich dafür die ganze Zeit auf dich gewartet?» Sie drückte sich noch enger an ihn. «Warum rettest du mich nicht? So schön ist es hier auch nicht. All die betrunkenen Kerle. Der Verdienst ist jedoch gut.»

«Willst du fort von hier?» fragte de Gier.

«Ja, aber was dann?» sagte sie mit dem Mund an seiner Brust. Sie streichelte ihn.

«Was sagst du?»

Sie schaute auf. «Ach, ich weiß nicht. Guldemeester ruft immer an. Dem gefällt es in Spanien nicht. Der Kerl, für den er arbeitet, spritzt sich immer Heroin.»

«Welcher Kerl?»

«Ach», sagte Céline, «ein gewisser Ten Haaf. Früher ein Gangster. Ein Freund von Fernandus. Er hat ein Gut auf einem Berg an der Küste bei Marbella. Damit haben sie Guldemeester verrückt gemacht. Er ist dort Gutsverwalter geworden.»

«Und das ist nicht gut?»

«Enttäuschend», sagte Céline. «Ten Haaf ist ein alter Widerling, der gern schöne Jungen um sich hat. Guldemeester mag das nicht. Er will zurückkommen und neu anfangen.»

«Mit dir?»

«Das wird doch nichts. Wirst du mich jetzt schlagen?» fragte Céline.

Sie hob ihr Kinn.

De Gier seufzte.

«Willst du jetzt nicht mehr?»

«Wirst du mich wirklich nicht verraten?» fragte de Gier. «Für dich ist es besser, wenn ich gewalttätig bin. Hier sind Schurken. Du weißt, was sie Ijsbreker angetan haben.»

«Ich weiß alles», sagte Céline. «Sie prahlen wie Kinder. Als der Commissaris ausgeschaltet wurde, gab es hier ein Fest. Gelacht haben sie. Mir wurde davon ganz übel. Der Commissaris ist ein so netter Mann. Unser Baron ist der schlimmste von allen.»

«Ich habe de la Faille vorhin kennengelernt», sagte de Gier. «Er sieht gut aus.»

«Er ist Sportsmann», sagte Céline. «Er ist Fechter, Tennisspieler, Reiter und Segelflieger.»

«Boxt er? Betreibt er Judo?»

«Das weiß ich nicht.»

«Ich muß mit ihm kämpfen.»

«Weswegen?» fragte Céline.

«Meinetwegen. Au.» De Gier ließ sich nach hinten sinken.

«Au?»

«Schmerzen», sagte de Gier. «Es wird schon besser. Ich habe gequetschte Rippen von einem Autounfall, an dem der Sohn von Fernandus beteiligt war.»

«Ich weiß», sagte Céline. «Darüber haben sie sich hier auch lustig gemacht. Möchtest du etwas trinken?» Sie griff nach dem Telefon. «Zimmer sieben.» Sie schaute ihn fragend an. «Whisky?»

«Mit Eis.»

«Zwei Whisky mit Eis. Bring die ganze Flasche und sag François, daß ich einen Freund eingeladen habe und ich die Rechnung bezahle.» Sie legte den Hörer auf.

«Sind Getränke denn nicht gratis?» fragte de Gier.

«Doch, aber bumsen nicht. Der Club behält davon dreiviertel.»

«Nein», sagte de Gier. «Verdammt. Wie ist das jetzt? Ich nehme dich auf deine Kosten? Was kostet es eigentlich?»

«Vierhundert Gulden.»

«Also mußt du dich gleich dreimal wieder hinlegen, um deine Ausgaben für mich zu decken?»

Sie drehte sich um. «Wie gut du rechnen kannst. Ziehst du mal an meinem Reißverschluß?»

Es klopfte. «Ja», rief Céline. Ein langbeiniges Mädchen in kurzem Höschen und nassem T-Shirt kam herein. «Eine ganze Flasche für das glückliche Paar», sagte das Mädchen. «Oh, was bist du für ein schöner Mann. Ich heiße Suzy. Darf ich mitmachen? Ich bin heute im Angebot.»

De Gier dankte höflich. Suzy schritt auf ihren langen Beinen davon. An der Tür schaute sie sich um. De Gier sagte: «Auf Wiedersehen.»

«Dummkopf», sagte Céline. «Suzy ist eine Hobbyhure, die nur einmal in der Woche abends kommt. Ihr Vater exportiert Chemikalien mit Tankschiffen.»

De Gier schenkte ein. «Ich bin nur deinetwegen gekommen.»

Céline stieg aus ihrem Kleid. «Ja, um mich furchtbar zu schlagen. Ist das jetzt nicht mehr nötig?»

«Warum ziehst du dich denn aus?» fragte de Gier. «Ich muß wirklich nach unten.»

«Aber doch nicht sofort. Was wollt ihr eigentlich tun?»

«Geld einsacken», sagte de Gier. «Denen zeigen, daß sie nicht sicher sind. Dieser Ronnie Rijder wird gleich ganz ausgenommen, und dann stecken wir alles ein.»

«Zieh dich jetzt aus», sagte Céline. «Ich helfe dir. Steh mal auf. Woher weißt du das mit Rijder?»

De Gier ließ sich das Oberhemd ausziehen. «Von Juffrouw Antoinette.»

«Toine ist doch zu denen hier übergelaufen. Sie kommt immer mit Fernandus.»

«Nicht wirklich», sagte de Gier. «Au. Sei vorsichtig.»

Céline lachte. «Und du willst dich schlagen? Komm vorher mit ins Bad, warmes Wasser ist gut gegen Quetschungen. Ich werde sehr zärtlich zu dir sein. Ich will auf dir sitzen. Aber ich brauche Zeit, ist das schlimm?»

Im Bad fragte Céline: «Findest du mich schön?»

«Vollkommen», sagte de Gier. «Ich fand dich damals schon schön, aber ich durfte dich nicht anschauen, weil du verheiratet warst.»

«Ja, ja», sagte Céline, «ich bin immer noch verheiratet. Guldemeester will sich nicht scheiden lassen. Er sagt, es werde alles wieder gut, aber das stimmt nicht.» Sie stieg aus dem Bad und schenkte Whisky nach. «Bitte.»

«Wenn ich gleich nach unten gehe», sagte de Gier, «und sie stellen später fest, wer ich bin, und daß du das wußtest, dann kriegst du Schwierigkeiten.»

«Ich rede mich schon raus», sagte Céline. «Ich bin einfach verrückt nach dir. Und du bist suspendiert. Ich sage einfach, ich dachte, daß du nicht mehr mitmachst. Was tust du, wenn Halba dich sieht?»

«Halba ist heute abend in Vinkenoort», sagte de Gier. «Das wissen wir von Juffrouw Antoinette. Gefällt es dir hier wirklich nicht?»

Céline trocknete ihn ab und zog ihn mit zum Bett. «Den Reiz des Neuen hat es verloren. Wenn du jetzt immer kommen würdest..., aber ich komme lieber in deine Wohnung.»

«Ich werde meine Wohnung aufgeben», sagte de Gier. «Ich will weit weg. Hm.»

Céline setzte sich auf de Gier.

«Tut es nicht weh?»

«Nein. Hm.»

«Gefällt es dir?»

«Hm.»

«Wie drollig du brummst.»

«Du brummst auch.»

«Ja. Ja», sagte Céline.

«Ja?»

«Ja. Gut.»

«Hm. Hm.»

«Gefällt es dir auch gut?»

«Besser», sagte de Gier.

«Als was?»

«Ja», sagte de Gier. «Als alles.»

«Wirst du dann mir gehören?» fragte Céline, nachdem sie sich erhoben hatte. «Dann tun wir das immer.»

De Gier zog sich an. «Das geht nicht. Ich dachte gerade daran, wie ich damals bei euch war. In einem Haus am Deich, dahinter ein Fluß und niedrig vorbeifliegende Vögel und Sonnenuntergänge und Zwergziegen, das sind schöne Tierchen, aber dann kommt Grijpstra und kotzt sie alle tot.»

Céline zog sich ebenfalls an. «Quatsch. Das war Grijpstra nicht. Die Ziegen hatten Lungenentzündung.»

«Ich meine es eher bildlich», sagte de Gier. «Wenn man etwas tut, das nicht gut für einen ist, obwohl es als gut erscheint, dann passiert etwas Unangenehmes. Und das will man dann eigentlich selbst.»

«Der Club ist nicht gut für mich», sagte Céline. «Aber ich weiß nichts, das besser wäre. Gehst du wirklich weg? Warum nimmst du mich nicht mit? Was wirst du tun?»

«Ich sehe es noch nicht ganz deutlich vor mir», sagte de Gier. «Vielleicht Kopfjäger werden. Wohin ich gehe, da gibt es Inseln, auf denen niemand lebt. Ich werde mit einem Schlepper hin und her fahren und auf zwei Inseln gleichzeitig leben oder auf drei. Und zusätzlich auf dem Schlepper.»

«Aber was willst du schleppen?»

«Schlepper sehen hübsch aus», sagte de Gier. «Ich muß jetzt nach unten.»

«Warte doch mal», sagte Céline. «Jetzt verstehe ich, du raubst Geld, um sehr weit weggehen zu können. Ich kann dir helfen. Ich werde Rijder anmachen, so daß er alles auf eine Chance setzen wird. Ich sage dir dann rechtzeitig Bescheid.»

«Das ist lieb von dir», sagte de Gier, «aber ich muß trotzdem nach unten, um es den anderen zu sagen. Übrigens ist das Geld nicht für uns.»

«Ha!»

«Ich habe mein eigenes Geld», sagte de Gier. «Mein Urgroßvater hat gespart, und mein Großvater hat geerbt. Mein Großvater hat dazu gespart, und mein Vater hat geerbt.»

«Ist dein Vater gestorben?»

«Schon vor langer Zeit», sagte de Gier, «aber meine Mutter hat geerbt und weitergespart. Niemand hat je etwas anderes getan, als für eine Zukunft zu sparen, die nie kam.»

«Und jetzt gibst du es aus? Ist deine Mutter tot?»

«Im vorigen Monat gestorben.» Er reckte sich. «Au. Sie wußte nicht mehr, wer ich bin, als ich sie das letzte Mal besuchte. Das war nicht so schlimm. Aber sie wußte auch nicht mehr, wer sie selbst war. Sie hat danach gefragt.»

«Wer sie war?» fragte Céline. «Oder was sie war? Ich bin jetzt eine Hure, aber ich heiße immer noch Céline.»

«Meine Mutter wußte nicht mehr, wie sie heißt», sagte de Gier. «Sie fand das ganz lustig, aber neugierig war sie trotzdem.»

«Ich werde dich umarmen», sagte Céline, «aber ganz vorsichtig. Hast du schlimme Schmerzen?»

«Nein, ich stelle mich nur an.» Er ließ sich umarmen. Er drückte sie auch ein bißchen an sich.

«Ich finde dich so lieb», sagte Céline. «Gehst du sehr weit fort?»

«Nein», sagte de Gier, «denn die Erde ist rund.» Er streichelte ihr Haar. «Ich werde wiederkommen, weil es gar nicht anders geht.» Er legte sein Kinn auf ihr Haar. «Wie vergnügt wir hier stehen. Céline?»

«Ja, Schatz?»

«Du bist wirklich in Gefahr. Die anderen sind maskiert, die brauchst du nicht zu erkennen, aber mich hast du gesehen. Das werden deine Chefs gleich erfahren.»

«Ich habe keine Angst», sagte Céline. «Mir wird schon was einfallen. Von der großen Liebe, die du für mich bist, und daß ich dumm bin, weil ich glaubte, du bist meinetwegen gekommen. Habe ich nicht sogar für dich bezahlt?»

De Gier griff in seine Tasche. «Hier. Geld.»

«Ich brauche dein dreckiges Scheißgeld nicht», sagte Céline. «Gehen wir jetzt nach unten?»

21.

De Gier saß steif neben einem kleinen Herrn in einem altmodischen, aber eleganten Sommeranzug auf einer orangefarbenen Couch im größten Spielsaal des Clubs. Der kleine Herr schaute schläfrig über seinen heruntergerutschten Kneifer hinweg und zupfte abwechselnd an den langen Aufschlägen seiner Jacke und an seinem breiten weißen Backenbart. Der Herr hatte auch einen Schopf dicken weißen Haars. Ein Kellner in weißer Smokingjacke mit breiter rosa Schleife schenkte Champagner ein. Es herrschte lebhaftes Gedränge im Saal. Die meisten Gäste hatten sich am Roulettetisch versammelt.

Der Commissaris tippte de Gier auf das Knie. «Gute Arbeit, Rinus. Prost.»

«Danke, Mijnheer», sagte de Gier. «*Misión cumplida.*»

«Wie bitte?»

«Das sagen sie in Chile, Mijnheer. Der Offizier sagt: ‹Alle Frauen erschießen!› Und das erledigt dann ein Soldat, das ist seine *misión*. Und wenn dann blutige Leichen im brennenden Elendsviertel liegen, dann ist die *misión* ausgeführt. Das wird dann dem Vorgesetzten gemeldet.»

«He, Rinus», sagte der Commissaris, «du hast Céline doch nicht etwa getötet? Du solltest charmant zu ihr sein, das war dein Auftrag. Was meintest du also?»

«Daß ich Aufträge ausführe», sagte de Gier.

«Ja, damit mußt du mal aufhören», sagte der Commissaris. «Ich sage das schon seit Jahren, aber jeden Morgen stehst du wieder vor meinem Schreibtisch. Im Augenblick paßt es mir jedoch. Der Dicke da ist Rijder. Ich bin ihm mal auf einem Fest beim Bürgermeister begegnet.»

De Gier betrachtete den Bekleidungsmagnaten. Rijder erinnerte ihn an einen Frosch, aufgebläht in seinem glänzenden grünen Anzug, den Glotzaugen und der quakenden Stimme. Rijders dicke Hände grapschten Banknoten vom Tisch und schoben sie wieder zurück. «Ein schönes Modell für Karels Kunst.»

«Schulze ist ihm gelungen», sagte der Commissaris. «*Rien ne va plus*», sang der Croupier. Die Roulettekugel rollte. Die Menge jubelte. Rijder griff nach Geld. Er griff auch nach einer Flasche auf einem vorbeikommenden Tablett und schenkte schäumend ein. «Auf mich.»

«Auf mich», jubelte die Menge.

«Nein», quakte Rijder. «Auf mich, nicht auf euch. Da geht es hin, hurra.» Er wandte sich vom Tisch ab, schob Banknoten zwischen Brüste und verteilte Klapse auf Hintern. «Auf dich», riefen die derart beschenkten Damen.

«Ich hätte Céline lieber einen Schlag versetzen sollen», sagte de Gier. «Sonst wird sie gleich noch verdächtigt. Haben Sie den Baron gesehen?»

«Bart?»

«Aufpassen», sagte de Gier. «Ihr Backenbart glimmt. Darf ich?» Er goß Champagner auf sein Taschentuch und löschte die Brandstelle.

«Ich muß mich noch an das viele Haar gewöhnen», sagte der Commissaris. «Bart hat mich nicht erkannt. Diese Maskierung ist gut.»

Cardozo setzte sich auch auf die Couch. «Entschuldigung, die Herren, muß mal eben ausruhen. Wissen Sie, daß man hier Sklavinnen hält?»

«Bist du etwa oben gewesen?»

«Nur kurz», sagte Cardozo. «Sie drängte so darauf, die da im Sari und mit dem nackten Bauch, das ist Sayukta aus Kalkutta.»

Der Commissaris kratzte sich im Backenbart. «Der Klebstoff juckt.»

«Sayukta wurde in einem Park geboren. Die Ratten haben ihren kleinen Bruder gefressen, aber sie hatte einen Stock. Das Leben ist dort nicht angenehm. Die armen Menschen schlafen auf den Straßen. Als sie älter wurde, hat ein örtlicher Bordellbesitzer sie eingefangen. Später wurde sie ins Ausland gebracht. Jetzt ist sie für einige Monate an diesen Club vermietet worden. Sie will fliehen, aber sie weiß nicht, wie sie es anstellen soll. Die Stiftung hat ihren Paß.»

«Was du da sagst, kann durchaus stimmen. So geht's da zu.»

«Ich will ihr helfen», sagte Cardozo. «Sie wohnt in einem kleinen Hotel, hier um die Ecke. Wir gehen morgen zusammen spazieren.»

«Geh jetzt zum Pokern», sagte de Gier. «Rijder wird etwas später gerupft. Wenn wir zuviel zusammenhocken, fällt das auf.» De Gier ging ebenfalls. Ein schwerer Mann mit Walroßbart und dazu passendem halblangen Haar sprach ihn im Korridor an. «Geht es schon los? Unsere Freunde aus Den Haag sind zum Pokern gegangen, aber sie wollen rechtzeitig Bescheid bekommen. Hat dir Céline gefallen?»

«Ich habe dich schon mal gebeten», sagte de Gier, «dich weniger um mein Privatleben zu kümmern. Wo sind Ketchup und Karate?»

«Sie gewinnen beim Blackjack», sagte Grijpstra. «Hast du die Ragoutbrötchen schon probiert? Der Lachs ist auch lecker.»

«Du frißt zuviel», sagte de Gier, «und du schwatzt zuviel.»

Im nächsten Zimmer kam er mit Bart Baron de la Faille ins Gespräch. «Wie interessant», sagte der Baron. «Du verkaufst Außenbordmotoren an die Iraner? Was wollen sie damit? Ist das denn mit ihrem Glauben zu vereinbaren?»

«Sie brauchen sie, wenn sie in überfluteten Grenzgebieten festsitzen», sagte de Gier. «Ich verkaufe sie auch an die Iraker.»

«Beziehst du die Motoren aus Japan?» fragte der Baron.

«Noch nicht.» De Gier trank aus seiner Champagnerflasche. «Ich bekomme sie über einen Umweg aus den Vereinigten Staaten. Ziemlich kostspielig. Wieso?»

«Die Japaner stellen Außenbordmotoren her», sagte der Baron. «Ich kann dich mit Lieferanten zusammenbringen. Dann lernt ihr euch kennen. Komm mal vorbei. Hier, bitte.» De Gier steckte die Karte in die Brusttasche. «Ich bin Bankier», sagte der Baron. «Hast du Céline gefunden?»

«Ein Schätzchen ist sie», sagte de Gier. «Was für ein Herzchen.»

«Ja?» fragte der Baron. «Was ist denn an ihr dran?»

«Alles», sagte de Gier. «Was war denn vorhin mit dir?»

De la Faille lächelte. «Plötzlich geschnupfte Erkenntnisse, nimm es mir nicht übel. Spiegel sind magisch, findest du nicht auch? Wir gleichen einander. Das schien auf einmal bedeutsam zu sein, vielleicht ist es das auch.»

«Ich habe auch etwas gesehen», sagte de Gier.

«Hattest du auch geschnupft?»

«Nein, ich habe es einfach so gesehen.»

Der Baron legte de Gier eine Hand auf die Schulter. «Einfach so ist besser. Ein Gläschen dazu? Setzen wir uns?»

Kellner stürzten herbei. Drei sich ausruhende Frauen wurden von einer Couch verjagt. Ein Korken knallte. Auf einem silbernen Tablett wurden Delikatessen angeboten. Der Baron biß in Kaviar auf Toast.

«Ja», sagte de Gier, «ich habe ein Duell gesehen, aber nicht, wer gesiegt hat.»

Der Baron schluckte. «Du und ich?»

«Hast du das nicht gesehen?» fragte de Gier. «Und dabei war es so deutlich zu erkennen. Wir galoppierten aufeinander zu, jeder auf einem schnaubenden Roß, meins war natürlich ein Schimmel. Der Morgennebel hing über dem Feld. Die Pferde stießen Wölkchen aus. Unsere Waffenröcke waren mit Goldfäden abgesetzt und unsere Bärenfellmützen – meine von einem Eisbären – mit einer Feder geschmückt. Unsere Schwerter blitzten. Wir schlugen erbarmungslos aufeinander ein.»

«Nein, sag mal...»

«Na und ob», sagte de Gier. «Aber mit dem Schwert zu Pferde, das geht nicht. Weil wir uns noch nicht kennen, hast du die Wahl der Waffen. Es ist eine Prinzipienfrage, denn du hast mir noch nichts Böses getan. Das ist besser, meinst du nicht auch? Au.» Er knickte nach hinten ein und drückte sich die Hände an die Brust.

«Sind sie bei euch zu Hause alle so lustig?» fragte der Baron. «Du willst mich doch nicht bedrohen, nicht wahr? Ich will nicht mit dir kämpfen.»

«Nein, denn du würdest verlieren», sagte de Gier. «Und dagegen kannst du nichts machen. Die mit den schwarzen Bärenmützen sehen zwar stark aus, aber sie sind irgendwie feige. Das mach ich mir zunutze. Du heckst üble Schliche aus und läßt von hinten auf mich schießen, aber damit rechne ich. Weiße Ritter kämpfen für die Unschuld, aber sie sind nicht so vertrauensselig, wie man denkt. Sonst hätte das Böse schon längst gesiegt.»

«Baron de la Faille?» fragte ein Kellner. «Ronnie Rijder fragt nach Ihnen. Er will wieder spielen, aber er möchte wissen, ob genug Geld in unserer Kasse ist, um ihm seinen Gewinn auszuzahlen.»

Der Baron nickte. «Ich komme.» Er wandte sich de Gier zu. «Bleibst du noch ein bißchen? Ich bin der Direktor dieses Clubs. Man wird sich um dich kümmern.»

Der Baron ging. Er geht sogar wie ich, dachte de Gier. Die Dame mit dem langen schwarzen Haar und den nackten Schultern sprach ihn an, aber was sie sagte, ging in einem lautstarken Streit an einem der Pokertische unter. Zwei gutgekleidete junge Herren beschuldigten sich gegenseitig, Asse im Ärmel versteckt zu haben. Ober kamen und machten besorgte Gesichter. De Gier auch. Er berührte die beiden jungen Herren kurz. «Gleich.» Die jungen Herren beruhigten sich. De Gier flüsterte einem Kellner zu: «Auf die Kerle aufpassen. Grüße vom Baron.» Der Kellner zwinkerte ihm zu. «Wir bleiben dabei.»

De Gier sah Grijpstra, der an einem mit Delikatessen beladenen Büffet zulangte. Grijpstra zeigte einem Ober ein Stück Hummer. «Siehst du das? Den grünen Dreck in der Schale? Das ist, äh –» Grijpstra sprach etwas leiser – «Kacke. Hummerkacke. Bah. Ekelhaft.»

Céline stand in der Halle. «Wo warst du denn? Rijder wird jetzt alles setzen, was er hat. Der Manager und der Baron sind dabei, die Kasse zu leeren. Rijder wird spielen, wenn das Geld auf dem Tisch liegt.»

«Gut», sagte de Gier. «Hast du Cardozo gezeigt, wo der Schalter- und Sicherungskasten ist?»

«Ja, Liebster, und ich habe dem Commissaris Bescheid gegeben. Sind deine Freunde alle bereit?»

«Du bist ein Schatz. Au.»

Sie streichelte mit den Fingerspitzen seine Brust. «Rippen oder Gewissen?»

De Gier ging weiter.

Der Commissaris sprach mit dem Croupier. «Nein, nein, bester Mann, ich habe dich genau beobachtet. Du hast mit dem Tisch gewackelt. Die Kugel rollte nicht frei.» Er schüttelte den Finger und winkte mit der anderen Hand einen Kellner zu sich. «Du, bringe mir Hut und Stock. Ihr mogelt hier. Ich werde mich nicht offiziell beschweren, das ist mir die Mühe nicht wert, aber ich komme nie wieder. Danke.» Er setzte den Hut auf und gestikulierte wild mit dem Stock. «Was für ein widerwärtiges Schauspiel.»

Zwei große Männer, vom Hals bis zu den Zehen in glänzendes Leder gehüllt, drängelten sich durch die Menge am Roulettetisch. Es wurde still im Saal. Der Baron beugte sich Rijder zu. «Ronnie, sie sind soweit. Bist du dir sicher, daß du das tun willst?»

«Dies ist meine Nacht», brüllte Rijder. Er schaute sich um. «Sind alle auf meiner Seite?»

De Gier drückte mit dem Zeigefinger auf Rijders Nase. «He!»

Kellner kamen, aber im Pokerzimmer wurde geschrien, und in der Halle tobte der Commissaris mit dünner, aber durchdringender Stimme. Die Kellner versuchten, mehrere Seiten gleichzeitig im Auge zu behalten.

«Du Brüllfrosch», knurrte de Gier. «Puffkröte. Du gehst mir auf den Geist, weißt du das?»

«François?» rief der Baron. «Der Herr will gehen.»

François betastete sein Schleifchen und schob die Ärmel seiner Smokingjacke hoch. Seine Kollegen scharten sich um ihn. «Monsieur», sagte François, «gehen wir.»

Die schrille Stimme des Commissaris drang wieder in den Saal. «Wo ist der Direktor?»

Die Kellner griffen an, aber François stolperte über den Stock des Commissaris. Alle Lichter gingen aus. Eine Taschenlampe ging an. Große Hände ragten aus glänzenden Lederärmeln und fegten Geld zusammen, das in offenen Leinentaschen verschwand. De Gier verpaßte Rijder einen Kinnhaken. Rijder fiel gegen einen Kellner. Es wurde geschrien und gekreischt. Cardozos purpurner Anzug glänzte im Licht der Taschenlampe.

«Ist noch ein Kellner für mich da?» fragte Cardozo den Commissaris.

Der Commissaris stocherte mit seinem Stock. «Hier. Auf dem Fußboden.»

«Scheiße», schrie Grijpstra. «Bah.» Er hob eine Silberschale, die wie ein Schlag auf ein Schlagzeugbecken gegen einen Kellnerkopf dröhnte. Rauhe Stimmen schrien im Pokerzimmer, wo Körper fielen und, wie zu hören war, auch Möbel. Die Taschenlampe ging aus. In der Halle fiel etwas Schweres herunter mit dem Geräusch von Stein auf Stein.

Die Lichter gingen wieder an. «Haltet den Dieb», schrie der Baron und hob einen Kellner auf. De Gier kam Arm in Arm mit dem Commissaris in die Halle. Der steinerne Engel lag auf dem Boden, ohne Kopf. Karate zeigte Ketchup den Engelskopf. Der Portier lag auf den Fliesen in der Halle, Hand in Hand mit dem gefallenen Engel.

«Ein Arzt», schrie Grijpstra, «der Portier ist verletzt.»

«Ruft die Polizei», schrie Cardozo. «Wo ist das Telefon?»

«Ich gehe», schrie der Commissaris. «Was ist das für ein Saula-den?»

Kellner purzelten durch die gläserne Drehtür. De Gier hielt die Tür fest. Die Kellner, eingeklemmt zwischen gläsernen Scheidewänden, machten den Mund weit auf und wieder zu.

«Wie war doch noch die Nummer der Polizei?» fragte Cardozo und schwenkte den Hörer. «Zweimal die Sechs?»

Der Baron nahm Cardozo den Hörer aus der Hand.

«Aber Sie sollten die Polizei rufen», flehte Cardozo. «Sie sind beraubt worden. Ihr ganzes Geld ist weg. Es waren die Lederjungs, ich habe es selbst gesehen. Sie hatten große Taschen bei sich.»

Karate bot dem Manager den Engelskopf an. Der wollte ihn nicht haben. «Dann nicht», sagte Karate. Der Kopf fiel. Der Manager sprang hin und her und hob abwechselnd seine schmerzenden Füße.

«Mijnheer?» fragte Grijpstra den Baron. «Sind Sie der Direktor? Ihre Küche serviert Hummerkacke, das ist nicht appetitlich.»

De Gier ließ die Drehtür los. Die befreiten Kellner sprangen auf die Straße. «Nach Ihnen», sagte de Gier zum Commissaris.

Aus dem Roulettesaal kam Getöse, vermischt mit einem Kreischen. Rijder kam in die Halle gewankt. «Wo ist mein Geld?»

Der Portier kam zu sich und versuchte, sich an Rijder hochzuziehen. Rijder fiel um. Der Portier stand auf. Der Baron hockte sich zu Rijder. «Dein Geld ist futsch. Unseres auch.»

«Meins bekomme ich wieder», sagte Rijder. «Das ist dein Laden. Du sorgst schon dafür.»

«Wir reden noch darüber, okay?» sagte der Baron.

Gäste drängelten sich an der Drehtür. Cardozo drängelte mit. Grijpstra schüttelte einen Kellner. «Wo ist der Koch? Ich mag keine Hummerkacke.»

«Mevrouw?» fragte Ketchup die Dame mit dem schwarzen Haar. «Geht es jetzt? Ich bin die ganze Zeit nicht dazu gekommen. Gehen wir nach oben?»

Karate schob ihn zur Seite. «Ich habe zuerst gefragt.»

«Wir schließen», rief der Baron. «Bitte alle hinausgehen. Wir haben wegen eines Umbaus vorläufig geschlossen. Auf Wiedersehen.»

«Mijnheer», sagte Ketchup, «der Kerl drängelt sich vor.»

«Haut ab», sagte der Baron.

Die Kellner, die draußen gewesen waren, kamen kopfschüttelnd wieder herein.

«Wo ist der Koch?» fragte Grijpstra den Baron. «Schauen Sie sich das an.» Er hielt dem Baron die grünbeschmierte Hand hin. «Das war im Hummer.»

Zwei Polizeibeamte kamen herein. «Ist etwas los?»

«Nichts ist los», sagte der Baron. «Alle gehen. Wir schließen heute abend früh. Nehmen Sie diesen Herrn mit hinaus?»

«Dann gehe ich», sagte Grijpstra.

Ein Taxi brachte ihn zur Koninginnelaan. Die Frau des Commissaris öffnete. «Sie sind der letzte», sagte sie. «Alle anderen sind schon da. Kommen Sie nur herein. Mein Mann wartet auf Sie.»

22.

«Holen wir ihn aus dem Haus?» fragte Cardozo.

Adjudant Grijpstra bremste vor einer Ampel. «Wir schnappen ihn auf der Straße. Ich will nicht, daß Huip Fernandus es sieht. Hoffentlich brauchen wir nicht so lange zu warten.» Der Citroën fuhr weiter. «Soviel Zeit haben wir nicht. Willst du wirklich, daß wir gleich auch noch den Computer holen? Was sollen wir mit einem Computer?»

«Man kann nie wissen», sagte Cardozo, der sich bemühte, durch das Schmutzwasser hindurchzublicken, das ein vor ihnen fahrender Bus an die Windschutzscheibe spritzte. «Einen guten Computer kann man immer gebrauchen. Wo ist de Gier?»

Grijpstra ließ den Scheibenwischer schneller laufen. «Im Bett. Seine Brust schmerzt. Wir können ihn sowieso nicht gebrauchen, weil Heul weiß, daß der Brigadier suspendiert ist.»

«Das war gestern abend eine lustige Party, nicht?» fragte Cardozo. «Und so ein Haufen Geld. Wir hatten Glück. Hast du gesehen, wieviel Ketchup und Karate gewonnen haben?»

«Und sie haben alles abgeliefert. Ausgezeichnet. Ich irre mich immer wieder in den beiden.»

«Der Commissaris hat sein ganzes Geld wiederbekommen», sagte Cardozo. «Sauber zurückgewonnen. Tausend Gulden pro Mann, insgesamt acht Mille. Außerdem die Beute. Was für ein Haufen Geld. Zwei Taschen voll. Was soll damit geschehen?»

Der Citroën fuhr in die Geldersekade in Richtung Binnenkant. Grijpstra zeigte hinüber auf die Gebäude des Clubs. «Karel hat recht. Wenn man geduldig wartet, kommt alles von selbst. Das Grün der Hummerkacke ist der Hintergrund für mein Bild. Ich habe die Farbe heute früh gemischt.»

Grijpstra hielt auf einer Brücke an. Cardozo wischte die beschlagene Windschutzscheibe mit seinem Taschentuch klar. «Das ist das Haus», sagte Grijpstra. «Mevrouw Jongs wohnt oben.»

«Heul», brüllte Grijpstra. «Das ist er. Schnapp Heul.»

Cardozo rannte durch den Regen. Heul, behindert durch eine Einkaufstasche und einen Regenschirm, wollte ausweichen. «Heul?» fragte Cardozo.

«Ja?»

«Polizei. Du bist festgenommen.» Eine Handschelle klickte.

«He.»

«Was heißt hier he?» Cardozo ergriff Heul an der Schulter. Sein Regenschirm fiel herab. Die andere Handschelle klickte auch. «Das haben wir.» Cardozo hob den Regenschirm auf und drückte mit der Spitze gegen Heuls Rücken. «Los, Freundchen. Siehst du da den Citroën? Der wartet auf dich.»

«Ich wünsche ebenfalls einen guten Morgen», sagte Grijpstra und drehte sich zu dem Festgenommenen auf dem Rücksitz um. «Nett, dich wiederzusehen. Die Anklage ist jetzt Mordversuch. Du kommst mit zum Präsidium. Ist mit dir alles in Ordnung?»

Heul stotterte und rülpste.

«Eine gute Anklage», sagte Cardozo. «Rück mal ein bißchen. Wir haben einen Zeugen, der gesehen hat, daß du die Teerpappe hingelegt hast. Erinnerst du dich? Wir haben noch mehr. Hehlerei. Das hat Karel uns gesagt, der von dem Boot, das vor eurer Haustür lag. Und Mevrouw Jongs hat eine Erklärung abgegeben, die du auch gesehen hast. Du bist dran, Freundchen.»

Grijpstra startete den Motor.

Heul starrte Cardozo an. «Was?»

«Sei still!» sagte Cardozo. «Ja, Adjudant? Was hast du gesagt? Der Torwart war doch ganz gut.»

«Wie kommst du denn darauf?» fragte Grijpstra. «Es wurde im Fernsehen mehrmals gezeigt. Du mußt lernen, besser hinzugucken. Der Torwart ist zu alt. Er reagiert nicht schnell genug.»

«Aber nein», sagte Cardozo. «Du urteilst voreilig. Der Torwart hatte Pech. Der Platz war schlammig, er rutschte aus, der Ball ging ins Tor. Das kann schon mal passieren.»

«Und du mußt die Zeitung lesen», sagte Grijpstra. «Immer wieder wurde darauf hingewiesen, daß der Torwart nicht gut sieht. Sie halten ihn noch, aber das ist Quatsch. Wenn er nicht mehr gut ist, muß er verschwinden. Im Sport muß man hart sein.»

«Hören Sie», sagte Heul. «Bitte. Ich habe die Teerpappe aufgehoben, weil sie so schmutzig auf der Landstraße lag. Ich kann nicht anders. Ich bin krankhaft ordentlich. Ich hebe immer Gerümpel von der Straße auf.»

«Das erzähle mal dem Richter», sagte Cardozo. «Die nächste rechts, Adjudant, dort drüben ist die Straße gesperrt.»

Diese Gasse war ebenfalls blockiert. Grijpstra machte den Motor aus. «Das kann noch eine Weile dauern, da sie den Lastwagen erst beladen.»

«Oh, nein», stöhnte Heul. «Scheiße.»

Cardozo schob Heuls Arm fort. «Angeber. Diesmal bist du dran. Halt also dein dummes Maul.»

«Hören Sie mir doch mal zu», sagte Heul. «Es war wirklich ganz anders.»

Grijpstra ballte drohend die Faust gegen den Lastwagen, der die Gasse versperrte. «Sie haben eben erst angefangen. Schaut euch die Stapel von Dosen an.» Er hupte.

«Hören Sie doch mal», sagte Heul. «Ich hatte nichts damit zu tun. Huip sagte, ich solle die Teerpappe dort hinlegen. Ich hatte nicht die leiseste Ahnung, warum. Huip hat Sie mit dem Daimler angefahren. Ich saß nicht einmal darin.»

«Wärest du darin gewesen, hättest du dich vielleicht verletzt», sagte Grijpstra. «Mein Brigadier und ich sind verletzt worden. Schmerzen von Polizisten werden jedoch vom Gericht nicht gewürdigt.»

«Huip Fernandus hat es getan», sagte Heul. «Ich nicht. Was bin ich denn schon?»

«Irgendwo müssen wir anfangen», sagte Cardozo. «Dein Hütchen fiel vom Kopf, und unsere Zeugin sah dein verrücktes Haar. Huip wurde nicht gesehen. Mevrouw Jongs sah dich in dem Auto, in das die Kunstgegenstände geladen wurden. Karel half, die Bilder nach unten zu bringen, und hat sie an dich übergeben. Huip wird frei ausgehen.»

«Verstehst du?» fragte Grijpstra.

«Wollen Sie denn Huip nicht haben?» fragte Heul.

Grijpstra dachte nach. «Huip ist doch dein Freund.»

«Ja», sagte Heul. «Wollen Sie meinen Freund Huip haben oder nicht?»

«Weswegen könnten wir Huip denn festnehmen?» fragte Cardozo. «Weil du sagst, das muß sein? Du bist unzuverlässig, weil du mitschuldig bist. Du willst die Schuld nur von dir abwälzen.»

«Huip wird alles abstreiten», sagte Grijpstra, «und wir haben keine Beweise.»

Heul schwenkte die gefesselten Hände. «Dann nehmen Sie ihn einfach wegen einer anderen Sache hops. Wegen einer unangenehmeren Geschichte.»

Grijpstra drückte wieder auf die Hupe. Ein Mann, der eine Dose in die Hände genommen hatte, setzte sie wieder ab und schlug auf das Dach des Citroën. Grijpstra stieg aus.

«Wie unangenehm?» fragte Cardozo.

«Mord», sagte Heul und klirrte mit der Kette an den Handschellen. «Geben Sie mir eine Zigarette.»

«Nein», sagte Cardozo. «Ich mag dich nicht. Welchen Mord? Fernandus hat Ijsbreker nicht erschossen, dafür ist er viel zu dick und pickelig.»

«Das hat der Baron getan», sagte Heul. «Ich habe es gesehen.»

Cardozo betrachtete Grijpstra und den Mann mit den Dosen, die nach vorn und nach hinten zeigten und gelegentlich zur Seite.

«Hören Sie mir zu?» fragte Heul.

«Ein bißchen», sagte Cardozo. «Redest du von den Junkies? Das ist schwer zu beweisen, mit einer Überdosis stehen wir immer schwach da.»

«Huip wird jemand ermorden», sagte Heul. «Wenn Sie mich laufenlassen, sage ich wen und wie.»

Grijpstra kam zurück. «Dies ist interessant, Adjudant», sagte Cardozo. «Der Verdächtige will mit uns handeln.»

«Mir können Sie nichts tun», sagte Heul. «Gut, ich habe Teerpappe über die Straße gezogen. Okay, ich habe ein Gemälde angefaßt. Was ist das schon? Wenn Sie Huip festnehmen, haben Sie etwas in den Händen.»

«Wir haben dich doch schon», sagte Grijpstra. «Dich lassen wir nicht mehr los.»

«Ronnie Rijder», sagte Heul. «Am nächsten Sonntag in einem Boot, das in die Luft fliegt. Plastiksprengstoff im Benzintank und ein Sender, da bleibt nichts übrig. Bombe und Sender sind Sachen der Stiftung, von einem Pariser Terroristen gekauft. Wenn Sie mich laufenlassen, sage ich, wo es passieren soll. Dann können Sie sich das schön anschauen. Huip drückt auf einen Knopf, Rijder fliegt.»

Grijpstra legte seinen Arm auf die Rückenlehne und den Rückwärtsgang ein. «Nimm den Kopf etwas zur Seite, Heul.»

Ein Lieferwagen fuhr hinter ihnen in die Gasse. Grijpstra machte den Motor wieder aus.

«Hören Sie», sagte Heul. «Was ich getan habe, ist Kinderei. Darüber wird der Richter nur gähnen, aber Huip tut es wirklich. Wenn Sie selbst sehen, daß Rijder draufgeht...»

«Aber warum muß er denn draufgehen?» fragte Cardozo.

«Wegen Geld», sagte Heul. «Ich habe gehört, wie Huip mit seinem Vater telefonierte. Rijder will Geld von der Bank und vom Club. Der alte Fernandus und der Baron haben ihn gerupft. Rijder scheint etwas zu wissen, dabei geht es um Kalkutta. Um Rauschgift oder so was. Das weiß ich nicht genau. Aber er weiß wohl zuviel und will das mit ihnen besprechen. Einen Handel mit ihnen machen. Und dem wollen sie einen Riegel vorschieben. Wumm. Krach!»

«Krach», sagte Grijpstra. «Dann sind sie wieder obenauf? Ein Stückchen fahren, nachdem der Handel perfekt ist? Ein Wumm und weg?»

«So geht es», sagte Heul, «und Sie sind dabei. In Vinkenoort, am nächsten Sonntag, aber Sie müssen sich dort verstecken.»

«Tja», sagte Grijpstra.

«Bekomme ich jetzt eine Zigarette?» fragte Heul. «Es soll Sonntag mittag passieren, um eins oder zwei. Huip hüpft schon von einem Fuß auf den anderen, der findet das toll. Die Bombe ist im Haus. Alle werden in Vinkenoort sein, der alte Fernandus, der Baron, Sie schnappen sie alle und lassen mich laufen.»

«Wie war das mit den toten Junkies?» fragte Cardozo.

«Das war ich auch nicht», sagte Heul. «Ja, ich habe ihnen den Stoff gegeben, aber ich dachte, es sei der übliche, der reguläre, aber er war pur. Huip wußte es.»

«Du schwatzt ganz schön», sagte Cardozo. «Aber können wir dir auch glauben?»

«Ich bin nicht gläubig», sagte Grijpstra. «Früher wohl, als es Gott noch gab und ich auf nackten Knien betete.»

«Hören Sie», sagte Heul. «Ich gebe Ihnen noch mehr. Ich ertrage keinen Knast, davon krieg ich Asthma. Da ist eine Nutte aus Kalkutta, eine gewisse Sayukta mit einem Rubin in der Nase. Die soll nach Hause fliegen, um einige Sachen für die Stiftung zu holen. Das will sie nicht, aber sie hat nichts zu wollen, weil sie für die Stiftung arbeitet.»

«Wann fliegt sie nach Kalkutta?» fragte Cardozo.

«Ich weiß es nicht. Bald. Ich soll das mit dem Flughafen Schiphol regeln. Wenn es soweit ist, lasse ich es Sie wissen.»

«Hm», sagte Grijpstra.

Heul nickte und klirrte mit der Kette. «Ich schwöre es beim Namen meiner Mutter.»

Grijpstra seufzte. «Ich bin doch wieder gläubig geworden, wirklich los wird man es nie. Geh mit meinem Segen, Sohn. Wenn etwas von dem nicht stimmt, verbrenne ich dich in einem Brombeerstrauch. Hau ab.»

Heul hob die Hände. Cardozo schloß die Handschellen auf.

«Heul», sagte Grijpstra, «du weißt, daß wir nicht mehr so nett sind. Falls du gelogen hast, hänge ich dich an deinen Zehen auf.»

«Das kann ich auch nicht ertragen», sagte Heul. «Wiedersehen. Danke.» Er stieg aus und rannte davon.

Der Lastwagen vor dem Citroën fuhr fort. «Danke», sagte Grijpstra. «Das kam uns gut zupaß, sonst hätten wir dieses Gespräch vor dem Präsidium geführt, wo Halba durch ein Fenster späht. Schade, daß Vinkenoort außerhalb unserer Zuständigkeit ist. Den Bullen dort traue ich nicht besonders. Was in dem Motel angestellt wird, scheint keinen zu stören. Das ist natürlich auch ein Spiel- und Sexclub.»

«Adjudant, muß Rijder nicht gewarnt werden?» fragte Cardozo. Vielleicht hält Ronnie nichts davon, in die Luft zu fliegen.»

«Ach», sagte Grijpstra.

«Hältst du es nicht für schlimm?»

«Ich habe schon mal gesehen, wie Rijder zu Boden ging», sagte Grijpstra, «als de Gier ihn umstieß. Das war ein schöner Anblick.»

«Aber jetzt wird er in die Luft gejagt.»

«Ja», sagte Grijpstra. «Das ist wieder etwas anderes. Wo ist dein Computerladen, Cardozo?»

23.

Später am Tage, als Grijpstra zu Hause den gelbgrünen Hintergrund für seine Knochenenten malte, und Cardozo seinen Computer auf dem Küchentisch ausprobierte, den seine Mutter zum Gurkenschälen brauchte, und de Gier auf seinem antiken Bett mit kupfernen Stäben ein Nickerchen machte, trug die Frau des Commissaris ein Tablett mit Tee auf die hintere Veranda.

Der Commissaris kam aus seinem Arbeitszimmer, gähnte und rieb sich die Augen. Mevrouw Jongs stellte eine Mokkatorte hin. Karel zeigte Schulze seine Schildkröte. Schulze polterte die Verandatreppe hinunter. «Tttrottel», sagte Karel.

«Es ist genau wie New York», sagte der Commissaris und hielt sich die Hand vor die Augen, weil die hinter den Häusern auf der anderen Seite untergehende Sonne ihm in die Augen schien. «In den dreißiger Jahren war das. Gangsterkriege. Die Mafiatruppen zogen sich in ihre Festungen zurück und schlabberten Spaghetti und schlürften Wein.»

«Hast du Truppen?» fragte seine Frau.

«Ihr seid meine Truppen», sagte der Commissaris. «Ohne euch tue ich nichts. Gestern abend haben wir eine große Schlacht gewonnen. Jetzt ruhen wir und fordern später den Feind wieder heraus.»

Mevrouw Jongs pfiff und fügte schrille Noten aneinander, die der Anfang eines Militärmarsches sein konnten. Karel versuchte zu salutieren, aber die Hand flog am Kopf vorbei. Der Commissaris marschierte auf der Stelle und blieb dann stehen. «Weggetreten!» schrie er.

«Iß jetzt deine Torte», sagte seine Frau. «Hast du das Geld weggebracht?»

«Ja», sagte der Commissaris. «Du hättest das Gesicht der Kassiererin sehen sollen. Das gesamte Schalterpersonal mußte beim Zählen helfen. Ich kann kein Geld mehr sehen. Gestern abend herrschte schon ein solches Getue darum.»

«Verrückter Jan», sagte seine Frau und kniff ihn in die Wange. «Schleppst einen Koffer voller Geld durch die Straßen. Überall laufen Gauner herum. Hättest du nur ein Wort gesagt, dann wäre ich mitgekommen.»

«Ich hatte ja meinen Stock mit.» Der Commissaris hielt ihr seinen Teller hin. «Gibt es noch Torte?»

«Eijeine llleckere Ttorte», sagte Karel.

Die Frau des Commissaris strich Mevrouw Jongs über den krummen Rücken. «Die ist Ihnen wirklich gelungen.»

«Und hat Grijpstra gute Nachrichten gebracht?» fragte sie ihren Mann.

Der Commissaris nahm Karels Nachbildung der Schildkröte in die Hand. «Ja, ganz interessante Informationen. Ich denke, Fernandus wird sehr bald von sich hören lassen. Seine Position wird schwächer. Die Kapitulation kommt näher.»

«Wirklich?» Sie schüttelte den Kopf. «Fernandus ist so verschlagen. Ich wollte, du könntest dich selbst sehen, mit deinen schwachen Beinen, Lieber. Grijpstra fühlt sich auch nicht gut mit seinem schmerzenden Kopf, und de Gier kann sich nicht bewegen, ohne zu stöhnen. Und was hast du an uns? Wir können nichts für dich tun.»

«Ich backe Torten», sagte Mevrouw Jongs.

Der Commissaris lächelte Karel an. «Und du hast wieder ein herrliches Kunstwerk geschaffen. Die essentielle Schildkröte. Du mußt meinen Freund gut betrachtet haben. Bringe dein Werk doch nach draußen, dann können wir sehen, ob Schulze sein wahres Ich erkennt.»

Karel nahm sein Werk mit in den Garten. Der Commissaris, seine Frau und Mevrouw Jongs schauten von der Veranda aus zu. Karel saß in der Hocke, als der Schuß fiel. Die Kugel schlug ihm die hölzerne Schildkröte aus der Hand. Karel taumelte nach hinten. Der Commissaris stolperte die Verandatreppe hinunter und hielt Karel fest. Die Frau des Commissaris schrie. Mevrouw Jongs zeigte auf ein Fenster im Haus hinter dem Garten. «Da oben.»

Der Commissaris und Karel hielten einander umarmt und stiegen die Stufen zur Veranda hinauf. Die Frau des Commissaris zerrte sie nach oben. «Schnell, Jan, schnell.»

«Bah», sagte der Commissaris, als er Karel ins Haus schob. «Reg dich nicht auf, Katrien. Warum rufst du de Gier nicht an? Sag ihm, er soll ein Taxi nehmen. Welches Fenster war es, Mevrouw Jongs?»

Sie zeigte hinauf. «In der dritten Etage?» fragte der Commissaris. «Das Haus ist ein Hotel. Rufe de Gier jetzt an, Liebe.»

«Er kommt», sagte seine Frau und legte den Hörer auf. «De Gier schlief gerade. Was kann er denn jetzt tun, Jan?»

«Nicht allzuviel, hoffe ich», sagte der Commissaris. «De Gier entwickelt in jüngster Zeit eine besondere Dynamik. Vielleicht hätte ich lieber Grijpstra kommen lassen sollen. Wie geht's, Karel?»

«Mmman hat auauf mmich gggeschossen.»

Es klingelte. Die Frau des Commissaris ging zur Tür. «Ja?»

«Voort», sagte der Mann im blauen Blazer und der grauen Hose. «Reichskriminalpolizei. Ist Ihr Mann zu Hause, Mevrouw?»

«Man hat soeben auf uns geschossen», sagte die Frau.

«Was sagen Sie, Mevrouw?»

Der Commissaris ging zur Tür. «Ah, Voort. Jetzt ist keine Besuchszeit. Wir liegen hier unter feindlichem Beschuß.»

Voort legte den Kopf auf die Seite. «Ich glaube nicht, daß ich Sie verstehe.»

Der Commissaris steckte sich eine Zigarre an. «Es ist doch ziemlich einfach. Gewehrfeuer, denke ich, ein Scharfschütze am Abzug, genau wie im Fall Ijsbreker.»

«Rufen Sie die Polizei», sagte Voort. «Soll ich sie rufen? Ich habe ein Funkgerät im Wagen.»

Der Commissaris hielt sich die Zigarre unter die Nase und schnüffelte. «Ich rauche gegenwärtig weniger, das vergrößert den Genuß. Welche Polizei würden Sie denn meinen?»

«Ist das der Dummkopf, der dich belästigt?» fragte die Frau des Commissaris.

«Ja, Katrien.»

«Fort mit Ihnen.» Sie stieß mit dem Finger gegen Voorts Blazer. «Machen Sie, daß Sie verschwinden.» Sie zog ihren Mann in den Korridor und warf die Tür zu.

«Na, na, Katrien.»

«So ist es doch», sagte sie. «Von hinten schießen sie auf einen, und vorn an der Haustür jammern sie. Hört das denn nie auf? Mevrouw Jongs und ich könnten einen Haufen Sandsäcke zurechtmachen. Warum holst du deine Pistole nicht, Jan? Sie liegt zwischen deinen Oberhemden.»

«Ich komme mit Pistolen nicht sehr gut zurecht», sagte der Commissaris. «Ist noch Torte da?»

Es klingelte wieder. Die Frau des Commissaris marschierte zur Haustür. «Sei jetzt lieb, Katrien», sagte der Commissaris. «Voort versucht nur, seine Arbeit zu tun. Es hat keinen Sinn, den Armen zu beschimpfen.»

De Gier kam herein.

«Da bist du ja schon», sagte der Commissaris. «Das ist nett von dir, Rinus. Wir haben hier ein kleines Problem. Jemand hat mit einem Gewehr in unseren Garten geschossen, aus dem Hotel in der Straße dort drüben. Könntest du dich da erkundigen? Hier ist Geld.»

«Geld, Mijnheer?»

«Ja», sagte der Commissaris. «Du bist Privatdetektiv und mit Geld ausgestattet. Wir wollen mal sehen, was du erfährst. Mevrouw Jongs hat eine Torte gebacken. Falls du Erfolg hast, bekommst du auch ein Stück.»

De Gier schaute die Frau des Commissaris an. «Ist niemand verletzt worden?»

Karel hielt seine Schildkröte hoch.

De Gier betastete das Loch im Schild. «Es wäre gut, wenn wir die Kugel hätten.»

«Keiner geht jetzt in den Garten», sagte die Frau des Commissaris.

«Gut, Mevrouw. Ich komme so schnell wie möglich zurück.»

«Und sehen Sie sich vor», sagte die Frau des Commissaris. «Haben Sie noch Schmerzen?»

De Gier schlug sich vorsichtig an die Brust. «Sie sind wieder zu ertragen.»

Anderthalb Stunden später war de Gier wieder da. Die Frau des Commissaris ließ ihn ein. «Mein Mann ist oben, Rinus. Er ist in letzter Zeit so müde. Ich glaube, die Spannung wird ihm zuviel, dem Lieben. Das Bein zieht er auch wieder nach.»

«Ja», sagte de Gier. «Soll ich später wiederkommen, Mevrouw?»

«Rinus?» rief der Commissaris oben auf der Treppe. «Komm rauf, Mensch. Katrien? Ist die Zeit schon gekommen für ein Schnäpschen?»

Mevrouw Jongs brachte das Tablett nach oben. Sie schenkte ein. «Sie wohnen in der Flasche, die Eidechsen, aber ich sehe sie nie.»

«Danke, Mevrouw Jongs», sagte der Commissaris. «Wenn wir einer begegnen, werden wir sie für Sie mitbringen.» Er wartete, bis sie das Zimmer verlassen hatte. «Auf den Sieg, Rinus, da gehen wir wieder los ins Unbekannte hinein. Aufregend, nicht wahr? Es mangelt uns an Vorschriften, aber mir gefällt es.» Er trank. «Weißt du, Rinus, ich vertraue auf mich selbst, jedenfalls mehr als auf die Autoritäten. Was hast du erfahren?»

«Der Hotelbesitzer», sagte de Gier, «hat nachmittags ein Zimmer an ein gutgekleidetes Paar vermietet. Der Mann trug einen länglichen Koffer. Der Verdächtige ist etwa in meinem Alter und mir sehr ähnlich. Sie trugen sich als Mijnheer und Mevrouw Jager ein. Die Dame war Anfang dreißig, und ihre Beschreibung paßte auf Céline Guldemeester. Sie habe nicht viel gesagt und unglücklich ausgesehen, sagte der Mann.»

«Die Verdächtigen kommen mir bekannt vor», sagte der Commissaris.

«Ja, nicht wahr?» sagte de Gier. «Das Paar kam mit dem Taxi. Die Zentrale – ich bin dort vorbeigegangen – war so freundlich, für mich den Taxifahrer zu rufen, gegen Bezahlung selbstverständlich, weil ich Privatdetektiv war. Und der Fahrer beschrieb die beiden, wiederum gegen Bezahlung. Taxifahrer sind meistens sehr aufmerksam. Er konnte seine Fahrgäste haargenau beschreiben. Der Mann glich mir noch mehr, und sie war eindeutig Mevrouw Guldemeester.»

«Der Baron und Céline», sagte der Commissaris. «Aber warum Céline?»

«Darf ich?» fragte de Gier. Er schenkte die Gläser wieder voll. «Der Baron weiß jetzt, wer ich bin. Céline dürfte ihre Unschuld beschworen haben, sie hatte sich ausgedacht, ich sei ihretwegen in den Club gekommen, aus Liebe und so, und sie habe nichts gewußt von dem Überfall, aber der Baron glaubt ihr das ganz und gar nicht. Ha.»

«Ja?»

«Ich werde mich doch noch mit dem Baron schlagen, Mijnheer. Ich weiß, Sie wollen das nicht, aber ich werde damit warten, bis dieser Fall geklärt ist.»

«Auch dann will ich es nicht.»

«Das ist aber schade», sagte de Gier.

«Als ich klein war, wollte ich nach St. Eustatius», sagte der Commissaris, «und am Strand mich mit schwarzen Frauen vergnügen. Und dann schwamm ich mit ihnen im klaren Wasser und tauchte unter ihnen durch. Kannst du nicht friedlich phantasieren?»

«Ich bin nicht klein», sagte de Gier, «und das mit den schwarzen Frauen habe ich bereits getan. Das Meer war schmutzig, und die Frauen wollten heiraten. Vielleicht gelingt ein Duell mit dem schwarzen Ritter besser.»

«Aber warum mußte Céline bei dem Anschlag helfen?» fragte der Commissaris.

«Zur Strafe?» fragte de Gier. «Wollte der Baron zeigen, wie gemein er ist? Einschüchterung? Falls sie ihn verraten sollte, wird er auf sie schießen?»

«Das Spiel mit der Macht hat de la Faille von Fernandus gelernt», sagte der Commissaris.

De Gier grinste. «Ich habe viel von Ihnen gelernt.»

«Ja», sagte der Commissaris. «Alles ganz gut und schön, aber ich halte nichts von der Todesstrafe. Wenn ich sage, daß ich Fernandus vernichten will, meine ich nur die Zerstörung seiner Organisation und für ihn eine kleine Freiheitsstrafe. Wenn man allen den Kopf abschlägt, bleibt niemand übrig.»

«Haben wir Heul schon geschnappt?» fragte de Gier.

«Gute Arbeit von Grijpstra.» Der Commissaris berichtete.

«Gehen wir also Sonntag nach Vinkenoort?»

Der Commissaris nickte. «Für die große Überraschung.»

Unten klingelte das Telefon. «Jan?» rief die Frau des Commissaris. «Fernandus ist am Telefon.»

De Gier ging mit nach unten. Die Frau des Commissaris führte ihn ins Hinterzimmer. Mevrouw Jongs schnitt ein Stück Torte ab.

Der Commissaris kam herein. «Willem ist in der Kneipe um die Ecke. Er will mich sprechen.»

Seine Frau schaute erschrocken hoch. «Geh nicht, das ist eine Falle.»

«Aber nein», sagte der Commissaris. «Du brauchst dich nicht aufzuregen.»

«Rinus geht mit.»

«Rinus ißt seine Torte», sagte der Commissaris. «Ich komme bald wieder, Rinus. Nimm meinen Wagen, dann ersparst du dir das Taxi.»

24.

«Was darf es sein?» fragte Willem Fernandus.

Der Commisaris schaute sich in dem altmodisch eingerichteten Lokal um und grüßte den Kellner. «Bitte Kaffee, Tom. Und bitte getrennte Rechnungen.»

«Kleinlich?» fragte Fernandus und hielt Daumen und Zeigefinger so, daß sie einander fast berührten. «Mußt du wieder so knickerig sein?»

«Ja», sagte der Commissaris und rieb sich lebhaft die Hände. «Und das bleibt so, bis du dich von deinem Irrweg abwendest. Es ist noch nicht zu spät.»

Fernandus schob seinen Stuhl nach hinten. «Siehst du wohl? Wieder diese Christussprüche. Du bist so biblisch wie ein Pastor. Christus gibt es nicht, Jan. Wir haben ihn erdacht. Er war ein selbsternannter Wüstenrabbi. Das wußte ich schon, als ich seine Statue vor einer römisch-katholischen Kirche sah und die Deutschen dort Juden zusammentrieben, um sie später in den Zug zu stoßen. Und dieser Christus segnete nur.» Er beugte sich vor. «Wann kommst du von deinem Irrweg herunter? Warum habe ich nach deiner Meinung einen steinernen Engel in meinem Club aufgehängt? Nützte der manchmal etwas? Du selbst hast ihn herunterfallen lassen, wobei ihm der Kopf abbrach.»

«Wie geht es dem Portier?» fragte der Commissaris.

«Portier?»

«Wurde der nicht verletzt?» fragte der Commissaris. «Ist er schlimm dran?»

Fernandus seufzte. «Was kümmert mich ein Portier? Für ihn kommt ein anderer. Am liebsten ein besserer. Weißt du, was ich tun werde?» Er tippte dem Commissaris auf das Handgelenk. «Ich lotse ein Häufchen von euren Verhaftungsspezialisten fort. Dumm, daß ich daran vorher nicht schon gedacht habe. Ihr habt diese Hündchen ausgebildet, und ich halte sie in meiner Hütte. Sehr bequem, weißt du, ich biete ihnen das doppelte Gehalt, netto, denn meine Stiftung zahlt keine Steuern, und dann kommen sie mit heraushängender Zunge angetrabt. Bei euch langweilen sie sich zu Tode.»

Der Kellner brachte Kaffee. «Ein Stückchen Kuchen, Mijnheer?»

«Gern», sagte der Commissaris.

«Für mich nicht», sagte Fernandus.

«Sie bekommen sowieso keinen Kuchen», sagte der Kellner. «Ihre Manieren gefallen mir nicht. Wäre der Commissaris nicht hier, würde ich Sie nicht bedienen.»

«Hast du dich danebenbenommen, Willem?» fragte der Commissaris.

«Er schnippt mit den Fingern», sagte der Kellner. «Das ist passé. Das haben wir hier nicht gern. Ihr Kuchen, Mijnheer, mit den Komplimenten des Hauses.»

Der Commissaris aß seinen Kuchen. «Sag mal, Willem. Wird dies die Fortsetzung der Verführung des heiligen Johannes, des Sankt Jan? Ich fühle mich geehrt. Ich hätte nie gedacht, daß ihr Mühe aufwenden würdet für einen Beamten in einer kleinen Stadt, in einem unbedeutenden Land, auf einem zu vernachlässigenden kleinen Planeten in einem...»

«... unwichtigen Weltall», sagte Fernandus. «Ja, ja, ich erinnere mich an das Streitgespräch, das wir uns damals ausgedacht haben. Übrigens bleibe ich dabei, was wir anstellen, macht nichts aus, und wenn es nichts ausmacht, können wir es für einen Spaß halten. Hast du dich heute nachmittag sehr erschrocken?»

Der Commissaris löffelte die Kuchenkrümel auf. «Katrien war ziemlich erschrocken.»

«Und deine Schildkröte ging drauf.» Fernandus winkte dem Ober. «Du kannst dir auf meine Kosten eine neue beschaffen. Es ging um eine Geste.»

«Warte mal», sagte der Commissaris und suchte in seinen Taschen. «Ich habe etwas für dich. Oder habe ich es nicht mitgebracht? Ich dachte, ich hätte ihn. Hier.» Er zog ein Papier aus seiner Westentasche. «Bitte. Deine Spende für einen guten Zweck. Ich verstehe nichts von Armenbetreuung im Ausland, aber Katrien schwört, die Nonne in Kalkutta leiste gute Arbeit. Es ist jetzt doch noch ein schöner Betrag geworden.»

«Trottel», schrie Fernandus.

«Mijnheer?» fragte der Ober. «Die Bar ist geschlossen, und hier wird anständig gesprochen. Noch ein ungebührliches Wort, und ich bringe Sie zur Tür.»

«Ja, ist schon gut», sagte Fernandus.

Der Kellner schlurfte davon.

«Jan?»

Der Commissaris schaute auf seine Uhr. «Ich muß gehen, Willem. Katrien ist unruhig.»

«Du hättest das Geld behalten können», sagte Fernandus. «Ein Geschenk zu deiner unehrenhaften Entlassung. Voort macht weiter, wie ich höre. Aber gut. Hör zu.»

«Und wenn ich jetzt nicht zuhören will?» fragte der Commissaris. «Was findet Voort denn? Ich habe nichts und bin nichts. Voort stochert schon seit einer Woche in einem Loch herum. Was macht der Mann mit nichts?»

«Wollen wir prahlen?» fragte Fernandus. «Das Endliche kommt aus dem Unendlichen und ist deshalb in seinem Wesen unendlich? Kam damit nicht David Hume heraus? Und was war die endgültige Schlußfolgerung des Herrn Philosophen? Die hast du mir mal vorgelesen.» Fernandus hob einen Finger. «David Hume, Alleswisser im achtzehnten Jahrhundert, zunächst Anwalt, was er lieber hätte bleiben sollen, wußte keine bessere Schlußfolgerung als, wenn es nun doch nichts ausmacht, sollte man lieber vor einem knisternden Herdfeuer warmes Bier saufen, denn vom Weiterdenken wird man depressiv. Ich bin seinem Rat gefolgt und amüsiere mich vorzüglich.»

«Nein», sagte der Commissaris. «Das machst du dir selbst nur weis. Nur den besten Menschen geht es vorzüglich. Du hast das Beste in dir unterdrückt, aber das will heraus, und davon kann ein gescheiter Mensch verrückt werden. Ich hoffe, du hast einen guten Psychiater.»

Fernandus starrte ihn an.

«Mach nicht so ein dummes Gesicht, Willem. Worüber klagst

du? Du kannst nachts nicht schlafen? Du hast regelmäßig das Gefühl, daß du elendig ersticken mußt? Du hast juckende Blasen auf dem Rücken? Beim Autofahren hast du die Idee, daß die Zäune auf dich zurasen? Leidest du unter kaltem Schweiß? Glaube mir, Willem, du bist von Natur aus ein guter Mensch, aber deine Maske sitzt dir verquer.»

«Wie geht's Juffrouw Antoinette?» fragte Fernandus.

Der Commissaris schüttelte den Kopf. «Keine Ahnung.»

«Es geht ihr gut», sagte Fernandus. «Sie wohnt bei mir.»

Der Commissaris nickte. «Wie schön.» Er hob ebenfalls einen Finger. «Zum letzten Male, Willem. Schließe deine Stiftung und die Bank und gestehe ein Verbrechen, damit ich dich einsperren lassen kann. Falls nicht, dann mach ich weiter. Du schwankst schon auf einem Bein, noch ein Weilchen, dann ist es aus mit dir.»

Ein Gesichtskrampf, der an den Mundwinkeln begann, ließ Fernandus' Wangen heftig zittern. Er schlug mit den Händen auf den Tisch.

«Tom?» rief der Commissaris. «Bitte ein Glas Wasser.»

Fernandus trank das Wasser. Das Glas klirrte gegen seine Zähne.

«Geht es wieder?» fragte der Commissaris. «Ich muß wirklich gehen. Wenn du dich anders besinnst, kannst du mich anrufen.» Er legte das Geld auf den Tisch. «Auf Wiedersehen.»

25.

«Jan?» fragte die Frau des Commissaris leise. «Jan?»

Er brummte.

«Dreh dich um. Du quiekst. Hast du einen bösen Traum?»

Er drehte sich stöhnend um. Der Traum ging weiter. Der Commissaris saß auf Juffrouw Antoinettes oder auf Juffrouw Bakkers Schoß, beide waren dieselbe Frau. Die Frau küßte ihn und kitzelte mit dem Finger seinen Bauch. «Süßer kleiner Jantje», sagte die Frau. Sie war sehr schön, und er grapschte ihr an die straffen, vollen Brüste. Es war sehr warm im Kindergarten, niemand hatte Kleidung an. «Armer Jantje», flüsterte die Frau. «Es macht nichts,

Schatz. Unartiger Wimpie. Pfui. Du konntest nicht dafür, daß du ohne Erlaubnis Mäuse betrachtet hast. Es tut mir leid, ich wußte nicht, daß Wimpie gelogen hat.»

Die Mäuse waren aus dem Terrarium gesprungen. Sie tanzten durch das Zimmer, auf dem Kopf spitze Papierhüte. Eine hatte die vorstehenden Schneidezähne von Hoofdinspecteur Halba, eine andere trug einen mit goldenen Ankern bestickten Blazer. Die Hoofdcommissaris-Maus versuchte, am Bein der Frau hochzuklettern.

Der kleine Willem Fernandus stand gebückt in einer Ecke und wurde von einem lebensgroßen Grijpstra geschlagen. Der Adjudant hantierte pflichtgemäß in aller Ruhe mit der Lederpeitsche. De Gier schaute zum Fenster hinaus. Seine Lider zitterten jedesmal, wenn die Peitsche Willems rosigen Hintern traf.

Die Mäuse verschwanden unter Klingelgeläute, aber der Commissaris, voller Angst, er werde ebenso verschwinden wie sie, hielt sich an den Brüsten der Frau fest, die grün und sirupartig weich wurden. «Hummerkacke», sagte eine tiefe Stimme. «Diese Substanz ist nicht für den Verzehr geeignet.»

«Jan? Jan?»

«Ja?» quiekte der Commissaris.

«Das Telefon. Gehst du ran?»

Das Klingeln hörte auf, aber es setzte wieder ein, als sich der Commissaris schon wieder die halbe Treppe nach oben geschleppt hatte.

«Mijnheer?» fragte de Gier. «Ich bin im Wilhelmina-Krankenhaus. Ich kann Sie nicht abholen, weil Ihr Auto auf Fingerabdrücke untersucht wird. Zu Ihnen kommt ein Streifenwagen.»

«Jemand verletzt?»

«Zwei», sagte de Gier. «Heul und Céline. Halba war nicht zu erreichen, aber Hoofdinspecteur Rood ist hier.»

«Tja», sagte der Commissaris. «Ich würde ja kommen, aber ich habe Karel und Mevrouw Jongs hier und Katrien natürlich.»

«Grijpstra wird Sie ablösen, Mijnheer. Er ist schon unterwegs. Soll ich Cardozo auch noch schicken?»

«Ja», sagte der Commissaris. «Meine Frau ist ziemlich nervös. Je mehr Bewacher, desto besser. Ich komme, Rinus.»

Der Commissaris meldete sich beim Empfang im Krankenhaus und wurde von einer jungen Schwester zu einem Zimmer gebracht. De Gier öffnete die Tür. «Céline ist soeben gestorben, Mijnheer. Heul liegt im Koma und wird daraus nicht mehr erwachen, wie der Arzt sagt.»

Die magere Gestalt atmete röchelnd. Ein junger Mann in weißem Kittel stand neben dem Bett. «Eine Überdosis, Mijnheer, solche Fälle bekommen wir öfter. Die Nadel steckte noch in seinem Arm. Heroin, denke ich, das Labor dürfte das morgen bestätigen. Wir haben gegenwärtig nicht genug Personal.»

«Ein Süchtiger?» fragte der Commissaris. Der Arzt schüttelte den Kopf. «Nicht von Heroin, wie zu sehen war. Ich habe in seine Nase geschaut, und gesehen, daß der Patient viel Kokain geschnupft hat. Vielleicht war dies das erste Mal, daß er sich spritzte.»

«Wo hast du ihn gefunden?» fragte der Commissaris de Gier.

«In Ihrem Wagen, Mijnheer. Vor einer Stunde. Die Polizeiwache in Buitenveldert rief mich an, und als ich nach unten kam, war die Tür des Citroën aufgebrochen. Heul lag auf dem Vordersitz.»

«Das dürfte dann kein Zufall gewesen sein», sagte der Commissaris. «Warum wurdest du angerufen?»

«Sie hatten Céline gefunden, Mijnheer, nicht sehr weit von meiner Wohnung entfernt. Sie lag neben ihrem kaputten Fahrrad. Sie lebte noch und nannte meinen Namen. Ein Zeuge sah, daß sie zweimal von einem schwarzen Auto angefahren wurde, aber der Mann ist nicht zuverlässig. Er wurde inzwischen festgenommen, Trunkenheit am Steuer.»

«Er selbst hatte es nicht getan?»

«Die Beamten meinen, nein. Sein Auto ist nicht beschädigt.»

«War Mevrouw Guldemeester auf dem Wege zu dir?»

«Möglicherweise.» De Gier wankte. «He», sagte der Arzt. «Setzen Sie sich.» Er gab de Gier einen Klaps auf die Wange. «Nicht ohnmächtig werden, Mijnheer, wir haben hier schon genug Probleme.» Er schüttelte de Giers Schultern. «Hallo?»

«Ja», sagte de Gier. «Verzeihung. Sie blutete ziemlich stark, Mijnheer. Das Auto traf sie von der Seite und fuhr dann noch einmal rückwärts, wie der –» de Gier schaute sich mit verschwommenem Blick um – «wie der Zeuge aussagte.»

«Die Patientin erlitt schwere Quetschungen», sagte der Arzt. «Ich verstehe das nicht so ganz. Was hatte sie morgens um drei Uhr auf einem Fahrrad zu suchen? Mit Alkoholfahne und im Abendkleid?»

«Darf ich sie sehen?» fragte der Commissaris.

Heuls Geröchel wurde noch unregelmäßiger, als der Commissaris und de Gier den Korridor betraten. «Bleib du nur hier», sagte der Commissaris, «ich komme gleich wieder.»

Céline lag im Nebenzimmer. Der Commissaris betrachtete die Leiche. Der Kopf war zur Seite gefallen, die Augen starrten auf den Fußboden.

«Ja», sagte der Commissaris. «Es tut mir leid. Vielleicht hätte ich dem zuvorkommen können.» Er verneigte sich. «Ich wünsche Ihnen eine gute Reise, Mevrouw.»

«Merkwürdig», sagte der Commissaris, als er wieder im Korridor war, «wenn ich Leichen sehe, denke ich immer, sie seien irgendwohin gegangen und – wo das Irgendwo auch sein mag – daß es dort besser ist als hier. Sie sind draußen, Brigadier. Das Dasein, das wir kennen, ist ziemlich unordentlich und auch unwirklich, all der Schmerz, den wir erleiden, ist vielleicht nicht ernstgemeint. Wenn danach etwas kommt, ist das natürlich besser. Vielleicht aus Gründen der Wiedergutmachung. Hier ein Haufen Elend und dann der Urlaub. Leider ist das nicht zu beweisen.»

«Mijnheer?» fragte de Gier und hielt sich an einer Bank fest.

«Gib mir einen Arm», sagte der Commissaris. Zusammen schlurften sie weiter. Ein Mann in mittleren Jahren im gestreiften Anzug, der am Bauch knapp saß, machte sich weiter hinten im Korridor Notizen. «Rood?» fragte der Commissaris.

Der Mann schaute auf. «Guten Tag, Mijnheer. Es tut mir leid, daß ich Sie stören mußte, aber der Brigadier sagte, Sie kennen die beiden Opfer. Was ist nach Ihrer Meinung hier los?»

«Die Fortsetzung des Falls Ijsbreker», sagte der Commissaris.

«Ist der denn nicht abgeschlossen?»

«Ja, aber durch mich wiederaufgenommen. Mit fatalen Folgen, wie Sie sehen. Heul war ein Verdächtiger und hat ein paar Informationen verraten und wurde offenbar umgebracht, um weitere Ermittlungen zu behindern. Das gleiche gilt für die Dame. Gestern nachmittag hat man in meinen Garten geschossen mit der Absicht, meine Schildkröte zu treffen. Wir haben Grund zu der Annahme, daß Céline Guldemeester gezwungen wurde, bei dem Schuß dabei zu sein. Vielleicht wollte sie uns das sagen. Sie ist ziemlich verrückt nach unserem Brigadier.»

«Überfahren, als sie auf dem Weg zur Wohnung von de Gier war?» Rood biß auf seinen Kugelschreiber. «Gibt es keine andere Erklärung? Ein Verhältnis? Eifersucht? Jemand hält es für keine gute Idee, daß sie den Brigadier besucht?»

«Der Verdächtige ist wahrscheinlich homophil», sagte der Commissaris.

Rood klappte sein Notizbuch zu. «Sie wissen offenbar alles.»

«Ich bin außer Dienst», sagte der Commissaris.

Rood schüttelte den Kopf. «Ganz und gar nicht, Mijnheer. Hat man Ihnen das noch nicht gesagt, Mijnheer? Die Reichskripo konnte nichts finden. Unsererseits haben wir ziemlich viel Druck ausgeübt auf den Hoofdcommissaris, und da wir schon einmal dabei waren, haben wir ihm Untauglichkeit vorgeworfen. Sie sitzen wieder auf Ihrem Stuhl.» Er tippte de Gier auf die Schulter. «Und du machst auch wieder mit, Brigadier. Sag, fühlst du dich wieder besser? Du bist ein bißchen blaß um die Nase.»

«Ich bin etwas müde. Es gab viel zu tun. Ich habe ein paarmal vergessen, etwas zu essen.»

«Dann gehe ich jetzt», sagte Rood. «Halba hätte hier sein sollen, aber niemand scheint zu wissen, wo mein Kollege ist. Seine Frau hat ziemlich getobt, als ich anrief. Anscheinend ist Halba in letzter Zeit kaum nach Hause gekommen. Das ist auch ein verfaulter Apfel, Mijnheer. Müßte der nicht hier raus?»

«Ich gehe heim», sagte der Commissaris. «Würden Sie den Bericht machen?»

«Überdosis und Unfall, Mijnheer?»

«Ja, belassen wir es vorläufig dabei.»

«Wie Sie befehlen, Mijnheer», sagte Rood, «ich bin froh, daß Sie wieder da sind.»

26.

Schulze, der auf der Hand des Commisaris lag, hatte sich so weit wie möglich aus dem Schild geschoben und ruderte mit den Beinchen. Er hatte den Hals nach oben gereckt und schaute den Commissaris mit glänzenden Augen an. «Sie dachten, sie hätten dich gestern erwischt», sagte der Commissaris, «aber wir hatten Glück.» Seine Frau setzte eine Kaffeetasse auf das Tischchen auf der Veranda und streichelte den Kopf der Schildkröte. «Närrisches kleines Biest. Glaubst du, daß sie nachdenkt, Jan? Die von Karel sieht sehr klug aus. Der Junge ist wirklich ein Künstler. Jetzt macht er eine Arche Noah und nimmt dazu die Gipstiere aus deiner Schachtel. Ich sagte ihm, das dürfe er.»

Der Commissaris rührte in seinem Kaffee. «Ach, ja, mein Zoo, mit dem konnte man schön spielen, aber ich hatte nie genug Käfige und wußte nicht, welche Tiere ich zueinander gesellen konnte. Den Löwen und das Lamm? Auch so ein biblisches Gleichnis, an das ich nicht glauben konnte.»

«Hast du das Lamm deswegen rot bemalt?»

«Ich hatte auch seinen Kopf abgebrochen», sagte der Commissaris, «und später wieder angeleimt. Noahs Arche? Ganz passend, nicht wahr? Wir haben schon eine merkwürdige Sammlung von Geschöpfen im Haus.»

«Meinst du Karel und Mevrouw Jongs? Die sind vernarrt ineinander.»

«Du bekommst heute noch ein Geschöpf dazu», sagte der Commissaris. «Grijpstra holt Juffrouw Antoinette, die jetzt ebenfalls bewacht werden muß. Fernandus erwähnte sie gestern, was mir nicht sehr gefiel.»

«Deine Freundin?» fragte seine Frau. «Und die bringst du in mein Haus?»

«Sie ist nur meine Spionin, Katrien.» Der Commissaris griff nach der Hand seiner Frau. «Sei nicht kindisch.»

«Nein, Jan, die kommt hier nicht rein. So eine schöne, junge Frau, dann fühle ich mich alt und häßlich. Tu mir das nicht an.»

«Es muß sein», sagte der Commissaris. «Und du bist ewig jung, Katrien. Das sehe ich jeden Tag. Je älter du wirst, desto schöner bist du. Du bewegst dich so schwungvoll.» Er streichelte ihren Arm. «Und du hast so herrliches Haar, Silber ist eine edle Farbe. Bei jungen Frauen ist man sich nicht sicher, sie sehen zwar anziehend aus, aber darüber schaut man schnell hinweg.»

«Das denke ich jetzt auch immer, wenn ich dich sehe», sagte seine Frau. «Du bist jetzt viel attraktiver als früher. Dein Wesen ist sanfter geworden.»

«Wenn es gutgeht», sagte der Commissaris, «sehen alte Menschen besser aus, aber das ist nicht immer so. Fernandus ist häßlicher geworden.» Er schaute sie an. «Gestern dachte ich, er würde einen Herzinfarkt bekommen.»

Seine Frau stemmte die Hände in die Hüften. «Und wie lange bleibt diese Antoinette hier? Vielleicht sehe ich liebenswürdig aus, aber ich bin es nicht. Wenn du uns zusammensperrst, kratze ich ihr die Augen aus.»

Der Commissaris überlegte.

«Na?»

«Weißt du, was du tun könntest?» fragte der Commissaris. «Verkupple Juffrouw Antoinette mit Karel. Sie kann oben in dem Zimmer neben seinem schlafen. Juffrouw Antoinette klagt immer über Einsamkeit, und Karel könnte durchaus Liebe gebrauchen. Wenn sie sieht, was Karel aus seinem Leben macht, ist sie bestimmt interessiert. Glaubst du nicht, daß sie gut zueinander passen würden?»

«Witzbold», sagte seine Frau. «Warum verkleidest du dich nicht als Engel? Dann würde ich eine schöne Schallplatte auflegen.»

«Red keinen Unsinn, Katrien. Was ist falsch daran, zwei betrübte Menschen glücklich zu machen? Juffrouw Antoinette ist verrückt nach gebrechlichen Männern. Sie versucht auch immer, mich zu verwöhnen, und Karel ist ein hübscher junger Mann.»

«Ja», sagte seine Frau, «ich finde Karel auch anziehend.»

«Aber du hast mich schon», sagte der Commissaris. «Darum kannst du Karel weggeben. Ist Cardozo nach Hause gegangen?»

«Cardozo ist wieder sehr ruhelos.» Sie nahm seine leere Tasse. «Ein Freund hat ihn abgeholt, auch ein junger Jude, ein gewisser Izzy. Was macht Cardozo eigentlich?»

«Er hilft mir», sagte der Commissaris. «Er hat mir noch nicht gesagt, wie. Heute nachmittag bringt er einen Computer her, ich hoffe, du hast nichts dagegen. Und er wird einen Freund mitbringen, das dürfte dieser Izzy sein. Sie wollen etwas demonstrieren.»

Sie drehte sich um. «Warum bringst du das ganze Präsidium nicht her? Bleiben sie zum Essen? Kommen Grijpstra und de Gier auch und Ketchup und Karate sowie die beiden von der Reichskripo in ihren Lederanzügen?»

«Ja», sagte der Commissaris. «Es muß wirklich sein, Katrien, aber das ist schnell erledigt. Morgen schließe ich den Fall ab.»

«Am Sonntag?»

«Am Tag der göttlichen Rache», sagte der Commissaris.

Sie schaute ihn düster an.

«Was ist?»

«Nichts, Jan. Mevrouw Jongs und ich werden Nasi-Goreng kochen.»

«Ja, lecker, mit Kroepoek aus Tapiokamehl und Krabben, aber warum machst du ein so sonderbares Gesicht?»

«Ach», sagte seine Frau, «ich mag es nicht, wenn du von Rache sprichst, Das tut mir weh. Rache ist nichts für dich. Du willst Willem erledigen, immer sprichst du davon im Schlaf. Ich habe noch nie erlebt, daß du so unruhig schläfst wie zur Zeit, immerzu drehst du dich um und trittst mich, und du schnarchst, und dann dieses Gemurmel und Gequieke.»

«Es muß sein», sagte der Commissaris.

«Aber warum?»

«Das ist meine Arbeit», sagte der Commissaris triumphierend.

«Aber du bist nicht mehr im Dienst, Jan. Du tust es von dir aus.»

«Nein, das ist vorbei. Rood hat es mir gesagt. Die Reichskripo konnte nichts finden.»

«Ja, stell du dich nur schlau», sagte seine Frau. «Ich wollte, du würdest mal ermitteln, warum du so schlecht schläfst.» Sie küßte sein Haar. «Kleiner Großtuer.»

27.

Das schwüle Wetter löste sich mittags in einem helleren Himmel auf, de Gier machte den Scheibenwischer aus. Der Commissaris schaute erstaunt auf die aufleuchtenden Klinkersteine, die unter dem Citroën dahinglitten. Hohe Pappeln standen in einer Reihe, und an der anderen Straßenseite trieben straffe Segel über dem Schilfrohr der Vinkenoortschen Ufer dahin. Schwäne und Enten liefen über frisch gemähtes Gras. Ein Kormoran, der an einem glänzenden Fisch schluckte, erhob sich ungeschickt in die Luft.

«Eine angenehme Sonntagsfahrt», sagte der Commissaris vergnügt. «Man fragt sich, warum wir nicht alle in Frieden unseren Aufenthalt auf diesem Wohlfahrtsplaneten genießen, statt einander immerzu auf den Kopf zu schlagen.»

«Wir sind Kämpfer», sagte de Gier. «Wenn alles zu gut läuft, beginnt die Langeweile.»

«Ach», sagte der Commissaris irritiert, «wenn du nur einen Tropfen Blut siehst, fällst du schon in Ohnmacht.»

«Um es spannender zu machen, Mijnheer. Das ist der innere Widerspruch. Vielleicht bin ich deshalb zur Polizei gegangen, um nämlich meine Angst zu überwinden. Wenn man nicht ängstlich ist, macht selbst das Kämpfen keinen Spaß.» Er fuhr schneller. «Der schwarze Ritter wartet und putzt seinen Harnisch. Jetzt hat er das schöne Mädchen auch noch ermordet. Meine Motivation wird immer besser.»

«Das weißt du nicht mit Sicherheit. Der einzige Hinweis ist, daß der Mörder einen schwarzen Wagen fuhr.»

«Stimmt», sagte de Gier. «Der Baron fährt einen schwarzen Porsche, das zeigte uns gestern Cardozos Computer.»

Der Commissaris schaute auf die Enten.

«Ein gutes Gerät, nicht wahr, Mijnheer? Und dieser Izzy konnte damit umgehen. Mit dem Computer kann man in jedes System einbrechen.»

«Wenn man den Code kennt, Brigadier.»

«Den bekommt man leicht, man braucht nur anzurufen.» De Gier sprach mit verstellter Stimme. «Hallo, Verwaltung? Hier ist die Electronics AG. Sie wissen schon, wir haben Ihr Gerät geliefert. Wir testen gerade. Ihr Computer hat einen Fehler beim Anfordern der Identifikation. Wir hätten bitte gern die Codebestätigung.»

Der Commissaris nickte. «Und die geben sie einfach weiter, nicht zu fassen. Das elektronische Verbrechen.»

De Gier wich nach rechts aus. Ein niedriger weißer Sportwagen flitzte hupend vorbei. «Haben Sie das gesehen, Mijnheer?»

«Was soll ich gesehen haben? Einen unverschämten Fahrer?»

«Ronnie Rijder in seinem Ferrari», sagte de Gier. «Der Froschmensch auf dem Wege, um zerbombt zu werden. Der Protz hat es eilig.»

Der Commissaris paffte an seiner Zigarre. «Dem müssem wir zuvorkommen, Brigadier. Ich habe darüber nachgedacht. Niemand dürfte mit mir mal wieder übereinstimmen, aber wir haben genug Gewalttätigkeit gehabt. Sechs Leichen, alle dank der Mißstände im Präsidium.»

«Ach», sagte de Gier und schaute entspannt auf die leere Straße vor sich.

«Bist du nicht meiner Meinung, Brigadier?»

De Gier streckte das Kinn vor. «Ich denke, es ist schade um Céline, aber dem Rest sage ich Lebewohl. Ijsbreker und Heul waren Verbrecher, und die Junkies haben es herausgefordert. Von mir aus kann Rijder ebenfalls hopsgehen. Und wie schnappen wir Huip Fernandus, wenn er noch nichts getan hat?»

«Wegen des Versuchs», sagte der Commissaris. «Der Versuch ist auch strafbar. Meine einzige Sorge ist, daß wir nicht wissen, wo Huip ist. So eine Bombe kann in einem ziemlich großen Aktionsradius per Funk gezündet werden. Nur sechs von uns halten Ausschau nach ihm, wir beide nicht mitgezählt. Hoffentlich sitzt Huip auf der Terrasse des Hotels. Sobald du siehst, daß Rijder wegfährt, greifst du dir den Taugenichts.»

«Der Mordversuch ist schwer zu beweisen, Mijnheer.»

«Das ist eine Befehl», sagte der Commissaris.

De Gier lächelte. «Offiziell bin ich nicht im Dienst, Mijnheer. Niemand hat mir gesagt, daß meine Suspendierung aufgehoben worden ist.»

«Ich sage es dir, Brigadier.»

«Ja, aber das können Sie nicht. Sie sind auch noch nicht offiziell im Dienst. Ich hätte es gern schriftlich, Mijnheer.»

«Die nächste rechts», sagte der Commissaris. «Denke daran, daß wir nicht gesehen werden dürfen. Wir müssen eine schöne Stelle finden, von der aus wir den Yachthafen und das Motel beobachten können.»

Das Motel war von Sportplätzen und einem Park umgeben. De Gier parkte neben Rijders Ferrari. Der Commissaris hatte seine Tür schon geöffnet. «Dort, hinter den Rhododendren, ich gehe schon.»

De Gier schaute in den Ferrari. Der Zündschlüssel steckte, im Handschuhfach lag eine Brieftasche. «So einen auffälligen Wagen klaut man nicht, wie, Ronnie?» fragte de Gier. Er streckte die Hand aus. Ein uniformierter Fahrer in einem alten Rolls-Royce schaute zu. «Guten Tag», sagte de Gier. «Mein Freund hat Schlüssel und Papiere vergessen. Ich werde sie ihm geben. Ist das der Wagen von Notar Fernandus?»

«Nein», sagte der Mann. «Der Rolls-Royce gehört mir. Man mietet mich als Fahrer mit.»

«Ich dachte, der Notar fährt einen Daimler», sagte de Gier.

«Ich wollte, er täte es.» Der Fahrer schob die Mütze nach hinten. «Der Kerl macht mich todkrank. Bitte, Mijnheer, meine Karte. Ich stehe zur Verfügung. Könnten Sie das in Ihren Kreisen weitersagen? Wenn Sie mir einen schönen Auftrag verschaffen, fahre ich Sie einen Abend gratis herum.»

De Gier steckte die Karte sorgfältig in seine Brieftasche. «Sie mögen Fernandus nicht?»

«Nein», sagte der Fahrer, «und schon gar nicht, wenn er sein liebes Söhnchen mitnimmt.»

«Wo warst du denn?» fragte der Commissaris, als de Gier hinter den Rhododendren eintraf.

«Ich wurde angesprochen, Mijnheer, und konnte nicht weglaufen, das wäre verdächtig gewesen.»

Sie schlichen an den Tennisplätzen entlang, auf denen junge Damen anmutig Bälle verfehlten, und an einem Golfplatz, auf dem ältere Herren mit motorisierten Caddy-Wagen Autozusammenstoß spielten. Der Commissaris murmelte verstimmt etwas vor sich hin.

«Mögen Sie keinen Sport, Mijnheer?»

«Willem schlug mir die Bälle immer direkt ins Gesicht», sagte der Commissaris. «Hier ist eine gute Stelle.» Er schob die Zweige eines Strauches zur Seite und schaute durch ein Fernglas. «Gut, da sitzen sie, siehst du?»

De Gier sah durch das Glas. «Fernandus, Huip und Rijder beim Schnaps. Bah, ein gutes Glas, ich sehe Huips Pickel.»

«Siehst du den Baron?»

«Auf der anderen Seite der Terrasse, Mijnheer. Er sitzt allein.»

«Sind wir nahe genug?» fragte der Commissaris. «Sobald du siehst, daß Rijder abfährt, rennst du zur Terrasse und ergreifst ihn. Nimm ihm das Gerät weg. Wenn das Boot noch in der Nähe der Terrasse ist, traut Huip sich nicht.»

De Gier richtete das Fernglas wieder auf den Baron.

«Da sitzen sie jetzt ganz gemütlich», sagte der Commissaris. «Ich hoffe, Heul hat Grijpstra nicht angelogen, nur um Eindruck zu schinden.»

«Heul ist tot», sagte de Gier. «Er ist draufgegangen, weil sie entdeckt haben müssen, daß er gesungen hat.»

Der Commissaris wedelte Mücken weg.

«Da ist Grijpstra mit seinen roten Hosenträgern», sagte de Gier, «gegenüber den Bootsanlegern. Und das Kerlchen, das im Schilf mit der Angelrute nicht klarkommt, ist Cardozo.» De Gier schwenkte das Fernglas. «Ketchup, Karate, Biersma, Ramsau. Sie sind alle hier.»

«Laß mich mal wieder gucken», sagte der Commissaris. «Das schnelle Motorboot, das dort liegt, dürfte die Mordwaffe sein. Schau dir nur den Außenbordmotor an.» Er stieß de Gier an. «Aufgepaßt, Brigadier! Rijder steht auf.»

«Huip Fernandus steigt ebenfalls ein», sagte de Gier. «Das klappt nicht, Mijnheer.»

Der Commissaris machte ein verzweifeltes Gesicht. «Nein. Eine Fehlkalkulation. Ich muß das falsch verstanden haben. Wie ist das möglich? Arme Katrien.»

De Gier hatte das Fernglas wieder. «Da gehen die beiden hin. Was ist mit Ihrer Frau?»

«All die Logiergäste», sagte der Commissaris. «Und sie war

schon so böse, als Juffrouw Antoinette heute morgen auch noch gekommen ist. Noahs Arche. Schau mal, Rinus, das Boot fährt immer schneller. Diese Wellen, die wühlen alles auf.»

«Lümmel», murmelte de Gier. «In dem Kanu dort sitzen kleine Kinder.»

«Hier stimmt nichts», sagte der Commissaris. «Huip wird sich nicht selbst in die Luft jagen.»

«Was sagen Sie, Mijnheer?»

Der Commissaris murmelte vor sich hin. «...ein Scherz von Willem? Nein, das ist nicht möglich... was will er damit beweisen? Obwohl...»

Der Knall war nicht sehr laut, aber sofort bildete sich ein großer orangefarbener Feuerball, der größer wurde, je höher er stieg. In der Glut zeichneten sich die Überreste des Bootes ab. Zwei flammende Gestalten mußten die Körper von Huip und Rijder sein. De Gier rannte zur Terrasse. Der Commissaris hinkte hinterher. Erschrockene Gäste hatten ihre Tische umgeworfen und liefen in Scharen zu den Bootsanlegern. Männer sprangen in Boote und starteten Motoren. Wellen, die bei der Explosion entstanden waren, rollten am Ufer entlang. De Gier rannte zu der Stelle, wo er den Baron zuletzt gesehen hatte, aber der Stuhl war leer. Fernandus saß noch an seinem Tisch und nippte an seinem Glas. Der Commissaris fiel auf den Stuhl, auf dem Rijder gesessen hatte. «Du, du...»

«Ja?» fragte Fernandus. «Sag's nur, mein Bester. Du...und weiter?»

«Dein eigener Sohn?» fragte der Commisaris. «Aber warum?»

«Warum nicht?» fragte Fernandus.

«Aber...»

Fernandus schaute auf den See. Der Feuerball wurde schwächer. «Aber nichts. Du hast recht, Jan, nie ist etwas los. Wir sind beide Bestandteile einer großen Illusion. Wir können tun, was wir wollen. Du tust es jedoch nicht, aber ich.»

«Du mußt beseitigt werden», sagte der Commissaris hinter seinem bebenden Zeigefinger. «Du. Du mußt *wirklich* weg.»

«Hat mein Experiment dich noch nicht überzeugt?» fragte Fernandus. «Wir haben uns beide in diesem Streit bewiesen. Wollen wir gehen und diesen angebrochenen alten Tag zusammen verbringen?»

«Nein», sagte der Commissaris.

Der Baron saß an der Bar im Motel. «Hallo», sagte de Gier und setzte sich auf den Hocker neben ihm. «Das hast du getan, nicht wahr?»

«Ich habe auf dich gewartet», sagte de la Faille. «Hätte ich das getan, wäre es Profiarbeit gewesen. Zwei lästige Menschen auf einen Schlag. Ich habe Huip nie gemocht, große Klappe und nichts dahinter. Er konnte nur hochfliegen, wie es soeben zu sehen war.»

«Du brauchst dich nicht so gewählt auszudrücken», sagte de Gier. «Ich hätte dich nicht festgenommen. Darauf mußt du noch etwas warten. Ich hätte es zwar gern gleich getan, aber jetzt habe ich allerlei gute Ausreden.»

Der Barmann machte ein fragendes Gesicht.

«Nein, danke», sagte de Gier. «Ich habe es eilig.»

Der Commissaris las den Zettel, der unter den Scheibenwischer des Citroën geklemmt war. *Der Zündschlüssel steckt. Ich sehe Sie bald zu Hause.* Er schaute auf die Stelle, wo der Ferrari gestanden hatte. Ein Fahrer in einem Rolls-Royce grüßte.

Der Commissaris fuhr weg. Einige Minuten später hielt er auf einem Seitenstreifen der Landstraße, stieg aus und rannte in ein Gebüsch. Als er herauskam, wischte er sich den Mund mit einem Taschentuch ab, eine Hand hielt er auf den Bauch gedrückt.

«Jan?» fragte seine Frau, als er ihr in die Arme sank. «Ist wieder etwas Scheußliches passiert?» Sie schnüffelte. «Hast du dich übergeben?»

«Willem hat seinen Sohn ermordet, Katrien.»

Sie umarmte ihn. «Möchtest du dich hinlegen? Grijpstra und Cardozo warten in deinem Zimmer. Soll ich ihnen sagen, sie sollen gehen?»

«Nein», sagte der Commissaris. «Ich komme gleich, aber vorher muß ich ins Bad.»

28.

Der Commissaris, in Morgenrock und Hausschuhen, gestützt von seiner Frau, schlurfte in sein Arbeitszimmer. «Ja», sagte er leise, «das war nicht besonders gut. Guten Tag, Adjudant. Guten Tag, Cardozo.»

Grijpstra setzte sich wieder, Cardozo lehnte sich an den Bücherschrank. «Habt ihr es begriffen?» fragte der Commissaris. «Hinterher betrachtet, ist es ziemlich logisch, was geschehen ist, aber ich habe es trotzdem nicht vorhergesehen. Es ist unmöglich, sich in die Gedankengänge eines anderen zu versetzten. Willems perfides Vorstellungsvermögen geht weiter, als ich dachte.»

«Die anderen sind unten», sagte seine Frau.

Der Commissaris wandte sich ihr langsam zu. «De Gier auch?»

«Ja, Jan, schon ein Weilchen.»

Der Commissaris rieb sich das Kinn. «Die endgültige Konfrontation, wie?»

«Mit de Gier?»

«Ja, auch, aber vor allem mit Fernandus. Ich würde gern glauben, es sei ein Unglück gewesen, daß Huip aus Versehen auf das Knöpfchen gedrückt hat, aber dies hatte Willem sich ausgedacht. Er ist immer noch dabei, Zeugen zu beseitigen, und er wollte mir wieder eine Lektion erteilen. Das Opfern seines Sohnes fiel ihm wahrscheinlich nicht einmal schwer. Willem dürfte Huip die Thronfolge nicht gegönnt haben.»

Seine Frau biß sich auf den Finger.

«Was meinst du, Adjudant?»

«Heul hat Fernandus und dem Baron gesagt, er habe bei uns gesungen», sagte Grijpstra ruhig. «Huip hatte Unrat gewittert und ihn dazu gezwungen. Die beiden sind schon lange zusammen, und Heul ist der schwächere. Sobald Heul nach Hause kam, nach seiner Begegnung mit uns, spürte Huip, was geschehen sein mußte. Fernandus nutzte die Situation und sagte seinem Sohn, der Anschlag auf Rijder werde nicht stattfinden angesichts der Erwartung, daß wir dabeisein würden. Huip glaubte seinem Vater. Der Baron bekam den Sender, der die Bombe explodieren lassen sollte, oder er hatte vielleicht ein Duplikat.»

«Wie furchtbar», sagte Katrien. «Und darüber redet ihr so ruhig. Willem, der seinen Sohn ermordet.»

«Der Baron ist noch da», sagte Cyrdozo, «der Ijsbreker erschossen hat. Wenn wir den Baron verhören, wird er Fernandus verraten.»

«Fernandus wird seine rechte Hand nicht abmurksen», sagte der Commissaris.

«Ich habe den Baron beobachtet», sagte Cardozo. «Unmittelbar nach der Explosion stand er auf. De Gier lief ihm kurz darauf nach. Vielleicht hat de Gier dem Baron den Sender abgenommen.»

«Nein», sagte Grijpstra, « der ganze Anschlag war gut vorbereitet. Der Sender verschwand sofort, und wenn nicht, haben wir trotzdem nichts in der Hand, auch wenn er wieder auftauchen sollte. Man muß nämlich die Verbindung zwischen Sender und Bombe beweisen. Wenn Plastiksprengstoff explodiert, bleibt nichts davon übrig.»

«Was wirst du jetzt tun, Jan?» fragte seine Frau. «Du mußt Willem festnehmen, weißt du, der ermordet ja jeden.»

«Das kann ich nicht, Katrien.»

Sie streichelte seinen Rücken. «Unsinn, Jan. Denk dir etwas aus, das teuflisch ist.»

Er schaute sie erschrocken an. «Teuflisch? Aber Katrien, ich sichere den lieben Frieden...»

«Ja, Schatz, natürlich, so meinte ich es nicht.»

«Teuflisch», murmelte der Commissaris.

«Mijnheer?» fragte Cardozo.

Der Commissaris zupfte am Saum seines Morgenmantels. «Aber so kann es auch nicht weitergehen. All die Menschen hier im Haus, und Willem kräht triumphierend hoch vom Turm.»

«Du mußt wirklich etwas tun, Jan», sagte seine Frau.

«Und Juffrouw Antoinette», sagte der Commissaris. «Eine unhaltbare Situation.»

Seine Frau küßte ihm die Wange. «Juffrouw Antoinette hilft Karel, Schatz. Die beiden haben riesigen Spaß mit der Arche. Karel hat einige Glasscherben gefunden. Jetzt sind die Seiten der Arche durchsichtig, sonst wären deine Gipstiere nicht zu sehen.»

«Mijnheer», sagte Cardozo, «der Computer steht bereit. Izzy

und ich haben einen Plan. Würde es Ihnen viel ausmachen, mit nach unten zu kommen?»

«Wieder eine Demonstration?» fragte der Commissaris. «Geht das nicht ein andermal?»

«Cardozo und Izzy haben eine ganz gute Idee», sagte Grijpstra. «Interessant. Sie sollten sich das wirklich ansehen.»

Ketchup, Karate, Biersma und Ramsau standen auf, als der Commissaris hereinkam. De Gier stand an einem Fenster. Ein Computer mit Zubehör war auf dem Eßtisch aufgebaut. Izzy schaltete den Bildschirm ein. «Wegen heute nachmittag tut es mir leid», sagte der Commissaris, «es ist anders gelaufen, als ich dachte.» Seine Zuhörer murmelten Zustimmung.

«Das konnte niemand vorhersehen», sagte Brigadier Biersma. «Aber Sie werden ihn noch fassen, Mijnheer.»

«Wie?» fragte der Commissaris.

Cardozo räusperte sich. «Würden Sie mal schauen, Mijnheer? Izzy, gibst du den Code ein?» Izzy Sanders drückte auf Knöpfe. «Das ist der Code der Bank de Finance, Mijnheer», sagte Cardozo. «Jetzt kommt allerlei Zeug auf den Schirm, das nicht so wichtig ist. Wir müssen jetzt unsere Identifikation eingeben, und das tut Izzy jetzt. Ja?»

Izzy nickte.

Cardozo räusperte sich. «Das geht jetzt schnell, weil wir es schon probiert haben. Wir wollten wissen, wo das Geld bleibt, das die Stiftung einnimmt. Das ist jetzt die Kontenübersicht. Der Saldo ist, was die Stiftung in diesem Moment in der Kasse hat.»

«Das ist nicht viel», sagte der Commissaris. «Wo ist der Rest?»

«Das haben wir uns auch gefragt», sagte Cardozo. «Wir sind allen Konten nachgegangen. Fernandus und Bart de la Faille sind beide in den roten Zahlen. Das kommt denen ganz gut zupaß. Falls sie jemals von der Steuerfahndung kontrolliert werden sollten, können sie zeigen, daß sie nur Schulden haben. O ja, Izzy, zeig uns mal das Hypothekenkonto.»

Neue Zahlenreihen erschienen auf dem Bildschirm.

«Sehen Sie?» fragte Cardozo. «Sowohl Fernandus als auch de la Faille haben Hypotheken auf ihren Häusern. Nirgendwo ist nachweisbares Geld zu finden.»

Der Commissaris blinzelte. «Aber wo ist das Geld?»

Cardozo hustete hinter vorgehaltener Hand. «Ja, das wußten wir auch nicht, aber was halten Sie hiervon, Mijnheer. Izzy, die Konten der Ausländer, bitte.»

Der Commissaris nickte. «Das ist Kapital. Was ist das für Geld?»

«Schwarzes Geld», sagte Cardozo. «Auf allerlei Namen, Rauschgifthändler und so. Waffenhandel. Ölumschlag von der Sowjetunion nach Südafrika, aber darum geht es hier nicht. Alles widerwärtige Kunden der Bank. Es geht um das eine Konto, Mijnheer. Izzy?»

Izzy tippte.

«Da», sagte Cardozo. «Bitte, da ist es, und das ist nur das Bargeld. Zwölf Millionen. Sehen Sie den Namen?»

Der Commissaris las. «Ernst Fernandus.»

«Izzy, zeig auch noch mal Ernsts Geldanlagen.»

Es erschienen neue Zahlen und die Namen bekannter Anlagefonds.

«Achtzehn Millionen?» fragte der Commissaris. «Aber das ist ja lachhaft. Ernst ist ein Dichter und hat ein Segelboot, aber sonst keinen Cent.»

Izzy schaute sich um. «Sie wissen, Mijnheer, daß ich eine Zeitlang in der Bank de Finance gearbeitet habe. Willem Fernandus ist zeichnungsberechtigt für seinen Bruder Ernst.»

«Also gehören die dreißig Millionen eigentlich Willem?» fragte der Commissaris.

«Könnte es denn anders sein?» fragte de Gier.

Der Commissaris schaute sich um. «Hattest du eine gute Fahrt zurück in die Stadt, Brigadier?»

«Rinus», sagte de Gier. «Rinus heiße ich, Mijnheer.»

Der Commissaris schaute wieder auf den Bildschirm. «Gut, es gehört Willem Fernandus. Sehr interessant, Cardozo. Ich danke für die Demonstration.»

Cardozo räusperte sich. «Wir können noch mehr als nur etwas zeigen, Mijnheer. Gegenwärtig sind wir Bestandteil der Bankverwaltung. Wenn Sie wollen, können wir eingreifen.»

«Ja?» fragte der Commissaris. «Wie meinst du das? Ich kenne mich auf diesem Gebiet nicht so aus.»

«Stell dich nicht so dumm, Jan», sagte seine Frau. «Du weißt genau, was Cardozo meint.»

«Ich weiß nichts», sagte der Commissaris.

«Wir können Umbuchungen vornehmen, Mijnheer», sagte Izzy. «Wenn Sie mir eine Kontonummer geben, bei welchem Geldinstitut auch immer, übertrage ich die ganzen dreißig Millionen, aber dann muß ich vorher die Aktien in den Fonds verkaufen. Das ist mit dem Fernschreiber an diesem Computer möglich. Ich vertage diesen Prozeß auf morgen bis kurz vor der Schließungszeit der Bank. Wenn die dann am Dienstag auf ihre Bildschirme gucken, ist es schon zu spät.»

Der Commissaris nahm Platz und steckte sich eine Zigarre an.

Cardozo räusperte sich.

«Es ist immerhin schmieriges Geld, mit Schmutz verdient. Glücksspiel ist verboten, Zuhälterei ebenfalls, und Drogenhandel und illegaler Export und...»

«Ja, ja», sagte der Commissaris.

«Und Sie haben die Girokontonummer der Nonne», sagte Grijpstra.

Katrien legte die Hände ihrem Mann auf die Schultern. «Oh, ja, Jan, das ist ein Schatz von Frau, die kann bestimmt die dreißig Millionen gebrauchen.»

«Zur Linderung menschlichen Elends», sagte de Gier. «Heißt die Stiftung nicht so?»

«Und wenn die Nonne das Geld zurückgibt?» fragte der Commissaris.

«Nonnen geben nie etwas zurück», sagte Karate. «Ich habe Unterricht bei Nonnen gehabt.»

«Nonnen gehören Gott», sagte Ketchup.

«Gott gibt überhaupt nie etwas zurück», sagte Ramsau. «Ich bin evangelisch-reformiert. Gott steckt nur ein.»

«Ja, aber das Geld steht auf Ernsts Namen», sagte der Commissaris.

«Ein Dichter auf einem Segelboot», sagte Brigadier Biersma. «Wischen Sie das Geld doch weg, Mijnheer, dann sind wir es auch los.»

Der Commissaris überlegte.

«Jan?» fragte seine Frau. «Wenn du wissen möchtest, wie es Ernst geht, erkundige ich mich für dich. Fleur weiß alles über Ernst, und sie wohnt ganz in der Nähe.»

29.

«Ernst?» fragte Fleur Fernandus, geborene de la Faille, eine korpulente Frau, im gleichen Alter wie Katrien, aber betont jugendlich geschminkt und gekleidet. Ihre beringten Finger ließen die Frau des Commissaris an fette Maden denken, bemalt mit Leuchtfarbe. «Ach, ja, Ernst.» Sie lächelte breit.

Die Frau des Commissaris machte Fleur Komplimente über die Eleganz ihres Appartements.

«Ja», sagte Fleur, «ich hatte Glück, daß ich die Bankanteile noch hatte. Willem nörgelte immer, ich müsse sie auf seinen Namen übertragen, aber ich wollte meine Position nicht schwächen. Nach unserer Scheidung mußte er mich auskaufen. Ernst hatte seinen Anteil schon viel früher für viel zuwenig Geld abgetreten, aber ich habe für meinen einen hübschen Betrag bekommen.» Ihre dicken Schultern hoben und senkten sich. «Ernst hat nie viel Ahnung vom Geschäftemachen gehabt.»

«Armer Ernst», sagte die Frau des Commissaris.

«Kein Geld», sagte Fleur, «und dann? Frauen bezahlen ihn für seine charmante Gesellschaft.» Sie atmete schwer. «Ernst ist ein phantastischer Mann, aber ich mußte unbedingt seinen habgierigen Bruder heiraten.»

«Geht es Ernst gut, Fleur?»

«Und dann bekam ich auch noch das geistesschwache Söhnchen von Willem an den Hals», sagte Fleur.

Die Frau des Commissaris zerknüllte ihr Taschentuch.

«Ernst...» Fleur klatschte in die Hände. «Weißt du, daß ich beinahe mit ihm um die Welt gesegelt wäre? Er hat mich damals gefragt, vor Ewigkeiten, und ich hätte fast zugesagt. Dann säße ich jetzt auf Mauritius mit einem Laden für Touristen, genau wie das schwarze Weib, das er jetzt hat. Dann hätten wir Kokosnüsse gegessen und in Waldseen geplätschert, und abends hätte ich mir seine Gedichte angehört.» Sie lächelte ihren Gast an. «Ernst reimt so schön, weißt du. Ich verstehe nichts von Poesie, aber ich kann sehr gut so tun als ob. Das Weib, das er jetzt hat, versteht auch kein Iota von seiner Kunst.»

«Also hat er eine Frau?»

«Bah.» Fleur bot aus einer Porzellanschale Bonbons an. «Hier, nimm auch einen. Ja, weißt du, das sagte er mir wenigstens. Sie hocken zusammen in einer Bambushütte, aber dort ist er nicht oft. Er ist ständig mit dem alten Segelboot unterwegs. Vor einigen Monaten war er hier und hat mir den Kahn gezeigt, vertäut hier am Droogbak.»

«Haben Ernst und Willem sich getroffen?»

«Nimm noch einen», sagte Fleur. «Hier, sehr lecker. Ja, Ernst kam wegen Willem, er wollte einen Kredit für den Laden seiner Freundin, ausgerechnet von seinem Bruder.»

«Er bekam also kein Geld?» Die Frau des Commissaris kniff die Augen zu, denn der sirupartige Inhalt des Bonbons lief ihr über die Zunge. «Herrlich, Fleur.»

«Ja, ein herrlicher Mann», sagte Fleur. «Er hätte bei mir bleiben können, dann hätte ich ihm das Geld für den Laden des Weibs geliehen, wenn er dann nicht mehr zurückgegangen wäre.» Sie knetete die Armlehnen ihres Sessels. «Er wollte nicht einmal zum Schlafen hierbleiben. Er zog sein schmutziges Boot vor.»

«Fleur?»

«Ja?»

«Ich weiß nicht, wie ich es sagen soll, aber Huip ist heute nachmittag verunglückt.»

Fleur nahm einen Bonbon. «Tot?»

«Ja. Auf den Vinkenoortschen Seen. Das Motorboot flog in die Luft.»

«So.» Fleur kaute.

«Ist das nicht entsetzlich?»

«Ich habe Huip seit Jahren nicht gesehen», sagte Fleur. «Es war auch nicht nötig. Über seinen Vater konnte ich ja noch lachen. Saß Willem auch im Boot?»

«Nein, Fleur.»

«Schade», sagte Fleur. «Ich hatte immer einen Abscheu vor Vinkenoort. Dort war Willem, wenn ich ihn nicht finden konnte. Willem ist ein Erzlump, Katrien, warum schickst du ihm nicht Jan auf den Hals?»

«Jan war eine Zeitlang nicht im Dienst, Fleur.»

Fleur schaute auf die Bonbons. «Eigentlich dürfte ich sie nicht essen. Na, noch einen. Ja, das habe ich in der Zeitung gelesen. Hat Jan auch der großen Verführung nachgegeben? In dieser Stadt ist es schlimm geworden.»

«Nein, Fleur, Jan ist ein ehrlicher Mensch.»

«Willem nicht», sagte Fleur. «Er ist es nie gewesen. Sag Jan, er soll ihn schnappen, so schwierig ist das nicht. Willem ist anscheinend zwar mächtig, aber er hat Schwachstellen. Gibt es gegenwärtig nicht die Hatz auf schwarzes Geld?» Fleurs Hand schwebte über der Porzellanschale. «Willem macht alles schwarz. Wenn Jan Willems Geld in die Hand kriegt, bekommt der einen Anfall.» Die Hand griff nach einem Bonbon. «Weißt du, daß Willem jeden Abend genau ausrechnet, wieviel er besitzt? Und wenn es weniger ist als am Vortag, bekommt er vor Wut Schaum vor den Mund.»

«Ich werde es ausrichten», sagte die Frau des Commissaris.

«Und Rauschgift», sagte Fleur, «damit handelt Willem ebenfalls. Als ich noch bei ihm war, kamen allerhand bösartige Typen über unsere Türschwelle.»

«Er nimmt das Zeug doch nicht etwa selbst?»

«Das hat für ihn den Reiz verloren», sagte Fleur. «Es ist wie mit Frauen, an denen stochert er auch nur ein bißchen herum. Willem beißt nur auf Geld an.»

Die Frau des Commissaris stand auf. «Ich muß gehen, Fleur. Es war nett, dich mal wiederzusehen. Du hast wirklich ein prächtiges Appartement.»

Fleur watschelte zur Tür. «Tschüs, Katrien, weißt du jetzt genug?»

«Wie bitte?»

Fleur grinste. «Mein Brüderchen, der Baron, hat heute nachmittag angerufen. Über meinen Sohn Huip wußte ich schon Bescheid. Wünsche Jan Glück.»

30.

Die Frau des Commissaris setzte sich. Izzy schaltete den Computerschirm wieder ein.

«Nur zu», sagte der Commissaris.

«Alles?» fragte Izzy.

«Alles», sagte der Commissaris. «Die Aktien auch, das ganze Konto kann leergemacht werden.»

Im Zimmer war nur das Klicken der Tasten zu hören.

«So», sagte Izzy. «Vielleicht sind es mehr als dreißig Millionen. Die Aktien steigen gegenwärtig. Das Geld ist gut angelegt. Es dürften noch Kursgewinne hinzukommen.»

«Und kein Mensch, der je etwas herausbringt, Mijnheer», sagte Cardozo. «Wir haben die Identifikationsnummer von Willem Fernandus benutzt. Wenn er selbst den Auftrag gibt, dann gibt es keinen Regreßanspruch.»

«Feiern wir?» fragte Ketchup. «Weil unser Auftrag erfüllt ist?»

«Wir feiern», sagte der Commissaris.

Die Frau des Commissaris öffnete die Schiebetüren zum Nebenzimmer. Karel klopfte ans hintere Fenster. Juffrouw Antoinette hielt die Arche Noah hoch. Der Commissaris ging auf die Veranda, seine Frau und Mevrouw Jongs schenkten Getränke ein.

«Sehr schön», sagte der Commissaris. Die Tiere in der Arche waren in Paarungsstellungen zusammengeklebt. «Das muß sein», sagte Juffrouw Antoinette, «denn wenn die Arche nach der Sintflut wieder auf dem Boden steht, müssen sie alle Junge bekommen.»

«Iich nnnehme sie wwieder rraus», sagte Karel. «Es ist nnur so zzzum Schschpaß.»

«Nein, ich finde sie reizend so», sagte der Commissaris.

«Wwwirklich wwahr?»

«Das ist sehr kunstverständig, Karel.»

«Dddann ddürfen Sie ddie bbbehalten», sagte Karel. «Iich hab Gggrijp...»

«Grijpstra?»

«...dden Nnnashornkkopf gggegeben. Sie bbbekommen ddie Aarche.»

«Danke», sagte der Commissaris. «Kommt herein. Wir feiern.»

Der Vorrat an Getränken war schnell erschöpft, die Appetithäppchen, die Mevrouw Jongs und Juffrouw Antoinette zubereitet hatten, ebenfalls. Ketchup und Karate prosteten dem Computer zu. Biersma und Ramsau schworen, sie würden ihre Versetzung zum Morddezernat beantragen. Grijpstra beschrieb Juffrouw Antoinette seine Knochenenten, wobei er wiederholt versicherte, daß man ohne guten Hintergrund nichts wird. Mevrouw Jongs sprach mit Karel über Eidechsen. Izzy und Cardozo hatten ein Computerspiel vom Verkäufer des Geräts geschenkt bekommen, das sie jetzt ausprobierten. Gewinner war, wer die wenigsten Punkte hatte. Es war ein Kriegsspiel, und Cardozo schien Experte zu sein, Ambulanzen mit Volltreffern zu belegen. Der Commissaris schob de Gier in eine Ecke.

«Wo ist der Ferrari?» fragte der Commissaris.

«Mein weißes Streitroß?» fragte de Gier. «Das sage ich nicht.»

«Raus damit.»

«Nein», sagte de Gier. «Sie haben jetzt Fernandus, und ich kriege den Baron.»

«Ihr wollt euch doch nicht etwa streiten?» fragte die Frau des Commissaris. «Wer möchte eine heiße Bockwurst?»

Der Commissaris biß ein zu großes Stück ab und kaute wütend.

«Ich bin frei», sagte de Gier zur Frau des Commissaris. «Ich habe noch kurz mitgemacht, um Ihrem Mann zu helfen, aber da Cardozo so freundlich war, sich die ideale Lösung auszudenken, kann ich jetzt gehen. Ich habe selbst noch etwas zu tun, und wenn das gelingt, bin ich nirgenwo mehr zu finden.»

«Ist er betrunken?» fragte sie ihren Mann. «Nicht nach Hause fahren, Rinus. Nimm ein Taxi.» Sie klopfte Mevrouw Jongs auf die Schulter. «Haben Sie Grijpstra schon von den Eidechsen erzählt? Das müssen Sie tun. Grijpstra ist ganz verrückt nach unheimlichen Biestern. Er malt sie. Juffrouw Antoinette, würden Sie mir bitte einen Gefallen tun? Der arme Kerl steht nicht sehr fest auf den Beinen, ich fürchte, ich habe ihm einen zu großen Schnaps gegeben. Hätten Sie etwas dagegen, ihn gleich nach Hause zu bringen?»

«Rinus», sagte der Commissaris, «komm auf die Erde.»

«Das hat mir nie gefallen», sagte de Gier.

Die Gäste gingen, bis auf Mevrouw Jongs, die noch abwaschen wollte. Der Commissaris und seine Frau sammelten Gläser und Aschenbecher ein. «Dieser de Gier», sagte der Commissaris. «Habe ich den Jungen all die Jahre dazu angehalten, den Ritter zu spielen?»

«Du mußt es wagen, ihn loszulassen», sagte seine Frau. «Ich hoffe, Karel weiß, was er mit Juffrouw Antoinette anstellen muß.»

«Ich hoffe, sie läßt noch etwas von ihm übrig», sagte der Commissaris.

Sie hielt ihn fest. «Siehst du, es stimmt. Ich wollte es nie glauben, aber jetzt weiß ich es plötzlich. In deinem Büro, wie? Hinter verschlossener Tür? Oder bist du mit ihr in ein Hotel gegangen? Oder ging es bei ihr zu Hause?»

Der Commissaris ließ ein Glas fallen. «Laß mich los, Katrien.»

«Antworte, Jan.»

«He, Katrien.»

«Was bin ich für ein Idiot gewesen!» Sie stampfte auf den Fußboden. «Alle wußten es natürlich. All die Abende, an denen du Überstunden machen mußtest.»

«Hihi.»

«Lachst du etwa, Jan?»

«Du schmeichelst mir, Katrien. Ich? Mit meinem hinfälligen Körper? Schau mal.» Er schob die unteren Zähne mit der Zunge hoch.

«Dazu braucht man etwas anderes als das Gebiß, Jan.»

«Hör jetzt auf», sagte der Commissaris. «Die Reichskripo hat mich der Korruption beschuldigt, und jetzt faselst du von Ehebruch. Ich bin die Unschuld in Person, meine Liebe.»

«Also hast du mit Juffrouw Antoinette nicht ge...»

«Aber nein», sagte der Commissaris. «Stell dir mal vor. Schon allein die Idee. Sei nicht so eifersüchtig.»

«Du bist auch eifersüchtig.»

«Ja», sagte der Commissaris, «das ist wahr. Ich bin froh, daß die jetzt alle verschwinden. Dieses Gegurre und Getue von dir und Karel.»

«Jan, ich bin schon über sechzig.»

«Gib mir jetzt einen Kuß», sagte der Commissaris.

«Nein, gib du mir einen Kuß.»

«Wie lieb», sagte Mevrouw Jongs im Korridor. «Ich küsse nie jemand. Joop mag das nicht. Es ist nicht im Preis inbegriffen.»

31.

Kafsky vom *Koerier*, eine menschliche Strandkrabbe mit Stielaugen (andere Beobachter sprechen von einem räuberischen Reptil, das in einer Felsspalte auf Beute lauert), hörte dem Commissaris aufmerksam zu.

«Hatten Sie nicht vor, einen Artikel über den Stiftungsclub zu schreiben?» fragte der Commissaris. «Ich habe gehört, Sie hätten dort als Gast von Bart Baron de la Faille eine Nacht verbracht. Haben Sie da kein interessantes Material sammeln können?»

«Doch», kläffte Kafsky. Er schob sich seitwärts näher an Juffrouw Antoinette heran, die in Jackenkleid und Spitzenbluse manierlich Kaffee einschenkte. Er nahm eine Tasse und setzte sich wieder auf seinen Stuhl. «Aber die Zeit war noch nicht reif. Jetzt.» Er schlürfte Kaffee. «Jetzt.»

Der Commissaris lehnte sich zurück in die Pracht seiner Begonien auf der Fensterbank. «Ja, jetzt. Vielleicht ist diese Information für Sie wichtig. Selbstverständlich aus zuverlässiger Quelle. Ich bin immer vorsichtig. Der Notar... ja...»

Kafskys Hals wurde länger. Seine freie Hand krallte gierig.

«Fernandus», sagte der Commissaris. «Willem. Nun, Mijnheer Kafsky, Fernandus ist das Bindeglied zwischen Stiftung und Bank. Der Bank de Finance. Sie kennen sie?»

«Ja, ja», sagte Kafsky. «Ja, ja.»

Der Commissaris schüttelte den Kopf. «Die Spardose der Stiftung ist verschwunden. Die Bank wackelt. Fernandus auch, das geht nicht gut, er hatte Anfälle. Ronnie Rijder war in das Debakel verwickelt. Wie genau, ist noch unklar.»

«Rijder?» fragte Kafsky. «Rijders Bekleidungsgeschäfte? Pleite? Rijders Tod war kein Unglück?»

«Eine große Summe fehlt», sagte der Commissaris.

«Und ein Raubüberfall auf den Stiftungsclub.» Kafskys Hals bebte, seine Hände zitterten. «Aha.»

«Es werden einige Festnahmen erwartet», sagte der Commissaris. «Die Steuerfahndung hat Ermittlungen aufgenommen, heute nachmittag wird sie dort sein, in Begleitung der Polizei – Tresore werden geöffnet, Schriftstücke beschlagnahmt, Sie wissen, wie so etwas geht.»

«Wie spät?»

Der Commissaris schaute auf seine Uhr. «Sie wollen dabei sein? Es ist jetzt fast zwölf Uhr.» Der Commissaris legte seine Zigarrendose auf den Tisch. «Um zwei Uhr können wir den Zirkus erwarten.» Er gestikulierte beschönigend. Der Mini-Zirkus, die Bank de Finance ist ja winzig.»

«Nun sagen Sie mal», sagte Juffrouw Antoinette mit einem Blick auf die zugeworfene Tür, «seinen Kaffee hätte er noch trinken können. Und sich Verabschieden ist wohl auch nicht mehr nötig.»

«Kafsky muß seinen Fotografen abholen», sagte der Commissaris. Das Telefon klingelte. Juffrouw Antoinette griff nach dem Hörer. «Ja, Mijnheer.» Sie schaute den Commissaris an. «Der Hoofdcommissaris, ob Sie schnellstens in sein Zimmer kommen wollen.» Der Commissaris nickte. «Sagen Sie ihm, ich erwarte ihn schnellstens hier.» Sie sagte es. Der Commissaris streckte die Hand aus und unterbrach die Verbindung. «Würden Sie Halba jetzt anrufen?»

«Auch anschnauzen?» fragte Juffrouw Antoinette.

«Ja, bitte.»

«Mijnheer Halba?» schnauzte Juffrouw Antoinette. «Sie sollen unverzüglich ins Zimmer des Commissaris kommen.» Sie ließ den Hörer auf die Gabel fallen. «Soll ich bleiben, Mijnheer?»

«Ja, gewiß», sagte der Commissaris. «Und schenken Sie doch noch eine Tasse von dem guten Kaffee ein. Nicht für die. Das Gespräch wird nicht lange dauern.»

Die Tür wurde aufgestoßen, ohne daß jemand angeklopft hatte. «Was soll das heißen?» schnauzte der Hoofdcommissaris. «Seit wann werde ich von Ihnen herumkommandiert?»

«Seit jetzt», schnauzte der Commissaris. Es klopfte. Juffrouw Antoinette ließ Hoofdinspecteur Halba herein.

Der Commissaris steckte die Hand in seine Weste. «Ich werde mich kurz fassen, ihr braucht es euch also nicht bequem zu machen.» Er schaute über seine Brille hinweg. «Ihr werdet, in der Reihenfolge und gemäß eurem Rang, der Faulheit sowie der Bestechlichkeit durch Kriminelle beschuldigt. Ich hatte dies schon früher tun wollen, aber die Schweinerei, die ihr beide aus unserer Organisation gemacht habt – » er schob seine Brille hoch – «na, ihr wißt genau, was ich meine.» Er hob die Hand. «Nein, kein Kommentar. Dies ist keine Sitzung. Ich habe euch kommen lassen, und ihr habt euch anzuhören, was euch gesagt wird. Ihr werdet jetzt, wiederum in der Reihenfolge und gemäß eurem Rang, um vorzeitige Pensionierung und Entlassung bitten. Bei einer eventuellen, unerwarteten Weigerung werde ich mich an die Reichskripo wenden und eine eingehende Untersuchung fordern. Wenn ihr tut, was ich sage, ist es sehr gut möglich, daß die Untersuchung dennoch eingeleitet wird, aber das habt ihr dann nicht mir, sondern eurem eigenen Fehlverhalten zu verdanken. Juffrouw Antoinette, würden Sie die Herren bitte hinauslassen?»

«Puh», sagte der Commissaris, als die Tür wieder zu war.

Juffrouw Antoinette applaudierte. «Wie gut Sie das gemacht haben. Tun die das jetzt, Mijnheer? Weggehen, meine ich? Deren Karrieren liegen jetzt in Trümmern.»

«Dort lagen sie schon vorher», sagte der Commissaris. «Man hatte es ihnen nur noch nicht gesagt. Rufen Sie bitte Cardozo herein?»

Cardozo kam herein. «Was tun Sie da, Mijnheer?»

«Ich springe auf meinem Perser herum», sagte der Commissaris. «Das habe ich schon als Kind getan. Dieser Teppich lag damals bei uns im Salon. Die blauen Flecken sind morastiges Wasser und die grünen Felder mehr oder weniger sicher. Dieser Teppich hat mir ganz spannende Abenteuer verschafft. Um es schwieriger zu machen, veränderte ich ab und zu die Symbolik der Farben. Dann war das Wasser sicher und die Felder nicht. Eine ausgezeichnete Übung, Cardozo, denn in der Wirklichkeit ist es ebenso. Eine gute Strategie muß andauernd an die wechselnden Umstände angepaßt werden.»

«Ja?» fragte Cardozo. «Wie schön. Wir haben zu Hause keine Perserteppiche. Ist das nur eine Übung für reiche Menschen?»

«Man kann es auch auf Linoleum spielen», sagte der Commissaris. «Würdest du den Klassenkampf jetzt mal draußenlassen?»

«Verzeihung», sagte Cardozo. «Was ist mit dem Hoofdcommissaris und mit Halba los, Mijnheer. Sie stehen im Korridor und schreien sich gegenseitig an. Wie zu hören ist, schieben sie sich gegenseitig die Schuld zu. Wissen Sie etwas darüber?»

«Die Herren werden uns verlassen», sagte der Commissaris. «Ich übernehme vorläufig die Leitung. Der Bürgermeister wird das wunschgemäß bestätigen, aber er weiß es noch nicht.»

Juffrouw Antoinette griff zum Telefon. «Muß der Bürgermeister auch unverzüglich kommen, Mijnheer?»

Der Commissaris macht ein ungehaltenes Gesicht. «Nein, ich werde heute nachmittag zu ihm gehen. Sagen Sie, es sei wichtig, und fragen Sie, wann es ihm paßt.» Der Commissaris lächelte.

Sie schaute ungehalten zurück. «Ich dachte schon. Ich habe doch nichts verbrochen?»

«Sie sind lieb», sagte der Commissaris. «Nun, Cardozo, erinnerst du dich noch an die Frau aus Indien, die du im Club kennengelernt hast? Das Mädchen, das dir von den Ratten in Indien erzählte?»

«Mit nacktem Bauch?»

«Ja, ich habe den Namen vergessen.»

«Sayukta, Mijnheer. Wir gehen manchmal im Zoo spazieren.»

Juffrouw Antoinette hielt ihre Hand auf den Hörer. «Vier Uhr, Mijnheer? Der Bürgermeister.»

«Ja, das ist mir recht. Was habt ihr im Zoo zu suchen, Cardozo?»

Cardozo kratzte sich im Haar. «Das findet sie schön. Sie mag Tiere, vielleicht wegen der Ratten in dem Park in Kalkutta.»

«Aber die haben ihren kleinen Bruder gefressen.»

«Und jetzt sind sie in Käfigen», sagte Cardozo, «das wird es wohl sein. Sayukta will in den Niederlanden bleiben, sie fühlt sich hier sicher, aber sie will den Club verlassen.»

«Der wird heute abend geschlossen, Cardozo.» Der Commissaris nahm seinen Brieföffner und ließ das Licht auf der Klinge widerspiegeln. «Hoofdinspecteur Rood geht hin. Der Laden wird versiegelt und das Personal festgenommen. Hast du, äh, etwas mit dem indischen Mädchen?»

«Händchen halten, Mijnheer. Das andere macht sie zuviel in ihrer Branche.»

«Du siehst sie regelmäßig?»

«Ja, Mijnheer.»

«Was heißt, ‹das andere macht sie in ihrer Branche›?» fragte Juffrouw Antoinette.

Cardozo wurde rot. «Nun, nicht mit mir. Ich bin ihre Freizeitbeschäftigung.»

«Kannst du Sayukta jetzt erreichen?» fragte der Commissaris.

Cardozo nickte. «In ihrem Hotel.»

«Gut, frage sie, ob sie heute abend mit dir und mir in der Stadt essen möchte. Oder noch besser, bringe sie zu mir ins Haus. Dann vertraut sie uns mehr. Katrien könnte vielleicht eine Leckerei zubereiten. Was mag Sayukta gern?»

«Curry, Mijnheer.»

«Ihre arme Frau», sagte Juffrouw Antoinette. «Immer muß sie sich abrackern.»

«Dann dürfen Sie ihr helfen», sagte der Commissaris. «Natürlich nur, wenn Sie wollen. Dann haben Sie heute nachmittag frei, ja?»

«Ich verstehe schon», sagte Cardozo. «Ja, Sayukta wird uns bestimmt helfen, wenn Sie später für eine Aufenthaltserlaubnis sorgen.»

«Sie braucht es nicht zu tun.» Der Commissaris machte ein besorgtes Gesicht. «Es ist ziemlich riskant, aber wir können ja fragen. Was meinst du, Simon?»

Cardozo nickte.

«Tun Sie es jetzt wieder?» fragte Juffrouw Antoinette. «Sie haben mich schon so furchtbar mißbraucht. Darf ich es nicht tun, was es auch sein mag?»

«Sollten Sie nicht kochen?» fragte Cardozo.

«Ich glaube nicht, daß Karel es für gut befinden würde, wenn ich Sie darum bitte», sagte der Commissaris.

«Karel?» fragte Cardozo.

Juffrouw Antoinette lächelte geheimnisvoll.

«Ach», sagte Cardozo, «daran hatte ich nicht gedacht.»

«Karel auch nicht», sagte Juffrouw Antoinette. «Ich mußte stundenlang auf ihn einreden. Er ist ein so schüchterner Mensch.»

Sie ging hinaus. Cardozo schaute ihr nach. «Wohnt Karel nicht in einer Art von Museum? Mit Kunstwerken und mathematischen Formeln? De Gier hat davon erzählt. Ich möchte mir das mal angucken. Was soll Juffrouw Antoinette dort mit ihrem Fernsehgerät?»

«Glücklich sein, hoffe ich», sagte der Commissaris. «Gehst du jetzt zu Sayukta?»

Cardozo begegnete Juffrouw Antoinette auf dem Parkplatz. «Sind Sie wirklich mit Karel zusammen?»

«Ja», sagte Juffrouw Antoinette. «Er wohnt so hübsch. Ich werde bei ihm einziehen. Meine Wohnung ist für Karel nicht geeignet.»

«Wird die dann frei?»

«Ja», sagte Juffrouw Antoinette. «Wollen Sie sie übernehmen? Aber sie ist teuer.»

«Ich teile mir die Miete mit Izzy», sagte Cardozo. «Bei uns zu Hause wird es zu voll. Darf ich bis dahin mit Ihnen fahren? Ich habe noch keinen Wagen.»

«Den bekommen Sie morgen», sagte Juffrouw Antoinette. «Der Commissaris hat bereits mit den Garagenleuten geredet. Sind Sie auch so froh, daß alles wieder gut wird?»

32.

Der *Koerier* berichtete in seiner Frühausgabe dreispaltig auf der Titelseite über die schwierige Lage der Bank de Finance und das Eindringen der Polizei bei der Stiftung. Die bevorstehende Pleite von Rijders Textilienhandel wurde ebenfalls erwähnt. Außerdem wurden in dem Artikel Fragen zu seinem Tod bei dem Unglück in Vinkenoort gestellt.

«Gut», sagte Grijpstra. «Und schöne Fotos. Wie gefällt dir Halba am Roulettetisch? Schau dir nur dir halbnackten Weiber an. Gute Arbeit von Kafsky. Wenn du mich fragst, hat er die Aufnahmen selbst gemacht, denn er ist natürlich noch einige Male im Club gewesen. Kafsky schlägt richtig zu, wenn er weiß, daß er eine starke Stellung hat. Das Eindringen in den Club wird ebenfalls bis ins einzelne berichtet. Woher wußte Kafsky davon? Hat der Commissaris ihm das gesagt?»

De Gier blätterte um. «Das hat er von Rood. Kafsky bekam erst im allerletzten Augenblick Bescheid. Rood vertraut den Journalisten nicht.»

Der Commissaris kam herein. De Gier nahm die Beine von seinem Schreibtisch. «Guten Morgen, Mijnheer.»

«Arbeit für euch», sagte der Commissaris. «Flughafen Schiphol. Eine Falle aufstellen. Wann genau es passieren soll, weiß ich noch nicht. Aber es dürfte bald sein. Fernandus ist verschwunden.»

«Und der Baron?» fragte de Gier.

«Auch.»

De Gier sprang auf. «Nein. Der gehörte mir.» Er rannte hinaus.

Grijpstra schüttelte den Kopf. «Er kommt nicht davon los. Was sieht er eigentlich im Baron?»

Der Commissaris setzte sich auf de Giers Schreibtisch. «Sich selbst, denke ich. Die Abrechnung mit dem eigenen Schatten, diese Zwangsvorstellung kenne ich. Rinus reagiert kindhafter als ich. Er will es mit der Faust durchsetzen. Glaubst du, daß de Gier wiederkommen wird?»

Grijpstra legte seine Zeitung zusammen. «Ich glaube nicht, Mijnheer. Es gibt Hinweise, daß er uns verlassen wird.»

«Ach», sagte der Commissaris. «Ich habe es geahnt. Welche Hinweise, Adjudant?»

Grijpstra streckte den Zeigefinger aus. «Sie sitzen drauf.»

Der Commissaris sprang vom Schreibtisch. «Die Zeitung? Warte, meinst du diese Karte?» Er entfaltete die Landkarte. «Neuguinea?»

«In weiter Ferne», sagte Grijpstra, «aber er spricht schon seit Jahren davon. In letzter Zeit hatte er nicht mehr viel Lust zu seiner Arbeit. Er war sehr unruhig.»

Der Commissaris betrachtete die Karte. «Neuguinea ist weit fort, Adjudant. Was will Klein-Rinus denn dort? Kopfjäger werden?»

Grijpstra nickte. «Er wird irgend etwas tun, das kämpferisch ist. De Gier ist ein Phantast, aber er ist auch energisch, und das ist immer eine gefährliche Kombination.»

«Und er hat den Ferrari», sagte der Commissaris. «Weißt du etwas darüber?»

«Rijder hat den Wagen nicht mehr nötig, Mijnheer.»

«Ja, aber so geht es nicht», sagte der Commissaris.

«Bei de Gier wohl.» Grijpstra stand auf. «Sie haben ihn immer zurückgehalten. De Gier hat keine Moral. Sie vielleicht auch nicht.»

Der Commissaris ging um den Schreibtisch herum und setzte sich auf de Giers Stuhl. «Wie meinst du das?»

«Sie tun nur so», sagte Grijpstra. «Das hat de Gier immer gespürt. Als Polizist muß man wohl so tun. Ich tue es jetzt auch. Früher nicht, da glaubte ich alles. De Gier hat immer versucht, sich seine eigenen Gedanken zu machen.»

«Ja, sag mal.» Der Commissaris gestikulierte. «Wir leben in einer geordneten Gesellschaft. Als Polizisten bewahren wir die Ruhe, und zwar am liebsten so ruhig wie möglich. Was wir selbst gern möchten, muß zurückstehen hinter unserer Pflicht.»

«Ja», sagte Grijpstra. «De Gier hält nichts von Pflicht. Er ist neugierig. Und ihm gefällt ungehobelte Stärke, was ebenfalls schade ist. Das halten wir nicht mehr auf. Er wird mit dem Baron kämpfen. Woran dachten Sie in bezug auf Schiphol, Mijnheer?»

Der Commissaris stand auf. «Das kommt schon, Adjudant. Ich will vorher noch mit Rood sprechen. Ich muß wissen, was de Gier tut. Vielleicht kann Rood dafür einige Beamte zur Verfügung stellen, was allerdings schwierig sein wird, weil de Gier sie alle kennt. Und wenn du etwas hörst, dann sag Bescheid.»

«Ja», sagte Grijpstra. «Aber er schnappt den Baron nicht.»

«Nein?» Der Commissaris blieb an der Tür stehen. «Dann kennst du de Gier nicht.»

Grijpstras Brauen zogen sich zusammen. «Ich kenne ihn ganz gut, Mijnheer. Und ich kenne mich selbst auch ein bißchen. Wenn ich es nicht will, dann passiert es auch nicht.»

33·

Die beunruhigten Behörden arbeiteten fleißig. Die gläserne Drehtür des Spiel- und Sexclubs der *Stiftung zur Linderung menschlichen Elends* wurde verriegelt, und ein auf höheren Befehl bestellter Konkursverwalter übergab das Gebäude und die darin enthaltenen Kunstschätze in die Obhut der Steuerbehörde. Steuerbeamte wühlten munter in Safes und Datenspeichern der Bank de Finance. Prominente Geschäftsleute und ihre Rechnungsprüfer und Anwälte widersprachen einander, während Fahndungsbeamte ihre Tonbandgeräte laufen ließen. Willem Fernandus blieb unauffindbar. Die Hypothekenbank beschlagnahmte sein wundervolles Haus und gleichzeitig Bart Baron de la Failles Achtzimmerappartement in der Apollolaan. Beamte der Mordkommision und des Rauschgiftdezernats verfolgten die Fluchtroute des schwarzen Porsche des Barons bis an die belgische Grenze. Grijpstra berichtete vom Besuch de Giers.

«Ja?» fragte der Commissaris. «Er tauchte einfach so auf? Er stand plötzlich vor deiner Tür?»

«Mit einem gemieteten Kleinlaster», sagte Grijpstra. «Ich habe jetzt seine Katze, ein scheußliches Biest, Mijnheer.»

«Du selbst hast ihm die Katze gegeben», sagte Cardozo. «Man soll seinem eigenen Geschmack nicht ins scheußliche Maul schauen.»

«Lieb ist sie ja», sagte Grijpstra. «Verrückte Täbriz. Und de Giers Kupferbett habe ich auch. Das wollte ich schon immer haben.»

«Romantisch», sagte Cardozo.

«Darauf ist schon viel herumge...», sagte der Commissaris. «Ja, Juffrouw Antoinette?»

«Fernschreiben, Mijnheer.»

Der Commissaris las vor: «*Kontakt zu Sayukta aufgenommen. Ware noch nicht aus Nepal eingetroffen. Sie hören von uns. Commissioner Savi, Polizei, Kalkutta.*»

Cardozo faltete die Hände. «Wissen Sie mit Sicherheit, daß dieser Savi in Ordnung ist, Mijnheer? Denn sonst können wir Sayukta auch vergessen.»

«Ich weiß nichts mit Sicherheit, Brigadier.» Der Commissaris machte ein niedergeschlagenes Gesicht. «Unser eigener Mann in Indien sagt, er sei es. Der Geheimdienst berichtet, Savi wohne mit seiner Frau und drei Kindern in einem Armenviertel. Er fahre einen durchgerosteten Datsun. Zwanzig Jahre makelloser Dienst.»

«Das kennen wir», sagte Grijpstra. «Aber es scheint gut auszugehen, das spüre ich.»

«Und de Giers Wohnung?» fragte Cardozo.

«Steht leer», sagte Grijpstra.

«Die miete ich.»

«Du wolltest doch in Juffrouw Antoinettes Wohnung einziehen», sagte der Commissaris.

«Für Sayukta», sagte Cardozo. «Izzy hat zu viele Computersachen um sich herum. Ich werde jetzt schon verrückt von dem ständigen Klicken. Kann ich mal eben gehen?»

«Sie bleiben mit Ihren Grapschfingern von Sayukta», sagte Juffrouw Antoinette. «Ich habe es mir gedacht, sie gleichen jetzt schon de Gier.» Sie wandte sich an den Commissaris. «Sie hätten ihn nicht befördern dürfen, Mijnheer. Jetzt geht das wieder los.»

«Würden Sie wohl mal eben den Empfang des Fernschreibens aus Kalkutta bestätigen?» fragte der Commissaris. «Bitte?»

Juffrouw Antoinette schwenkte die Hüften an der Tür. Grijpstra und Cardozo schauten ihr nach. «Wiedersehen», sagte Grijpstra.

«Und was hat de Gier sonst noch gesagt?» fragte der Commissaris.

Grijpstra betrachtete seine Zigarre. «Daß der Baron nach Marbella geflohen ist. Wie er das erfahren hat, weiß ich nicht, aber es dürfte stimmen.» Er steckte sich die Zigarre an. «Dort in Ten Haaf, der mit der Stiftung etwas zu tun hat, via Fernandus, sagt de Gier. Sie kennen ihn, den Betrüger in seinem Schloß, Mijnheer. Ten Haaf läßt sich hier nicht mehr blicken, der alte Gauner.»

«Ach, ach», sagte der Commissaris. «Ich sehe es direkt vor mir. De Gier fährt jetzt in seinem pfeilschnellen Ferrari nach Spanien, ein weißer Blitz, und vor ihm fliegt der schwarze Porsche mit dem Baron. Die Dramatik auf die Spitze getrieben.» Er gestikulierte zu Grijpstra hinüber. «Halt es mir zugute, Adjudant, ich wünsche de Gier das größte Vergnügen, aber das Mittelalter ist wirklich vorbei. Fünfzehn Jahre Polizeidienst in den Niederlanden mögen vielleicht zu unerträglicher Frustration führen, und Rinus macht Klarschiff, bevor er sich in den allerfernsten Osten verzieht, aber ich sehe nicht ein, warum er sich von den Gangstern in Marbella in die gequetschten Rippen treten lassen muß.»

«Wie kam er eigentlich an das Geld?» fragte Cardozo.

«Seine Mutter ist gestorben», sagte Grijpstra. «Er hat das Spargeld abgehoben. Das war auch ein Schreck. De Giers Mutter hatte einen schweren Tod, ihr Leben war fade. Nie hat sie etwas erlebt, das schön gewesen wäre. Sie hat Rinus beschworen, nicht dem Beispiel seiner Vorväter zu folgen. Seine Mutter hatte Schauspielerin werden wollen, aber das war nicht christlich. Eine brave Frau, die sich fünfundsiebzig Jahre lang schrecklich gelangweilt hat.»

«Wieviel Geld?» fragte der Commissaris.

Grijpstra schüttelte den Kopf. «Mehr als erwartet. Er wird von Barcelona aus mit einem Frachter fahren. Ich soll Sie grüßen.»

«Mich nicht?» fragte Cardozo.

«Doch, dich auch.»

«Es geht nicht», sagte der Commissaris. «Es geht wirklich nicht, Grijpstra. De Gier ist kein James Bond. Ich sehe schon, wie er die Straße zu Ten Haafs Festung hinaufkurvt. Es ist anscheinend eine Villa auf einem Hügel.»

Grijpstra zog die Hülle von seiner Zigarre ab, «Sie dürfen sich nicht zuviel davon vorstellen, Mijnheer. Ten Haaf ist ein alter Junkie. Ich habe mir das mal von einem Verdächtigen erzählen lassen, der in Marbella gewohnt hat. All die Sprüche sind Mythen. Als Ten Haaf hier damals festgenommen werden sollte, ist er mit knapper Not mit einigen Millionen in bar entkommen. Die Hälfte steckt im Gut, und von der anderen Hälfte hat er versucht zu leben. Die Villa ist mit den Hypotheken überhäuft, um seinen Drogenkonsum und die Strichjungen zu finanzieren. Auf der Auffahrt wächst Unkraut. Ten Haaf versucht zwar, den großen Herrn zu markieren, aber er ist ein Widerling, der den ganzen Tag über in einem Morgenmantel aus Brokat herumläuft und nicht weiß, was um ihn herum geschieht.»

«Und Guldemeester?» fragte Cardozo. «Der ist auch dort. Ist er nicht als Verwalter da?»

«Er ist auch kein großes Licht. Laut de Gier hatte Mevrouw Guldemeester gesagt, ihr Mann habe Heimweh und wolle am liebsten sein altes Leben hier wiederaufnehmen.»

«Das ist schwierig ohne Céline», sagte Grijpstra. «Hier brauchen wir ihn auch nicht mehr.»

Der Commissaris nahm seine Gießkanne und gab den Begonien Wasser. «Alles schön und gut, aber de la Faille ist nach Marbella geflohen, ein vielseitiger Sportsmann. Und de Gier saust die mit Unkraut bewachsene Auffahrt hinauf, stolpert stöhnend aus dem Ferrari und fordert den Baron zu einem Duell heraus. De Gier hat den entscheidenden Zweikampf mit dem Bösen bis ins einzelne geträumt. Alles, was er hier nie gemocht hat, muß dann mit einem Schlag beseitigt werden.»

«Eigentlich ist das ganz schön», sagte Cardozo.

«Ich verstehe es sehr gut», sagte der Commissaris. «De Gier klagte zwar viel, aber er war hier nicht unglücklich. Es ist sehr tapfer, etwas ganz Neues zu beginnen, das weiß ich zu würdigen; die Bindung an die Vergangenheit aufzugeben, ist nicht so leicht. Er betrachtet das Duell mit dem Baron als den vollständigen Bruch mit allem, was er hier hinterläßt.»

«Ein Held», sagte Cardozo. «Aber das war er wirklich.»

«Das ist er immer noch», sagte Grijpstra, «ein Held mit zwei gequetschten Rippen. Und der Baron kämpft gemein. Anschlag auf eine Schildkröte; eine wehrlose Frau auf einem Fahrrad zweimal überfahren; den eigenen Chef mit einem Präzisionsgewehr erledigen; Junkies totspritzen lassen; ein Boot auf einem See in der Nähe von Kanu fahrenden Kindern explodieren lassen; Witze reißen, wenn brennende Leichen über das Wasser fliegen. Er ist wirklich ein Superschurke, und de Gier will mit bloßen Händen kämpfen. Seine Pistole liegt unten in meiner Schublade. Klein-Rinus ist zu ehrlich, um eine Polizeipistole mitgehen zu lassen.»

«Oh, oh, oh», sagte der Commissaris. «Was tun wir nur? Chartern wir ein Flugzeug? Wir müssen uns schon beeilen, denn de Gier fährt in dem Ferrari zweihundert Kilometer in der Stunde.»

«Und die Kalkutta-Angelegenheit?» fragte Cardozo. «Wollen Sie denn nicht dabei sein? Soll ich gehen?»

«Ich bin der einzige», sagte Grijpstra zur nächststehenden Begonie. «Es ist wirklich wahr. Wieso das so ist? Wie ich jetzt der einzige sein kann, der die Situation durchschaut? Der dicke, dumme Grijpstra. Jahrelang hat mich jeder lächerlich gemacht, der dafür gerade Zeit hatte. Grijpstra, der Mitlatscher.»

«Dann raus damit», sagte der Commissaris.

«Darf ich?» fragte Grijpstra. Er nahm das Telefon und wählte eine lange Nummer.

«O je!» sagte der Commissaris. «Ist das die Nummer von Marbella?»

Grijpstra nickte. «*Ola? Señor* Guldemeester *por favor*?»

«O je!» sagte der Commissaris. «Ich weiß nicht, ob ich mir das anhören kann.»

«Gehen Sie doch einfach kurz hinaus», sagte Grijpstra. «Hallo? Bist du es, Guldemeester? Grijpstra hier. Das Telefon knattert... oh, du hast ein kabelloses? Ja, ich geh ins Haus, ich rufe in fünf Minuten wieder an.»

«Er stöbert wieder irgendwo auf dem Gut herum», sagte Grijpstra, als er auflegte. «Er war kaum zu verstehen. Ich rufe gleich noch einmal an.»

«Brillant», sagte Cardozo, «wirst du das wirklich tun, Adjudant?»

«Weißt du etwas Besseres?» fragte Grijpstra. «Selbst wenn wir ein Flugzeug chartern und rechtzeitig ankommen würden – und das klappt wirklich nicht mehr, der Commissaris hat recht, ein Ferrari fliegt sozusagen – , selbst dann würden wir nichts erreichen. Der Baron muß dran glauben, darin bin ich mit de Gier einig.»

Der Commissaris steckte sich eine Zigarre an. Seine Hand zitterte. «Das ist Mord, Adjudant.»

«Ja», sagte Grijpstra. Er wählte noch einmal. «Guldemeester? Ja, so verstehe ich dich besser. Geht's dir gut?...Nicht so gut? Zu warm? Ja, das hättest du vorher wissen können... zurück?... meinst du das jetzt?... die Abwesenheit als unbezahlten Urlaub betrachten?... ja, ich kann es versuchen... hier hat sich ziemlich viel verändert, Halba ist weg und der Hoofdcommissaris pensioniert... ja, Halba werden sie irgenwo aufgreifen... du hast wirklich nie etwas verbrochen?... ja, ich glaube dir... nun, ich werde mit ihm sprechen.»

Grijpstra zwinkerte dem Commissaris zu.

«Okay, okay, das tue ich. Jetzt etwas anderes, das mußt du hören, ich wollte dich warnen, du weißt, daß Céline... ich wäre nicht gern der erste gewesen, der es dir sagt... ihre Schwester hat dich angerufen?... ja, ein Unglück, na, so sagt man, aber... nein, es war Vorsatz.»

Grijpstra zog an seiner Zigarre.

«Absolut. Darum rufe ich an. Hör zu, Guldemeester, wir haben jahrelang zusammengearbeitet und waren nicht immer einer Meinung, aber dennoch, ich meine, ich sollte es dir sagen... ja, Mord. Céline wurde zweimal überfahren, von einem schwarzen Porsche. Das wurde beobachtet... ja, das weiß ich... de la Faille... und der ist jetzt auf dem Weg zu dir... alle sind hinter ihm her, wir, die Steuerfahndung und so weiter... er hat keinen Cent mehr... warum? Der Baron ist ein dreckiger Mörder, das weißt du doch. Du hast schließlich im Fall Ijsbreker ermittelt... ja, erzähl mir doch nichts... ja, ich verstehe schon, Ijsbreker war ebenfalls ein Schurke... ja, das hast du so gelassen... und Halba... gewiß... Halba hat übrigens noch versucht, dir die Schuld an den unzulänglichen Berichten zuzuschieben, was auch nicht die feine Art ist, aber das ist etwas anderes. Der Baron hat weiter gemordet... Was? Ach, Junge, eine ganze Reihe, ich erwähne nur Heul, Huip, Ronnie Rijder und deine Céline. Sie wollte nicht mehr in den Club und hat uns das eine und andere erzählt, was de la Faille nicht gefiel, also... Nein, das weiß ich sicher. Ermittlungstechnisch kann ich es nicht beweisen, aber ich bin ja nicht von gestern... ja, das verstehe ich.»

Grijpstra hörte zu und streifte die Asche von seiner Zigarre.

«Okay, du mußt es selbst wissen. Ich würde es tun, wenn ich du wäre, aber jeder für sich... Moment. Darf ich dir einen Rat geben? Sei vorsichtig... Ja, aber du bist jetzt wütend, wütende Menschen sind nicht vorsichtig, darum. Hörst du? Paß auf, ich kenne Marbella, ich war mal im Urlaub da. Ihr habt Klippen und Bergwege und so... Ja? Gut, du machst mit dem Baron einen kleinen Spaziergang, und dabei stürzt er ab. Ausgerutscht, weiß du?... Genau. Und du weißt nichts. Du hast es nicht einmal gesehen. Du gingst vor ihm und hörtest plötzlich einen Schrei, und er lag unten am Berg. Du bist noch hinuntergestiegen, um zu sehen, ob du ihn retten kannst... Sehr gut. Immer dieselbe Geschichte erzählen...

Ja... Nein, nichts zu danken... Okay, gern geschehen, und ich rede hier mit dem Commissaris... Ja, sobald ich etwas weiß, hörst du von uns... Gut. Auf Wiedersehen.»

Grijpstra legte den Hörer auf.

«Jesses», sagte Cardozo. «Du kannst es aber.»

«Grijpstra...» sagte der Commissaris.

«Und wissen Sie, was jetzt das Schlimmste ist?» fragte Grijpstra. «Heute nacht werde ich ruhig mit Täbriz im Arm schlafen. Täbriz schnurrt, ich schnarche.»

34.

Der große hellgraue Raum mit Ausblick in die Ankunftshalle durch Fenster, die auf der anderen Seite verspiegelt waren, stand unter deutlich spürbarer Spannung. Ein hochrangiger Zollbeamter ging nervös auf und ab. Ein Kolonel der Reichspolizei in Uniform drückte seine Nase an einer Fensterscheibe platt. Grijpstra und Cardozo starrten auf Bildschirme, auf denen die Menge in der Empfangshalle herumschlenderte. Sprechfunkgeräte ertönten durcheinander. Fotos einer jungen indischen Frau waren an die Wand geheftet. Der Commissaris, die Hände auf dem Rücken, bummelte zwischen den anderen herum.

«Schade, daß wir kein Foto von dem Verdächtigen haben», sagte der Kolonel. «Beschreiben Sie ihn doch noch einmal.»

«Willem Fernandus», sagte der Commissaris. «So groß wie ich, aber etwas gesetzter und mit grauen Locken. Er kleidet sich korrekt. Brillenträger. Wir sind gleich alt.»

«Und Sie sind sicher, daß er kommt?»

«Fernandus hat das mit Sayukta verabredet», sagte der Commissaris. «Der Verdächtige hat Interesse an dieser Begegnung. Fünf Kilo Heroin sind eine stolze Summe wert, und Fernandus ist gegenwärtig pleite. Er hat noch gestern mit Sayukta telefoniert.»

Der Kolonel setzte sich. «Dies ist mir nicht ganz klar, Mijnheer. Der Verdächtige ist pleite. Wie sind denn die Reisekosten aufgebracht worden?»

«Sayukta hat ihre Flugkarte selbst gekauft», sagte der Commissaris. «Sie hat hier als Prostituierte gearbeitet und ihren Verdienst gespart. Das Heroin hatte die Stiftung schon im voraus bezahlt. Sie selbst darf ein Kilo behalten.»

«Sie kann alles behalten», sagte der Kolonel. «Sie weiß, daß Fernandus gesucht wird.»

«Nein», sagte der Zollbeamte, «so geht das nicht. Der Heroinhandel ist hart. Von der Botin wird mit Recht angenommen, daß sie Todesangst hat. Ich glaube das, aber Fernandus muß in der Empfangshalle sein, die Maschine aus Kalkutta wird jeden Augenblick erwartet.»

Der Commissaris tippte Grijpstra auf die Schulter. «Schon etwas gesehen?»

Grijpstra schüttelte den Kopf.

«Cardozo?»

«Ich sehe nur Inder, Mijnheer.»

«Merkwürdig», sagte der Commissaris. «Vielleicht wartet er bis zum letzten Augenblick.»

Die Flugnummer wurde über Lautsprecher ausgerufen. Grellfarbige Saris wogten durch die Halle. Männer mit viel Weiß in den Augen und mit schwarzen Schnurrbärten liefen herum. Kinder drückten sich gegen Absperrungen und Glaswände.

«Gehen Sie nur, Mijnheer», sagte der Kolonel. «Sie sind der einzige, der den Verdächtigen einwandfrei identifizieren kann.»

Der Commissaris ging.

«Der Commissaris ist leicht zu erkennen», sagte Grijpstra zu Cardozo. «Es ist gut, daß er immer helle Anzüge trägt, und sein weißes Haar leuchtet auch.»

«Hallo», sagte der Kolonel in sein Sprechfunkgerät. «Hört zu. Der Commissaris trifft jetzt in der Empfangshalle ein. Paßt auf. Ihr wißt, wie er aussieht. Klein und schmächtig, weißes Haar, heller Anzug, ein älterer Herr. Haltet auch Ausschau nach einer jungen Inderin in einem grellen orangefarbenen Sari. Sie trägt eine purpurne Handtasche. Der Verdächtige wird diese Tasche annehmen. Ende.» Er sprach den Zollbeamten an. «Sie sind dran.»

«Hallo», sagte der Zollbeamte. «Eine junge Frau im orangefarbenen Sari. Sie trägt eine purpurne Handtasche. Sprecht sie nicht an. Sie dürfte nervös sein. Ruhig durchlassen. Der Mann, der sie in der Empfangshalle anspricht, wird von der Reichspolizei festgenommen. Wir kümmern uns nicht darum. Ende.»

«Da ist sie», sagte der Kolonel. Er flüsterte in sein Sprechfunkgerät. «Aufgepaßt. Die Frau geht jetzt durch den Zoll.»

«Hallo», schrie Cardozo. «Schaut mal! Es sind zwei.»

«Was?» schrie der Kolonel.

«Wo?» schrie der Zollbeamte.

«Zwei Exemplare des Commissaris», schrie Cardozo.

«Hier», sagte Grijpstra und versetzte dem Bildschirm einen Stoß. «Der eine kam soeben aus der Toilette. Jetzt weiß ich nicht mehr, wer was ist. Eine überraschende Ähnlichkeit. Der eine ist Fernandus.»

«Nein», brüllte der Kolonel. «Das verwirrt meine Männer. Zwillinge, verdammt. Warum ähneln sie einander? Wo sind die Locken? Sie haben beide glattes Haar.»

Grijpstra und Cardozo rannten hinaus. Der Kolonel und der Zollbeamte sahen, wie der eine weißhaarige alte Herr die Tasche von Sayukta ergriff und sich in die Menge drängte. Der andere alte Herr wollte ihm folgen, aber er konnte sich gegen die vorwärtsdrängenden Menschen nicht durchsetzen.

«Dann wollen wir auch gehen», sagte der Kolonel.

Sie fanden den Commissaris in der Halle, umringt von Reichspolizisten in Zivil.

«Wo ist der Schurke?» fragte der Kolonel. «Warum haben Sie mir nicht gesagt, daß Sie und der Verdächtige einander so verblüffend ähnlich sind?»

«Weil wir einander nicht verblüffend ähnlich sind», sagte der Commissaris. «Schlau von Willem. Er ist beim Frisör gewesen.»

«Sind Sie miteinander verwandt?» fragte der Zollbeamte.

«Wir sind Großneffen.» Der Commissaris rieb sich vorsichtig die Nase. «Aber was macht Willem jetzt? Er hat kein Auto. Taxi, denke ich. Wollen wir uns draußen umschauen?»

Bei den Taxis stand eine lange Reihe von Menschen mit Gepäck. «Alles Inder», sagte der Kolonel. «Die einzige Weiße, die ich sehe, ist eine große Frau. Hat der Verdächtige ein Kleid angezogen, und steht er auf Stelzen?»

Der Commissaris schaute die Reihe entlang. «Nein. Der da, denke ich. Der kleine Mann mit dem großen braunen Koffer.» Er ging auf ihn zu. «Hallo? Willem? Bist du es?»

Der Inder schaute sich nicht um. Er trug einen langen schwarzen Mantel und hatte volles schwarzes Haar.

«Das ist er», sagte der Commissaris. «Grijpstra, greif ihn. Cardozo, hilf ihm dabei.»

Grijpstra und Cardozo näherten sich dem Mann von zwei Seiten. Der Inder trat aus der Reihe und rannte nach vorn, eine Frau wollte in ein Taxi steigen und wurde von dem Mann weggestoßen. Gardozo war als erster da und sprang von oben auf den Inder. Grijpstra half. Die Perücke des Verdächtigen fiel auf die Straße.

«Weitergehen», rief der Kolonel. «Hier ist nichts los, liebe Leute. Zur Seite treten, bitte.» Er zwängte sich zwischen die abgedrängten Zuschauer. «Schnappt seinen Koffer, Männer.»

Cardozo hatte den Koffer.

«Öffnen Sie mal», sagte der Kolonel. Im Koffer lag die purpurne Tasche.

«Wie ist das möglich?» fragte der Zollbeamte den Commissaris.

«Ich denke, der Koffer und die Maskierung waren in der Toilette», sagte der Commissaris. «Willem dürfte das bestätigen.»

Grijpstra schob Fernandus hinüber zu zwei Reichspolizisten in Zivil. «Für euch, wir sind außerhalb unseres Zuständigkeitsbereichs. Viel Spaß mit dem Mann.»

Der Commissaris ging noch ein Stückchen des Weges mit. «Tag, Willem. Hast du abgenommen, Kerlchen? Steht dir gut. Du mußt mich nicht nachmachen, dazu ist es jetzt zu spät.»

Fernandus Brille hing an einem Ohr, seine Augen blinzelten. «Bist du jetzt froh?»

«Nein», sagte der Commissaris, «aber ich hatte es dir ja verheißen.»

35.

Das Wetter war wieder einmal furchtbar, als das durchweichte Brautpaar und seine Freunde Karels Wohnung am Overtoom erreichten, aber die Feier im großen Bodenraum sollte alles wiedergutmachen. Die Frau des Commissaris und Mevrouw Jongs hatten für das kalte Büfett gesorgt und es zwischen Karels Kunstwerken angerichtet. Die bildschöne Juffrouw Antoinette war durch die Trauung zur Mevrouw geworden und ließ sich strahlend von allen küssen. Ketchup und Karate trugen die Schleppe. Grijpstra fotografierte mit seiner neuen Polaroid-Kamera. Brigadier Biersma und der Kriminalbeamte Ramsau trugen zusammen ein Gedicht vor. Der Commissaris öffnete eine Champagnerflasche. Karel trank seinen Eltern zu, obwohl der Vater sich hinter seiner Zeitung nicht bewegte und die Mutter totenstill und drohend von der Decke herunterhing. «Es iist schschade, dddaß sie nnicht kkkommen kkonnten», sagte Karel, «aaber sie wwwußten jja nnnichts.»

Die Frau des Commissaris gab ihm einen Kuß. «Du hast jetzt eine neue Familie.»

«Ja», sagte Karel. «Gggut.»

Grijpstra gab dem Brautpaar ein Telegramm von de Gier.

«Wie lieb», sagte Antoinette.

«Ggguter Kkkerl», sagte Karel.

«De Gier fährt heute», sagte Grijpstra. «Er hat heute vormittag aus seinem Hotel noch einmal angerufen.»

«War er sehr enttäuscht?» fragte der Commissaris. «Über den Ausfall des Duells?»

«Er war ganz froh, glaube ich.» Grijpstra nahm sein Glas. «Seine Rippen schmerzen noch. Auf das glückliche Paar.»

«Es lebe hoch», riefen alle.

Es war Zeit für die Geschenke. Mevrouw Jongs durfte ihres als erstes überreichen, eine Torte. Es folgten nützliche Sachen für den Haushalt. Grijpstra hatte das größte Paket.

«Oh, wie reizend», sagte die Braut. «Die Knochenenten.»

«Gggguter Hihihi...» Karel mähte mit den Armen.

«Hintergrund», sagte Grijpstra. «Hintergründe sind immer sehr wichtig, weißt du.»

«Ich bin so froh», flüsterte Katrien ihrem Mann zu, «daß wir Grijpstras Bild nicht bekommen haben.»

«Ich auch», flüsterte der Commissaris. «Karel, wann wird deine Ausstellung im Museum eröffnet?»

«Mmmorgen», sagte Karel. «Hahaben sie ddden Aartikel iin dder Zzeitung gggelesen?»

«Ja», sagte der Commissaris, «eine gute Kritik.»

«Von Kafsky», flüsterte Grijpstra Cardozo zu. «Der Mann schreibt gut.»

«Hast du ihm gedroht?» flüsterte Cardozo zurück. «Wenn kein guter Artikel, dann nie mehr einen Tip?»

«Ich kann nicht schlecht sein», sagte Grijpstra. «Ich weiß nicht einmal, wie man dann sein muß.»

«Ja, das habe ich gesehen», sagte Cardozo leise. «Das hat auch in der Zeitung gestanden? Ging das nicht ein bißchen daneben?»

«Guldemeester ist ungeschickt.» Grijpstra schüttelte mitleidsvoll den Kopf. «Ich habe ihm genau gesagt, was er tun muß, du warst ja dabei, aber der Baron sah den Stoß, so wird es wohl gewesen sein.»

«Er hat Guldemeester mitgezogen?»

Grijpstra nickte. «Man kann dort scheußlich fallen.»

Zwischen den hölzernen Objekten in Karels Bodenraum klingelte ein Telefon.

Karel nahm den Hörer ab. «Mmmoment.»

Der Commissaris übernahm den Hörer. «Hallo? Ja, ich komme.»

«Du mußt nicht immer sagen, wo du bist», sagte seine Frau. «Was ist denn jetzt schon wieder.»

«Ich muß zum Krankenhaus, Katrien.»

«Jemand, den wir kennen?»

«Ich werde es dir nachher erzählen.» Der Commissaris entschuldigte sich.

«Fernandus», sagte der Commissaris zum Pförtner. Eine Schwester ging mit zu dem Zimmer. «Sie sind sicher miteinander verwandt», sagte die Schwester, «Sie sind einander ähnlich.»

«Ist es sehr schlimm?» fragte der Commissaris.

«Ja», sagte die Schwester. «Es tut mir leid, Mijnheer. Mijnheer

Fernandus wurde bewacht, aber der Polizist ist gegangen, wir haben keine Hoffnung mehr. Es war ein schlimmer Schlaganfall.»

«Besteht augenblicklich Lebensgefahr?»

«Es geht ihm nicht gut», sagte die Schwester.

Sie klopfte an. Ein Arzt kam heraus. «Würden Sie bitte etwas warten?»

Der Commissaris setzte sich neben die Schwester auf eine Bank.

«Seltsam», sagte der Commissaris. «Willem sah so gesund aus, sogar nach dem harten Urteilsspruch des Richters. Ist er schon lange krank?»

«Es ist wie bei meinem Vater», sagte die Schwester. «Er war Lokomotivführer, und dann gab es ein Unglück, an dem er die Schuld trug. Er war immer so stolz, daß er sagen konnte, er sei Lokführer, und das war er dann nicht mehr. Ich bin nichts, sagte er immer, und wenn man nichts ist, stirbt man. Er bekam auch einen Schlaganfall und war dann nicht mehr da.»

«Mir kommt es ganz angenehm vor», sagte der Commissaris, «nichts zu sein.»

«Manchmal wohl», sagte die Schwester. «Mein Schwiegervater war nichts, beinahe sein ganzes Leben lang. Immer war er krankgeschrieben, er hatte etwas mit dem Rücken. Und dann wurde er wieder einmal untersucht, und es stellte sich heraus, daß das Unsinn war mit seinem Rücken. Dann war er nicht mehr nichts. Und darauf war er immer so stolz gewesen.»

«Auch ein Schlaganfall?» fragte der Commissaris.

«Nein», sagte die Schwester, «Krebs».

Zwei Ärzte kamen aus Fernandus' Zimmer. «Sind Sie ein Verwandter?» fragte der ältere Arzt.

Der Commissaris stand auf. «Wir sind beide Großneffen.»

«Das ist Verwandschaft», sagte der Arzt. «Mijnheer Fernandus hat höchstens noch einigeTage zu leben. Es gibt keine Chance für eine Genesung. Vielleicht hat er noch einige lichte Momente und kann sich etwas bewegen, aber lange dauert es mit ihm nicht mehr. Tut mir leid, Mijnheer.»

«Ja», sagte der Commissaris. «Guten Tag, Willem.»

Die Schwester richtete dem Patienten die Kissen. «Möchten Sie eine Tasse Tee?»

Fernandus nickte.

«Sie auch?»

«Gern.» Der Commissaris setzte sich.

«Jan?» fragte Fernandus. «Dort im Schrank.» Fernandus' Lippen hingen schlaff herab, das eine Auge war unnatürlich weit offen. Der Commissaris schaute in den Schrank und sah eine Flasche Whisky. Die Schwester kam mit dem Tee. «Soll ich einschenken?»

«Das tue ich schon», sagte der Commissaris.

«Wir haben jetzt keine Besuchszeit», sagte die Schwester, «aber Sie können so lange bleiben, wie Sie wollen.» Sie machte die Tür hinter sich zu

Der Commissaris schenkte Whisky ein. «Kannst du deine Hände gebrauchen?»

«Links geht es noch», sagte Fernandus. «Hat der Arzt es dir gesagt?»

Der Commissaris nickte. «Prost.»

Sie tranken einander zu.

«Beinahe abgekratzt», sagte Fernandus. «Ich habe Ten Haaf vorhin angerufen.» Er brachte die Worte mit Mühe heraus. «Bart, den Baron, habt ihr auch.»

«Das war vor Wochen», sagte der Commissaris.

«Ich habe im Gefängnis keine Zeitungen gelesen. Guldemeester fiel mit ihm runter?»

«Es ging nicht anders», sagte der Commissaris. «De Gier war bereits unterwegs, ich wollte ihn nicht damit belasten.»

«Mit dem Ferrari.» Fernandus nickte. «Den ließ er bei Ten Haaf stehen. Du hast gewonnen, Jan.»

«Nein», sagte der Commissaris, «du hast mich mit niedergezogen, ich mußte allerhand seltsame Schliche aushecken.»

Fernandus' linker Mundwinkel zuckte nach oben. Er hielt seine Tasse mit zitternder Hand hoch. Der Commissaris schenkte ein.

«Du bist ich», sagte Fernandus, nachdem er einen Schluck genommen hatte. «Wußtest du das?»

Der Commissaris trank auch. «Vielleicht. Aber die Seite, auf der du stehst, gefällt mir nicht. Du mir auch nicht, Willem. Dreh es jetzt nicht um. So zu wüten, wie du, ist widerwärtig.»

Der Whisky lief Fernandus aus dem Mund. Er drehte den Kopf,

um den nächsten Schluck drinnen behalten zu können. «Das ist ja zum Lachen.»

«Der Teufel lacht auch», sagte der Commissaris, «über das Elend der anderen. Man darf das Philisophieren nicht übertreiben. Wenn menschlicher Kummer daraus entsteht, verhalte ich mich lieber wie üblich.»

«Dann hast du unrecht», sagte Fernandus. «Man muß immer klar denken. Wer schlau ist, tut, was er will.»

Der Commissaris schaute auf seine Uhr.

«Mußt du gehen?»

«Nein», sagte der Commissaris. «Es ist nach zwölf.» Er steckte sich eine Zigarre an. «Du auch?»

«Steck sie mir zwischen die Zähne», sagte Fernandus.

Der Commissaris steckte noch eine Zigarre an. «Dann habe ich eben unrecht. Sich einen Spaß auf Kosten anderer zu machen, ist keine wahre Freude. Ich habe auch keinen Spaß. Du hast immer nur an dich gedacht.»

Fernandus nickte. «Und mit Recht.»

«Nein», sagte der Commissaris. «Jedermann haßt dich. Du bist halb gelähmt.»

«Das kann dir auch passieren.»

«Ich bin schon ein bißchen lahm», sagte der Commissaris, «aber ich brauche Liebe.»

«Die kann man kaufen», sagte Fernandus. «Diese Juffrouw Antoinette in deinem Büro...»

Der Commissaris nickte. «War es hübsch?»

Fernandus nickte auch. «Genau wie mit Juffrouw Bakker. Weißt du noch? Das hast du verpaßt. Oder hast du es mit deiner Sekretärin...?»

«Nein», sagte der Commissaris.

«Warum nicht? Sie wollte gern.»

«Ach», sagte der Commissaris. «Katrien hält überhaupt nichts davon.»

«Trottel», sagte Fernandus. «Darum ging es. Um den Busen von Juffrouw Bakker, das weißt du sehr gut. Damit hat alles angefangen. Deine Mutter und meine hatten keine Brüste. Wir wurden mit der Flasche großgezogen.»

«Ja», sagte der Commissaris. «Ich habe über alles nachgedacht, du hast recht.»

«Dann habe ich auch ein bißchen gewonnen», sagte Fernandus.

Der Commissaris leerte seine Tasse.

In der Flasche war noch ein kleiner Rest.

«Ja?»

«Nichts davon», sagte der Commissaris. Er stand auf. «Wiedersehen, Willem.» Er stolperte gegen das Nachtschränkchen. Das Telefon neben den Tassen wackelte und klingelte von selbst.

«Auf Wiedersehen», sagte Fernandus. «Wenn es irgend möglich ist, warte ich auf dich.»

Der Commissaris schaute sich um. Das eine Auge von Fernandus sah ihn rund und unschuldig an, das andere glitzerte bösartig.

«Ja, Willem. Gute Reise.»

«Aber was denn jetzt noch?» fragte der Commissaris auf dem Parkplatz des Krankenhauses. Er stützte sich auf seinen Stock und drehte sich halb um. Die Krankenhausfenster blickten ihn still an.

«Ach, nein», sagte der Commissaris.

Er zögerte mit seiner Hand auf dem Türgriff des Citroën. «Soll ich doch mal schauen?»

Der Commissaris ließ seinen Wagen los und ging die Straße hinunter. Hinter einem geparkten Lastauto stand ein nur schlecht versteckter Streifenwagen auf dem Fußweg. Der Commissaris drehte sich um. Das Krankenhaus starrte ihn schweigend an. Er zählte mit dem Finger. «Dritte Etage, irgendwo rechts. Da.»

Ein Patient hatte die Gardine zur Seite geschoben und die Stirn an die Scheibe gedrückt. Der Commissaris wartete an der Bushaltestelle. Der Bus kam. Der Commissaris winkte mit seinem Stock dem Patienten in der dritten Etage zu. Der Patient winkte zurück.

Killer-Ladies

Paula Gosling
Töten ist ein einsames Geschäft
(2533)
Die Dame in Rot
(2681)

Christine Grän
Weiße sterben selten in Samyana
(2777)

Patricia Highsmith
Venedig kann sehr kalt sein
(2202)

Jane Johnston
Gesucht wird Ricky Foster
(2785)

Anne D. LeClaire
Herr, leite mich in Deiner Gerechtigkeit
(2783)

Gabrielle Lord
Mit Klauen und Zähnen
(2710)

Barbara Neuhaus
Ich bitte nicht um Verzeihung
(2747)
Tatmotiv Angst
(2824) August 87

Helga Riedel
Einer muß tot (2656)
Wiedergänger (2682)
Ausgesetzt (2715)

Patricia Roberts
Gebrochene Flügel
(2702)

C 2165/4

42
14
27,5

83,5 × 3 = 250,5

0,2966 × 2,4

5932
11864

7,1184

29,66
7 1

30,37

5073
121
2505
24

7720

3850,-
888,-
235,-
100,-

5073 × 2,4

10146
20292

121,752